阅读之前 没有真相

午夜文库

莎拉·派瑞斯基
芝加哥首席女侦探系列

莎拉·派瑞斯基
Sara Parestsky (1947—)

  莎拉·派瑞斯基是美国侦探小说史上著名的冷硬派女作家。她将芝加哥打造成与纽约、洛杉矶等地齐名的冷硬私家侦探的诞生地。她笔下的维·艾·华沙斯基（V. I. Warshawski）是世界侦探之林不多见的女性私探，因兼具美貌与果敢，而被誉为"芝加哥最美的私人侦探"，并被美国推理作家协会票选为"最受欢迎女侦探"前三名。

  一九四七年，莎拉·派瑞斯基生于美国爱荷华州的埃姆斯，长于堪萨斯州。她是个很会念书的聪明人，先在堪萨斯大学拿到政治学和俄语双学士，之后同时在芝加哥大学取得工商管理硕士和历史博士学位。她曾在芝加哥都市研发局工作，以自由撰稿人的身分评写商业文章。一九七七至一九八六年间，则在CAN保险公司担任行销部经理。此后，才成为专职作家。

  派瑞斯基自幼就开始创作，但是那些儿时的作品却从未出版发表。后来，她回忆成名前的经历时曾认为，自己对侦探这个角色的设定一开始就出错了："一九七九那一年，"她如是说，"我才了解到我一心想要创造的私探，原来是在模仿雷蒙德·钱德勒笔下的主角，差别只在于性别不同。如今我已明白，我要写的是一个女人,一个和我一样做事情过日子的女人,而且试图在男性主宰的领域中获得成功。"

就是因为这份企图心,使得派瑞斯基和苏·格拉夫顿、玛西亚·穆勒(Marcia Muller)并称美国三大冷硬派女杰。同样是崛起于上世纪八十年代,派瑞斯基的风格笔触却更为强悍泼辣,令人不禁想起文风野蛮残暴的米基·斯皮兰。但她所描述的绝非反社会行为,而是要藉由揭露谋杀案的真相来发人省思,进而突显更大的社会议题,尤其是隐藏在芝加哥这个工业城其黑暗腐败的一面。

除了在美国本土饱受好评外,派瑞斯基的作品还极获英国评论家的赞誉,一九八二年,她的第一本犯罪小说《索命赔偿》出版,立刻引起侦探小说界的极大反响。一九八八年,以《血色杀机》(*Blood Shot*)赢得英国犯罪作家协会的银匕首奖,二〇〇二年,她已荣获象征终身成就的钻石匕首奖。二〇〇三年再以《黑名单》(*Blacklist*)摘得金匕首奖。

派瑞斯基是知名作家,也是杰出的编辑,她编过几本短篇故事选集,其中的《女性之眼》(*A Woman's Eye*)曾获安东尼奖。此外,她还成立了"最有影响力的女性犯罪作家协会",同时兼任第一届主席。

二〇一一年,美国推理作家协会宣布,将"大师奖"颁给莎拉·派瑞斯基。至此,她已将侦探小说界最重要的几个奖项尽数收入囊中,她的作品被翻译为二十多种语言,在全球销量逾千万册,是当之无愧的大师级作家。

重要作品年表：Warshawski novel

Indemnity Only (1982)
Deadlock (1984)
Killing Orders (1985)
Bitter Medicine (1987)
Blood Shot (1988)
Burn Marks (1990)
Guardian Angel (1992)
Tunnel Vision (1994)
Hard Time (1999)
Total Recall (2001)
Blacklist (2003)
Fire Sale (2005)
Hardball (2009)
Body Work (2010)
Breakdown (2012)

致命棒球
Hardball

(美)莎拉·派瑞斯基 著
陈杰 译

新 星 出 版 社 NEW STAR PRESS

献给朱迪·芬纳和凯特·琼斯。

目录

1	第一章 毒蛇帮大佬的愤怒
9	第二章 疯狂的父母
16	第三章 恶有恶报
26	第四章 糟糕的客户
36	第五章 可敬的堂妹
47	第六章 自给自足的男人
56	第七章 雷蒙德是坏孩子吗？！
66	第八章 午夜来的电话
77	第九章 一段鲜为人知的历史
90	第十章 困兽犹斗
98	第十一章 没有比伊瑟索红酒更能让人感觉放松了
104	第十二章 探监黑帮大佬
111	第十三章 海军码头的狂野之夜
122	第十四章 在梦中回忆过去
128	第十五章 过去的审判
135	第十六章 疏忽大意的阿利托
147	第十七章 来自"山鹰"的好男人
157	第十八章 可疑的法官，惊恐的女人
164	第十九章 生气勃勃的堂妹
172	第二十章 皮箱里的秘密
181	第二十一章 爱管闲事的堂妹
188	第二十二章 令人心悸的人行道
195	第二十三章 造访委托人
200	第二十四章 修女家的大火
206	第二十五章 接踵而来的探访者
215	第二十六章 对付莫里
227	第二十七章 被烧毁的公寓

目录

235	第二十八章 老房子燃起的火
246	第二十九章 友善的政府雇员们
255	第三十章 满嘴谎言的家伙
264	第三十一章 支离破碎的家
272	第三十二章 失踪的堂妹
283	第三十三章 摆脱跟踪者
292	第三十四章 密室里的男人们
304	第三十五章 在竞选总部的对话
312	第三十六章 到底发生了什么事？
319	第三十七章 躲在琴盒里逃跑……这很邪恶吗？
326	第三十八章 个人空间上的忏悔
335	第三十九章 换辆车，找到一条新线索
341	第四十章 鞋匠的故事
352	第四十一章 打草惊蛇
361	第四十二章 对叔叔严加斥责
369	第四十三章 一个不那么完美的人的死
378	第四十四章 从肮脏的洗衣店逃脱
386	第四十五章 好书……坏球
393	第四十六章 新发现
402	第四十七章 延绵不绝的河流
413	第四十八章 所有人……都给我靠墙站着
420	第四十九章 群丑毕现
427	第五十章 群鼠的末日
435	第五十一章 余音重现

第一章 毒蛇帮大佬的愤怒

约翰尼·默顿在耍弄我，我们都知道这点。他把这看成一场有趣的游戏。这么多年来，他杀人放火，无恶不作，官司缠身。好在他总有大把的时间。

我们坐在斯塔特维尔教养中心专为律师和他们的委托人准备的小房间里。我想约翰尼不至于指望我早点把他从监狱里弄出来，我已经很久不打刑事官司了。如果他想早点出来的话，可以找克莱伦斯·丹诺和约翰尼·科克伦①轮班为他服务，或者干脆好好做个祷告。

"华沙斯基，希望能在我身上使用'清白法案'②。"那天下午我一去他便向我宣布道。

"你在哪项罪名上是清白的呢？"我假装在笔记本上写着什么。

"我在他们所指控我的一切罪名上都是清白的。"他露齿一笑，试图让我以为他在和我开玩笑，不过我并没有回报以微笑。不管约翰尼·默顿扮演过什么角色，他演个丑角还差了点。当我还在公办律师办公室的时候，我已经当过他的律师了。那时约翰尼是个很暴躁的人，有一次他对另一个指派给他的新人律师连连发飙，害得那个律师不敢和他一同待在候审室里。因为他能想出一切找得出的理由把别人作为

---
①二人均为美国的知名律师。
②美国于一九九二年启用的因证据不足而使疑犯无罪的法案。

出气筒，从而获得了"铁锤"的诨名。迄今为止的二十五年，约翰尼大多是在铁窗里度过的，牢狱生涯没有使他的性情平和下来，不过却使他学会了许多对付法庭的方法。

"与你相比，我的要求非常简单，"我说，"只要你告诉我雷蒙德·加兹登在哪儿就行。"

"华沙斯基，你应该知道，牢狱生活能从你身上夺走许多东西，其中之一便是你的记忆。你提的名字我一点都不记得了。"说完他抱起双臂靠在椅背上，手臂上的两条青蛇文身从肱二头肌翻转而下，蛇头正好落在手腕上，就像在约翰尼的黑皮肤上翻转腾挪一样。

"听说你知道这一带所有恶棍过去和现在的栖息之所，甚至连他们的安葬地都了如指掌。"

"华沙斯基，人们常爱夸大其词，尤其是面对警察或是州检查官的时候，难道不是吗？"

"约翰尼，寻找雷蒙德·加兹登并不是为了我的一己私利，只是他的母亲和姨妈希望在入土之前找到他而已。即便加兹登和你是一丘之貉，他的姨妈仍然觉得他是个好孩子。"

"我真的快被你感动了，每当你提到克劳迪亚小姐的时候，我都克制不住想哭的冲动。当然，我会躲在别人看不见的地方暗自饮泣。在这种地方，我可不敢被人冠上'软弱'的名头。"

"我才不信你会心软呢，"我说，"你还记得弗朗西斯修女吗？"

"华沙斯基，我听说过她的事。她是个真正的天主教徒。听说她过世的时候，你一直守候在她的身边。"

"你听说的可真不少。"我尽量显出不以为意的态度，但约翰尼还是摆出一副自鸣得意的样子。只是他什么话都没说。

"你不想知道死前她对我说了些什么吗？"我使出了激将法。

"你可以随意编造死人说过的话。这个诱饵不错,但我不会上你的当。"

"你过得怎么样?想听听你的孩子是怎么说你的吗?"

"你找过我女儿了吗?"这个消息他可是第一次听说,愤怒使他禁不住从凳子上站了起来,脖子上的青筋直往外暴。"你想让我从你嘴里听说你一直在骚扰我的家人吗?离我女儿远点。任何一个父亲都会以她为自豪,我才不想让你这种贱货去扰乱她的生活呢。记住了没有?"

警卫从房间一角走到他身边,拍了拍他的肩膀。"约翰尼,放松点儿。"

"放松?你让我怎么放松?如果这个婊子、这个烂货一直骚扰你的家里人,你能放松得了吗……华沙斯基,我不会把你看作妓女,不过你确实越来越不知羞耻了。"

警卫按下求助铃,狱警拿着手铐走进了面谈室。

"你想适用'清白法案',对吗?"我把文件收了起来。"除了可怜的屁股以外,你身上再没有一处清白的地方了。"

我走过进出监区的检查站,甚至连律师经过这里也得被搜身。来的时候我没带任何东西,走的时候自然空手而归——我和约翰尼在交谈的四十五分钟内没有交换过任何东西。出于安全考虑,警察还搜查了我的后车厢。

离开监狱的地界以后,我把车停在路旁,伸了个懒腰。当监狱的大门在你身后关上时,你身上的每块肌肉都会战栗不止,在州立监狱度过的每一分钟都让人如坐针毡。

监狱所在的乔利埃特位于芝加哥人口稠密的远郊,我离开监狱的时候正巧是芝加哥西郊各大公司下班的时间。一想到混乱的交通状况,我的胳膊上就直起鸡皮疙瘩。当汽车在公路上匍匐前行的时候,我在笔记本上记下了一行字。"在雷蒙德·加兹登的案子上花费了四十五分钟。"这个案子没有任何油水好赚，但我必须在案子陷入泥沼之前让调查继续进行下去。

我的车顺着车流开过乡村俱乐部门口的交流车道，回到我所熟悉的马路上，接下来我就可以抄便道前进了。这时已将近七点，太阳落在地平线上，每当我西向变道的时候，我的眼睛便被阳光晃得睁不开。

我需要在清新的空气中和我的狗一起奔跑。我想把斯塔特维尔教养中心的一切从脑海中清除出去，然后倒杯酒，观看芝加哥小熊队的比赛。不过我必须在今晚之前完成给两位重要客户的调查报告。看来我最好拐到办公室，完成两份报告，这样我才能心无旁骛地欣赏芝加哥小熊队的精彩演出。

从乔利埃特回来的路上，我没有感觉到任何异样，我的心情非常放松。当我按下进入办公大楼的密码时，情况和平时没有任何不同。门锁像垂死的鹅似的"扑哧"一声弹开了，这种声音我不知道听过几百遍了，一切正常。我用肩膀把门撞了开来，还是原来的老套路。

打开门以后，我才知道有麻烦了。打开头顶的吊灯，我看见所有文件全都散落在地板上；文件柜被人洗劫一空，柜子里的抽屉以不可思议的角度歪在一边；几张地形测量图从它们所在的架子上垂荡下来。

"天杀的，这是谁干的？"我低声轻吟。谁这么恨我，要把我的办公室破坏到如此程度？

我战栗着，用手臂环抱着胸膛。我的办公室里到处堆着东西，空着的地方很少，像儿童游戏室一样，有许多可以躲人的地方。我回到过道，慢慢放下公文包，似乎公文包里放满了易碎的鸡蛋一样。我从外套口袋里掏出手机，拨打了"911"报警电话。然后踮起脚尖绕着办公桌之间的隔板转了一圈。

入侵者已经逃离了这里，但他们已经把我的办公室弄得一团糟，看来有人恨我恨到了极致。我悄悄走进后面的小房间，发现躺椅歪在一旁，复印机被大卸八块。我绕过打翻在地的抽屉，走到夹板后面办公桌所在的地方。入侵者使出了蛮劲，抛在地板上的抽屉把坚硬的木质地板弄得乱七八糟，他们甚至把我的工作笔记也给撕碎了。《伊利诺伊法典》的书页像游行队伍撒的传单似的散落在地。乌菲兹和内尔·乔埃特①的版画镜框被砸个粉碎，画作静静地躺在一大块碎玻璃下面。这两幅画是我妈妈费尽心力才收集到的，没承想也会遭此浩劫。

我弯下腰，捡起乌菲兹的画作，像怀抱婴儿一样把它抱了起来。过了这么长时间以后，我的大脑终于开始活动了。别碰任何东西，是重要的物证的话那可就麻烦了。

泰莎的地盘怎么样了？我穿过办公室向泰莎的工作间走去，她的工作是把巨大的废金属块加工成颇具现代风格的雕塑。好在她的工作间没有受到任何破坏。她下午一定来过——空气中回荡着一股微弱的焊接味。我坐在她的制图桌旁，满手是汗，心脏狂跳不止，忐忑不安地等待着警察的到来。

听到警笛声以后，我马上走出前门迎候他们。一辆警车停在路旁，车顶的闪光灯把街道染成了蓝色。两个警察跳下车来，一个是年轻的女警，另一个是大腹便便的中年警察。

我在门口截住他们，把门侧完好无损的密码盘指给他们看。入侵者不是知道开门的密码，就是拥有一套精巧的开门工具。中年警察把

---

① 均为美国画家。

这点记了下来，然后问我有多少人知道这里的密码。

"知道密码的有这里与我合租的人和两三个为我打工的人。我不知道雷诺兹小姐，就是我的合租者，有没有把密码给过别人。"

"后门的情况如何？"年轻女警问。

我领着他们沿着过道走向后门。后门是从里面关上的，没有锁孔和开关门的密码锁。女警用手电筒对准后门外的混凝土墙板照了好一阵子。

墙板上贴着条白色的手镯——现在的年轻人常在胳膊上套着这样的手镯以显示他们对某一事物的支持；他们支持的对象可能是乳癌的研究工作，也可能是某个大学的橄榄球队。我弯下腰把它拾了起来，知道它会无声地对我说，"成为我们的一员吧。"戴着这种手镯的人希望你被爱的力量所感动，为拯救艾滋病人或穷苦大众，成为他们中的一员。我堂妹佩特拉就有一个这样的手镯。那个手镯对她来讲有点过松了，只要她一激动，手镯保准从手臂上滑下来。

佩特拉，发生浩劫的时候佩特拉就在这里。我的眼前突然间变得模糊不清，身子不由地扑到墙板上。

两个警察从背后把我拎了起来，问我有什么发现。

"我堂妹来过这里。"我口舌发干，声音又亮又粗，"这个手镯是我堂妹佩特拉的。"

年轻美丽又不乏自信的佩特拉大学毕业后便来到了芝加哥，以见习生的身份加入了参议员布赖恩·克鲁莫斯的竞选阵营。这时我的思想又一次停顿了，突然想到门口装着一套监视器。因为门离办公室较远，从过道看不到前门，所以不久之前我刚配备了一道监控设施。我颤抖着手指启动了计算机，这才发现调制解调器的端口被人从墙上拔了下来。我找到网线，把调制解调器和网络的接入口连在一起。在这个过程中，中年警察一直站在我身后，居高临下地看着我。我按下"开机"按钮，我的那台苹果机进入了开机界面。我竟然破天荒地祷告起自己并不相信的上帝来。警察和私家侦探之神圣米切尔啊，请让那些监控画面都保留下来吧。

我在警察的注视下开始播放监控录像。我的合租人上午十一点十三分到，下午四点零七分离开。

四点十七分，当我和约翰尼·默顿分别的那一刻，三个竖着衣领、把帽檐压过眼睛的人出现在镜头之中。这样一来，入侵者的面容和性别都无法辨认了。三人穿着宽松的外套，身高看上去都差不多，很难辨别他们的腰围是不是一样大。从屏幕上看，左边的人最胖，中间的人稍微瘦一点，但这样说并没有什么依据。一个人按下门铃，电脑里传来门铃的蜂鸣声，接着另一个人在密码盘上输入了密码。

"还有谁知道密码？"男警员问，"除了你刚才提到的那些人以外。"

"我……和我堂妹知道。"我不情愿地把"堂妹"两个字说了出来。"有天晚上她的电脑网络不通，我让她用了我的工作电脑。"

"她在监控画面里出现了吗？"女警问。

我呆呆地看着电脑屏幕。有经验的人也许能从这些模糊不清的图象中辨别出入侵者的种族或性别，但是我完全看不出来。我无助地耸了耸肩。

我拨了佩特拉的手机电话，却直接进入了她的语音信箱。我又拨打了布赖恩·克鲁莫斯竞选总部的电话号码，但那天晚上他们已经关门了。

两个警察顿时活跃起来，他们朝对讲机报出了三个数字——44、273、60——这说明他们认为这起案子可能和绑架、入室抢劫以及蓄意破坏有关。可能性数不胜数，每种可能都令人不寒而栗。当我非常不情愿地打通彼得叔叔和蕾切尔婶婶的电话，把他们长女失踪的消息告诉他们时，警车和巡逻车已经把我的办公室围得水泄不通了。

第二章 疯狂的父母

"你对她做了什么?"彼得抓住我的肩膀,拼命地摇晃着我。

"松开我!"我厉声惊叫,"这是不能解决问题的——"

"天杀的,赶紧回答我的问题!"他的声音沙哑,脸上的皮肤由于愤怒完全皱了起来。

我试图从他的掌心中摆脱出来,我一点都不想和他打架,但是他的手指却深深地嵌入了我的背部。我狠狠地向彼得的小腿踢了一脚,他惨叫一声,与其说是出于疼痛,不如说是惊奇于我的举动更为确切一点。他的手马上就松开了,我连忙朝后退了几步。他朝我冲过来,但我揉着胳膊退得更远了。我叔叔快七十岁了,但他的手指仍然保持着十几岁时在屠宰场练就出来的那股力量。

两条狗的喉咙里不停地发出模糊不清的声音。我喘着气把两只手搭在它们的脊背上:米奇,放松点!佩皮,放松点!都给我坐下。它们似乎领会到我焦虑不安的心情,担心地呜咽着。

"打电话给你不是让你来这儿发飙的。"彼得袭击我的时候,孔特雷拉斯先生急切地站了起来。他是个快九十岁的老年人了,却随时准备着投入到战斗中,"记住我这句话,维克不可能伤害你的孩子。"

先前当我向孔特雷拉斯先生报告佩特拉失踪的事情时,他曾经毫不留情地训了我一顿。考虑到这一点,我非常感激他能在佩特拉的父母面前为我仗义执言。

"无论你是从哪里冒出来的,你还是好好地忙你自己的事去吧。"我叔叔很高兴找到了一个新的攻击对象。

"彼得,大叫大嚷一点儿用都不会有。"

昨天晚上费尽周折找到彼得叔叔和蕾切尔婶婶的时候,他们正和佩特拉的四个妹妹在加拿大东南部的劳伦山脉露营。彼得在堪萨斯城的秘书把他们的电话告诉我,并安排了一架企业用的专机去魁北克把他们接回来。彼得和蕾切尔连夜开车赶到机场,企业专机把他们放在芝加哥的奥黑尔机场,然后把他们的四个女儿送到堪萨斯城蕾切尔的母亲那里。

"前几天佩特拉看上去非常紧张,"我对蕾切尔说,"她说她很好,让我别为她担心,不过我想她也许一直在为这件事而感到烦恼,有几个恶棍逼着佩特拉,让她帮他们闯入我的办公室。"

"该死的,"彼得咆哮道,"佩特拉不认识什么恶棍。你才整天和那些凶犯搅在一起,昨天你还去斯塔特维尔教养中心看过约翰尼·默顿吧?"

"你怎么会知道默顿的事?"我不由得吃了一惊。

蕾切尔牵强地露出了微笑。"我和佩特拉每天都要通电话,有时甚至一天会通三次。她告诉我们你经常会到监狱里去探视约翰尼·默顿,她觉得这件事非常有趣。"

"哈维也对我这么说,"彼得插话道,"他说维克经常违背地方法官的命令,一直在调查那些老掉牙的团伙犯罪。"

如果我不是非常心烦,听了这话,我一定会大笑出声的。"违背地方法官的命令吗?拜托,这又不是军队。地方法官是我过去在警察局里的上司。他害怕我会让他感到难堪,因为他在一起与约翰尼·默顿同伙有关的案子上表现得很糟糕。"

"那又怎么样?坏人总是越少越好。"

"维克,我不明白,你怎么能确定昨天晚上佩特拉到过你的办公室呢?"

之前她问过这个问题,但她焦虑得把我的回答全忘了。我提醒她,我在后门的外面发现了她女儿的手镯。

"当然,那也可能是别人的手镯,不过我觉得后门外的那只手镯多半属于佩特拉。"

"即便那只手镯是佩特拉的,为什么你会觉得她会破门而入呢?"彼得坚持不懈地问,"也许是和你共用一间办公室的雕刻师干的。你怎么知道她和抢劫团伙没有任何关联呢?"

我的嘴巴张合了好几次,但始终没有说话。泰莎·雷诺兹是非洲裔美国人,我不希望她的种族左右了彼得叔叔的判断。泰莎出生于上流家庭,母亲是个著名的律师,父亲是个成功的工程师。他们害怕我所接的案子和出入办公室的各色人物会把泰莎拖下水。昨天晚上的闯入事件刊登在最近的新闻报道上以后,泰莎的母亲已经焦急地给我打过一个电话询问事情的原因了。

我又累又烦,没工夫和叔叔耍嘴皮子。我干脆打开电脑,把发到自己邮箱的那段监控录像放给彼得和蕾切尔观看。

"你们觉得他们中的哪个看上去与佩特拉比较相像?"

"当然没有!"彼得跺着脚走到一边,从衣兜里掏出手机。"别他妈的在这浪费时间了。为什么我们要坐在这让维克要得我们团团转?她只想躲在一边,眼见着佩蒂①受苦受难。"

---

①佩特拉的昵称。——译者注

蕾切尔摇了摇头，泪水从她的眼眶里涌出，顺着眼眶滚落下来。"中间那个是佩特拉。"

"你怎么能这么确定呢？这些图像一点都不清楚——"

"彼得，这是佩蒂从墨尔本弄来的鳄鱼邓迪帽和油布外套。她非常喜欢这两样东西。尽管图像非常模糊，但我还是能一眼把它们认出来。"她泪眼婆娑地看着我，"维克，她一定是被逼的。一小时后我们将和联邦调查局特工海特菲尔德见面。你能不能再介绍几个说得上话的联邦调查局特工给我们认识？"

"甜心，告诉他们吧，"孔特雷拉斯先生当起了和事佬，"别像以前那样什么事都藏着掖着。"

"你们和佩蒂大学里的室友凯尔茜谈过了吗？"我问，"我不知道她姓什么，不过佩特拉经常在我面前提起她。"

"凯尔茜·英格斯。今天早晨她在网上看到消息以后给我打了电话。她说她试着给佩特拉打了电话——我们也打过了，但电话总是转入语音信箱。"蕾切尔的声音颤动着，"维克，在你认识的警察和特工里一定有人能帮我们找到佩特拉，请你务必把他们的名字告诉我。"

我无助地摇了摇头。"几天前的一个晚上我的公寓刚被人洗劫过。我怀疑警员——准确地说是前警员埃利托和这件事有关，不过我并没有掌握拿得上台面的证据。除他以外，就只有这里的毒蛇帮老大约翰尼·默顿有这个可能了。他发起狂来什么事都干得出，不过办公室被人入侵的时候我正在和他谈话，在我们会面的过程中，他一直保持着冷静。"

彼得被约翰尼和黑帮老大的名头吓了一跳。如果以前彼得知道我和最穷凶极恶的罪犯打交道的话，一定会让佩特拉躲得我远远的。

"我完全可以理解你的感受，"当彼得拖着沙哑的嗓音对我咆哮的时候，我对他说，"但是请你们仔细看看录像上记录的时间。似乎佩特拉有意在泰莎——和我同租这里的雕刻家——离开这里以后，才按下密码，带着两个小流氓闯入我的办公室。此时距离泰莎离去只有短短的十分钟。"

"维克，世界上常有巧合的事情发生，"蕾切尔试图保持平静，"佩特拉怎么会认识那种人呢？她今年五月刚从大学毕业，以前从没来过芝加哥。来这儿以后，佩特拉和一群二十岁上下的年轻人在闹市区的办公室里上班。这样的女孩怎么可能和流氓扯上关系呢？佩特拉是个中西部的乡下姑娘，别说和罪犯打交道了，你叫她认可能也认不出来。我并没有说这是你的错，但你确实认识许多不三不四的人。佩特拉肯定不会干出这种污七八糟的事来。请你务必把你保存的档案交给联邦调查局的人或鲍比·马洛里，让他们看看这些人会不会和佩特拉的失踪有关。"

"昨天晚上鲍比刚来过我的办公室。"我说。

马洛里费力地穿过拥在过道里的警察，在书桌下面找到我，试图发现除了手镯之外，我的堂妹还在犯罪现场留下了别的什么物证。尽管在过去的十五年中有不少优秀的女性为他工作过，但我的在场还是让他感到一阵心疼。

"维克，总算找到你了。有个比长相看上去聪明得多的小子在报告上看到了你的姓氏，连忙把报告交给了我。佩特拉是谁？是彼得的女儿吗？你把她卷入了什么疯狂的事件？彼得知道吗？如果让他知道你对他的女儿有所伤害的话，他会把你揍成肉饼的。"

"鲍比，你错怪我了，"我疲惫地说，"她在参议员克鲁莫斯的竞选阵营工作。我不知道她来这里的原因，更不知道她带来的是什么人。"

我让鲍比看了录像，向他解释了佩特拉为什么会知道房门密码的原因。他对着电脑里的画面皱了皱眉，问巡警队的人他们有没有把这卷录像送到影像分析小组。

鲍比出现以后，调查的步调突然加速了。对我抱有敌意的警察变得顺从而友好，不愿干活的家伙突然精神百倍。调查组刹那间出现在我的面前，开始收集指纹、血迹和各种相关的痕迹。考虑到绑架的可能性，鲍比还特意给联邦调查局打了电话，联邦调查局在十一点左右派来了一个特工，我必须没完没了地回答他的问题。

在调查的过程中，报刊记者和一直驻扎在门外的电视报道组不断地给我打来电话。当我同联邦调查局特工交谈的时候，甚至连参议员布赖恩·克鲁莫斯本人也打来了电话。参议员正在好莱坞进行一场针对有钱人的资金筹集活动，不过他的下属还是及时了解到了佩特拉失踪的消息。和鲍比交谈了几句以后，克鲁莫斯的电话转到了我这里。

"你是佩特拉的堂姐，对吗？我们在海军码头的捐款集会上见过面，你还记得我吗？维克，我把我的电话号码告诉你。一有佩特拉的消息，请你马上通知我好吗？"

我把他的电话号码输入掌上电脑，继续和联邦调查局的特工交谈。即便布赖恩·克鲁莫斯被媒体看作新一代的鲍比·肯尼迪，在社会上风评甚佳——但失踪一个年轻的金发女见习生毕竟是件轰动全国的大事，必须采取危机公关。

回到家以后，我小睡了一会儿，努力保持着清醒，尽量不去想佩特拉遭遇了什么不幸，而是思忖着会在什么地方找到她，和她一起闯入办公室的那些人是谁。

"不管怎么说，你都不应该和约翰尼·默顿那样的渣滓会面。"孔特雷拉斯先生说，"你第一次去那儿的时候，我就这样告诉过你了，但这里没人说服得了你，我们提的意见你根本不听。现在可好，佩特拉失踪了，让她惹上麻烦的就是你这个家里人。"

"我很清楚默顿被指控有多少项罪名。绑架我女儿、逼迫她打开你的办公室对默顿来说是件轻而易举的事。"彼得咆哮着穿过办公室跑到我面前，几乎把鼻子贴在我的鼻子上。"如果你使她受到了伤害，我会让你受到十倍于她的伤害，听明白了没有？"

我静静地站了起来，一句话都没有说。如果佩特拉因为我而受到了伤害，无论如何我都不能独善其身，但此时我却无法回应彼得的愤怒。这时他的手机响了，他后退几步，按下应答键。

我转身面对着蕾切尔。"你去见海特菲尔德吧。他是个非常优秀的特工。"

"你准备怎么做？"她问。

"我准备把所有的精力扑在这个案子上。"我阴郁地说。

我曾经费尽心力寻找雷蒙德·加兹登，但至今还是一无所获。在前一个案子中，我的表现也不太好。我希望这回能在寻找佩特拉的过程中表现得好一些。

第三章 恶有恶报

雷蒙德·加兹登和我堂妹佩特拉——很难在这两个人身上找到任何共同点：雷蒙德·加兹登住在芝加哥的贫民区，是"铁锤"默顿的难兄难弟。而佩特拉则是来自堪萨斯郊区上流社会的女孩。如果不是因为我的缘故，这两个人也许永远都不会产生交集。

佩特拉是我的堂妹，所以当她结束了在父亲家乡的实习生活从大学毕业以后，一到芝加哥便找上了我。

同意寻找雷蒙德·加兹登却是个阴错阳差的误会。当我想把气撒在某个家里以外的人身上的时候，我通常会不分青红皂白地朝一个叫埃尔顿·格兰杰的无家可归者发火。

埃尔顿是使我陷入加兹登这件麻烦事的关键人物。在过去的这些年里，埃尔顿时不时会在我工作的这条街上出现一阵。我从他这里买过报纸，也买过咖啡和三明治，所以见到他时总会和他打声招呼。在一个暴风雪的夜里，我甚至让他在我的办公室里住了一夜。但他却完全辜负了我。六月的一个阳光明媚的下午，他突然在我的办公室门口精神错乱了起来。

如果让他躺在地上不去管他的话，也许佩特拉就不会失踪，弗朗西斯修女也不会死。这件事发生以后，我才领会到乐善好施的人可不是那么好当的。

那件事发生时，我正在办公室门口按下密码盘上的密码。

"维克，你去哪儿了？我有几周没看到你了！你看上去状态很好。"他递给我一份街头小报。"今天刚出的，买上一份吧。"

"我刚从意大利回来，"我从钱包里摸出看上去似乎有点新奇的美元来，"这是我十五年以来第一次真正意义上的出国旅行。我都不想回来了。"

"异国旅行。十九岁那年萨姆叔叔替我付上机票钱，让我去越南玩了一次。除此之外，我就再没有出过国了。"

我拿出一枚五十美分的硬币。这时埃尔顿突然在我面前跌倒在地，我把钥匙和报纸抛在地上，跪倒在他身旁。跌倒的时候，他把自己的头撞破了，血流得非常厉害。不过他还在呼吸，脉搏像个在音乐伴奏下翩翩起舞的女芭蕾舞演员一样无规律地跳动着。

接下来的几个小时，我把他送上救护车，在急诊室诊疗以后，又为他办好了住院手续。医生想知道关于他的更多细节，但我只知道他在过去的几年中一直在芝加哥西区做小买卖，其他的情况就不得而知了。我只记得他好像曾经对我说过，当他的酗酒变得越来越严重时，他的妻子离开了他。他从来没向我提过孩子的事情。我刚知道他还去过越南。他原来是个木匠，现在还时常给人打打零工。我不能向医院提供他们所需要的书面材料，不知道他有没有加入健康保险。毕竟他是个无家可归者。我希望他至少能有张芝加哥医疗服务的绿卡[①]，但我不知道他有没有去领过。

我希望赶紧回到办公室——出门十周以后，家里一定有数不清的工作等待我去处理——但是我觉得在诊断结果和治疗方案出来之前，

---

①美国一些大城市为贫民发放的范围有限的医疗服务卡。

把埃尔顿一个人撇在这里很不合适。两个小时之后，在我快要彻底爆发的前一刻，一个实习医生出现在我面前。来这以后，我持续不断地去分诊护士那里催促他们赶快为埃尔顿看诊、输氧气以及做心电图。如果不是这样，估计他们还要拖上好几个小时呢。躺上担架以后，埃尔顿就恢复了知觉，但是他的皮肤又冷又硬，脉搏仍然十分微弱。

有个正在照顾黑人长者的白人少妇在我第三次走到柜台前的时候对我惨然一笑。"你发现了吗？这里的医生简直太少了。减人也不能这么减，这点医生哪能应付得了这么多的病人啊！"

我点了点头。"我在欧洲待了好几个礼拜，昨天刚回到美国。我觉得自己不仅没调整好时差，对这里的医疗系统更是很难适应。"

"他是你的兄弟吗？"女人指着担架上的埃尔顿问。

"他只是个在我办公室门口晕倒的无家可归者而已。"

女人噘起鲜艳的红唇。"如果院方想把他安置到什么地方的话，你能不能把他交给我来照看？我有几个朋友在城里的无家可归者机构工作。"

我感激地谢谢她。过了一会儿，有个看上去更适合在高中就读的实习医生走到担架前，向埃尔顿询问了饮酒、吸烟以及睡眠三方面的问题。他用听诊器听了听心脏的情况，然后让护士安排做心电图、脑电图、心回波图，并为埃尔顿接上了氧气。

"他有点心律失常，"实习医生告诉我，"我们准备诊断一下他的症状有多严重。如果他是个酗酒的无家可归者，那情况就有点棘手了。"

埃尔顿对我微微一笑，用被香烟熏黄的手指轻轻地触了触我的手指。"维克，忙你的去吧。我在这儿一个人能行。谢谢你，上帝会保佑你这个大好人的。"

他从内衣口袋里拿出一张绿色的小卡片，我顿时长出了一口气，他们不会直接把埃尔顿赶出医院了。我叫了辆出租车回到我的办公室,把埃尔顿的事暂时放在一边。长途跋涉已经使我筋疲力尽,我必须在重新投入工作前抽点时间出来好好调整一下自己。

我和莫雷尔在意大利翁布里亚山区离我母亲的出生地不远的地方租了个农庄。莫雷尔终于从两年前在开布尔山口①几乎致命的枪伤中恢复过来。他希望用旅行来测试他的伤腿,看它们能不能适应战地记者的劳累工作。他渴望重回阿富汗,虽然自从开战以来,已经有三百多名记者在伊拉克和阿富汗化成了炮灰。

我的目的则比较带有私人性质——小时候妈妈教会了我意大利语,但我从来没去过她的故乡。我想见见我的亲戚,聆听加布里埃拉小时候学过的音乐,在翁布里亚和托斯卡纳的阳光下欣赏中世纪的画作,在葡萄生长的山区畅饮多瑞诺红葡萄酒。

我和莫雷尔找到了加布里埃拉那些仍然留在意大利的家人们,加布里埃拉的堂兄妹们说我和加布里埃拉非常相像,但却对妈妈和作为意大利犹太人的外祖父东躲西藏的那些年绝口不谈。他们声称已经不记得我的外祖父了,外祖父在母亲登上一艘偷渡的货轮之后被送进了奥斯维辛集中营。

没人知道我舅舅马塞利奥的下落。自从他一九四三年加入游击队以后,就再也没人听说过他的消息了,我并没有指望这次回家能找到他。我妈妈已经走了很长时间,但是我仍然不时会想起她。我非常想看看她的娘家究竟是什么样子。

我和莫雷尔还参观了锡耶纳的歌剧院,加布里埃拉曾在那饰演了尼科洛·约梅里歌剧中的角色伊非革涅亚,那是妈妈平生唯一的一

---

① 阿富汗和巴基斯坦边界的山口。

次登台。正是因为这段经历,所以我才有了全芝加哥最为疯狂的中间名。我们甚至还在剧院里遇到了那出歌剧的女主角,老奶奶现在已经快九十岁了,她还记得和妈妈一起在音乐学校就读时发生的种种趣事。"声如洪钟,这是声乐的基本要求。"老奶奶告诉我。她说的那种声音我早就领教过了。妈妈唱歌的时候,我们在南芝加哥五居室里的歌声常会经久不息。

加布里埃拉作为一个身无分文的移民来到芝加哥以后,应征来到密尔沃级大道的一家酒吧当歌手。当妈妈忘情地唱起咏叹调的时候,后台的那些坏小子会试图剥去妈妈身上的衣服。

爸爸把妈妈从那种尴尬的处境中解救了出来。在一个炎热的七月下午,爸爸到那间酒吧喝啤酒,此时酒吧老板正巧在调戏妈妈,血气上头的爸爸马上拉着妈妈从酒吧里跑了出来。爸爸是个善良的警察,在这件事发生之前早就对妈妈暗生情愫了。

看着锡耶纳歌剧院里那个举着水泥小旗的巴洛克式丘比特雕像,我感觉到舞台和生活之间存在着巨大的鸿沟。加布里埃拉在这里开始了辉煌的舞台生涯,最后却只能在破旧的公寓里为我们唱歌。但我和爸爸又怎么弥补得了意大利种族歧视法律给她造成的伤害呢?

这段旅程对我来说异常艰辛,不过在我们离开锡耶纳我母亲的娘家以后,我和莫雷尔快快活活地度过了两个月的闲暇时光。当旅程快要结束的时候,我们不约而同地意识到这趟旅途也意味着一段关系的结束。计划这次旅行的时候,我们本以为这次意大利之行会加深我们的关系。因为我们从事的工作要求我们常年在外,因此在这之前我们总是聚少离多。当莫雷尔搭上前往罗马的火车、准备直飞伊斯兰堡的时候,我们都意识到离别的时候到了。

几天之后,我带着悲伤的心情从米兰飞回了家,路上一直在琢磨着自己为什么不能和莫雷尔保持一种亲密的深层次关系。是因为我太邋遢，而莫雷尔又太过整洁吗？也许我像某些朋友指出的那样过于尖刻而令人难以接近吧。当然最大的可能性应该还是我们俩过于投入各自的工作了。作为一名记者，莫雷尔无时无刻不在关注着世界各地的人权问题，他的工作显然比我重要得多，更值得投入百分之百的精力。我的时间大多花费在狡猾的骗子身上，和莫雷尔的工作完全不能相提并论。

当我撇下埃尔顿，搭上出租车赶回办公室的时候，这种想法一直在我脑海中挥之不去。回到和雕刻师朋友合租的那间用仓库改造而成的办公室以后，我又一次提醒自己我现在已经回到美国了——这里付的各种小费远比欧洲要多得多，我必须马上习惯这里的习俗。我吸了口气，在密码盘上输入密码。埃尔顿已经脱离了危险，我的假期也结束了。

我打开里面那扇办公室的门。过去曾经为我做些简单调查工作的历史学博士艾米·布朗特在我休假期间帮我把文件收拾得井井有条，当我推开办公室门的时候，它们像列队迎客的士兵一样在欢迎我。这里的文件简直是太多了，一时半会儿根本处理不完。书桌旁的工作台上放满了贴着标签的各类文件，书桌上还有一沓需要马上处理的法律文书。

在意大利度假时，我每周去两次咖啡店上网处理邮件。在此期间，艾米为我处理小案子和一些日常的法律咨询。遇到她处理不了的问题时，我们才会简短地通上会儿话。

回国之前几天，艾米突然得到了盼望三年之久的学术职位。她必须马上赶到布法罗开始新学期的工作。临走之前，她帮我整理好了文件，然后在办公室里为我留下了一盆深红色的非洲菊。虽然回来的时候有几枝菊花已经枯萎了，但还是为空旷的办公室增添了一抹亮色。

那天下午，我首先给非洲菊浇了点水，然后把注意力集中在工作台堆积如山的文件上。不幸的是，放在文件顶端的是我的信用卡账单。我必须在十日之内付清信用卡的欠款，否则银行就会对我的信用卡实施惩罚性利率。

我用眼角看了看那张运通卡账单，好像这样做能使欠款金额变得少一点似的。冰冷的美元数字告诉我，我不应该为离开米兰之前买的那双拉里奥皮靴而欢呼雀跃，更不该在和莫雷尔游历特雷维索的途中买下那尊昂贵的石像。

我做了个鬼脸，开始着手处理台面上的法律文书。归还那些快要过期的欠款无疑是至关重要的问题。我打了个电话给某个临时工派出机构雇人帮忙，然后把电话打给我那些最为重要的客户——只有在他们身上我才能拿得到钱。

快到五点的时候，我觉得自己必须马上停止工作。我的身体告诉我这时已临近午夜，在和客户的通话过程中，我已经开始不知道对话者的身份、不清楚自己在使用何种语言了。

门铃响的时候，我正把几样文件放进公文包里——我明知把它们带回去也不会有时间看，却又命令自己在吃晚饭时把它们看完。我在门口配备了一个监视探头，所以当快递员把沉重的雕刻材料运给我的合租者时，我不用每次都去开门迎接。我抬头看了眼电脑屏幕里的画面。

这不是个非常精确的系统，但我还是一眼看出了来人是谁。我想这应该是那天早些时候和埃尔顿一起在医院碰到的那个白人少妇。莫非埃尔顿出了什么事？天哪，我几乎把他完全抛之脑后了！我的心猛地一沉，莫非她给我带来了什么坏消息？我打开门锁开关，快步走向过道，准备迎接她的到来。

当我向她询问埃尔顿的事时，她宽心地拍了拍我的手。"别担心，他看上去很好。今天下午我和他聊了很多。他是个老兵，去过越南，所以可以搬到专为老兵提供的病房，在那他会受到更好的照料。"

我感谢她特意赶来把消息告诉我，暗想办公室的地址一定是埃尔顿告诉她的。

她不好意思地对我笑了笑。"我不是为了埃尔顿的事来这里的。他告诉我你是个侦探，你看上去比较像我正好要找的那类人。"

哦，简直棒极了！谁说天上不会无缘无故掉馅饼呢？当我把她带到我的办公室时，她迟疑不决地站在了门口，不断地打量着办公室里的情形。看过汉弗莱·博加德和詹姆斯·艾洛伊①的电影的人常会在真正的私家侦探面前表现出这样的神情来。

"你有什么事情想让我调查？哦，对了，该怎么称呼您——"

"列农。卡伦·列农。不是我的事，我是为了一个老太太的事来找你的。"她坐上沙发，两只手紧握在圆滚滚的膝盖上。"我是个牧师，在以色列教会资助的医院工作，最近我被分配在这里的狮门养老院——那是教会资助的一个保健养老院——我服务的对象大多是些老太太。其中有个老太太的儿子失踪了，这个儿子一直靠老太太和她妹妹生活，她们希望能赶快把老太太的儿子找回来，这样她们才能死而无憾。我一直在寻找帮助她们的办法，当我看到你对那个无家可归者表现出来的同情心，又了解到你是个侦探的时候，我想你大概是我能依靠的最佳人选。"

"我不会轻易拒绝你的委托，不过警方有专门的部门寻找失踪人

---

①美国影星，以扮演私人侦探见长。

口,你还是委托他们比较好。"

"那对姐妹是非洲裔美国人,年纪已经很大了,"卡伦说,"她们对警察的印象很坏。在她们看来,私家侦探不会只拿钱不干事,所以请你为她们寻找家人。"

"我要收取一定的费用,警察至少是不收费的,"我说,"他们也可以找教会的救世军机构,据说他们也有专门的寻人机构。"

"救世军的寻人机构虽然专门为埃拉小姐的儿子建立了文档,但他们说埃拉小姐的儿子已经失踪得太久了,这项工作超出了他们力所能及的范围。"她犹豫了一下,"埃拉小姐靠并不丰裕的养老金过活。她一辈子在电话公司组装机器,但退休时并没有拿到企业发的退职金。我上网了解了一下你的情况,知道你为几个支援者组织工作——其中包括妇女保护组织、强暴危机中心和支持妇女拥有堕胎权的专门协会。我想如果人们遇到难题时,没准你会向她们伸出援助之手。"

我的嘴唇一抿。"我有时确实提供一些没有报酬的无偿性服务,但我从来没有无偿找过人,尤其是一个失踪了那么长时间的人。不管怎么说,我想知道救世军在这件事上花了多少时间?"

"我不太了解其中的细节。"卡伦·列农一直紧盯着自己的手。她显然是个不会撒谎的女人。她很清楚,一旦回答了这个问题,我肯定不会接这个案子的。"埃拉小姐可以比我更好地回答你这个问题。她的人生已经够苦了,如果看到有人能在她死前给予她帮助,她一定会好过一点。"

"必须有人为我的费用付账,"我寸步不让,"即便不用付每小时一百五十美元的全额调查金,我也需要有人为我的支出买单。我不能把时间和金钱投入到这个无底洞里。顺便问一句,狮门养老院有没有你能自由调配的自主基金?"

我的老朋友洛蒂·赫切尔是芝加哥以色列教会医院的首席产前保健专家，我们将在这天晚上共进晚餐。我可以向她了解卡伦·列农以及狮门养老院的情况，还能知道以色列教会是不是会为某个正当的理由付出一笔钱。如果有人肯出钱的话，这还是笔不错的生意。

"如果你和埃拉小姐谈一谈的话，也许你可以帮她找个她付得起钱的地方。"卡伦回避了我的问题，"见她一面对你又会有什么损失呢？"

第四章 糟糕的客户

在和洛蒂共进晚餐过程中，我把救助埃尔顿的事以及卡伦·列农的委托告诉了她。

"马克斯比我更了解医院的附属机构和它们的那些职员。"当我向洛蒂询问卡伦·列农以及狮门养老院的情况时，她对我这样说。

洛蒂多年的老友兼情人马克斯·洛文塔尔是以色列教会医院的执行理事，还是医院控股公司的董事会成员。第二天洛蒂把他的回复通过电话告诉我。"列农是医院道德委员会的成员。马克斯说她虽然很年轻，但判断力极强。至于他们有没有一笔自主资金，马克斯说他们为许多古怪的事项建立了种种不同的基金，但没有专门为养老的老人寻找失踪亲属的专项资金。亲爱的，这件事你自己看着办吧。"

我完全可以把卡伦·列农和她的那位老太太晾在一边，但毕竟列农在埃尔顿的事上帮助过我。三天之后，当我好不容易有机会喘口气的时候，我把车开出罗斯福大道，经过南区医院的摩天大厦，直奔以色列教会医院所属的狮门养老院。这是一幢十五层的大楼，上面的两层是为老年痴呆症患者准备的全封闭病区，底下则是老年公寓和专业的护理病房。如果成天想着电梯会把你送上顶层的封闭病房、然后再装在盒子里把你送下楼，这种日子你也过不舒坦。

门口的警卫向我指点了卡伦·列农所在的办公室的位置。但这座大楼简直像个迷宫一般，我好几次迷了路，必须停下脚步校准方向。至少我问的所有人都知道这里的牧师是谁，看来她在自己的教区里拥有足够的威望。

狮门养老院非常整洁，但看得出很久没有大修过了。墙上的很多地方油漆已经剥落，拐杖和推车的反复折磨使地毯上到处都是开裂。壁灯大都没有坏，不过院方用的是低功率的灯泡，所以即便是阳光炽烈的夏日这里也是昏暗一片，让人觉得自己好像身处水质浑浊的海洋深处似的。

当我找到卡伦·列农的办公室时，她正在和一个上了年纪的女职员谈话。不过她马上结束了谈话，陪我前往埃拉·加兹登居住的公寓。

乘着电梯下楼的时候，我向她提到马克斯·洛文塔尔的名字，她的脸庞一下子亮了。"执行理事大多只关心医院的利润，只有马克斯知道医院之所以存在是为了治病救人。"

我们下到九楼，列农带我飞快地穿过走廊。在我们行进的过程中，牧师告诉我埃拉小姐的行为看上去可能有些古怪。"别被她吓回去。就像我在你的办公室里告诉你的那样，埃拉小姐经历了很多事情，她必须用貌似严厉的外表来保护自己。"

卡伦·列农敲了敲公寓的门。几分钟之后，几记沉重的拐杖敲击声由远及近地传了过来，门"喀嚓"一声打开了。

埃拉身材高大。虽然拄着根拐杖，但却在我面前站得笔直。尽管一个人待在家里，时间也已经快到了傍晚，但她还是穿着丝袜和一条裁剪得非常齐整的天蓝色裙子。

"埃拉小姐，这是华沙斯基小姐。华沙斯基小姐想和你谈谈你儿子的事。"

埃拉小姐把头歪了歪，没有理会我向她伸出的手。

"回去之后给我打个电话,把你们交谈的情况告诉我。"卡伦·列农决定不参与我们的对话,问了几句"克劳迪亚"小姐的近况以后,她退回了走廊。

进门以后,我就差点儿闯了祸。房间很小,堆满了各种与埃拉小姐有关的纪念品——桌子和架子上放满了各种无角的工艺品,陶瓷罐,玻璃做的小动物以及黑人运动先驱马丁·路德·金的巨大头像。我撞上一个摇摇晃晃的桌子,桌子上的陶瓷羚羊和陶瓷斑马顿时一阵摇晃,好在没有东西摔落在地。但埃拉小姐还是不满地"呃"了一声,然后又低声补充了一句,"陶瓷店里闯入头公牛。"只有厨房门口的小圆桌没有放置易碎品,但是上面放着埃拉小姐的工具篮,巨大的柳条篮里放着如同豪猪的刚毛一样坚硬的编织针。

马丁·路德·金和巴拉克·奥巴马的肖像挂在吊壁式电视的两旁,上方的镜框里挂着一条宗教标语。"当你最艰难的时候你只见到一行脚印,那是因为我把你背在了肩上。"我读道。还有两句是"试图把神赐给我们的每一天过好"以及"虔诚地走向人生的终点"。

这些信息似乎和埃拉小姐刻薄的言辞极不协调,不过当她一个人在家的时候她可能更顺从、更柔和一些。她示意我坐在工具篮边的硬木椅子上,然后拖过另一把木椅子坐在我的对面。当我伸手要帮她时,她严厉地瞪了我一眼,告诉我只管坐下就好。

开始的时候,她只用最简短的答案回答我的问题。

"我听说你在寻找你的儿子。"

"是的。"

"他叫什么名字?"

"雷蒙德·埃曼努尔·加兹登。"

"他有多大了?"

"六十一。"

"加兹登小姐，你最后一次是何时见到他的？"

"一九六七年一月二十五日。"

我吃了一惊，顿时陷入了沉默。难怪卡伦·列农不想跟我说实话。这已经不是时间长短的问题，那简直可以说是另一个世代发生的事了。

我问埃拉小姐她有没有找过儿子。她阴沉地点了点头，但是拒绝向我提供更多的情况。

我尽量不唉声叹气。"那你们是怎么找他的呢？"

"我们找过他的朋友，那些朋友说他只是不见了而已。"埃拉小姐的嘴巴紧闭，不过她又马上张开嘴补充了一句，"我不相信他的朋友，我们好不容易才找到他们，他们看上去不像好人，不过我觉得他们没有对我撒谎的必要。"

"那时你们有没有向警方报案？"

"我们去了警察局，"当她提到"警察"二字时，语气中出现了明显的不屑，"我们穿着最好的衣服去了警察局，但他们却把我们俩当成黑人说唱团的丑角一般。"

"我父亲就是个警察。"我情不自禁地脱口而出。

"那又怎么样？"埃拉小姐像个反刍动物一样用下巴顶着假牙，"难道他会在黑人妇女登门求助时，恭恭敬敬地对她说，'你好，夫人'吗？"

"夫人，我不是这个意思，"我轻声说道，"我只是想让你事先知道这一点，万一被你事后发现，你也许会认为我对你有所隐瞒。"

埃拉小姐怨恨地闭紧了双唇。她有理由为此而生气——我完全能够想象一九六七年时的南区警察局是个什么样子，那时正是种族冲突最严重的时候，局里的大多数警察都是白人。不过我爸爸显然和大多数人不同。当有人把所有警察都称为猪猡或畜生时，我总会勃然大怒。但是和客户争吵总不是什么好事。

"刚才提到的'我们俩'，是指你和你丈夫吗？"

"是我和我妹妹。我丈夫过世以后，我妹妹过来和我们住在一起。那时雷蒙德只有十三岁。我总是说她来之后雷蒙德才开始变坏的——她太纵容那个孩子了，雷蒙德一下子失去了方向感。不过已经既成事实，再怎么样也无法挽回了。我妹妹病了，活不了太长时间，她只想知道雷蒙德发生了什么事。正因为如此，我才会在这么长时间以后托人调查这个案子。卡伦牧师说你是个值得信赖的人。"埃拉小姐的语调平淡，似乎对卡伦·列农的推荐没有什么信心。

"卡伦非常好心。她有没有对你提过收费的事？"

埃拉小姐站起身，缓慢地穿过堆放杂乱的家具，走到一只餐具柜旁。故意小题大做地呻吟了一声，然后弯下腰打开橱门，从里面拿出一只带锁的小箱子。接着，她从挂在脖子的链子上取下一把钥匙，打开了这只箱子。

"这是我妹妹价值一万美元的人寿保险。她过世以后，我将把葬礼承办费用以外的全部余额都给你。如果你找到雷蒙德的话，情况自然就不一样了，这笔钱的用途将由他来做决定。"

她把保险条款递给我，让我自己看上面的声明条款。这是张友邦保险为克劳迪亚·玛丽·安德雷恩签发的人寿保险单。雷蒙德·埃曼努尔·加兹登是受益人，而埃拉·安娜斯塔西亚·安德雷恩·加兹登是雷蒙德之后的第二受益人。我突然觉得面前的女人十分可怕，她竟然像个盗尸者一样虎视眈眈地垂涎着妹妹的遗产。我差点儿掉头就走，但潜在客户脸上的某种表情使我想到也许她要的就是这个效果，或者她想让我感到良心不安，以打消收费的念想。

我拿出笔记本，记录下埃拉所能提供的那些为数不多的细节：雷蒙德孩提时他们所在教区的牧师姓名，还有雷蒙德高中时的物理老师，据埃拉所言，这位老师曾经说服雷蒙德一定要去大学念书。

"他的朋友们呢？"我问，"就是你不相信的那些人。"

"我不记得他们的名字，毕竟那时离现在已经有四十多年了。"

"埃拉小姐，你也许知道，有些事情会突然出现在睡梦里。"我对她爽朗地笑了笑，示意我知道她在撒谎，"万一你想起了他们的名字，请你把名字写下来，然后打电话告诉我。我还想知道，你最后一次见到雷蒙德的那天，他做了些什么，他又要到哪里去。"

"那天他回到家吃了晚饭。平时他很少回家吃晚饭，不过那天却很早就到家了。他坐到餐桌旁，一边喝豌豆汤，一边看报纸。那时，家里订了晚报。我和妹妹闲谈的时候，雷蒙德一言不发地在旁边看报纸。突然，他扔下报纸，连声招呼都没打就跑出了门。

"'你会这样做吗？吃完饭连声谢谢都不说就跑出家门？'我当时真有点气不过。克劳迪亚总觉得我对雷蒙德太严厉了，但是我想男孩子做人总应该懂点礼貌。他没有工作，全靠我和克劳迪亚赚的钱生存。我在电话工厂做装配工，克劳迪亚替那些被宠坏的白人打扫房间。雷蒙德总是认为我们活着就应该围着他转。"

她停顿下来，呼着粗气，把四十年没发的脾气一股脑宣泄出来。"那天晚上，当我狠狠地教训了他一通以后，他朝我吻了吻手指，用讽刺的话语对这顿'美好的晚宴'表示了感谢，然后就摔门出去了。身上只穿着当时赶时髦的年轻人喜欢穿的那种薄外套。第二天就来了风暴，那场大风暴没准你还记得。一开始，我还以为他到什么地方避风去了，那件外套不足以让他躲避风寒。"

没错，我想起来了，一九六七年的确有场席卷全国的大风暴。那时我才十岁,外面的世界在我看来像个童话王国一般。雪足有两英尺高,把大楼前的台阶都埋没了。暴风雪把我们的汽车和房子都压在下面,把所有东西都染成一片亮白色。虽然孩子们觉得这很好玩,但对成人来说,这却是场彻头彻尾的灾难。爸爸在警察局里滞留了两天,妈妈带着我费力铲雪,好不容易去杂货店买了点东西回来。好在我们的房子没有被大雪压垮。过了一天,地上的雪就变得又脏又黑,连我们小孩子都觉得有些兴味索然。

"过了几天,我们才觉得事情有些不妙。"埃拉小姐沙哑的声音把我带回了现实。"当我们出门开始找他的时候,我们认识的所有人都说没有见过他。"

当我向埃拉小姐索要照片的时候,她看上去有几分诧异。我早就觉得有些奇怪,这里除了马丁·路德·金、马尔科姆·艾克斯以及其他黑人领袖的标语和照片之外,为什么连一张家人的照片都没有。

"你要他的照片有什么用?"

"如果要找他的话,我就需要知道他四十年前究竟长什么样。可以根据他年轻时的形象大致推算出他现在的样子来。"

埃拉小姐回到橱柜旁,从里面摸出一本照相簿。她慢慢地翻看着照相簿,最后从里面取出一张穿着黄色毕业服的黑人青年的照片。雷蒙德梳着那个时代黑人青年常剃的爆炸头,他严肃地盯着照相机,目光异常冷峻。

"那是他高中毕业时拍摄的照片。虽然他那时已经开始学坏了,但我还是坚持让他念到了高中毕业。其他的都是些他儿时拍的照片。希望日后你能把这张照片还给我,最好别有半点缺损。"

我把照片套在塑料袋里放进了文件夹。我告诉她把照片复印、做过一些初步调查以后,我会尽量赶在周末以前把照片还给她。

"但是我不想让你妹妹产生调查会很容易的错觉。我不会对调查结果做出任何保证。在这个案子上,我们随时都有可能走进死胡同,调查也随时有可能因此而步入绝境。"

"这就是说,即便你找不到雷蒙德,我还是需要给你付钱吗?"

我开心地笑了。"牧师可能拯救不了你的灵魂,你不是照样还在给她捐钱吗?"

她阴森森地看着我。"我怎么知道你没有欺骗我们,我是说我和我妹妹?"

我点了点头。她有权知道真相。"调查结束以后,我会给你一份书面的调查报告。你和卡伦牧师可以实地了解一下我做没做过我在报告里写的那些事。但是如果你不把你儿子朋友们的姓名告诉我的话,调查很难获得实质性的进展。"

几分钟以后,我出了门。埃拉小姐立刻在房间里给门上了锁。我站在走廊里,对这次失败的问询感到非常沮丧。

侦探不在场时发生的情况 1

"嗨,埃拉小姐。你妹妹今天在椅子上坐了一个多小时。我们准备明天试着让她站起来。"助理护士兴奋地说,"你打算过来喂她晚饭吗?今天的理疗她练得非常刻苦,现在已经累得不行了。"

埃拉点了点头,但是没有搭话。克劳迪亚本是家里最漂亮的一个孩子,看到她变成现在这样真叫人难受。克劳迪亚正躺在床上,不能动,也不能说话,像个婴儿一样裹着尿布,这难道是上帝给她的报应吗?以前的赫伯特牧师会给出肯定的答案,但卡伦牧师不会同意这样的观点。卡伦牧师认为上帝不会像工头和狱卒那样在老年人身上滥施刑罚。

"但感觉上是这样没错。"埃拉小姐咕哝着。护士助手惊奇地问："埃拉小姐，你在说什么啊？"埃拉这才意识到自己的声音过高了一点。

最近这种情况接二连三地发生，她经常在自己根本没意识到的情况下大声说话。这对她来说算不上什么大罪，只能算是一桩老年人常会遇到的小麻烦而已。

护士助手拿着一盘炖得非常烂的食物走进了克劳迪亚的房间。电视机开着，好像克劳迪亚希望一天二十四小时都能听到有人在旁边跟她说话似的。和克劳迪亚共用一个房间的女人正在用手指抚摸着被单，目光空洞地注视着前方。克劳迪亚睡着了，她的呼吸非常急促，不时还会打呼噜。她的头发很久都没有洗过了，埃拉一丝不苟地把这件事记在心里，准备过几天向病房的主管进行投诉。克劳迪亚的那头黑发一直那么飘逸柔顺，中年以后才渐渐变得灰白，克劳迪亚索性把它剪短了，后来更是在头上做了一个个的小卷卷，弄了个非洲式的爆炸头。埃拉可不像克劳迪亚那样爱折腾，她每月烫一次头，用化学药水把头发做成固定的形状就万事大吉了。

埃拉坐在妹妹依然有感觉、能稍微做点动作的左手边。克劳迪亚的右手看上去又软又嫩，和多年以前埃拉妒忌的那个美少女几乎没有什么改变。但是她的左手却和埃拉的手几乎一样粗糙。

"侦探今天来过了，"埃拉说，"她带走了雷蒙德的照片。她会去和证人谈，她会问些问题。听到这个消息你觉得高兴吗？"

克劳迪亚突然间握住了埃拉的手。"是的，谢谢你，我觉得非常高兴。"

"也许她会帮我们找到雷蒙德，接下来我们该怎么办？"

"恨……恐惧,"克劳迪亚艰难地向姐姐表达着自己的意思,"埃莉……我……错……我差点儿……毁了……你。"

克劳迪亚几乎不能说出一句完整的话来。帮助发音的理疗师整天都在训练她的说话功能。但晚上和姐姐在一起时,她反倒能放松下来,说话比白天更顺了。

憎恨和恐惧。我错了。我差点儿毁了你。埃拉知道妹妹说的是这三句话。因为她们在一起的这八十五年里,克劳迪亚已经把这三句话当成了口头禅。卡伦牧师以为某种亲情的纽带使埃拉能够理解妹妹的话语,不过对于埃拉来说,这只是种习惯而已。她扶着克劳迪亚坐在床上,喂她吃了些烘肉卷、碎土豆和果子冻。

"谢……你,埃莉。"埃拉帮着克劳迪亚躺了下来。直到克劳迪亚悄然入睡以后,埃拉才退出了妹妹的房间。

第五章 可敬的堂妹

路况变得和马克·吐温笔下的布罗米德旧城区差不多——所有人都在抱怨,但是没有人想对此做出任何改变。甚至连我也是这样。我经常对塞车的情况牢骚满腹,却还在每天开车往外跑。问题在于芝加哥的公共交通简直糟透了,如果乘公车或高铁往返于办公室和委托人那里的话,我可能连睡觉的时间也捞不到。从医院回家的这一路就是明证,不计算停下来买杂货的时间,短短的七英里路竟然耗掉了四十多分钟。

当我好不容易把车挤进一辆崭新的尼桑探路者和一辆庞大的丰田巡洋舰时,我已经连走下汽车的力气都没了。这时家里的两条狗和楼下的邻居一齐向我冲了过来,他们都想得到我的陪伴;我的两条狗更是兴冲冲地想要领着我向外跑。

"慢跑一定对我有好处。"我像念咒语一样反反复复地对自己说,但是我实在站不起来了,只好坐在驾驶座上透过福特野马车的太阳顶棚看着外面的几棵树。

六月一到,芝加哥的市中心就能感受到夏天的气息。我居住的钢铁工业区更是炎热无比。春天的阳光和温暖总是会让我涌起一股怀旧之情,今年的意大利之行使我的这种情愫变得比以往更为浓烈。

看到翁布里亚富饶的山区以后,我理解了母亲为什么要在钢铁厂密布的地方建立一个地中海式的花园。每到七月，园子里的树叶，包括妈妈种的那些山茶花，都会表现出一种死气沉沉的样子来，叶片上包裹着一层酸渍和油烟。但下一个春天来临的时候，这些大树还是能给我们带来希望的绿芽。也许同样的事会发生在我的新客户身上，事实将会证明我的悲观预感完全是错误的。

离开埃拉小姐的房间以后，我去卡伦·列农的办公室坐了一会儿。埃拉小姐签了一份合同，同意付出一千美元作为调查费用——我给她打了个对折，同意把两个全天的时间用在寻找她儿子的事上。一千美元将以分期付款的方式付清，她先给我七十五美元的现金作为预付款。

一个路过的护士助手告诉我卡伦正在大楼另一侧新开的特殊护理中心为那里的老人布道。我在一把疤痕满满的塑料椅子上坐了大约一个小时，屋子里的另一把椅子的扶手都快掉到地上了。我没有傻等，利用这段时间浏览了一下卡伦的藏书——《非洲裔美国人神学读本》《黑人女权主义神学读本》，我稍微翻了翻这两本书。当我等得不耐烦的时候，我接了几个电话，然后为我的另一个客户——一个报酬丰厚的律师事务所做几项查询。我不喜欢用手提电脑上网——屏幕太小，浏览文本的速度也上不去——但是卡伦·列农的电脑被锁定了，我只好打消了上网查资料的念头。

卡伦匆匆忙忙地回来，开始收拾着公文包，显然还有别的地方要去。她试着对我露出亲切的微笑，不过她显然没有足够的时间向我提供我所需要的信息，因此我只能跟在她的身后朝停车场走去。

"当你向我求助的时候，你知不知道雷蒙德·加兹登已经失踪了四十多年了？"我看着她锁上了办公室的门，然后又不依不饶地问，"因为这样你才避着我吗？"

卡伦·列农依然非常年轻，她的脸红了，然后不自觉地抿了抿嘴唇。"我怕你当面拒绝我。那件事确实已经过去很多年了，我妈妈当时也只是个十几岁的小孩。"

意识到她妈妈几乎和我差不多大，我稍稍觉得有几分慌乱。"为什么埃拉小姐等了这么久才决定调查？"

"她们做过努力，可都没有用！"卡伦在大楼的前厅里停下脚步，淡褐色的眼眸里露出渴望的目光。"出事以后，她们马上找到了雷蒙德的朋友们，但是他们说他们对雷蒙德的去向一无所知。之后她们还找过警察，但警察却用种族歧视的态度对待她们。最后她们走投无路，只好放弃了调查。"

"她们，"我问，"你指的是不是埃拉小姐和她的妹妹克劳迪亚？我请求埃拉小姐让我见见克劳迪亚，但被她拒绝了。她似乎很不愿意同我交谈，她是不是有什么事还在瞒着我？"

"哦，维克，我不知道埃拉小姐为什么拒绝把实情告诉你，但是她不让你去见克劳迪亚小姐却是有原因的。克劳迪亚在复活节遭遇了一次中风，现在很难开口讲话。她勉勉强强吐出的几个字也很难辨认得清。只有埃拉小姐可以完全听得懂她说的话，当然我现在也可以听得八九不离十了。克劳迪亚中风以后，寻找雷蒙德的意愿变得更为迫切。埃拉小姐试图让她放弃这个念头，毕竟已经这么多年过去了，找到雷蒙德的希望微乎其微。但克劳迪亚小姐却让埃拉在她面前发誓要找到雷蒙德，不然她就不肯休息。不管怎么说，必须试着找到他。你准备帮我们去找他吗？"

我噘起嘴，"我只能尽我所能，但我手里几乎没有派得上用场的线索。埃拉小姐一点都不肯合作，拒绝把认识他儿子的那些人的名字告诉我。"

"这事我帮得上忙，"列农恳切地说，"她不信任陌生人。不过我已经在这儿十四个月了,她已经开始渐渐相信我了。"

"也许你能帮她找到儿子。"我不怀好意地说。

她惊愕地张开了粉红色的嘴唇,不过并没有丧失理智。"如果我有你的本事的话,我会帮她找到儿子的。我告诉过你,我们相遇以后我在谷歌上查过你的情况,网上的那些报道把你吹得天花乱坠。所以我不辞辛劳地帮助你的朋友埃尔顿,根本没打算从他的身上取得任何报酬。我想你一定很愿意回应我的好意,为埃拉小姐这样的可怜人尽一点点心。"

"我不知道她到底有多可怜,"我说,"也许你觉得她是个被劳苦工作和不公正待遇折磨了一辈子的老女人,但是对我来说她只是个尖刻又有所隐瞒的委托人,她说的话我一句都不能信。即便已经四十多年过去了,谈到儿子的时候她依然气不打一处来。多年之前雷蒙德会不会是被她杀害的?又或许雷蒙德根本没有失踪,只是她对儿子所过的生活感到非常耻辱,所以对外谎称他失踪了?"

卡伦惊讶得张大了嘴。"维克,你难道是说……不会的!埃拉小姐不可能会这样做。教堂的女执事怎么会做出这种事呢?"

"算了吧,"我说,"报纸上都是神职人员偷钱或虐童的新闻。我并没有说埃拉小姐一定做过这些事,更没有指控她是杀害亲生儿子的杀人凶手。我只想让你知道她对我们隐瞒了一些事,她对我的态度非常不好,世界上也没有那么多免费的午餐吃。"

"那你还准备帮她吗?"

"我答应为她做些初步调查,在侦探费用上还给她打了折,不过如果她做不到按时付款的话,我可就爱莫能助了。"

卡伦牧师笑了,也许是因为我承诺可以帮上点忙而觉得有些释怀。"她在钱的问题上非常严谨。"

"记得把雷蒙德朋友的名字替我要来。我打算从雷蒙德的朋友着手调查这件案子。"

卡伦说她会在第二天早晨找埃拉小姐谈谈。我连忙补充了一句："如果能让我见见克劳迪亚小姐就好了。你知道她住在哪儿吗？"

"她就住在我们狮门养老院，现在她住在治疗区里。老实说，我觉得在她身上很难得到什么有用的消息来。克劳迪亚小姐中风以前，她和埃拉小姐一直挤在那个小套间内。"卡伦悲凉地摇了摇头，"她们没日没夜地工作了这么多年，到头来却连两间独立的卧室都住不上。甚至在狮门养老院也只能得到一个非常小的套间，这太不公平了。"

也许埃拉小姐对我表现出来的恶意正是源自阶级上的不平等对她造成的伤害。人生没有公平而言，这是自然而然的事。妈妈常对我说，下雪时富人们可以去山上滑雪，穷人就只有打扫门前人行道的份儿了，人生就是这么现实。不过加布里埃拉热爱生活，热爱我，热爱音乐——当然在这三者之间，她对音乐更为痴迷。当妈妈歌唱的时候，尤其在演唱莫扎特所写的那些歌剧的时候，她仿佛进入了一个完全和现在不同的世界，没有贫富之分，没有公平和不公平的说法，整个世界完全被妈妈那优美的歌声所充满。埃拉小姐有没有这样一个地方可以隐藏？我又有没有这样一个地方可以躲避呢？

车窗上的一阵猛击声把我带回到了现实中来。敲窗的是住在我楼下的邻居孔特雷拉斯先生。我家的那只大金毛犬米奇，跳在车顶上，爪子伸出顶棚，朝我不住地咆哮着。我跳下车，把它从车顶上抱了下来。

"我们还以为你坐在那里中风了呢。宝贝，你坐在车里的时间太长了。你总算有伴儿了，有个年轻的女孩到这来找你。她说她是你的妹妹，不过她看上去非常年轻，说是你的侄女也不过分。不过家族里的年龄层次有时会拉得很开,这点我完全可以理解。我想她应该是你爸爸那边的人,因为她说她也姓华沙斯基。我不知道你都有哪些亲戚……"

米奇用歇斯底里的狂吠声完全把孔特雷拉斯先生的声音淹没了。自从我到家以后,它和它妈妈佩皮就一直黏在我的身后。我不在的时候,宠物商店的人每天会过来遛两次狗,但是它们希望我能保证今后再也不会撇下它们一个人出去了。米奇没有理会我让它安静地坐下来的命令,当我把它从街道赶向人行道的时候,我已经累得不行了。佩皮一直像个圣徒一样乖乖地坐着,这时它乖巧地在我双腿之间来回穿梭着,发出轻轻的呜咽声对我的回归表示欢迎。

"你能不能从头再说一遍?"我抓着米奇的项圈向孔特雷拉斯先生发问道。"你说的是哪个妹妹?她叫什么名字?从哪里过来的?现在她人在哪儿?"

孔特雷拉斯先生被我逗笑了。他喜欢家庭——连我的家人都非常关心。他很少见到已婚的女儿露茜和两个外孙。"你真的不知道吗?她可是你的妹妹啊,难道她母亲事先没给你打过招呼吗?据说她是来芝加哥工作的,并且已经在巴克镇借了套房子。"

巴克镇是芝加哥的卫星城,在我住的地方以南,离我大约有十英里远。十年前那里住的大多数是波兰和墨西哥劳工。之后那里涌入了许多寻找廉价工作室的艺术家。现今那些艺术家已经付不起那里的房租,搬到西面更远的地方。原来住在那里的本地人则被继续往南赶,迁到了荒无人烟的芝加哥南郊。

我把杂货搬出汽车后备厢,和孔特雷拉斯先生一起走上了人行道。如果是华沙斯基家的堂妹的话,那一定是我叔叔彼得家的孩子。他比我爸爸小很多,成家也比较晚,直到从芝加哥搬到堪萨斯城以后才成家立业，所以我对他和他的孩子们并不熟识。这些年来我接连不断地收到来自彼得叔叔的出生通告。先是佩特拉、金伯利，接着又是斯蒂芬尼、艾莉森和乔丹，生的全都是女儿。

当我们走到门前的时候，一个年轻女孩蹦蹦跳跳地走下台阶，米奇马上屁颠屁颠地跑到她跟前。女孩身材高挑，长着一头金发。她穿着低胸的女式衬衫和背心、裙子、绑腿和高跟鞋，似乎在表明自己是一个时尚的新世纪女孩。不过脸上爽朗的笑容却显得非常真实。女孩亲切的笑容使我马上联想起了我父亲，不过比我父亲更具有活力、更女性化。我连忙放下手中的购物袋，向她伸出双臂。

"是佩特拉吗？"我试探着问道。

"是我，是我。"她紧紧地抱着我，把身体压在我那五尺八的身体上，把我挤得生疼。"原谅我不请自来。我今天下午刚在这安顿好，爸爸告诉我你离我住得很近，现在我正巧没什么事，所以就顺便过来看看。萨尔老爹——这个称呼很棒吧？他让我叫他萨尔老爹。你没回来的时候，他在花园里给我倒了茶，还跟我讲述了和你一起侦破的那些案子。托莉，你真是太了不起了！"

托莉，我在家里的昵称。自从十二年前堂兄波波死后，就没有人再这样叫过我。从陌生人的口里听到这个称呼更是让我吓了一跳。孔特雷拉斯先生成了她的"萨尔老爹"，米奇须臾不离她的左右，我们迥然成了一个欢乐的大家庭。

孔特雷拉斯先生知道我们两个"姑娘"有许多私房话要谈，于是我们干脆走向我的房间。如果我们要吃什么东西的话，还可以让孔特雷拉斯先生给我们做通心粉吃。两条狗兴奋地跑在我们前面，每上一层楼，都会回头看看我们有没有跟上。我们就这样热热闹闹地上了三楼。

"你该让我早点儿知道你要来芝加哥，"我说，"我非常愿意给你安排住宿。"

"这事发生得太快了，一周以前我还不知道我要来芝加哥。今年五月我刚从大学毕业，然后我和我的室友去非洲待了四周。我们在那儿买了辆二手的陆虎，然后开着它横穿非洲大陆。我们在开普敦卖掉了那辆车，然后飞到了澳大利亚。当我在堪萨斯城下飞机的时候，爸爸问我找到了工作没有。我的答案自然是否定的。他告诉我哈维的儿子正在竞选参议员，他和哈维是穿开档裤时的至交，自然他们现在的交情也非常好。老哈维的孩子需要帮助的时候，彼得的孩子自然要拔刀相助。所以我就来这里了。到现在我的时差还没有调整过来呢。"说着她又笑了，脸上露出甜美的笑容。

"是哈维·克鲁莫斯吗？我不知道他和你爸爸是朋友。"

"你认识他吗？"佩特拉的手机突然响了起来。她看了看屏幕，把手机收进衣兜里。

"亲爱的，我不认识他。他们这种人我才高攀不上呢。"

克鲁莫斯，在芝加哥，克鲁莫斯家族涉及了从猪肉加工到养老基金等几乎所有领域。当一支高增长率的基金在芝加哥或是世界上其他十几个大城市挂牌交易的时候，你总能在管理者名单上看到克鲁莫斯创投管理公司的名号。

"我原本以为既然爸爸和哈维叔叔是这么好的朋友，你爸爸肯定也认识他呢。"

"你爸爸出生的时候，我爸爸已经是个二十多岁的成年人了，"我向她解释道，"我想彼得大概连院子后面的排屋都不记得了吧。彼得叔叔上学的时候，华沙斯基奶奶在盖奇公园买了套平房。自己则搬到了西北郊的诺伍德。我十几岁的时候，奶奶一直居住在那里。你爸爸小时候家里已经用上了抽水马桶，但我爸爸和伯尼叔叔——家里两个最大的孩子——小时候每天还要上公共厕所倒马桶。在那段大萧条的时候，爷爷奶奶每周连十五美元都赚不到。"

"爷爷奶奶过得那么苦又不是我爸爸的错。"

"亲爱的，我不是这个意思，我只是想告诉你我父亲和你父亲生活的年代是多么不同。我父亲之所以会当警察，是因为那里的待遇比较好。"

"我爸爸工作得也非常努力，"佩特拉冲我大吼，"我们家的每一分钱都是他辛辛苦苦赚来的。"

"我知道彼得叔叔是个勤奋的人。奶奶不知道彼得叔叔放着那么多更好的工作不干，为什么偏偏要去畜牧场工作。后来我才知道，那份工作是哈维·克鲁莫斯的父亲看在哈维的面子上给他的，彼得把自己的一辈子都扑在畜牧场上了。"

如果彼得叔叔没能在畜牧业上大发其财的话，他也会比家里其他的亲戚干得更好。六十年代畜牧场搬离芝加哥以后，彼得跟着阿什兰肉联厂从芝加哥搬到了堪萨斯城。到了一九八二年我父亲亡故的时候，阿什兰肉联厂已经发展成了价值五亿美元的大公司，彼得早已成了那里的高级职员。我总是对爸爸病死的时候彼得叔叔没有出手相助感到有些恼怒。不过，正像我刚才对佩特拉解释的那样，托尼爸爸对于彼得来说和陌生人没有什么两样。

看着这位二十来岁的小女孩，我简直不敢相信我们竟然有着同一位祖母。"我不知道哈维的儿子准备参加竞选。现在离竞选还有十个月，你在他那里主要干些什么？"

她的手机又响了，这回她草草地接了电话。"我很忙，我现在正和我的堂姐在一起，过会儿我再打给你。"

她转过身来看着我。"对不起，我的室友想知道我现在过得怎么样。跟你提一下，我说的是我大学时的室友凯尔茜。在这里我只有一个人。和凯尔茜在女生宿舍里过了四年以后，突然一个人还真的有些不习惯。凯尔茜回罗利①去了，在游历了非洲和澳大利亚以后，现在她寂寞得发慌。

"我们刚才说到哪儿了？哦，对了，你刚才问我在竞选阵营里做些什么事。跟你说实话，到现在我还不知道我是干什么来了，甚至连他们自己也不知道。昨天上午我才去那里报到。他们问我擅长做哪类事。我告诉他们，我年轻、有活力，事实上我浑身上下确实充满了干劲。我的西班牙语非常熟练，比较擅长待人接物。他们觉得也许把我放在记者接待室比较合适。不过到现在为止，我还只是到处转转，熟悉我的同事们，或者到门外的大厅里给他们倒杯咖啡。如果买台咖啡机，他们可以省下一大笔钱，不过现在我倒正好可以利用倒咖啡的机会出去转转。"

"克鲁莫斯的政治观点是什么？"

"我不知道。"佩特拉瞪大了眼睛，显得非常尴尬，"我想他应该是绿营的——至少我希望他是——我猜他多半会反对伊拉克战争……不管怎么样，他是伊利诺伊州最适合出任参议员的人选。"

"听上去像是个常胜将军一样。"我对她笑了笑。

"他确实是。穿着网球短裤的时候他简直帅呆了。我妈妈这个年纪的人看到他往往都不能自己。说件事给你听听吧，去年他到堪萨斯城的时候，我爸妈曾经带他出去吃了顿晚饭，乡村俱乐部里的那些女人争相请他跳舞，差点儿没把他累趴下。"

我在电视和报纸上看过到布赖恩·克鲁莫斯的照片。他和约

---

①北卡罗来纳州首府。

翰·肯尼迪以及巴拉克·奥巴马一样镜头感十足。作为一个四十一岁的单身汉,社会上充斥了许多有关于他的花边新闻。他喜欢女人还是喜欢男人?他喜欢的人是谁?小报一年四季围绕着这些话题猜个不停。

两条狗嘴里哼哼着拿爪子抓我:它们需要出去活动活动。我问堂妹她想不想和我们出去跑跑步,但是她说她和竞选阵营里年龄相仿的姑娘们有个约会,对她来说这是个交朋友的好机会。

当我走进卧室换衣服的时候,她的手机又响了。我花了五分钟时间换上短裤和跑鞋,她利用这段时间接了三个电话。年轻人对手机都这么依赖,这对健康可没有什么好处。

我锁门的时候,她带着两条狗一起下了楼。走到门口时,她亲了亲孔特雷拉斯先生的面颊,对他的热情款待表达了谢意,并对他说认识他简直好极了。

"礼拜天再过来坐坐吧,"孔特雷拉斯先生建议道,"我给你烤肋排吃,你不会是素食主义者吧?"

佩特拉又笑了。"我爸爸就是做猪肉生意的。如果我和妹妹们不吃肉的话,他就不认我们了。"

随后她快步走向车道。她的车是停在我前面的那辆尼桑探路者。把车开离人行道的时候,她的车先后两次撞到了我的后挡泥板。

我皱起眉头,我的邻居却对我说:"宝贝,车只是掉了点漆而已。家人毕竟是家人,她是个品行端正的好孩子,而且也很漂亮。"

"你是不是说她非常引人注目?"

"她会把追求者像甩苍蝇一样甩开的,我会上前给她帮忙。"

我和两条狗沿着人行道往前跑,留下他一个人站在路中央咳个不停。佩特拉身上的活力使我神清气爽,我的精神一下子好了许多。

第六章 自给自足的男人

第二天早晨,我五点就醒了。我的时差似乎已经倒过来了,回国以后,我一直没有好好地睡过觉。我泡了杯浓咖啡,和跟我过夜的佩皮一道走入后廊。时值盛夏,天已经大亮。十天之前,我还和莫雷尔一起在翁布里亚山区看日出,现在他和意大利却仿佛那么遥远,似乎从来没有在我的生活中出现过一样。

隔壁人家的后门开了,我的新邻居从门里探出头来。隔壁那个单元空了好几个月。孔特雷拉斯先生告诉我有个玩乐队的家伙在我离开的时候买下了那个套间,底楼的医师担心他会不会整夜玩音乐影响到大家。

他穿着褪色的黑色T恤和牛仔裤,从形象上颇具艺术家的气质。他走到栏杆前,俯瞰着楼下的小花园,二楼的韩国夫妇和孔特雷拉斯先生在那种了些蔬菜。楼里的其他人都没有耐心做繁杂的园艺工作。

佩皮走过去,向他表示欢迎。我连忙赶上去把它拉了回来。不是每个人都乐意有个养狗的邻居的。

"没关系,让它过来吧,"说着他挠了挠耳朵,"我是杰克·蒂鲍特。我搬过来的时候没有看到你。"

"我是维多利亚·华沙斯基。你搬来的时候我正在欧洲度假。到现在为止,我的时差还没调整过来呢,平时我可不会这样早起。"

"我也一样。昨天晚上我刚乘红眼航班从波特兰回来。"

我问他他所在的乐队是不是去波特兰演出,他向我做了个鬼脸。"是个室内乐团,说是乐队也不为过。我们去西海岸转了一圈。"

我笑了,然后把孔特雷拉斯先生的话转述给他听。

"可怜的丹金医生。她对我可能发出的噪声非常担心。有时我真想站到她家门口,用男高音为她唱一首小夜曲。当然,她最担心的还是你的两条狗和你所接触的犯罪嫌疑人。"

"我们这里最凶恶的罪犯是这家伙的儿子。"我拍了拍佩皮的脊背。从近处看,他比我想象的年纪要大一些,已经有四十多岁了。

我问他要不要喝咖啡,他对我摇了摇头。"五小时以后我还有课呢,我需要尽量睡一觉。"

我走进孔特雷拉斯先生的厨房,把米奇从那里带了出来,然后带着它和佩皮奔向湖边。我们回来的时候,孔特雷拉斯先生正在忙着做早饭,不过我没吃早饭就出了门。我希望尽快投入雷蒙德·加兹登的案子。下午的日程安排得很满,我需要为自己最重要的客户办点事,拉里奥皮靴和其他一些奢侈品的开销还指望着他呢。

调查四十多年前的案子难度非常大,埃拉小姐也没有向我提供任何有价值的线索。我一到办公室,就马上登录了使调查工作轻松数倍的数据库系统。雷蒙德·加兹登没有改过名字,至少在数据库里的这些记录生成之前没有。雷蒙德·加兹登这个名字没有在全国五十个州登记过车辆,他没有被儿童保护组织投诉过,没有摊上过抚养费官司,也没有被任何教养所扣押过。

搜索完数据库以后,我转而进行别的工作。当卡伦·列农打电话进来的时候,我正在给另一位客户写报告。列农一大早就拜访过了埃拉小姐。

"我们谈了很多,最后她终于想起了一些认识她儿子的人。"

她给我的名字不多,但总比一无所获要好。埃拉小姐提供的名单中包括雷蒙德高中时的物理老师和当时所在教区一个名叫赫伯特的牧师。卡伦·列农还设法从埃拉小姐嘴里套出了她儿子少年时的三个玩伴的名字。婉转的询问方式能有效地从被访者那里获得答案。卡伦·列农显然比我更清楚该怎样和埃拉小姐打交道。

"能不能让我拜访一下克劳迪亚小姐?"

牧师斟酌了一下。"假使克劳迪亚小姐的身体状况能够更好些的话,也许能从她那里挖出些东西来。不过前几周她的身体非常虚弱,陌生人很难和她说得上话。另外,埃拉小姐手里有克劳迪亚小姐赋予她的授权书,她一定会对你们的会面百般刁难。"

和卡伦通完话以后,我对卡伦给我的这份名单做了一番探察。五个人当中四个人还活着,对乐观的侦探来说,这应该是个不算太坏的消息。雷蒙德年轻时的一个好友三十七岁时死于胰腺癌,另一个朋友和雷蒙德一样完全失去了踪影;雷蒙德的物理老师十五年前从高中退休以后,举家迁移到了密西西比;九十三岁的赫伯特牧师则老态龙钟,记忆力大不如前。教堂里回我消息的女人告诉我:"他的身体已经变成神住的殿堂了。"

我问她赫伯特牧师是不是已经死了。

"不,不,他仍然活在世上,但已经不能常常和我们在一起了,不知道你是不是明白我的意思。他把我们姐妹几个和我的两个儿子带到了主的面前,我们非常需要他能回到这里主事。但上帝自有他的安排,我们能做的只是敬虔地向上帝祈祷,祈祷他能让赫伯特牧师快快恢复,祈祷他赶快派来一个先知引领我们走出愚昧的荒野。"

"太太,我明白了。"我轻声说。

我给雷蒙德的物理老师打了个电话,不过雷蒙德毕业以后这位物理老师就再也没见过他了。"他是个聪明的孩子,理解力非常好,我希望他能上大学。临近毕业的时候,他突然变成了一个愤怒的年轻人,任何让他融入白人世界的话他都听不进去。我想让他报考哈佛大学或是格兰布林大学①,但他根本不听。我甚至没听说他失踪的消息。"

物理老师信誓旦旦地向我表示,如果他能探听到什么事,他一定会给我打电话的。我很清楚,这种可能性比菜鸟选手出现在棒球决赛上的概率还小得多。这样名单上就只剩下柯蒂斯·里弗斯一个人了。柯蒂斯住在西英格伍德街,那里离他和雷蒙德少年时居住的地方只有几个街区。同出现在埃拉小姐名单上的人一样,网络上有关里弗斯的内容并不多:他不参加选举,没坐过牢,也没有担任过任何公职。网上的那点内容尚不足以让我知道他有没有结过婚。不过他却是个自给自足的男人,在阿什兰以西的七十大道上开了家修鞋店。

忙到下午三四点钟以后,我才有时间拜访柯蒂斯的修鞋店。这天的大部分时间我都在忙着给达罗·格里厄姆做调查。达罗想提拔一个女人做航天部门的头头,他想让我调查一下这个女人的学历证明是否真实有效。为此我专程前往西北大学的机械学院跑了一趟。

当我完成这项调查的时候,我遗憾地发现达罗的担心不幸成为了现实,那份太过辉煌的履历果真是伪造出来的——生活让我觉得越来越不真实。近来大多数应聘者似乎都在面不改色心不跳地撒谎。政治家和媒体在不知不觉中混淆了现实生活和娱乐的区别,使得公众也依葫芦画瓢地编起故事来。

这是一个舒爽的夏日,校园里的仿哥特式建筑被绿树环绕着,后

---

①格兰布林州立大学,一所黑人承办的大学。

面还有一个人工湖,机械学院的校园给人带来一种虚幻的不真实感。我走向人工湖,希望加入到戏水的人群中,在幻想的国度中完全迷失自己。

我的手机响了,来电话的是达罗的私人助理。我叹了口气,重新回到现实中来。我对卡罗琳说,达罗需要开启一项新的调查,稍后我会通过电话把具体的细节告诉他。这通电话扰乱了我的思绪,我知道该把精力投入到埃拉小姐和她的儿子身上。说实话,我非常讨厌这个不讨喜的老太太,况且这个案子已经过去四十年了,我不想管她的这摊子烂事。但是我已经同意为她工作了,这就意味着不管我有何想法,都必须全力以赴。

我似乎听见练钢琴时妈妈在我背后说:"维多利亚,我知道你很讨厌弹钢琴。但是如果你总是抱着抗拒之心的话,弹钢琴对你来说只会变得愈发艰难。把你的心完全投入进去吧,虽然你觉得弹钢琴对你没什么用处,但美妙的音乐需要你用双手演绎出来。"

我把车开回到湖边的车道上,拐过弯道,朝校门口疾驰而去。接着我把车开出闹市区,穿过交流道,驶上了南向的丹·瑞恩高速公路。我非常不喜欢那条高速公路,不仅仅是因为那里的十四条交流道上每时每刻都挤满了车,更是因为我对与它有关的一切事物都非常痛恨。

丹·瑞恩高速公路建在荒野之间,汽车向前行进的时候我只能看见公路两边的水泥墙,水泥墙的裂口之间长满了各种杂草。如果你抬头往上看,只能看到参差不齐的树木和废弃已久的仓库和公寓楼。因为筑路的资金大多落入了与民主党亲近的建筑公司的腰包,人们常用六十年代为这条公路筹集资金的建筑委员会主席丹·瑞恩的名字来称呼这条公路。

我在二十七号大街下了高速公路,这里的情况比高速公路上还要糟糕。西英格伍德街的大多数房屋看上去都摇摇晃晃，窗上的碎玻璃处仅仅用床单或硬纸板简单地糊一下，大多数门只要轻轻踢一脚就完全能踢开。空空如也的停车场上到处都是垃圾和很久没人剪过的荒草，整个街区显现出一派荒芜的景象。唯一的一家食品店似乎是专门为穷人开的，无人问津的高价食品零零散散地隐藏在食品架上的廉价酒和炸薯条之间。

街上没什么人。人行道上的女人左手提着个孩子，右手的手臂下面夹了个塑料的食品袋，我开车从她的身旁飞驰而过。蹲在阿什兰街街角的几个男人正在传递着一个小纸袋。当我把车停在路口等绿灯时，男人们的身后突然传来一阵震耳欲聋的警报声，我那辆坚固的野马车都快被这阵骇人的警报声震碎了。

我把车在路边停了下来。我没有马上下车，而是在车里坐了会儿，试图把在路上积攒下来的怒气排解开来。有个男人正在自言自语地打扫人行道。当他意识到我正在瞧着他的那家店时，他朝我挥了挥扫帚，嘴里不干不净地说了些什么，然后回身往店里走去。走进门的时候，他差点儿和一个手拿白色平跟护士鞋的女人撞了个正着，不过他马上侧过身体，避开了那个女人。

我停下脚步，朝窗户里面望了望。看见里弗斯正把"保护你的脚／感觉清爽／降低冲力"的字样写在鞋垫、足弓垫以及凝胶垫片三种商品旁边。这些商品的下方放着牵狗带和狗的项圈。后面的货架上放着发带、腰带、手提包，甚至还有几样玩具。整洁的窗户给这个萧索的街区稍微带来了几分生气。

我打开门，发现自己陷入皮具的世界中。从天花板上吊下的绳子上展示了更多的皮夹、公文包、马具和贝雷帽，里弗斯甚至把工作靴和牛仔靴也挂在了绳子上。店里的收音机正在播送《美国漫谈》节目，耳畔传来砂带磨光机的呜咽声。当我把绳索分到两边时，店堂里突然发出一声汽笛声，不知什么人冲我大叫了一声，"欢迎来到芝加哥"。

我吃了一惊，站在原地不动了。坐在牌桌两边的男人抬起头来，冲我笑了笑。他们的身后便是柜台，柜台背后的男人背朝我们，正在修一双鞋，他不断地用锉刀磨着一个新的鞋后跟。我没有看到刚才拿着扫帚向我耀武扬威的男人。

"汽笛声常会让第一次来这里的人吓一跳，他们不知道声音是哪里发出来的。"一个打牌的人告诉我。这个秃头的大肚子男人穿着一件印有曼联标志的旧T恤衫。

"你在找人吗？"他的同伴又瘦又老，皮肤发黑。

"没错。我正在找柯蒂斯·里弗斯。"

柜台后的男人拿起另一只鞋，仍然对我不闻不问。

"你是国税局还是来寻找生父的？"秃头男人问我。沙哑的嗓音里带着一丝开玩笑的意味。他实际上是想知道我到这种地方干什么来了。

"他才不是我爸爸呢，"我说，"我和他没什么关系，我是为了埃拉·加兹登小姐的事来找他的。"

砂带磨光机停止了转动。店堂里唯一的声音来自店主的收音机，女播音员正在向听众发问她们是否能确定自己买来的衣服都出自不压榨工人的工厂主。

打牌的两个家伙似乎不知道埃拉小姐是谁，不过坐在柜台后面的人终于转过了头。他把手上的棕黄色富乐绅男鞋放在柜台中央，弯下腰来紧盯着我。

"这个名字我好久没有听人说起了，"他说，"不过我从来没有听说过你的名字。"

"我是维多利亚·华沙斯基，我是个私人侦探。埃拉小姐雇用我寻找雷蒙德·加兹登。她告诉我柯蒂斯·里弗斯是他的朋友。"

一阵冗长的沉默过后，柜台后面的男人对我说："我认识埃拉小姐，不过那是很久以前的事了。难道过了这么多年她还在悲痛中不能自拔吗？雷蒙德失踪五个月之后，埃拉小姐在我这租了间卧室，那时我并没觉得她有什么异样。"

"你认识她妹妹克劳迪亚小姐吗？我没见过她。养老院的人说她病得很重了。根据我的理解，克劳迪亚想在死前和侄子见上一面。"

"侦探小姐，你有表明身份的证明吗？"

我把覆了一层膜的侦探执照拿出来给他看。

"华沙斯基。华沙斯基。现在我倒想问一问你，为什么我非得知道那个名字不可？"

"这个名字很不平凡，很多人都知道我堂兄'波波'的名字。"我提示道。

三个男人都笑了，似乎觉得我的比喻非常有趣似的。

"你只要说你'不记得'就可以了。"我觉得非常恼火，"波波"不仅仅是我的堂兄，他是我少年时代最好的朋友，我们以"芝加哥南区野孩子"的名声为傲。虽然他已经死去十几年了，但住在华盛顿街高大建筑物里的人们还是常常以敬畏的语气提起他的名字。

"埃拉小姐想不起来多少认识她儿子的人了。他只知道你和雷蒙德的另两位朋友的名字。其中一个已经死了很多年。斯蒂夫·索伊尔则和雷蒙德一样失去了踪迹。"我停顿了一下，但里弗斯并没有接过我的话茬，"还有雷蒙德高中时的物理老师以及教堂的赫伯特牧师。"

"我听说赫伯特牧师已经死了。"一个打牌的人说。

"不，他和他女儿一起住在普尔曼，"我说，"不过教堂的人说他最近身体不太好，从他那里多半打听不出什么话来。"

"你又指望我能告诉你什么呢?"柯蒂斯·里弗斯问。

"任何有关雷蒙德·加兹登的事都好。比如说他和谁的关系比较近啦,他说过要去什么地方啦,你最后一次是什么时候见到他的啦,他的情绪好不好啦,诸如此类的事。如果你知道斯蒂夫·索伊尔在哪儿的话,你可以马上把我从这儿赶走,这样我就可以找他问这些问题了。"

"如果我把这些问题都回答给你听的话,你又准备怎么做呢?"

"和更多的人交谈。试图从中发现一个知道他失踪时要去哪里的人。你还记得自己最后是什么时间遇见他的吗?"

里弗斯再一次捡起了鞋。"华沙斯基小姐,那是很多年以前的事了。"

"埃拉小姐说雷蒙德是在一九六七年暴风雪的前夜离家的,她说从那以后她和克劳迪亚小姐就再没见过他。你在暴风雪之后见他吗?"

"我哪能像他妈妈记得那么清楚啊——你姑且就信她的话吧。我对他的记忆非常模糊。不过如果我能回忆起什么事的话,我一定会给你打电话的。"说着他回过身,重新打开了砂带磨光机。

我把我的名片放在柜台上,同时也没有忘记把名片分发给柜台前那两个正在打牌的人。"你们尽管放心,即便我查到你们和黑帮团伙有关系,我也不会吓得发抖,更不会把你们告发给州立检查官办公室的。我在公辩律师办公室的时候,替许多黑道人物打过官司。"

我提高声调,力图使自己的声音压过磨光机的噪声,但是三个男人谁都没有吭声。我穿过门前的展示绳,当汽笛再次鸣响,录音机里宣告"这里是芝加哥中央车站。本次车前往新奥尔良,中间各站都会停车"的时候,我禁不住微微皱起了眉头。

55

第七章 雷蒙德是坏孩子吗？！

　　我朝驾驶座前的仪表盘轻吼了一声。柯蒂斯·里弗斯会不会有什么事情瞒着我？抑或是我的做派惹得他不高兴了？我从法律学校毕业，刚刚踏入公辩律师办公室时，我的老师就说我不太会利用"女孩特有的武器"，我不会用虚伪的笑容去获得法官和警察的好感。但是我一直觉得自己还是挺富有同情心的，我可以用女童子军的名义对自己说过的每句话负责，里弗斯真不应该对我如此刻薄。

　　开始调查时，我并没抱有太大的期望，但是我也没有预料到会这么快就走进死胡同。赫伯特牧师和女儿居住的普尔曼离这里还有五英里地，他是剩下的最后一位知情人了。鉴于他的健康情况，我并不指望他能给我带来太多的惊喜，但是这部分的调查还是需要去做。例行公事以后，明天我将再一次拜访埃拉小姐，向她询问更多的线索。不然这次调查只有无疾而终了。

　　我启动车的引擎，不过在出发之前，我还是给赫伯特牧师的女儿打了个电话。我把自己的身份告诉了她，不过她早就知道我是谁了。今天早晨在教堂接我电话的那位女士和我通完话以后，肯定马上给罗斯·赫伯特报过信了。罗斯告诉我随时都可以过去，她当然不会预料到先前我碰了多少钉子。

　　"我马上就过来。"我彬彬有礼地对她说。

当我把车开离路沿的时候,店里窗户的光线突然亮了许多。有人正站在窗户后面观察着我。但这又能证明什么呢?这能证明里弗斯知道雷蒙德的某些事吗?多半不能,也许他只是不相信出现在黑人区的白种女人罢了。我把油门踩得太猛,汽车突然间陷进一个坑洞里。如果在这个鬼地方弄断车轴或是爆了车胎的话,我想我肯定不会再有信心继续调查下去了。

无论如何,我都不能开得很快。现在是傍晚五点三十分,正是下班的高峰时段。我在瑞恩高速公路入口前的信号灯处等了六个红灯才上了路。野马车时走时停,好不容易才冲出重围,驶上了——一大街。

下了高速公路以后,我仿佛进入了一个完全不同于芝加哥的世界。普尔曼安宁静谧,绿树成荫。街道旁边种着两排树,鳞次栉比的公房漆成了绿色和红色,与芝加哥北部和东部地区破败的公房形成了鲜明的对比。

这种感觉上的差异也许是因为普尔曼原先是企业生活区的缘故吧,这里原先是铁路巨头乔治·普尔曼的地盘。这里的一切都是由乔治·普尔曼建造的——企业内部商店,管理人公寓,员工宿舍——因为企业内部商店的价格比外面贵很多,员工宿舍的租金也高得离谱,工人们发起了罢工。普尔曼最终离开了这座城市,不过他所建造的房子却都留了下来。这些房子是用卡鲁梅特湖里的土制成的砖块建造的。这些砖块的品质很高,小偷们常常会趁屋主不在的时候,把这些砖块卸下来倒手转卖。

汽车向西继续行进,右侧出现了佛洛伦斯饭店庞大的轮廓。饭店的塔楼和尖顶使得孩提时代的我把这里想象成梦幻中的城堡。饭店已经歇业十几年了,但我还记得小时候爸爸妈妈常会为了纪念某些特殊的日子带我去那吃饭。我停下车,看着饭店里黑洞洞的窗户,回忆起十岁生日时在这里吃晚饭的情形。那时正值芝加哥暴动的前夜，虽然妈妈极力想营造起一股温馨的氛围，但玛丽婶婶尖酸的种族主义言论却使这顿晚饭充满了不和谐音。

我本不想让玛丽婶婶参加我的生日宴会。但加布里埃拉说我不能只请"波波"，而不请他的父母。吃完晚饭，回到我们在芝加哥南区那间窄小的公寓以后，我朝着妈妈大吼大叫，为玛丽婶婶搅了我的生日晚宴而气愤不已。爸爸当时正在看电视里的棒球比赛，他一下子从沙发上站了起来，扭着我的胳膊，把我拽出了卧室。

"维多利亚，每天我都必须到街上面对那些不顾及别人的感受而胡乱发怒的人，我不想在你脸上看见这种表情，更不想听见你大吼大叫。在你和妈妈说话的时候，我更不允许你有这种表现。"

爸爸以前从没斥责过我，没想到在我生日这天……我泪如雨下，哭得非常厉害，但爸爸只是站在一旁，双手抱在胸前，似乎一点都不怜悯我。我必须让自己的情绪平静下来，向妈妈道歉。

这段记忆仍然让我很不甘心，父亲竟然在我生日那天对我横加指责。四十多年下来，这股气仍然没消，我为此而感到郁闷不已。我茫然地看着饭店大楼，第一次意识到父亲当时不仅仅是对我生气，更是对未来感到恐惧。芝加哥的天主教徒对主教提出的和平倡议毫不理会，带着各种各样的自制炸药走向大街——玛丽婶婶所属教区的格里拜克神父在布道时煽动信徒发动暴乱——我爸爸可能在担心加布里埃拉和我的安危。我生日那天过后，他两个月没有回过家。

一辆轿车在我后面狂摁喇叭。我开着车避过几条短小的死胡同以后，来到了罗斯·赫伯特居住的兰利。下班的人三三两两从地铁站走回家，大多数人拿着手机。路边的房子里有个男人慢条斯理地修剪着草坪，街对面的一位家庭主妇正在用力地擦拭着前窗。在一一四街的尽头,四五个女生在跳绳。男孩们则在堆满了废橡胶的废弃停车场上打棒球。女孩们把视线汇聚在我身上——街道上来了个奇怪的白种女人——但分心的一瞥并没有打乱她们跳绳的节奏。

赫伯特一家住在普尔曼建造的员工之家里,这幢红砖的房屋正对着街道,窗户上的黑色横梁像是一道竖起的剑眉似的。刚一按下门铃,罗斯·赫伯特就为我开了门。她大约比我大十岁,头发灰白,显得非常疲惫。她穿着一身淡紫色的套裙,肌肉健壮的肩膀从瘦小的袖管里鼓了出来。

"我把你要来的事告诉了爸爸,但是我不知道他明不明白我的意思,"她开门见山地对我说,"我不相信埃拉小姐真要找她的儿子。所以打了个电话给狮门养老院,看看这条消息是否属实。最近人们总想打老人的主意,我必须时刻保持警醒。"

她似乎并不是在对我宣战,只是把心里的想法实话实说罢了。

"我是有执照的,"我拿出执照,但赫伯特小姐并没有费心去看,"埃拉小姐从狮门养老院的牧师卡伦·列农那里听说了我的名字,也许你见过她。埃拉小姐说她是为了她妹妹才雇我寻找雷蒙德的。"

"可怜的克劳迪亚小姐,"罗斯·赫伯特嘀咕着,"现在她那副样子真让人感到难过。仅仅在不久之前,她还像年轻人那样有生气。父亲总是提醒她举止要稳重一些,不过我和朋友们总是偷偷地模仿着她的穿着和走路的样子。"

"埃拉小姐不让我去看她的妹妹,不过从你的语气来看,似乎克劳迪亚中风以后,你已经去看过她了。"

"哦,是的。每周日我会开辆大轿车把那些不能走到教堂的教徒从家里接过来。埃拉小姐和狮门养老院的其他几位老人也在这些人当中。每次去的时候,我总会顺路探望克劳迪亚小姐,不过她的身体非常虚弱，有时我甚至不知道她是不是能认出我来。陌生人就更难和她接触了。"罗斯把身体挡在门口，响亮的声音回荡在门厅里。

我试着偷看她身后的情况。"你爸爸呢？他的身体状况允许我和他谈话吗？"

"哦，当然了。你不是为这个来的吗……不过我父亲，他不太容易……你千万别介意……他并不总是……"罗斯的言语非常不连贯。她侧开身体，让我跟在她身后进了屋。

门口的桌子上堆满了文件。从桌子旁边走过的时候，我顺便往桌子上瞧了一眼，看见桌子上杂乱地堆放着教堂公告、各类账单和书报杂志。除了教堂公告以外，这里的景象和我家差不了多少。一阵庞大的噪声把我们带入了客厅，电视里的牧师正在劝导人们向他捐钱，这样我们就能知道自己有多么罪恶了。电视前的轮椅上坐着个老头，屏幕放射的亮光回映在他的光头上。无论是我们进屋的时候，还是罗斯把遥控器从他手上拿走、按下静音键的时候，他都没有回过头来。

"爸爸，先前我告诉你的那个人来了。是埃拉小姐和克劳迪亚小姐把她派过来的。她们让她帮忙找雷蒙德。"

我跪在轮椅旁边，把手放在轮椅的扶手上，和他的手摆在一起。"我是维多利亚·华沙斯基。我想找到几个认识雷蒙德的人，我想从他们那里打听到雷蒙德到底遇上了什么事情。"

老人的嘴角边落下一行唾液。"雷蒙德，可真够叫人受的。"

"他想告诉你雷蒙德是个比较麻烦的年轻人。"罗斯轻声说道。

"总是在惹麻烦。"牧师费力地说。

"爸爸，他并没有惹麻烦，"罗斯大声说道，"他有足够的理由生气，你还记得那时我们受到过多少不公正待遇吗？"

赫伯特先生奋力想说几句话出来，但是喉咙里只发出几声咕噜咕噜的声音。最后他终于吐出一个词来。"黑社会。"

"黑社会？"我怀疑地问，不知道他是不是说雷蒙德加入了黑帮。

"爸爸，雷蒙德不是黑帮的。他还试图保护过金博士呢。"

这对父女显然为了这个问题争辩过好多次了。父亲不动声色，女儿却有点挂不住了，嘴唇不住地颤抖着。这时的罗斯不是个六十岁的老人，反而更像六岁的小女孩，似乎很难和专制的父母相抗衡。

我悄悄地站了起来。雷蒙德·加兹登应该不会和黑帮有什么关系吧——埃拉小姐对儿子的那些朋友根本瞧不上眼。在二十世纪六十年代，这一带的毒蛇帮几乎和中东的匪帮一样臭名昭著。非法持有武器、杀人、运毒、组织卖淫——芝加哥南部地区只要发生罪案，多半和他们扯得上关系。我在公设辩护人办公室工作的三个年头里，约有百分之三十的客户是黑帮成员。有次约翰尼·默顿不愿意为自己付出高额的保释金，我只好为他出庭辩护。

默顿对自己不得不依靠一个初出茅庐的年轻律师感到非常恼火。他试图用言语让我感到难堪。"女孩，你是来这儿卖俏的吗？我约翰尼·默顿可不吃你这一套。"

我没有退缩，他的言语也因此而变得愈发粗鲁了。当时我的确还非常青涩，但出自芝加哥工人区的我可不会轻易退缩。也许法官会对我的漏洞死追猛打，但我绝对不会接受别人的羞辱。我把拍纸簿放在面前，把默顿说的每句话都记了下来。当他停下来换气的时候我对他说："默顿先生，要不要我把你刚才说过的话都对你念一遍。你是不是想让我把这份笔记呈给麦克马努斯法官？"

如果雷蒙德·加兹登是毒蛇帮成员的话，那无论什么事发生在他身上都不足为奇。他们不允许任何人脱离毒蛇帮。离开黑社会以后，你的生活会充满风险。当你在街道上遇险求救的时候，没有人会向你伸出援助之手。

我看着赫伯特呆滞不动的眼球。"牧师先生,我希望你能告诉我一些名字,一些认识雷蒙德、在他一九六七年离家出走之后仍然可能和他有联系的人的名字。赫伯特小姐,如果你知道什么事的话,也可以告诉我。我已经见过柯蒂斯·里弗斯了,他没给我提供多少有用的线索。"

又是一阵咕噜咕噜的声音,老赫伯特艰难地吐出了几个字:"把过去的永远埋葬吧。"

"你是不是听说他已经死了?还是仅仅不希望旧事重提?"我问。

他什么话都没说。

"牧师,你最后一次看见雷蒙德·加兹登是在什么时候?"

他重重地吸了口气,头仍然一动也不动。"不去做礼拜,被撒旦捆绑,不遵守律法,受过洗礼却不遵从教规。"

"是的,是你为他施的洗礼。我们大家让圣灵充满了他。既然这样,你为什么还要说他被撒旦捆绑了呢?你们最后一次谈话的时候他都对你说了些什么?"

"毒品。女儿,别听我的话,不过毒品的事却是真的。看见。知道。你这个女人,怎么没穿裙子?"

他费力把手伸向电视遥控器,重新把声音开了起来。玻璃盒子里的传教士正在向观众揭示保罗写给罗马人的那封信的真实含义。

"没穿裙子?"我不解地向罗斯发问道,然后从地上站了起来。我的大腿蹲得已经有点发酸了。

"他不赞成——也可以说是我们的教堂不赞成——女人穿男人的衣服。"罗斯无精打采地说。

在那些圣像中,男人们总是身着长袍。我不知道"拯救组织"里的那些女人是不是都穿着浴袍，但是我知道即便我问他们，也不会告诉我的。我只好跟着罗斯穿过狭长的走廊走回门口。

我在门口堆满文件的桌子旁停住脚步。"如果我穿裙子来的话，你觉得他会告诉我一些有关雷蒙德的事情吗？"

她朝走廊里看了一眼，好像在担心老赫伯特会听到我们的对话似的。"他认为雷蒙德在为毒蛇帮卖毒品，不过我觉得这只是他的胡思乱想而已。"

"你说雷蒙德只是在为生活中人们强加在你们头上的不公正而愤怒。他做了什么，他又是怎样发泄自己的愤怒的呢？"

"他是保护金博士卫队的一员。你应该还记得那一年的示威游行吧？"她怀疑地看着我，估摸着我是不是来自一个维护传统保守势力的南方白人家庭。

我眯起眼，试图回忆起那个夏天发生过的事情。"黑帮团伙之间没有发布过休战协定之类的文书吗？"

她仍然在警惕地看着我，不过这次她终于点了点头。"毒蛇帮的约翰尼·默顿和黑豹帮的弗雷德·汉普顿找到金博士和阿尔伯特·拉比[①]，和他们讨论了斗争的策略问题。我父亲觉得教堂的人不应该参与到街上的武斗当中去。当雷蒙德和他的那些朋友卷入斗争时，父亲觉得很不高兴。"

"柯蒂斯·里弗斯。"想到今天下午柯蒂斯对我表现出来的敌意，我不由自主地提到了他的名字。

"柯蒂斯和他是一伙的，还有街上其他一些男孩。他们都属于'拯救组织'。爸爸把这些人赶出了教会，因为他们公然藐视父亲的权威。"

[①]美国著名黑人民权领袖。

"但那离雷蒙德失踪还有大半年呢。把雷蒙德的失踪和游行示威联系在一起未免有些牵强。"看到罗斯脸上的表情,我又补充了一句,"你最后一次见到他又是在什么时候呢?"

她又一次朝走廊里看了看。电视里的唱诗班正在以极大的热情演唱圣诗。"爸爸不让我见他。把雷蒙德驱逐出教堂的时候,爸爸说再见他会玷污我的灵魂的。"

"但你还是设法去见了他,我没说错吧?"

她嘴角一皱,对我苦恼地笑了笑。"我没那个胆子。雷蒙德在放学的时候拦住了我。那时我在肯尼迪-金卫校学护理——现在我们仍然把那里叫作伍德罗·威尔逊学校。放学的时候,雷蒙德总在校门口等我,他会把毒蛇帮和黑豹帮的事情向我娓娓道来。我高估了自己,我原本以为爸爸会听我的解释呢。"

她低下头,看着自己的双手。"也许我的生活本会与现在不同——没错,我的生活本不该是这个样子的。我获得了护理执照,但只能担任见习护士。过了好多年,医院才聘我当注册护士。白人护士一个个获得了提升,我的经验和能力虽然比她们强,却只能在病房里收拾病床。以前我常常会想到雷蒙德,我一直在想,也许我本应给他更大的关注的。但是——"

客厅里响起一声铃声,把电视里的歌声完全淹没了。

"爸爸有事叫我。我必须马上回屋了。"

"你还在做护士吗?"

"哦,那是自然。我原先是肿瘤科护士,但因为爸爸的健康状况变得越来越糟,我只能放弃那份工作。目前我在急诊室做晚班。上班前我把他抱上床,第二天早晨睡觉前再照顾他起床。"

"假使当时你听完了雷蒙德告诉你的话,你还会弃他于不顾吗?或者说他还会离家出走吗？他会不会为了你而安顿下来？"

虽然走廊的灯光非常阴暗，但是我觉得罗斯似乎尴尬得涨红了脸颊，不过这也许只是我的想象而已。铃又响了，这次持续的时间比较长。罗斯用力把我推出开着的门。我从手提包里掏出张名片，把它塞进了罗斯的手里。

"罗斯·赫伯特，你已经是个成年人了。也许四十年前你不知道该对雷蒙德说些什么，但是那并不意味着你现在可以在我这儿蒙混过关。"

她的嘴唇无声地动了动，然后把目光从我这里转向了客厅。这完全是习惯使然，接着她佝偻着腰沿着走廊朝她父亲所在的客厅走了过去。

第八章 午夜来的电话

那天晚上,在洛蒂家吃完饭以后,我向洛蒂诉说了过去一天经历的种种烦心事。听了我对赫伯特牧师的描述以后,洛蒂告诉我赫伯特听起来似乎得了帕金森氏症。"眼神呆滞,吐字困难,那些都是帕金森氏症晚期才会出现的症状。你不是说他已经快九十岁了吗?人类到现在还暂时无法医治这种病。对一个九十岁的老人来说,你刚才说的那些症状很难控制得住。"

"他大概还有别的毛病,不然他女儿才不会那么担心他呢,"我说,"罗斯今年已经六十多岁了,老赫伯特没有她就活不下去,但罗斯却被赫伯特支使得团团转。"

"他一定是给女儿洗过脑了,"洛蒂不怀好意地笑了笑,"今天下午我在员工例会上看见了卡伦·列农。她担心把你介绍给她的病人也许是个错误——我倒宁愿把埃拉小姐看成是她的'客户'。"

"现在卡伦提出这个问题未免太晚了点。我已经在这件事上忙了一整天,几乎和赫伯特牧师教会里所有的女人都通过电话了。"

洛蒂笑了。"我想卡伦担心的就是这个。她没料到侦探会给一个封闭的社团带来多少谈资。"

"她应该直接告诉我,不应该让你来转告。明天早晨我就去找她谈。"我低声抱怨着。

"对她你不要太过责备,"洛蒂说,"如果你和她一样成天和人打交道的话,你就会知道她在开会时对我抱怨是一件自然而然的事。"

"我才不想和一群看见我就会发抖的人打交道呢,我情愿待在自己的小天地里。只要手边有台咖啡机就行了。"

"没错,我们可以再把你的办公室重新装修一下,把那儿变成一个温暖的小窝。我会每天派人给你送新鲜牛奶、水果和奶酪过来的。"说着她捏了捏我的手,"你还在对莫雷尔耿耿于怀,我说得没错吧?"

"才没有呢。"我摆弄着脖子上的银链说,"我经常问我自己,在我这个年纪,还能和男人维持一段稳定的关系吗?在我的内心深处,我非常希望在人生的这个阶段能儿女绕膝,家庭美满。"

洛蒂对我扬起了眉毛。"维多利亚,我不是在批评你——我也无权批评你——但你哪像个想要孩子的人啊。"

"我爸爸总说我像个胡椒罐,谁朝我走近,我就让他呛得够受……你是不是也想表达这个意思?"

"亲爱的,我不是这个意思。你只是太容易发怒了。当然,我和很多其他人也有这个毛病。你总是把别人的事放在前面,大多数女人可不会像你这样,她们大多只顾着自己的事。比如说,你对罗斯·赫伯特就太过怜悯。你的客户需要你,避难所的女人需要你,甚至连我也需要你。男人可以在工作一天以后,过上正常的家庭生活。但女人却完全不一样——如果我们想把工作做得更好些,我们只能放弃一部分个人需要。"

她的话让我更觉得孤独了。"你就把我当成一个永远不结婚的修女好了。"我试图让她以为我只是在跟她开玩笑,但是我的声音却突然哽咽了,"反正你现在已经有了马克斯。"

她悲伤地笑了笑,"亲爱的,前些年我也和你一样孤独。"

餐厅桌面上蜡烛的烛光映照在拱形窗上。我呆呆地看着窗户玻璃上反射出来的双层烛影。白天积累的压力慢慢从我身上卸了下来，我的胳膊突然间松弛了许多。

　　我们谈起了一些较为轻松的话题：我们从计划在拉维尼亚①举办的野餐会谈到丹妮丝·格里芙丝的歌声，最后我们还谈到了跟着她学习产科技术的那位研修生，那孩子宣称自己非常崇拜简·奥斯丁。"她正准备去非洲研究猴子，是吗？"洛蒂证实了我的疑问。因为第二天一早就要去医院，洛蒂九点就把我送回了家。她已经不怎么做外科手术了，但是她每天都会很早去医院监督研修生们的手术过程。

　　回家路上，我检查了一下自己的手机留言。卡伦·列农给我打过一个电话，她说她已经到退伍兵办公室去过了，为埃尔顿·格兰杰找了个收容无家可归的老兵的单间公寓。卡伦是个富有同情心的年轻牧师，这点毋庸置疑。

　　回到家的时候，孔特雷拉斯先生突然从家里闪了出来。"亲爱的，你终于回来了。我忘了你的电话号码。你堂妹也没从你这拿到过你的号码。所以我们只能坐在这里，希望你能在午夜之前回来。"

　　"维克，你终于回来了！"佩特拉从孔特雷拉斯先生身后跳了出来，米奇偎依在她的腿边。"我觉得自己像个傻瓜一样。我把钥匙搞丢了，不知道该怎么办。我想你大概可以收留我一夜，萨尔老爹说你可以打开一切机械锁具，也许可以帮我打开家里的门。所以我就来这等你了！"

　　在一阵会心的笑声中，她的手机响了。她看了看手机屏幕，上气不接下气地把今天遇到的事讲给对方听。她说她丢了钥匙，然后来找

---

①芝加哥地名。

我和萨尔老爹，计划打开门锁以后再找大家见面。

"你们俩去找过锁匠了吗？"我弯下腰，摸了摸佩皮身上的毛，让它觉得自己并没有受到轻视。

"是的。不过他们一开口就要几百美元，我没有那么多钱。你知道的，他们在竞选阵营里几乎没给我什么报酬。"她的手机又响了，她把刚才说过的话又重复了一遍。

"你爸爸不是很有钱吗？你可以向他要点来用，"当她挂上电话时，我对她说，"今天晚上我不希望你睡在我家的沙发上。"

"如果爸爸知道我忘了把钥匙带在身上的话，他一定会跟我不停地唠叨，告诉我我有多么不成熟，像我这样的女孩根本不应该留在这么大的一个城市里。"

"你在布赖恩·克鲁莫斯竞选总部的工作不正是他提供的吗？"

"哦，是的，当然是他提供的。不过他希望我住在类似修道院那样的地方，至少要和某个正统的女孩合租一套公寓。当他发现我独自租用了一套公寓以后，他的肺都快要气炸了。"

她又接起一个电话。这时我觉得把她送回家比整夜听她煲电话粥要好得多。孔特雷拉斯先生、米奇、佩皮似乎都很想知道佩特拉住在什么样的地方。我把两条狗系在野马车的后座上。楼下的老头很高兴地接受了佩特拉的邀请，坐进了她的那辆探路者。

佩特拉住在巴克镇的一幢时髦的公寓楼内，距离我的办公室大概有十个街区远。那里停车位很难找到，我只能把车身的大半部分停在黄线外面，希望警察不要来找我的麻烦。

佩特拉在楼门口打开手电筒，为我照亮。我跪在门前，把撬锁工具伸进锁眼，这时佩特拉又接起一个电话。"我的堂姐来了，她是个侦探什么的，她正在帮我撬锁。"她毫无顾忌地大声向对方说，似乎想让沃尔科特街上的所有居民都知道我会撬锁似的。"不，她不是警察。你一定看过《海军罪案调查组》和《拯救格蕾斯》吧，她和里面的侦探差不多。她解决凶杀案，她随身带着枪……她那里什么都有。"

我把手机从她手里夺过来，把它放进了屁股后面的口袋里。"亲爱的佩特拉，我来这儿可不是干什么违法的事来的，任何在这附近巡逻的警察都可能会听见你的大嚷大叫。另外，照你这种音量，估计你的邻居们都无法休息了。"

她像个被惯坏了的孩子一样噘起了嘴，不过她的手却没有松开，依然为我尽心地拿着手电筒。没多久，门锁的制栓"咔"的一声打开了。我们爬了三层台阶，来到她所住的公寓门前，重复了一遍这套程序。在我忙着开锁的时候，她的手机在我的屁股口袋里又响了两三次。打开门一看，佩特拉的钥匙就落在门后面的地板上。

她不好意思地笑了笑。"准是我在出门时掉下来的。今天我出门晚了，我把咖啡、手机和这串钥匙攥在手上，便匆匆忙忙地出了门。我一点都不知道出门的时候这串钥匙已经不在手上了。维克，你可真是个天才。谢谢你，谢谢你，我不知道该用什么方式表达我的感谢。有什么我能为你做的你尽管说。你想受邀参加我们在海军码头举行的资金筹集人派对吗？要参加那个聚会，每人可得付出两千五百美元呢。布赖恩届时会亲临会场。你想和他见一面吗？总统也可能会过来，虽然我们被告知不要抱太大的希望。我们包下了码头的整个东半部分，派对的氛围一定会非常棒。萨尔老爹，到时候你也要过来哦。"

我去过很多次资金筹集人答谢派对，这样的邀请早就不会让我心跳加速了。但佩特拉的邀请却让孔特雷拉斯先生万分激动，在上流社会的社交集会上获得一席之地是他梦寐以求的事：他肯定会在每周一次打撞球的时候和那帮老家伙提起这件事，无疑这会提高他在他们中间的威望。

"我需要穿晚礼服出场吗?"我们正准备离开时,孔特雷拉斯先生忧心忡忡地问。

"在外套上佩戴联盟的纪念章就行了。克鲁莫斯也许想让大家觉得他是民选的候选人。"我宽慰道。

"维克,别这么玩世不恭,"佩特拉指责我,"萨尔老爹,你有联盟的纪念章吗?"

"我没有什么纪念章。不过我会把我的铜星奖章戴上的,那可是我在意大利登陆时获得的军功章。"

佩特拉的眼睛绽放出异样的光芒。"你一定要把铜星奖章戴上,那简直是太帅了。到时候我会过来帮你理理头发。我和凯尔茜的理发水平都很不错。在非洲的时候,我们会互相帮对方剪头发。"

开车回家时,孔特雷拉斯先生不自觉地笑了起来。"你的堂妹可真厉害。她可以凭着自己的三寸不烂之舌说动我这个老头。你应该跟她好好学两招。"

"让我学她那媚人的招数吗?"指导老师让我拿出"女人特有的武器"的往事刹那间又浮上心头。"你是不是觉得我的脾气太坏了?"

"让你多笑笑又伤不着你一根汗毛。亲爱的,你一定听说过'用蜜糖才会黏住苍蝇'这句话吧?"

"好像你想让家里充满苍蝇似的。"我看着他打开门,然后带两条狗又到街上遛了一圈。

佩特拉能不能说动柯蒂斯·里弗斯,让他把自己知道的有关雷蒙德·加兹登的事都告诉她呢?我试想着自己溜进里弗斯那家店的情形,不禁哑然失笑起来。里弗斯那家伙必定会再一次把我踢出来的。

我倒了杯威士忌,看了几局芝加哥小熊队在旧金山的客场比赛。

投球是这支年轻球队的弱点,三掷出局的次数太多了。第五局比赛大比分落后时,我悻悻然上床睡觉了。

我做了个噩梦。一大群苍蝇把我淹没了,佩特拉站在旁边没心没肺地大笑着。突如其来的电话铃声把我从噩梦中解救出来。我坐在床上,心脏突突直跳,愣了半晌才拿起了话筒。

"你是侦探吗?"

来电话的是个女人,声音又软又沉。我头昏眼花,辨不出是谁的声音。我看了看墙上的挂钟:才凌晨三点。

"很抱歉吵醒你,但是我一直在考虑着雷蒙德的事情。假如过了今天,也许我再不会有胆量给你打这个电话了。"

"是罗斯·赫伯特吗?"我终于意识到了来电话的人是谁,"没关系。关于雷蒙德,你还有哪些事可以告诉我吗?"

她没有马上答话,我听见她在电话那头深深地吸了一口气,似乎在准备高台跳水一样。"那天晚上我见过他。"

"哪天晚上?"我把头靠在床头板上,膝盖贴着面颊,试图让自己更加清醒一点。

"他离开家的一月二十五日那天。"

"离开家以后,他来找过你吗?"

"他不是来找我的。"她飞快地说。我能听得出她此刻正在医院里,病历的翻页声和救护车的鸣叫声此起彼伏。"当时……当时我刚走出教堂。那是个星期三的夜晚。那时我刚做完周中礼拜。礼拜结束以后,爸爸和教堂的执事说了一会儿话,所以我先行离开了。暴风雪来临之前的那个晚上出奇地暖和,你还记得那天的事吗?"

暴风雪前夜的温度创下了芝加哥的历史之最。经历过那场暴风雪的人到现在还在为那么强烈的温度反差而惊诧不已。

"一出教堂，我便去找雷蒙德了。我的脑子里全是他的事，我想马上见到他。我故意把这假装成是为了帮教堂做事。我想让他重新参加教堂里的青年团契，告诉我们在金博士身边做事到底有些什么样的感受。当然我也知道，爸爸不想让我们的教堂卷入社会上的那些纷争之中。"

她战栗着，声音有点哽咽，然后轻声对我说："我只是想见见他，恢复我们在那年夏天刚刚建立起来的友情。但正如我刚才说的那样，我总是在给自己找一个更纯洁、更冠冕堂皇的理由。"

话匣子一被打开，她的呼吸渐渐顺畅下来，音调也显得更为深沉。"我最后终于找到了他。准确地说，我看见他在第六十三大街和摩根街的街角。那时他正和约翰尼·默顿一同走进华尔兹·莱特酒吧——你还记得莱特酒吧的那个蓝色标志吗？二十多年过去了，不过当时那个酒吧可是这一带的娱乐中心啊。作为牧师家的女儿，我当然是不能出入那种地方。不过对于其他和我一起上学的高中生们来说——"

"约翰尼和雷蒙德在那做了些什么？"我见缝插针地问。

"我不能跟他们进去！爸爸很快就会听到那些闲言碎语的！我只能坐在酒吧对面，两眼紧盯着门口，看着认识的人从那里进进出出。星期三是周中礼拜的日子，但同时也是城里开演唱会的日子。阿尔伯特·亨特有时会来，坦帕·里德也露过面。我非常想看他们的演出，而不是跟爸爸做什么周中礼拜。"她的声音非常亢奋，话筒似乎也在她的音调中抖了起来。

"你看见约翰尼和雷蒙德一起出来了吗？"

"雷蒙德出来以前，我不幸被爸爸抓个正着。虽然那天天很热，但我还是穿着显眼的大衣坐在酒吧门口。一月份如果我不穿大衣的话，爸爸根本不让我从家里出去。我记得我当时一直觉得自己非常愚蠢，将近二十摄氏度的天气还穿着厚厚的羊毛外套。这时爸爸突然出现在我面前,他打了我,说我和平常人家的女孩没有什么两样。他说我是个罪恶的人。无论从上帝的角度还是他的角度来看,我都是个耻辱,像个女流氓一样站在酒吧外面是件绝对不能接受的事。"

她的话像消防龙头里放出的水一样,呛得我透不过气来。

"第二天就下雪了。虽然脸上都是爸爸给我留下的疤痕,但第二天一早我还是去上了学。我对这场暴风雪感激涕零,正是有了暴风雪的缘故,我可以连着两个晚上待在学校里,和其他女孩一起睡在地板上。这是我生命中仅有的一次和班里同学一起过夜的情形。那时候没有白人女孩和黑人女孩之分,大伙在黑暗中躺在地上,谈着自己的家人和男朋友,我甚至把雷蒙德假想成了自己的男朋友……但是,雪停以后,当我回到家的时候,雷蒙德已经不见了。没有人再见过他,没有人知道他去了哪儿。我不能去见约翰尼·默顿,不然爸爸一定会知道的,我可不想再次惹爸爸——"

再挨一顿打,我知道她想告诉我什么。"你跟雷蒙德的朋友们聊起过他的事吗?有没有人知道他为什么要和默顿交谈?"

"我问过,不过那是雷蒙德失踪以后很长时间的事了。起先,当雷蒙德在我的生活中消失的时候,我还以为他在避着我。我想这一定是上帝在惩罚我。我的脑子里乱极了。我不知道我做错了什么。是九月份不肯让雷蒙德带我出去开房,还是我让雷蒙德碰了我。"说着她尴尬地笑了一声。

"后来我问过柯蒂斯·里弗斯。不过那时候距离雷蒙德失踪已经有一个月到六周的时间了,他和我一样对这件事一头雾水。"

"柯蒂斯也是毒蛇帮的成员吗?"我问。

"我从来都不知道他们中谁是毒蛇帮的成员。我是个牧师的女儿,因此在他们的眼里，我可能是个非常高傲的人吧。他们不会像和街上其他女孩那样和我说话。我想柯蒂斯多半不会是毒蛇帮的人——在一九六七年的五月，他去了越南。人人都信任他，坦白地说，我觉得他和黑帮不会有任何关系……柯蒂斯，他不会玩心眼儿。我应该把心交给他这种人，而不是雷蒙德那种街头混混。"她又笑了，笑声中少了刚才那种歇斯底里的意味。

"埃拉小姐应该没说错吧？雷蒙德是不是参加过毒品交易？"

"没她说得那么严重。按照她的说法，雷蒙德·加兹登一直在南区贩卖海洛因。在这点上他妈妈和我爸爸有点相像：你稍微走了点歪路，他们就把你看作撒旦的臣民。更过分的是，雷蒙德失踪以后，埃拉阿姨竟然像没事人一样无动于衷。她仍然像以前那样生活着，似乎去了块心病一样。为雷蒙德感到担心的反倒是克劳迪亚阿姨，雷蒙德的失踪几乎使她的心都碎了。"

"埃拉小姐说她和克劳迪亚一起去过警察局。你知道那方面的情况吗？"

"是的，她们确实去了。但是警察对她们的态度很不好。似乎对这个夏天都在保护金博士余怒未消。我想说的是——他们根本不愿对前去求助的黑人伸出援助之手。她们去警察局的时候我也在场，那些警察简直把我们当成射杀总统的犯人来看待。猪猡？没错，他们就是些没有教养的蠢猪。"

我再一次为爸爸感到忿忿不平起来。

"你觉得你还有机会找到他吗？"她害羞地轻声问，好像害怕我会看穿她的心思似的。

我希望能告诉她一些让她充满希望，让她的声音恢复活力的话。我希望能让她有所期待，但是我只能把真相告诉她。雷蒙德·加兹登不是死了，就是隐藏到一个没人认识他的地方去了。除非他自己想回来，否则没人可以找得到他。

"我去找约翰尼·默顿谈谈，"我向她打起了包票，"虽说已经四十年过去了，不过约翰尼还记得他们当时谈了些什么。"

"别提我的名字，"她请求道，"如果爸爸或者教堂里的那些女士听说……"

"你不必回家和他在一起，"我劝慰地说，"虽然现在已经有点晚了，但你还是可以开创出一段崭新的生活。我可以帮你联系……"

"当你的精神无所依托的时候，和谁在一起就完全无所谓了。"她的声音低了下来，显得非常疲惫，"如果查到什么事的话，请你务必把电话打到医院来。从周四到下一周的星期一，我每天的上班时间是晚上十一点到第二天早晨的七点。"

第九章 一段鲜为人知的历史

罗斯挂上电话以后,我本想再睡一会儿,但是这段对话让我觉得心烦意乱,我怎么睡都睡不着。我平躺在床上,身体僵硬,眼睛直直地望着天花板。过了一会儿,我下了床,从卧室走到客厅,盘着双腿坐进扶手椅。在我公寓里过夜的佩皮从门边跑了过来,乖乖地坐在扶手椅旁边的地板上。

罗斯·赫伯特和佩特拉,两个都是成年女性,都把父亲称为"爹爹"。当爹爹渗入你的生活中时,他就成了你的主宰。不用知道他姓甚名谁,也不用你到处向人介绍,所有人都知道站在你身旁的那个家伙就是你的父亲。这意味着彼得叔叔彻底控制了佩特拉的生活,还是佩特拉过于年轻呢?老实说,我也不太清楚。

罗斯·赫伯特当然早就不再年轻了。也许她就从来没有年轻过。我仿佛看到十九岁时的她坐在华尔兹·莱特酒吧的阴影里,希望和里面的年轻人一同享乐,渴望着爱神突然降临。那时她绝不会想到她会和揍得她鼻青脸肿的父亲厮守到老。罗斯从没提起过她的母亲。赫伯特牧师的妻子又是什么时候从他们的生活中消失的呢?

对这份我答应做的工作来说,更大的工作是怎样去对付约翰尼这个黑帮老大。雷蒙德·加兹登最后一次被人看见时是在一月二十五日的那天晚上,当时他正在约翰尼的陪伴下进入一间蓝调酒吧。当时他在和约翰尼商讨毒品生意吗？他们之间是否发生过一场争斗——接着雷蒙德被约翰尼或他的手下杀害——第二天的暴风雪正好掩盖了雷蒙德被刺杀的一切痕迹。一切是那么天衣无缝。

"柯蒂斯当时也在那间酒吧，"我告诉佩皮，"今天他为什么对我这么凶呢？"

它轻轻地摇了摇尾巴。我充满爱意地用手指揉了揉它那毛茸茸的耳朵。

"你从来没见过约翰尼·默顿。从这点来说，你可真是个幸运的女孩。如果让他看见你，他准会把你那漂亮的尾巴割下来当耳罩的。但我无论如何也弄不明白，柯蒂斯·里弗斯为什么到现在还慑于他的淫威不肯把真相告诉我。"

我仿佛能看见华尔兹·莱特酒吧一月那个晚上的情形。少年们争相上台演唱，著名歌手前来为大家助兴，众人把气氛烘托得像夏日的狂欢节一样。除了牧师的女儿穿着件羊毛外套孤零零地站在街道一侧以外，所有人都非常尽兴。和罗斯心境相似的也许还有离开家去听约翰尼训话的雷蒙德·加兹登。

尽管阿尔伯特·亨特在钢琴前引吭高歌，但里弗斯还是偷听到了雷蒙德和默顿的交谈。没准那天的晚些时候，或是那一周的后两天，默顿给里弗斯打过一个电话：如果你敢泄露一个字，你的下场就会和雷蒙德一样。不是被扔进河里，就是被人埋在采石场里。管好你的嘴巴，什么都别对外人说。

这都是出于我的想象，并不意味着这种事真的发生过。默顿凭什么能保证柯蒂斯·里弗斯这么多年一直能守口如瓶呢？再者说了，里弗斯也不像个迫于大人物的淫威就瑟瑟发抖的胆小男人。

我做了个鬼脸。赫伯特牧师，黑帮老大默顿，还有西英格伍德的警察们。这些人都希望自己管辖的人只按自己规定的方式行事。

想到这里，我意识到自己从来没有检查过大雪之后附近有没有出现无法辨认出身份的尸首。时间已经接近凌晨五点，大学图书馆还有三个小时才会开门。我重新上了床，佩皮跟着我，把柔软金黄的身躯蜷缩在我的身边，很快就进入了甜美的梦乡。可我直到六点还没睡着，眼睫毛因为缺少睡眠而有些发痒，和约翰尼·默顿打交道的几多往事渐渐浮上心头。

尽管我是他这一边的辩护律师，但我还在公设辩护人办公室的时候他就恐吓过我。我还清晰地记得当时我们的一段对话：

"臭婊子，你在这件案子上没有为我倾尽全力。我确信他们把你从河里捞出来的时候，你妈妈一定认不得你的脸。"

"默顿先生，拉萨尔大街上的律师是不是都被你扔进芝加哥河而无影无踪了呢？"

我竟然可以扯着嗓子对他吼出这句话，直到现在我都在为自己当时的表现而吃惊不已。不过我必须紧抓住手里的拍纸簿才能使手不至于颤抖。即便到了现在，约翰尼那个恶魔还是能让我夜不成眠。也许他也能像对我这样威吓里弗斯。

我从床上坐了起来，睡不着觉就干脆出去走走吧。我带着佩皮走出后门，站在狭窄的门廊里。我一边加热着咖啡壶，一边慵懒地伸展着腰身。

仲夏的天空一片深蓝色。我喝了杯咖啡，把米奇从孔特雷拉斯先生的厨房里带了出来——米奇刚才一直在厨房里闹腾着，为自己被锁在厨房而佩皮却能和我一起玩儿而狂生抱怨——我把它俩一齐带到湖边。湖水依然非常冰凉，下水的时候我不禁打了个寒战，不过我还是和它们一起游到了湖里的第一个浮标处。如果我能把浑身的血液激活起来的话，也许可以起到睡足八个小时的功效。

游泳没能使我的感觉好起来：开车向南的时候我仍然睡眼惺忪，脾气狂躁。到达芝加哥大学图书馆的时候，那里正好刚刚开门。我在图书馆隔壁的咖啡吧里买了卡布奇诺咖啡和羊角面包。然后不顾一切图书馆的礼仪，冲进了图书馆的微缩胶印房。

我把本城所有报纸的缩印文件都取了出来。一九六七年的时候，芝加哥当地只有四家报社，每家报社都出日报和晚报。我从爸爸订阅的《新闻日报》开始看起，他喜欢迈克·罗科的社论文章。

一九六七年的一月二十五日，我决定从暴风雪前夜的报纸看起。很奇怪，我对自己生活中经历过的事竟然完全记不得了。那天发生过的国家大事已成过眼云烟——约翰逊总统正在筹集战争资金；学生们在加州大学伯克利分校进行示威游行，里根州长把这次事件定义成反美的红色事变，报纸上甚至提到了新当选参议员查尔斯·珀西之妻所穿的迷你裙。那时我才上五年级，这种事情当然记不得了。

真正让我感到吃惊的是我竟然把暴风雪前夜肆虐芝加哥的那场龙卷风完全忘记了。罗斯·赫伯特跟我提过那场大风的事。

龙卷风把八十七大街和斯托尼大街街角的那幢未完工的建筑吹倒了，那里离我家只有三英里地。有位警察在事故现场殉职。我看着胶带上的照片。街道上到处都是砖块，像是个坏脾气的孩子把积木扔在起居室的地板上一样。一辆大众微型轿车被埋在废墟里，玻璃撒了一地。其后的第二天，漫天飞舞的大雪覆盖了废墟，覆盖了这些玻璃碎片，覆盖了南部的工厂区，覆盖了整个芝加哥。雪最厚的地方甚至达到了二十六英寸，活物和死物一概被埋在这层厚厚的积雪下。

我不记得龙卷风,更不记得那个死去的警察——虽然当时我和妈妈对警察殉职的事都非常关心——我只记得放学的时候,妈妈总是站在门前等我。妈妈从来不去学校接我,见到她的时候我总是非常害怕,怕她告诉我爸爸出事了。

她对暴风雪的恐惧在我看来十分可笑。五英寸甚至十英寸厚的积雪只会使人心生愉悦,为什么会使人感到害怕呢?但是在经历了一年的暴乱和示威游行以后,我开始慢慢有点理解了妈妈的感受。她会整夜整夜地坐在厨房的桌子前等着托尼回家,有时我会坐在阁楼的楼梯口静静地看着她。看到她因为爸爸而做出一些超出常规的事情时,我会走到厨房陪她一起等候爸爸的回归。

"你们俩真是太让人操心了!"她抓着我的手,用意大利语对我说,"你和爸爸都是不顾后果的臭脾气!如果我不拦着你的话,你肯定会在这场暴风雪里失踪。你以后肯定还会做出一些殃及性命的险事来伤透我的心。"

"我已经不是个小孩了,千万别在我的朋友面前把我当成个小孩子。"我甩开她的手,用英语朝着她大嚷。

我不用意大利语和她对话总会让她非常沮丧。我很生气,非常想伤害她的感情。事实上,我正想去找正在天主教学校上学的"波波"——也就是伯纳多——看看能不能在卡鲁梅特湖上和他一起溜冰。我没想到会被妈妈找回来,回家以后我又在加布里埃拉的监督下练了一个小时钢琴,这会儿我的情绪简直糟透了。

我坐在图书馆里看着自己的手指,为没练好钢琴而遗憾不已。我本该成为一个非常有成就的钢琴家——虽然没什么天赋,不过技艺应该非常娴熟——如果我按照母亲的愿望勤奋苦练的话,我一定能在钢琴上有所建树。为什么我会对练钢琴这么反感?妈妈喜欢我,我也深爱着妈妈，为什么我不愿意去做这样一件对妈妈来说意义深刻的事呢？我是不是在嫉妒音乐本身，觉得自己不可能像莫扎特那样抓住母亲的心？莫扎特歌剧《唐璜》中的著名唱段《他背叛了我》是妈妈的最爱，那是一段有关嫉妒和背叛的独白。

我不知不觉地唱起那段歌剧来，阅览室的人纷纷转过头来瞪着我，我的脸一下子红了。我缩在椅子里，两眼紧盯着面前的屏幕。

我查找了从一月二十六日到二月底报纸上所有的凶杀案报道——四十年以前的凶杀案远没有现在这么多，因此往往能在报上占据较大的篇幅——但是没有一件案子的被害人无法确认身份。接着我又查看了交通事故和黑帮闹事的报道，但也同样一无所获。

《每日新闻》采访过"黑石流浪者"的一些成员，他们觉得自己能代表南区的黑人们出来说话。他们告诉记者，他们能为南区居民做上不少好事：照顾幼儿，开办学校，健康服务。看到这些，我在黑暗的阅览室里禁不住皱起了眉头。那些黑帮确实想做一些好事，但最后却只能走上贩卖毒品、收取保护费、操纵卖淫的老路。

我又拿起《明星先驱报》，看了看那份报纸对于凶杀案的报道。《明星先驱报》上同样刊登了许多与暴风雪有关的图片。采访过"黑石流浪者"的一星期后，《明星先驱报》再接再厉，又刊登了一组有关毒蛇帮的报道。

我坐直身体，疲倦一扫而光，开始阅读其间与约翰尼有关的内容。在那期的《明星先驱报》上，他向记者描绘了一九六七年动乱交织的那个夏天毒蛇帮进行的许多活动。

我看了看墙上的钟。读这些报纸影响不到和埃拉小姐的会面。我接连阅读了这个系列的五篇文章：一篇介绍了他对黑人社区的有关构想；一篇介绍了毒蛇帮准备在附近开办的黑人诊所，另外报纸上还刊登了几张默顿喂养八个月大的女儿的照片。

"警察把我们毒蛇帮看成犯罪组织,他们凭什么这么看?难道是我们为学校里的黑人孩子送牛奶的缘故吗?难道是因为我们在五十九大街和摩根大街的拐角处开了间诊所的缘故吗?他们也不想想,五十多年以来这里从来没开过一间诊所。要不他们就是在为毒蛇帮组织这里的居民选举投票而耿耿于怀,这一次我们终于有了一位为工人说话的候选人。"

默顿的这一面是我从来没见过的。当我在二十六大街和加利福尼亚的候审室与他见面时,他早就不再组织任何社会公益活动了。他整天都在谋划如何攫取小商铺的金钱,如何把对手致于死地。

从另一方面来看,早在一九六七年,他就成为某个有势力的黑帮团伙的头目了。也许他只是在记者面前粉饰自己。在那个年代,许多白人激进分子觉得街头黑帮非常炫目。一些白人记者希望深入这些团体内部,看看这些黑人匪帮能给美国带来些什么。

"警察把我们看作是对这座城市法律秩序的威胁,但他们很清楚,朝马丁·路德·金扔砖块的并不是我们这些人。那他们为什么不把掀翻汽车,在街上胡作非为的白人流氓锁进号子,而要把我的兄弟们关入牢房呢?在没有人证物证的情况下,你们为什么说斯蒂夫·索伊尔杀害了去马奎特公园保护马丁·路德·金的哈莫妮·索瑟姆呢?警察只想知道我们为什么不围着他们微笑跳舞。在动乱中杀害哈莫妮的很可能是个白人男孩,但警察什么也没做。只有白人男孩可以拥有武器,但警察连一个白人也没抓!"

《明星先驱报》上刊登了一张哈莫妮·索瑟姆穿着高中晚礼服时的相片,她把烫直的长发系成一束,垂落在裸露的肩膀上。

我的手一抖,滚烫的咖啡全都洒在牛仔裤上。让我吃惊的不是哈莫妮的照片，而是眼前这篇文章的标题：对斯蒂夫·索伊尔的审判将于今天开始，他被控杀害了哈莫妮·索瑟姆。

照片边上的注释告诉我，对斯蒂夫·索伊尔的审判是在死者亲属和朋友们连续数月抗议的背景下进行的。自从那年八月哈莫妮被杀以后，他们就自发地在一区警察局的门外组成了一个请愿团，昼夜不停地为抓住凶手而进行请愿。斯蒂夫·索伊尔是新年时被捕的，这说明审判在索伊尔被捕后不久就匆匆进行了。

我靠在椅背上，试图把这件事的前因后果弄个明白。从我探听到的情况来看，斯蒂夫·索伊尔就是雷蒙德失踪了的那个朋友。我翻了好几张报纸，最后终于在一月三十日的《明星先驱报》上看到了索伊尔的小幅肖像。斯蒂夫·索伊尔以杀害哈莫妮·索瑟姆的罪名被起诉。报纸上没有记载犯罪的细节。文章中既没提到凶器，也没提到动机，当然更不会提到雷蒙德·加兹登这个人。

我在报纸上寻找着有关无名氏的报道。虽然在暴风雪中死了很多人，但一直查到四月底的报纸，我还是没有发现任何一篇报道提到过无名尸体的事。

当我把装有微缩胶片的盒子放回架子上的时候，我一直在琢磨着埃拉小姐的事。昨天她一定是在知道斯蒂夫·索伊尔被控谋杀的情况下把索伊尔的名字告诉卡伦的。她为什么没把真相全都告诉卡伦呢？既然她对自己发起的这项调查如此不爽，为什么还要让它继续进行下去呢？我在监狱管理局的数据库里查找过斯蒂夫·索伊尔和雷蒙德的名字，但却一无所获。这是不是意味着雷蒙德实际上也在哪里服刑呢？

我快速穿过因为缺觉而脸色苍白，为考试、工作和爱情而担忧的学生们。在图书馆背后地势有些凹陷的校园里，有个白发苍苍的老妇人正在和她的狗玩丢球游戏。她们可能是校园里唯一快乐的个体了。

当我进入大学念书的时候，越南战争正悄悄接近尾声。表情严峻的年轻人们经常为自己会不会被应征入伍而焦虑不已。现在的这些孩子似乎根本不关心几千里外进行的战争。这种想法使雷蒙德·加兹登的去向又平添了一种可能性，雷蒙德也许忘了把应征入伍的事告诉母亲，他的尸骨也许早就在南亚的丛林里腐烂了。

我在回办公室前顺路去了一趟狮门养老院。埃拉小姐把门拉开了一条缝，但是没有请我进去。我向她询问了有关斯蒂夫·索伊尔的事。

"你把索伊尔的名字告诉卡伦的时候，就已经知道他被关进监狱了，难道不是吗？"

"年轻人，别用这种口气对我说话。你希望知道雷蒙德朋友们的名字，我对你说我对那些人并不认同。现在你应该知道我的话是什么意思了吧？"

我克制住脾气，尽力不惹恼我的客户。"那雷蒙德呢？他是不是也在监狱里？"

"如果知道他在哪儿的话，我才不会让你找他呢。"

我又问了她几个意义不大的问题。她说她不知道斯蒂夫·索伊尔现在被关在哪儿。我不清楚她是真不知道还是跟我装糊涂。最后我只能离开了，心里暗暗地诅咒着埃拉小姐和卡伦牧师——当然还有同意接手这个难缠的案件的自己。

为了验证所有的可能性。回到办公室以后，我给五角大楼的征兵办公室去了个电话，看看那里有没有关于雷蒙德的记录。我没抱太大的希望，所以当电话那头的女人告诉我雷蒙德曾经接到过征兵通知，本应在一九六七年四月去芝加哥新兵招募点报到的时候，我简直惊讶极了。不幸的是，雷蒙德至今还没有去招募点报到。

"你们没有去找过他吗？"我问。

"亲爱的，那时候我甚至还没有出生呢，"五角大楼负责公众事务的女子对我说，"从我掌握的情况来看，军方认为雷蒙德是一万名躲避应招的年轻人中的一员。他们中的有些人逃到加拿大去了，有些人就躲在平时生活的街区里。除非他们申请驾照、申请贷款，或是某一天犯了法，否则军方永远不可能找到他们。"

她的回答使调查又回到了原点。到现在为止，我还是什么线索都没有。仔细想来，这种说法并不是完全对：从约翰尼那里也许可以调查出些什么来。另外，我已经知道了斯蒂夫·索伊尔身上发生的事——准确地说，是一九六七年一月三十日之前发生的事。

侦探不在场时发生的情况 2

"今天侦探小姐又来过了。"埃拉托起妹妹的左手，轻轻地揉了又揉，确保克劳迪亚可以听清她的话。"是个白人女孩。我想我告诉过你。"

克劳迪亚用粗糙的手指碰了碰埃拉坚硬的手掌心。"是的，我听你说过。是的，你告诉过我她是个白人。"

"她几乎把我答应给她的钱全用光了，但却什么都没查到。"

克劳迪亚嘴巴的左半部分动了动，泪水从她的脸颊上滚落。中风以后，克劳迪亚动不动就哭。她原本就是个感情细腻的人。"真是个热心人"。大伙儿都这样说她。外人对克劳迪亚的好评经常会使埃拉感到心寒。克劳迪亚以前可不是个爱哭鬼，她和埃拉在童年时就了解到生活的艰辛，流泪是婴儿和富人的特权，穷苦的黑人只有坚强地生活下去才能找到出路。她也许会为路上的一只死麻雀而感到忧伤，但不会在人面前随随便便掉眼泪。

现在，埃拉终于可以安静下来回味一下人生了。有时她会让自己回到五岁的时候，克劳迪亚那时是街上的宠儿，生着一头蓬松柔软的棕黄色卷发，脸上总是挂着胜利者的微笑，教堂里的每个人都很喜欢她。埃拉会趁妈妈上班、乔吉特奶奶不注意的时候，偷走克劳迪亚的洋娃娃，轻轻捆几下她的脸蛋——小孩子的残忍。她一直都明白那是怎么回事，她知道自己很坏。也许她注定只能做个负责任的姐姐。

"这里一切都正常吗？"

一个见习护士风风火火地走进病房，和埃拉一起把克劳迪亚推上天台。四周封闭的天台种满了各种各样的植物，另外还配备了一个小型的人工喷泉。护士们会善意地把一条教养很好的小狗带到这里，陪病人们嬉戏，这个举动常会使其他的中风病人感到非常高兴。不过埃拉从来不允许那条狗到克劳迪亚身边来。她不喜欢狗，也不喜欢猫。为什么在有些孩子还忍饥挨饿的时候，要对那些畜生这样好呢？

她冷冷地看着护士助手。"需要你帮忙的时候，我会叫你的。"

护士助手也是个黑人，她傲慢地瞪了埃拉一眼。"埃拉小姐，你妹妹需要把眼睛擦干净。如果你不想让我在这里的话，那你就自己学着替她擦吧。既然我就在她的身边，我想还是应该由我来弄为好。"

说着她跪在轮椅旁，用棉签在克劳迪亚的脸上擦拭起来。

"亲爱的，你在担心什么？你想让我给你带些什么过来吗？"

和其他所有极富同情心的人一样，贴近克劳迪亚以后，护士助手便耐心地为克劳迪亚轻声唱起歌来。上帝总是在潜移默化之间让人体会到他的本能。刚刚还桀骜不逊的护士助手突然变得温柔起来，这无疑要归功于无所不能的上帝。

护士助手离开以后，克劳迪亚艰难地吐出了几个字。"侦探……跟谁谈过了？"

"我给了她几个名字。她去查过这些人了。凭良心说，她干得还真不赖，工作态度也非常诚恳。她找到了卡米切尔先生——你应该还记得吧，就是雷蒙德在林德布罗姆高中的物理老师——他说雷蒙德毕业以后他就再也没有听说过雷蒙德的消息。她还找到了柯蒂斯·里弗斯，里弗斯告诉她自己不记得最后一次见到雷蒙德是在什么时候了。她没找到斯蒂夫·索伊尔，只知道索伊尔因为杀害哈莫妮·索瑟姆而被抓了起来，她说她还没查到索伊尔现在关在哪里。她查了所有的监狱记录，但却什么都没查到。"

埃拉唠叨个没完。她不喜欢华沙斯基看她的样子，似乎在可怜她一样。她没有权利……白种女孩没有权利对人滥施怜悯！你难道认为斯蒂夫·索伊尔是仅有的一个在监狱里消失的黑人男孩吗？

"不是'蒂夫'，埃拉，记得吗，不是'蒂夫'。是个没听过的名字。什么名字？"

"你说不是斯蒂夫吗？你到底想跟我说什么啊？被逮捕的当然是斯蒂夫·索伊尔。也许你已经不记得了，但是我还能清晰地回忆起他妈妈在法庭上大吵大闹的样子呢。"

克劳迪亚垂下了没坏的那只眼睛。她累了，累得无心和埃拉争吵，累得不知道记忆是不是在捉弄她。自从中风以后，她常会出现这种累得不行的感觉。

她长长地舒了口气。"白……女孩和牧师谈过了吗？"

"是的，她去见过赫伯特牧师了。当然，他和你一样也说不了什么话。"说到这里，埃拉停顿了一下。"她说罗斯那天晚上见过雷蒙德。"

克劳迪亚的左半边脸突然恢复了知觉，嘴角掠过一丝轻笑。"她说的是……哪天？"

"就是他离开我们的那一晚。周中礼拜结束以后，罗斯从教堂走回家，看见雷蒙德和约翰尼·默顿走进了一间酒吧。"埃拉残忍地抱起了双臂。"我早就告诉过你，他和毒蛇帮有联系。"

"不！"克劳迪亚的声音突然清晰了许多，"……蒙德不是毒贩子，他不是的！"她呼吸急促，把一腔怒气撒向了自己的姐姐。"弄错！弄错！你弄错了！"

年轻的护士助手匆匆赶回到她们身旁，卡伦牧师也适时地出现了。埃拉以前从没在屋顶平台上看见过牧师。

"埃拉小姐，发生什么事了？"护士助手开始安抚克劳迪亚时，卡伦牧师问道。

"我今天早晨跟侦探谈过一次，我试图把她告诉我的事解释给克劳迪亚听。想找到雷蒙德实在是太难了。你还没把侦探找来之前，我就告诉过克劳迪亚，要想把雷蒙德找回来简直是件不可能的事。"

"华沙斯基小姐找到雷蒙德了吗？"牧师搬来一把椅子，坐在两姐妹中间。

"她找到了一个目击者。那个目击者告诉她，雷蒙德失踪的那天晚上，她看见雷蒙德和这里的黑帮头子一起进入了这里的某间蓝调酒吧。我妹妹不相信雷蒙德会与毒品交易有什么关系。"

"不是毒品！"克劳迪亚显然听到了埃拉的话，冲着姐姐大吼着，"哦！我不能……说话，无法向……你们解释。毒……蛇帮，是的。他们是些……坏蛋。但……蒙德……和他们不一样。"

她又开始哭了，对不能准确地表达自己的意思而又气又急。

第十章 困兽犹斗

我原本希望离开公设辩护人办公室以后，可以彻底割断与约翰尼·默顿的关系，但这回看来还是要和他打交道。我不知道还能和谁谈论雷蒙德·加兹登以及斯蒂夫·索伊尔的事。我查阅了几个与法律有关的数据库，很容易就找到了与默顿相关的内容。我本以为我那套找人的方法已经老掉牙了呢。老家伙在斯塔特维尔教养中心为杀人和密谋杀人而服刑，刑期为二十五年，其他琐碎的罪名更是数不胜数。

我试着寻找默顿的律师。如果我能说服默顿和他的律师，让我加入默顿的律师团队，那我很快就能见到他。以朋友的身份去斯塔特维尔教养中心探监至少需要六七个星期的时间。

律师的名字叫格雷格·约曼，他的办公室位于第五十五大街。这么说来，约翰尼一定已经离开了闹市区，回到了年轻时的根据地。也许这说明约翰尼最终觉得收入比政治立场更管用。

我给约翰尼写了封信，同时把信的复印件寄给约曼律师，投入到忙碌的案头工作中去，至少这些调查比雷蒙德的案子更赚钱一点。我昨天晚上没怎么睡，今天又劳累了一天，这时已经有点筋疲力尽了。我撑到将近七点的时候，力图多完成一些案头工作。

门铃响的时候，我正准备收拾东西回家。我在视频监视器里看见了堂妹的身影，出去为她开了门。埃尔顿·格兰杰也在门外，他拿着街头小报向佩特拉兜售。

"维克,你救了我的命。"他优雅地对我鞠了个躬,吻了吻我的指尖。举止非常有礼貌,但浑身透着一股酒气。

"你真的救过他的命?"佩特拉的劲头一下子上来了。也许她把我当成了用身体挡子弹的见义勇为者,或是剧集《火线追击》中的某个人物。

"我并没有把他从燃烧的房子或是下沉的船只中救出来,"我毫无表情地对她说,"他在我面前晕倒了,于是我把他送进了医院。"

"我失去了知觉,"埃尔顿纠正着我的话,"我的心脏出了问题。医生说,如果没得到及时治疗的话,我可能已经死了。"

"埃尔顿,医生说你再不戒酒的话,随时都可能去见上帝。今天下午我去见过列农牧师,她说她帮你找到了住的地方。"

"我已经有了自己的小窝。我的小窝比那种收容所要干净、安全得多。越南战争时,我和十五六个伙伴在坑洞里躲了大半年,我可不想再过那种群居生活了。至少没人会在黑暗里背着我撒尿。"

他转身看着佩特拉。"你进过收容所吗?你这样的女孩当然不会去那种地方。你的父母会精心地照顾你,就像我以前对我女儿做过的一样。但是由于这样或那样的原因,我最终却让她失望了。"

他眨了眨眼睛,拼命不让眼泪从惺忪的醉眼里流下来,佩特拉不安地把重心在两只脚之间挪来挪去。埃尔顿向路过的人兜售着手中的报纸,然后又看了眼佩特拉。

"收容所里到处都是麻烦事,总会有人趁你不注意的时候偷你的东西。你刚睡着,脚上的鞋子就不知到哪里去了。如果你是个街头流浪汉的话,鞋子是你最好的朋友。你要走很多路,所以你至少应该有一双好鞋。我想你应该很清楚我的意思。"

"埃尔顿,你的小窝在哪儿?"我问。

"只有我知道那个地方。如果我到处跟人说的话,那个地方很快就会被人夺走了。"

"我不会告诉任何人,甚至连牧师也不会说。如果你把居住的地方告诉我的话,万一连续几天见不到你,我就知道上哪儿找你了,看看你是不是需要去医院看病。"

他的两只眼睛在街道上逡巡着。"那个地方不太容易找,所以我才觉得那是一个非常不错的地方。我的小窝紧靠着河岸,奥诺黑码头的尽头有条地道,我的小窝就在这条地道和铁路的交叉口。维克,你可千万不能告诉别人。你的女儿也一样。"

佩特拉开心地笑了。"她不是我妈妈。我们只是堂姐妹而已。不过,我可以用女童子军的名义向你发誓,不会把你的住处告诉任何人。"

我递给埃尔顿一美元,从他手里拿了份报纸。"十分钟以后,我带个三明治给你。"

"要黑麦,蛋黄酱,蘑菇,不要西红柿。维克,真是太谢谢你了。"他踏着舞步走到街对面的露天咖啡吧,向坐在咖啡座上的人兜售着报纸。

"来这干吗?"我问佩特拉,"又把自己锁在外面了吗?"

"开车回家经过这里的时候,我看见你的车还停在车位上,我想借你的电脑用一会儿。应该不会超过半个小时,你可以利用这段时间把他的三明治买回来。"

"克鲁莫斯竞选阵营不通网线吗?"

"当然不是,但是我想上网弄点自己的东西。我那的无线信号今天突然没了。"

"你偷用别人的无线网络吗?"

"我只是顺便用用而已,这可不叫偷。"她连忙反驳道。

我太累了,无心和她争吵。再说,她偷别人的无线信号和我有什么关系呢。我把进出大门的密码告诉她,领她走进大门,然后看了眼桌面,确保没有机密文件放在外面。

"走的时候别忘了关灯好吗?外面的房门只要一关就会自动锁起来,别担心那个。"

她冲着我露出了灿烂的笑容,然后喜滋滋地道了声谢。"你真的救了埃尔顿那家伙吗?你真的救了他的命吗?"

我觉得有些尴尬。"也许是吧——我也说不上来——我只是把他送进了医院,不过他也许原本就可以自己恢复的。他喝下的酒实在是太多了。埃尔顿是个越战老兵,上周和他在马路边攀谈时他只告诉了我这个。战争有时会把人的心智弄坏的。"

"我知道,这叫创伤后精神紧张性精神障碍——我们在心理课上学过这个。"

"布赖恩对老兵有自己的政策吗?"

佩特拉庄重地点了点头,感觉有必要维护自己的候选人。"他当然有自己的一套施政纲领。他肯定会成为总统的——我指的是,在巴拉克·奥巴马的任期结束以后——只要我们可以帮他成为参议员,他一定会竭尽所能帮助像埃尔顿这样的人。"

佩特拉身上的年轻活力以及她对布赖恩·克鲁莫斯表现出的坚定信心使我感伤地回忆起了自己的年轻时代。我敷衍地给了她一个拥抱,然后就去为埃尔顿买三明治去了。

第二天早晨我便去和约翰尼·默顿的律师打交道了。格雷格·约曼不是个非常通情达理的人,但我必须巧言令色,争取得到他的认同；毕竟，只有通过他才能接触到毒蛇帮老大。当我在格雷格·约曼南区的办公室见到他时，他摆出一副熟知黑帮的律师架子，提出只有支付一定的金额才肯让我见到约翰尼·默顿。

"我才不会为和约翰尼·默顿对话付钱呢。我只想知道他愿不愿意和我谈一次。因为斯塔特维尔教养中心的探监程序太过烦琐，如果他能让我作为律师团一员的话，和他见面会更容易一些。只有这样，我们才能频繁见面，并在私密的状态下随意交谈。"

"侦探小姐，我很清楚你想达到什么目的，不过那可是要付钱的。如果你想尽快见到约翰尼的话，最好还是和我先交个朋友。"

啊，是的！交个朋友。在芝加哥，这种索贿的伎俩我见得多了。

"毕竟，毒蛇帮在这片地区还有一定的势力，你也不想让外人知道你在威胁默顿。"约曼补充了一句。

"如果我们能成为朋友，我就可以找你帮忙了，你想表达的是这个意思吗？"我对约曼甜甜地笑着。

他似乎把我当作一个好欺负的女人，脸上露出了满意的笑容。"如果约翰尼知道我们是朋友的话，我想不至于会出现这个结果。但是我不可能无偿为你做这些事。"

"那么我们最好希望不要走到那一步。正如你所知道的那样，毒蛇帮多年前担任金博士的护卫时，雷蒙德·加兹登曾经和约翰尼走得很近。如果让约翰尼知道他的律师阻止雷蒙德的妈妈寻找失散儿子的话，我想约翰尼肯定高兴不起来。"说着我起身就打算走，"我准备给约翰尼写封信，请求他把我放进见客名单里，我想你一定能够理解吧。如果他肯让我为他提供法律服务的话，我们就不用绕那么多弯了——毕竟，这么多年来我并没有脱离过法律事务。如果你不愿额外工作的话，我自然不会强迫你，我会把事情的前因后果写在信里的。"

约曼律师瞪了我一眼,我暗自庆幸自己已经站在了门口。不过他的口风明显发生了改变,他说不必那么烦琐,他可以在下周一拜访斯塔特维尔教养中心的时候把我的原话转告给约翰尼听。

"如果是这样的话,这封信就不需要修改了。"我把早已准备好的信交给了约曼。当然,我在信中并没有提到约翰尼是我了解到的最后一个见过雷蒙德·加兹登的人。我只是说,我正在为埃拉小姐和她的妹妹克劳迪亚调查雷蒙德失踪的案子。因为约翰尼认识西英格伍德的几乎所有人,因此我想让他为我提供几个知情人的名字。

回家的路上,我把车停在了里弗斯的店门口。和上次一样,有个男人正一边哼歌一边打扫着街道。一见到我,他的眼睛马上瞪大了,害怕得逃进了店里。

走进店门以后,我看见他紧紧地拽住柯蒂斯·里弗斯的皮围裙。"她要伤害我,她要破坏我的男子气概。"

"蒂莫西,不必害怕,她不会伤害你的。我不会允许这种事发生。"柯蒂斯把报纸夹在胳膊底下,把惊恐的男人领进了掩藏在修理设备后面的店堂内间。

从内间走出来以后,里弗斯对我怒目圆睁。"你对蒂莫西说了些什么,让他怕成这个样子?"

"我什么也没说啊,"我觉得非常困惑,"他一看见我就躲进来了。我也很想知道他到底在怕什么。"

"如果你也不知道的话,那就不必劳神找出来了。华沙斯基小姐,我想知道你到底在找些什么?你对我穷追猛打到底有什么意图?"

店里没有顾客,我坐在牌桌旁边的长凳上。"你到底是什么意思?我上次来的时候就告诉过你我的意图。有人告诉过你别的什么了吗?"

"你真会演戏,我真对你刮目相看了。"

我用手捧着自己的脸，上下打量着他。"你在保护这个在你店堂外徘徊的人。我不知道怎样说才能让你相信，我到这里来并不想伤害任何人——"

他把报纸扔在我们俩之间的狭窄桌面上。"你永远都说服不了我的。"

"但是最近我开始怀疑只有你才知道多年前雷蒙德·加兹登到底去了哪儿。他妈妈惹得你很不愉快吗？我很清楚，他妈妈是个非常难缠的女人。是不是有些我所不知道的陈年旧事呢？"

"我想我已经说得够多了。"里弗斯站起身，走到柜台后面。

"暴风雪之前的那个晚上，罗斯·赫伯特看见你跟在雷蒙德和约翰尼·默顿后面走进了华尔兹·莱特酒吧。从那以后，再没有其他人见过雷蒙德了。"

"露馅儿了吧！"他把手里的工具扔在柜台上，"罗斯·赫伯特怎么可能去华尔兹·莱特酒吧呢？女士，你简直是在自取其辱。"

我的嘴角浮现出一丝轻笑。"你怎么连话都没听清楚就匆忙下结论呢。我没有说罗斯小姐出现在酒吧里。我说的是她看见你走进了酒吧。在你之前，她还看见雷蒙德和约翰尼老大也进了酒吧。她也非常想进去玩一玩，但她碍于身份无法进去。"

里弗斯把大剪刀从一只手换到另一只手，心里盘算着我的话。他至少已经开始把我当回事了，我对此感到非常欣慰。"我不会否认女士的证词，尤其是罗斯小姐那样富有献身精神的女士。不过那时候我经常出入华尔兹·莱特酒吧，也会经常在那里遇见雷蒙德。侦探小姐，暴风雪之前那天晚上的事我完全记不得了。"

"你是不是在害怕约翰尼·默顿？我不想责备你，我也非常怕他。我不知道在他和埃拉·加兹登之间，谁更让我紧张。"

"也许你比我更容易受惊吓,也许你和他之间有什么过节。我可没什么好怕他的。"

"斯蒂夫·索伊尔呢?我知道他因为谋杀而被定了罪。不过现在没人知道他在哪儿,我在教养所里没有查到他的档案。你是不是在保护他?"

"婊子,你怎么敢这样说?你怎么敢到我面前,不知深浅地胡诌他的事?"

我惊得目瞪口呆,"我只知道他和雷蒙德·加兹登消失得一样彻底,其他就什么都不知道了。"

"你觉得最好黑人都像他们俩一样彻底消失,我说得没错吧?在我把剪刀刺入你的身体以前,你最好马上从这里滚出去。"

他脸上的狂怒使我屏住了呼吸。我穿过商品展示绳,试图走得自然一点,试图不要打趔趄。我忘了出门时会传出火车的汽笛声,突如其来的巨响差点让我摔了个跟头。

一个拿着磨破高跟鞋的女人此时恰好走了进来。"我也常常被这声音吓到。"她安慰我说。

我想对她笑笑,但里弗斯的狂怒仍旧让我不寒而栗。我慢慢地把车开回办公室,这次我没有选择瑞恩高速公路。我想一个人静静,不想让高亢的汽车喇叭声围绕着我。

第十一章 没有比伊瑟索红酒更能让人感觉放松了

回到办公室,我看见佩特拉用记号笔在白纸上写了一行大大的"谢谢你",并给我留了包在对面咖啡店买来的曲奇饼干。她的天真无邪使我的感觉稍稍好了点。不过我还是把那包饼干分给了门外的埃尔顿。

我还发现了某个临时机构给我发来的一条短信。短信中告诉我,他们那里有一位名叫玛丽恩·克林普顿的雇员可以满足我的各种需求,其中包括检索法律数据库。她会从早晨开始为我工作。这使我大大地松了口气。

当然,真正能让我感觉好一点的还是找出里弗斯为什么要对我发火的原因。这天剩下来的时间我都在调查他和斯蒂夫·索伊尔的事。先前做的那些调查都是人工的。要通过数据库了解更为详尽的内容,就需要花费更多的金钱。我不能把这笔钱算在埃拉小姐头上,但我必须得知道里弗斯为什么会那样生气。

我在数据库里没有找到他们俩的共通点。里弗斯从一九六七年到一九六九年七月一直在军队里服役,军旅生涯的第一年是在越南的丛林里度过的。他结过婚,妻子在三年前死了,他们没有孩子。他有一个姐姐和两个兄弟,他的兄弟姐妹都住在芝加哥。我把他们的电话号码都写进了自己保存的档案。里弗斯没有吃过官司,根据我的调查,他的姻亲至少在最近六年里没有吃过官司。艾米·布朗特帮我把最近六年和我打过交道的人建立了一个数据库,所以很容易就能发现,里弗斯的名字及地址和我近五年来办过的案子没有任何交集。

没过多久,我就不想继续在网上待着了。我拿出当公设律师的三年里留下的那些文件盒。当然,那时的大部分材料还放在二十六大街的公设律师办公室和加利福尼亚。不过,我做的一些笔记和记录都整整齐齐地放在了这里,我把它们平放在自己的那张大写字台上。我不可能一一浏览当时办过的那些案子,只是把和约翰尼·默顿相关的文件从里面抽了出来。但在这些文件里却没有查找到柯蒂斯与斯蒂夫·索伊尔的名字。

我打电话给一个与州立检查官办公室有联系的朋友,让他代为寻找与索伊尔一案有关的审判资料。是的,我知道拿到审判材料的副本得付上一笔钱。是的,我打算为此付账。

我把所有资料放回文件盒,试图把注意力集中在其他工作上。当我的朋友从检查官办公室打来电话时,我正收拾东西准备回家。

"我在一九六六年和一九六七年没有查到和斯蒂夫·索伊尔相关的记录。不过那时的文件比较乱,你还记得审判的具体时间吗?"

我翻看了一下在图书馆里做的笔记。"受害人的名字叫哈莫妮·索瑟姆,不过我不知道具体的审判时间。"

他答应第二天早晨再帮我查查。他刚放下电话,佩特拉的电话就进来了。

"维克,你可帮了我大忙了。你看到我给你留下的饼干了吗?你还记得要和萨尔老爹一起参加布赖恩的大型捐款会吗?因为总统可能会来,所以我必须事先把参会人员的名单列在一张单子上。"

"我们会来的,你的萨尔老爹正在盼星星盼月亮地等待着那一天呢。你知道'华沙斯基'是怎么拼写的吗?"

"知道,我怎么会不知道呢?华沙斯基就是把武士、人力车和溜冰三个词的词根组合起来。这种最基本的单词我怎么会不懂呢?上小学的时候,学校里会拼写'人力车'这个词的大概也只有我了。"

我们都笑了。挂上电话的时候,我的心情比刚才好了许多。也许孔特雷拉斯先生是对的。也许我应该向堂妹多学学,试着和周围的人打成一片。

第二天,我一点都没去想加兹登的案子,和洛蒂一起吃了顿晚饭。因为在杜佩奇①法院办理一个案子,我去得稍微晚了点,糟糕的路况使我晚到了几十分钟。当洛蒂把我带进她的公寓时,我吃惊地听到了几个人的对话声。她没告诉我还有人会来。

马克斯·洛文塔尔站在能俯瞰到密歇根湖的天台上,密密麻麻的汽车在湖边公路上像蜗牛一样爬行着。他和卡伦·列农都拿着酒杯。卡伦显然被马克斯说的什么话逗笑了。

"维多利亚,你终于来了!"马克斯走到我面前,吻了吻我的面颊。从意大利回来以后,我还没见过他。"见到你真好。从意大利回来以后,你似乎比以前更精神了。"

马克斯还是那么会说话。我知道自己和几个月前并没有什么两样。他给我倒了杯葡萄酒——除了治病用的白兰地以外,洛蒂平时什么酒都不碰,不过马克斯在她那里放了些存货。我们一边喝着伊瑟索红葡萄酒,一边开心地畅谈着。洛蒂则在加热一只从医院旁边熟食店买回来的鸭子。

马克斯很了解意大利。吃晚餐的时候,我们谈到了意大利出产的苏维翁红葡萄酒和阿雷佐的古典壁画。当我说到妈妈曾经训练和演出

---

①伊利诺伊州的一个县。

过的锡耶纳歌剧院时,马克斯和洛蒂兴致勃勃地谈起了一九五八年在那里看过的歌剧《堂卡洛斯》[①]。

饭后喝咖啡的时候,马克斯终于谈起了我所关心的内容。"下午我在道德委员会的会议上正巧遇见了卡伦。她告诉我她想和你见个面,所以我让洛蒂干脆也把你一起叫来。"

"我可没有那么难以通融。是不是埃拉小姐在你面前说我什么坏话了?"

卡伦喝下一杯酒精浓度很高的勃艮第白兰地,我的话把她逗乐了。"你们昨天早上是不是大吵了一架?"

"可以这样说。她为我和她儿子的朋友接触而心怀不满。我对她拼命阻拦案件的调查以及不让我和她妹妹接触很有意见。"

"如果克劳迪亚能把自己的意思清晰地表达出来,我想她应该很愿意和你交谈。你去看过她以后,她和她姐姐吵过一架,她们争吵的内容和雷蒙德的朋友有关。这也正是我为什么急着要见你的原因。我想和你谈谈有关雷蒙德朋友的事。"

"你也调查过斯蒂夫·索伊尔吗?"我无法隐藏心中的好奇。

"我没有调查过他。不过有时我会为反对死刑的民间团体做些义工。那个团体的主席是个多米尼加修女,好像是叫法兰基·克里根什么的,她也许知道些情况。"

"我想他不至于被判死刑,但是我也不能忽略他已经被执行死刑,而且任何记录都没被保存下来的可能性。"也许这正是柯蒂斯·里弗斯为什么会这么生气的原因。

卡伦摇了摇头。"我要谈的并不是这件事。我今天在芝加哥城内

[①] 意大利戏剧家威尔第的著名歌剧。

忙了一整天——上午在反对死刑的民间团体做义工,下午参加了医院道德委员会召开的会议。我刚从埃拉小姐那边过来,现在脑子里全是她的事。今天早晨,当我和法兰基一同等待别的义工过来的时候。我告诉法兰基我很后悔把你拖进这个案子中来。另外,我已经对埃拉小姐丧失了信心,不再指望能从她那里获得什么有用的线索。出于礼貌,法兰基问了我几个问题。意识到我们调查的案子和二十世纪六十年代芝加哥的民权运动有关时,她突然来了兴趣。她告诉我女孩遇害的那天她也在马奎特公园,斯蒂夫·索伊尔正是由于那桩凶杀案被捕的。"

"你说什么?"我大吃一惊,不留神把咖啡泼在了洛蒂给我的亚麻方巾上。

"没错,法兰基参加了当时在芝加哥南区进行的抗议活动。她家就在盖奇公园附近,她爸爸对她参加民权活动的事情很是恼火。不过她的母亲却一直默默支持着她。也正是在那时,法兰基决定把修女作为一生的职业。她认为修女在斗争中的表现非常勇敢,极其渴望成为其中的一员。实际上,那些修女迄为今止还在为民权运动而不断地努力着。法兰基现在为一个名叫'争取自由中心'的民间团体工作。"

"我想跟你谈谈哈莫妮·索瑟姆的事。"我打断了她的话,试图把谈话引向正轨。

"对不起,我又把话题岔开了。二十世纪六十年代,法兰基跟随埃拉·贝克尔为塞尔马解放阵线工作。她参加过与马丁·路德·金和其他黑人领袖在芝加哥的示威游行。哈莫妮·索瑟姆遇害时她正巧也在场。这听起来是不是有点不可思议?"

"太妙了。我想知道……她有没有……杀手……她有没有看见杀手?"

"我不知道她究竟了解多少有关凶杀案的情况,她只告诉我她经常会因为斯蒂夫·索伊尔被捕的事而感到困扰。她想找个机会和你谈一谈。"

我向卡伦抛出了一连串问题：修女为什么会对逮捕感到困扰，她是否见过真凶，她和索伊尔到底有没有联系……

卡伦抗议着举起双手。"直接去问法兰基吧，这些事我一概不知道。"

马克斯笑了。"维多利亚，我很少见到你工作的样子，不过我现在知道你为什么和你们家那只大狗关系这么好了——你们对猎物的专注程度足以把对方吓跑。"

我随着大家笑了起来，洛蒂适时地把话题引到了别的方向。马克斯拿出一瓶自己带来的雅邑白兰地，甚至连洛蒂也喝了一小口。我们在洛蒂的餐桌边流连了许久，希望把自己沉浸在这里的温馨氛围中，不愿面对我和卡伦所处的那个冷酷无情、令人伤心绝望的世界。

当我们乘电梯下楼的时候，卡伦马上把我带回到现实世界之中。

"我调查过为你朋友介绍的那个出租房。他没去那儿，我一直在纳闷，要找间好房子可不容易。市里给低收入者提供的住房比热带雨林消失的速度还要快。"

"谢谢你为他想了这么多。但是他似乎不愿意和别人相处，宁愿自己在街上找地方。"

我们一起走到了她的车旁。她上车时，我顺口提到她的生活是何等充实。在狮门养老院传道，为无家可归者服务，帮反对死刑的民间团体做义工。"你平时还有时间放松吗？"

"那你呢？"她无礼地反问道，"除了那次意大利之行以外，你似乎从早到晚都扑在工作上。我真想知道你是怎样放松的？"

我笑了笑，两人之间剑拔弩张的气氛缓和下来。不过当我步行了两个街区回到自己的车上时，我不得不承认，最近这些天我确实没有了自己的生活。

第十二章 探监黑帮大佬

早晨一进办公室,我马上给"争取自由中心"打了个电话,让接线生替我把电话转给法兰基修女。接线生说那天法兰基修女不会来,不过她把法兰基修女的手机号码给了我。

"她出城了,试着为上周在衣阿华被捕的移民家庭找房子住。他们在衣阿华找不到足够的居所。"

我拨了法兰基修女的手机,不出意外地听到了她的口信。我尽量把自己的意思表达得完整一些:我是个私人侦探,为斯蒂夫·索伊尔的案子而来,如果事隔这么多年,她还记得这个案子的细节的话,请她给我打个电话。

临时机构的玛丽恩·克林普顿准时出现在了我的办公室。这天的大部分时间我都在和她一起整理文件,归纳出一份重要客户的名单。如果他们中的某位打电话给我,玛丽恩·克林普顿必须及时把信息传递给我。

那天晚些时候,我终于接到了法兰基修女打来的电话。她不能确定返回芝加哥的时间,不过她保证一回芝加哥就安排时间见我。

我在电话中让她告诉我一些与斯蒂夫·索伊尔有关的事。她说她不清楚她所知道的那些事会不会对我有用。"我不认识他。当哈莫妮遇刺的时候,我吓坏了,简直不敢相信眼前发生的一切,我没想到会发生这种事。直到这件事过了很久以后,我才试图回忆起那场游行的细节。不过我能想到的事非常……非常零碎。如果你想让我在电话里告诉你,也许我什么都想不起来。我们还是面对面谈比较好。"

我非常失望,又对自己很生气:我本该料到,如果法兰基修女看到是谁杀死哈莫妮·索瑟姆的话,四十年以前她早该对警察说了。唤醒冰冻已久的记忆不是件那么容易的事。不论是对斯蒂夫·索伊尔的审判记录,还是和克劳迪亚小姐的见面机会,我所能做的只有等待。稍具讽刺意味的是,约翰尼·默顿竟然成了我的最后一根救命稻草。

因为斯塔特维尔教养中心的办事效率素来很慢。但在拜访法兰基修女之前,我已经得到了允许我探监的通知,这让我略微感到有点吃惊。给囚犯写的信一般都会在管教那里耽搁几个月,至少要耽搁几周,不过我给约翰尼写的信刚刚发出十几天,他的律师格雷格·约曼就给我打来了电话,告诉我毒蛇帮大佬同意见我。从这点可以看出,约翰尼仍然在各方面具有一定的影响力。

去斯塔特维尔教养中心探监恰巧定在布赖恩·克鲁莫斯在海军码头的大型筹款会的前一天。前往监狱之前,我开车带孔特雷拉斯先生去了一次银行,从银行保险箱里拿出了他过去获得的那些勋章。

虽然孔特雷拉斯先生激动得不能自已,片刻不停地谈着捐款会的事,告诉我他觉得我应该怎么穿,是否需要问马克斯·洛文塔尔借件吃饭时穿的正装。但他也没忘记提醒我千万别在约翰尼·默顿的案子上陷得太深。

"你很清楚,约翰尼·默顿已经有了一位律师,你就把问题交给他去问吧。如果他的那些朋友不愿意和你牵扯过多,那么默顿也很可能拒绝和你交谈。如果有个黑人律师跑来问你童年朋友的事,你会毫无戒心地跟他谈吗?"

这不是我们第一次就这个问题展开争论。"我希望靠嗅觉和技能判断某个人真诚与否,而不是根据他们的肤色。"

"亲爱的,如果你总是想着会有现成饭给你吃,那你只会活活被饿死,事实便是如此。不是每个人都会让你称心如意的。"

我克制着自己,没有对他口出不逊,让他干脆一个人去该死的捐款会算了。到了银行,我等在车里,让他独自去保险箱那里取勋章。从银行里出来的时候,孔特雷拉斯先生显然为自己的收获而容光焕发:他从保险箱里拿出一枚铜质勋章,一枚紫心勋章,一枚优良准则勋章和一枚带星的医疗救护勋章。我把他送回家,让他好好洗洗这些勋章,自己则继续往西向管教中心疾驰而去。

我既不想见约翰尼,也不想去斯塔特维尔教养中心。我本人就有一次被关在那里的经历。那次的经历简直差点儿要了我的命,我在那两个月中感受到的无助和痛苦至今还常在噩梦中出现。在监狱里,犯人没有一点点尊严——信件被人审查,需要得到帮助时被人为地隔离开来,需要独处时又被迫和许多人在一起。甚至还有人监听你的电话。上厕所和洗澡时都有人看着。你的身体也常常会受到侵犯,狱警会经常对你搜身,看看你身上是否藏着不该有的东西。

当我离开州际公路,驶上五十三号高速公路的时候,我突然感到一阵胃疼。我疼得腰都直不起来,只好把车停在了路边。我知道探监免不了被人搜身,我知道这就是自己之所以会感到胃疼的原因。我反复告诉自己那只是一道程序而已。形形色色的人——罪犯家属、律师、卫兵都要被狱警搜身,防止有人把武器和毒品夹带到监狱里面。不过一想到要被素不相识的人从上到下搜查一遍,我还是忍不住打起寒战。虽然是炎热的七月,我还是打开了车里的制热空调。过了一会儿,我渐渐平静下来,把车开进了监狱大门。

我把格雷格·约曼成为律师团队一员的信件以及法庭允许我这天下午探监的信件拿给守卫看。守卫仔仔细细地检查了一遍我的车,甚至连车后座上为狗准备的两条毛巾也没有错过。

我接连通过了三道铁丝网,先是通过了电子检查,然后又被女警搜了身,发现自己到了一种不知道疼痛的麻木状态。当检查结束,被狱警送到律师休息室的时候,我几乎连气都喘不上来了。

和我关在这里的时候一样,斯塔特维尔教养中心的会面室依然又破又暗。我和默顿即将会面的会见桌也许是在一九二五年教养中心开放那年打制的。斯塔特维尔教养中心有几个环状的囚室群,每个环形中央有一个警备室。从理论上来说,警卫可以在不被囚犯注意到的情况下观察到每个囚室里的动态。

斯塔特维尔教养中心里面的光线昏暗,几乎看不清任何东西,大多数囚犯的一天都是在黑暗中度过的。鸽子通过窗户和墙壁的缝隙在监室和外面的走廊里飞来飞去,但是关在牢房里的囚犯却没有鸽子那样幸运,他们也许永远都没法从教养中心走出去了。

因为狱警奇缺,囚犯整天被关在牢房里,每天只能出去放一次风,有时甚至一周都没机会去操场健身。我想这也许是约翰尼同意让我担任他的律师的原因之一。如果狱方不让他使用健身房或图书室的话,他们至少得让他和律师见一面。

我在面见室等了一个多小时,门锁才再次被打开。警卫押着戴上手铐的约翰尼坐在一张伤痕累累的桌子后面。他把我们单独留在房间里,没过多久,他给我们带回来两大杯咖啡。约翰尼的权势显然非同一般。接着,卫兵走到房间的角落里,显然他想向我们表明他无意偷听我们的谈话。

"看来我们的白人小姐已经在二十六大街的办公室待不住了。"约翰尼给了我一个魔鬼般的笑容,"你到猪圈来干什么?"

"默顿先生,事隔这么多年,见到你真好。"我自顾自地在他对面坐下了。

事实上,和默顿见面总会让我惊恐不已。他的头发几乎已经掉光了,只剩下头颅边的一圈白发。他原本身材瘦长,身手敏捷,和毒蛇一样狡猾毒辣。但长期缺乏运动以及摄入脂肪过多让他的身体完全变了形。只有充满血丝的眼睛里的那层愤怒还似曾相识。当然,盘蛇文身也依然留在他的手臂上。

"小白妞,你能给我的律师团队带来什么好点子啊?"

我眯着眼睛瞪他。"不必在法官面前为你辩护真是再好不过了。"

这句话让他一下安静了不少。希望他还记得多年前我把他驳得体无完肤的那一次。在我们的多次会面中,把怒气发在我身上似乎已经成了他的习惯,他把法庭、警察和整个社会施加在他身上的种族歧视都发泄在了我身上。我总会劝他安下心来,好好对法官和反方律师说话,这样才能把刑罚从蓄意抢劫降到街头斗殴。

"周末我通读了你的案卷。我希望警察会以诈骗之类的小罪起诉你,不过他们却希望你会犯下更大的错误,以组织犯罪的名义让你吃不了兜着走。"

他用手掌狂拍着桌面。"臭娘们儿,你以为我会在你面前承认有罪吗?你别异想天开了。"

我从公文包里拿出一本《法兰西组曲》读了起来。发了一阵火以后,他突然笑了起来,"好吧,侦探小姐,你想从我这里知道些什么?"

"这就对了。"我合上小说,但是并没有把它放在一边,"我正在寻找你的老朋友雷蒙德·加兹登。"

他又露出了不悦的表情,似乎我的问题使他非常厌烦。"侦探小姐,你想把什么罪名栽在他的头上呢?"

"默顿先生,我才没功夫给人栽赃呢。我只想快点找到他。"

"你以为他们把他扔到我这里了吗?"他的表情非常邪恶。不过他知道不能对狱方说三道四的规定,所以说得非常小声。

"雷蒙德应该被关在这里吗?他是不是参与了警方控告你的某项杀人案?"

"他们虽然对我提起了多项指控,但却什么罪名都证实不了。他们没有任何证据,只能以密谋犯罪的名义把我逮起来。现在这一套可玩不转了,没多久他们准得把我放出来。"

指证约翰尼和三起黑帮杀人有关的人原来是他在毒蛇帮里的副手。我在《明星先驱报》上看到,约翰尼受审那天,这位副手被发现死在一条巷道里。警察没有为此而逮捕任何人,虽然他的两边耳朵都被人割掉了,这是毒蛇帮给叛徒留下的特有印记。

"警察对你提出控告以后,他们就会想办法证明你有罪。我想格雷格·约曼可以很好地应付这一切。但是你那拒不合作的老毛病会让他感到无从下手,这点我没说错吧?"我暂停了一会儿,让他从被副手背叛的郁结中渐渐恢复过来,"我希望能赶快找到雷蒙德·加兹登。他妈妈已经很老了,想念他的姨妈就快死了。她们希望死前可以再和雷蒙德见一面。"

"埃拉·加兹登?侦探大人,听到这个名字我都快哭了。这里没有一个狱警——可以说,全美国没有一个狱警像她那样铁石心肠,我才不信她会想找到儿子呢。"

"那克劳迪亚小姐呢?她现在很难把头抬起来,连一句完整的话都说不成。她希望能再见雷蒙德一面。"

他骄横地双手抱在胸前,完全没把我放在眼里。"我记得那对姐妹。克劳迪亚小姐总能给我们那片地区带来一缕阳光。不过我却一点都记不得雷蒙德的事了。"

"那年夏天他一直待在毒蛇帮里,帮你们一起保护金博士。"

"这是他妈妈告诉你的吗?我无法对那样一位正直的女士表示质疑,不过她的记忆可能已经不比从前,她大概都快成百岁老人了吧。"

"她今年八十六岁,记性还好着呢。"

约翰尼把胳膊平放在桌面上,毒蛇文身马上映入了我的眼帘。"我就是毒蛇帮的人。如果我说雷蒙德·加兹登不是我们的人,那他就绝不曾在毒蛇帮待过。不管是在一九六七年,还是别的什么时候,他都没有加入过我们的帮派。"

话中的恐吓意味昭然若揭,但是我不明白他为什么会不认自己的兄弟。"这真是太可笑了。事实上,许多人还记得雷蒙德当时和你走得很近,有人看见你和雷蒙德在暴风雪前的那一夜一起走进了华尔兹·莱特酒吧。那也是人们最后一次见到他。"

过了很久,他才回过神来。"女孩,很多人都会去那种地方,让我回忆四十年前在那见过谁实在有点强人所难。不过我会替你四处问问,也许我的那帮弟兄比我记性更好。"

"顺便再替我问问斯蒂夫·索伊尔的事。"

他用沙哑的嗓音笑了笑。"我听说你正在打听斯蒂夫·索伊尔的事。华沙斯基侦探,这很有趣,这简直太他妈的有趣了,除你以外,似乎所有人都知道斯蒂夫·索伊尔的下场。"

我瞪大了眼睛,一脸狐疑地看着约翰尼,我的表情惹得他哈哈大笑起来。笑了一阵以后,他正色道:"女孩,时间到了。有空再过来吧,我喜欢跟人聊聊那些陈年旧事。"

第十三章 海军码头的狂野之夜

警察在海军码头布置了警戒线。当我和孔特雷拉斯先生在岗哨处向警察出示了邀请函以后,我们很快就被放行了。这让我情不自禁地想起了斯塔特维尔教养中心的情形。虽然警察对捐献超过一万美元以及和竞选阵营有关的人给予了特别的礼遇,不过码头外的岗哨却还是让我觉得浑身不自在。

"宝贝,你还好吗?你想乘车过去吗?"孔特雷拉斯先生指了指把客人送往集会处的有轨电车,双眼关切地看着我。

海军码头是一个鱼龙混杂的奇异之地,这里代表着游客眼里的芝加哥——到处都是贩卖廉价运动队徽章和码头纪念品的小贩,巨大的摩天轮缓慢地在城市上空旋转,耳边到处是各种广告汇成的声浪,人们手拿着油炸食品,无休止地吹着喇叭,流浪艺人吹奏着各种音乐。码头上每隔十英尺就会有一个灯柱,柱子上放置的高音喇叭使你根本不可能摆脱噪声的骚扰。

码头上挂满了"克鲁莫斯是伊利诺伊州的希望"的标语,小型筹资集会在码头西边大摩天轮下的一块小场地里进行,东面二百米以外还有一个嘉宾坐的包厢。在克鲁莫斯的明星影响力下,州里的许多名流都聚集在了这里——伊利诺伊州众议院院长、首席检查官、法院法官、公司总裁、大律师以及各界媒体明星。

在这种场合总会遇到一些熟面孔,不断有人突然从人群里冒出来和我打招呼,这让孔特雷拉斯先生感到非常有面子。《明星先驱报》的莫里·莱森带着非常相配的年轻女友出现在会场,《全球娱乐夜新闻》的主持贝丝·布莱克辛自然更不会错过这类在众人面前闪亮登场的好机会。

"亲爱的,这下你明白了吧?我说过你应该好好打扮一下。你是这里最漂亮的姑娘,每个人都知道这一点。"

我戴上了妈妈传给我的钻石项链,穿着那条去年夏天为参加婚礼买下的紫红色短裙。穿成这样一方面是为了让孔特雷拉斯先生高兴;另一方面是为了在众人面前炫耀一下自己。我希望让年轻的堂妹知道我这个年纪的人依然具有炫耀性感的资本,而且是艳压全场的性感。想到这里,我情不自禁地做了个鬼脸。暗自希望去管教中心探监的经历不要在我身上留下任何痕迹。对于像我这样一个鼓吹男女平等的人来说,竟然要沦落到用红裙子让男人瞩目的地步,这无论如何都是一件令人沮丧的事。

在芝加哥国际律师事务所供职的前夫一看见我便对我做了个吹口哨的姿势,然后用胳膊搂住了我裸露的肩膀,一点都不顾及现任妻子的感受,这让我稍微觉得有几分享受。我把他和特里介绍给了孔特雷拉斯先生,孔特雷拉斯先生早就听说过他们的名字,高兴地笑了起来。

"甜心,他正在后悔当初不该和你分手呢。"我们继续往前走的时候,孔特雷拉斯先生在我耳旁轻诉道。

"只要一想起我是如何对待他那些重要客户的,他就会为自己当初的决定而感到庆幸。"我也笑了,但还是为自己的引人注目而感到高兴。

孔特雷拉斯先生穿着自己最好的西服,洋洋得意地在人群中穿梭着。他的军功章和锻带引来包括我前夫在内的许多男人的艳羡。年轻时，他们不愿参加各种公共服务活动，更不愿意上战场白白送命。到了现在这个年纪，他们反倒期望能在公众面前炫耀一下自己服役时的光荣史了。

到了码头的最东面，我们再次向招待出示了我们的嘉宾标识，进入了大宴会厅。宴会厅的天花板上华灯闪烁，室内的装饰给人一种古色古香的感觉。藏在凹室里的乐队正在演奏着一首伦巴舞曲，不过因为人声嘈杂，音乐声时断时续，只能略微烘托一下气氛而已。穿着白色制服的侍者给我们上了甜点，立法机构的职员和政府的工作人员被说客和律师们围绕着，公关人员和记者们在强装笑颜的宾客身上浪费了数不清的胶卷，每个入口处都站着虎视眈眈的警察。

一进宴会厅，有个二十来岁的志愿者给我们发了个印有布赖恩·克鲁莫斯头像的徽章。所到之处都是布赖恩的笑脸，桌子、椅子和房间的梁柱上到处贴着大小不同的各色海报。天花板上布赖恩·克鲁莫斯的大幅标准照一直拖到地上，旁边打着他的竞选标语：克鲁莫斯给伊利诺伊一个机会。照片的左右两边挂着美国总统、伊利诺伊州州长和芝加哥市市长的大幅肖像。

向酒水台前走去的时候，突然有人拍了拍我的肩膀。我转过身，看见阿诺德·科尔曼站在我面前。他是我在县刑事法庭工作时的上司。科尔曼在政治上极有原则性，从来不跟州检查官唱反调，并为此取得了州上诉法官的地位。

"维克，看到你来为布赖恩捧场，我真的很高兴。以前你可没有为我捧过场。"

"科尔曼法官，祝贺你当选州上诉法官。"我曾经拒绝过为科尔曼竞选阵营捐款的要求——伊利诺伊州把司法权当商品一样看待，这点很让人反感——阿诺德也因此把敌我关系分得很清，这又是一项伊利诺伊州的传统。

"维克,你还是像以前那样爱惹是非吗?"法官和蔼地问。

"法官,像我们以前在二十六大街时一样,我每天都会对自己的行为自省好几次……科尔曼法官,这位是孔特雷拉斯先生。"

我的前上司装出个假笑,回到他那个圈子,似乎没有注意到孔特雷拉斯先生伸出的手。

"亲爱的,这样跟州法官说话可不好。"孔特雷拉斯先生反倒批评起我来。

"我才不在乎呢。律师协会的老朋友告诉我,科尔曼的法庭不存在什么公正,他早就变得又聋又瞎了。在所有的感觉中,他仅仅保留着触觉。只要用手轻轻一捏,科尔曼就知道给他的票子有多厚。"

"你说得简直是太可怕了。这不是真的。人民不需要这样的法官。"

我的嘴角皱了起来,禁不住又做了个鬼脸。"我在当警察的时候,科尔曼和州检查官卡尔·斯威弗为争取本地民主党的支持而闹得不可开交。他们根本不关心代表谁的利益,怎样维护普通民众的权利不受侵犯,只顾去舔权贵的屁股。话说回来,现在还有哪个当官的顾得上老百姓的死活。"

我发现我的邻居看上去似乎特别忧伤,似乎被我的话弄得很伤心,我轻轻地拍了拍他的手臂以示安慰。"看看佩特拉在哪里,我们得让她知道我们确实来过了。"

我们奋力挤过人群,不经意间在吧台边找到了佩特拉。她正在和形形色色的说客以及立法委员聊着天,这些人个个油头粉面,显然已经在这个圈子里混了许多年。

看到我们,佩特拉兴奋地挤过众人,一把抱住了孔特雷拉斯先生。"萨尔老爹,你看上去真够棒的!这些勋章简直让你换了一个人!维克,你太美了。刚才我还在纳闷萨尔老爹带的是谁呢。"

她咯咯地笑了起来,刚才和她谈话的那一群人纷纷把注意力转向了我们这边,这使孔特雷拉斯先生变得愈发兴奋起来。佩特拉上身穿着一件微微发亮的紧身衣,下身穿了条花裙子,那双又长又尖的高跟鞋吸引了包括我在内的所有人的注意力。

"我必须马上找到参议员,我指的是克鲁莫斯先生,我总是忘记必须他通过竞选才能当上参议员!我知道他很想和萨尔老爹一起照张相。"对众人解释完以后,她又对孔特雷拉斯先生补充了一句。"我把你带到哈维先生那一桌,这样我就知道在哪儿能够找到你了。"

她勾起孔特雷拉斯先生的胳膊,带他穿过拥挤的人群。我拖着脚步跟在他们身后。佩特拉虽然只有二十三岁,但为人处世已经相当老练了。她时而拍拍人的胳膊,时而放声大笑,有时还会弯下腰倾听某位老妇人的抱怨。

宴会厅里放着十几张餐桌,到处舞动着红色、白色和蓝色的气球,一个巨大的"预留"标志立在乐队和演讲台旁边。我们马上就会听到一大段鼓舞人心的豪言壮语。餐桌旁的位置是为那些真心要为克鲁莫斯先生捐款的人预留的。参加这个捐款会要付一百五十美元,拥有一个座位还要另付五十美元。这说明人还是按所拥有财富决定其影响力的。这里的座席其实比教堂义卖会里出售的金属折叠椅好不到哪里去。

演讲开始的时候,餐桌旁的座席上必定会坐满人。不过现在离开场的时间还早,座席上只零星地坐了几个人。佩特拉把孔特雷拉斯先生带到正对着演讲台的一号桌旁。竞选者的母亲约伦达·克鲁莫斯坐在桌子旁和几个年事已高的老妇畅快地闲聊着。两个年轻女孩坐在她们对面。我是通过报纸上布赖恩一家的照片才认出约伦达的。我想那两个年轻女孩应该是布赖恩的妹妹或小姑,不过她们远没有约伦达那样好认。约伦达的头发又黑又密,发稍微微有些发白,她还精心在头上梳了两个蝴蝶结。作为一个六十来岁的女人来说,她的形象依然像年轻人那样完美。约伦达全神贯注地聆听着左手边女人的谈话,不过当佩特拉朝她弯下腰的时候,她马上对佩特拉露出了和善的笑容。

"约伦达阿姨!这位是萨尔瓦托雷·孔特雷拉斯先生。他就像我最可亲的叔叔一样,未来的参议员先生很想和他见一面,并和他合影留念。"

约伦达·克鲁莫斯把视线从佩特拉那里转移到孔特雷拉斯先生外套上的一排军功章上,然后歪着嘴对佩特拉笑了笑。"亲爱的,你干得真不赖。我一定让哈维把你在这里的表现告诉你爸爸。萨尔瓦托雷,佩特拉把你的精力耗干了吗?快过来休息一下!布赖恩马上就会空下来陪我们了。他正在招待哈维的朋友们呢。现在他每天都在办公室忙,连星期天的早礼拜都很难见到他。今天的筹款会是几个月以来我第一次和他一起吃饭。"

佩特拉转过身,发现了站在身后的我。她似乎对把我晾在一边觉得非常悔恨,朝我做了个鬼脸。"约伦达阿姨,对不起,我忘了介绍我的堂姐了。这位是维克,维多利亚,正好住在萨尔老爹的楼上。她是个私家侦探。维克,这位是参议员的母亲。"

"亲爱的,现在还只能说是未来的参议员。当然,我们都希望他最终能当选为参议员。选举还早着呢,别现在就得意忘形的,好吗?"

她拍了拍佩特拉的手,然后让孔特雷拉斯先生坐在身旁那把椅子上。周围的人纷纷为之侧目,不知孔特雷拉斯先生是什么来头,竟然坐在竞选人母亲旁边的座位上。我从主桌上拿起一杯葡萄酒。我离开众人，向出口处走去，这时我听到有个女人正在对她的同伴说："那一定是布赖恩的爷爷吧，刚才站在我身后的那家伙这么说来着。"我笑了笑，谣言就是这样产生的。

我离开宴会厅，朝码头东面走去，远离吵嚷的高音喇叭和喧嚣的人群。这是一个欣赏别人和展示自己的舞台，每个人都可以在这里自由地挥洒个性，展示自我。

我看着黑暗河面上泛起的点点涟漪。今夜，海军码头被一股浓重的铜臭味所笼罩，每个人都希望获得一些利益，哪怕拥有一些小小的权力也好。

我原来的上司阿诺德·科尔曼就是这种人。我已经渐渐把科尔曼抛之脑后了，但不可否认，我当初正是因为他才离开公设律师办公室的。在科尔曼看来，如果碰到州检查官卡尔·斯威弗力图着意表现自我的社会影响力很高的案件时，律师在质询警察和寻找证人时就不应该像往常那么积极。我对科尔曼的告诫置若罔闻，最后终于触怒了他。科尔曼告诉我，如果再发生这样的事，他就把我的所作所为写进呈送给律师道德委员会的报告中去。

那时我父亲刚死六个月，我丈夫刚刚离开我，我投入了特里·法雷蒂的怀抱。我觉得又害怕又孤独。如果真的失去律师执照的话，那我该怎么办？第二天早晨我提交了辞呈。我找到几个私人辩护律师，为他们零星地干些杂活。一路走来，如今我终于成长为一个独当一面的私家侦探了。

背露在外面让我感觉有些冷。当我回到人群中的时候，乐队正在进行军歌大联奏。候选人和他的竞选团队出现在台上。克鲁莫斯走过疯狂鼓掌的人群，一会儿和这个人握握手，一会儿又亲了亲另一个人的面颊——他总会选择躲在人群边缘默不出声的女人，而对那些疯狂起哄的活跃分子却不理不睬。

如同佩特拉所说，他是个非常英俊的男人。所有人都想靠近他，抚摸一下他那又厚又软的头发。即使隔开一段距离，我仍然能够感觉到他的微笑。他的笑容似乎在告诉我，命运把我和你连接在一起，为了共同的理想努力奋斗吧。

我伸长脖子，看看孔特雷拉斯先生是不是被允许仍然留在第一桌。过了好一会儿，我终于找到了他。孔特雷拉斯先生窝在布赖恩的姐妹、小姨和一个矮矮胖胖的男人之间。胖男人似乎根本没有注意到孔特雷拉斯先生的存在，大声地和坐在孔特雷拉斯先生左手边的男人说着话。我挤过众人，走到孔特雷拉斯先生身旁，如果他想离开此地的话，我马上就可以带他走，否则我会一直陪伴在他的左右。

哈维·克鲁莫斯从人群中钻了出来，和几个密友一起站在妻子身边。其中一个是迪恩堡信托投资股份有限公司的总裁，其他人我就不太认识了。不过那个健壮的亚洲人很可能是新加坡银行的总裁，因为克鲁莫斯家在新加坡银行有很大一笔股份。

布赖恩的父亲快七十岁了，头发花白卷曲，国字脸的下部略微长出了几许赘肉。看见我以后，他弯下腰和妻子嘟哝了两句，接着抬起头对我挤出了一个笑容，对我微微颔首。我绕过桌子走到哈维身边，这时我才意识到阿诺德·科尔曼也是哈维小团体中的一员。

"小佩特拉跟我谈起过你——你就是大她很多的堂姐维克吧，听说你还是个侦探。你爸爸是托尼对不对？托尼·华沙斯基是我们那条街上最有胆识的人，"他向身旁的朋友们解释着，"那时候我和彼得玩得很野，托尼不止一次把我们从拘留所里保释出来。维克，我想你一定不会知道盖奇公园周围那带是副什么样子了吧？现在那里除了穷光蛋和小混混以外，估计也没有什么好查的了。"

"哈维，华沙斯基以前在我手下当过公设律师，"阿诺德·科尔曼说，"她什么事都要调查个一清二楚，根本不在乎别人的判断。"

克鲁莫斯对科尔曼的恶毒言论感到非常惊讶。我也没想到我的前上司竟然会在众人面前说出这么不客气的话来。时隔这么多年，为何科尔曼仍然会对我抱有如此强烈的恨意呢？

"克鲁莫斯先生，我们有一些非常难缠的客户，"我说，"比如毒蛇帮的老大约翰尼·默顿。在风波不断的六十年代，默顿在芝加哥南区也可以算得上是一个呼风唤雨的人物了，不知道你对他还有没有印象？"

"默顿吗？"克鲁莫斯皱起了眉头，"这名字听上去很熟，不过……"

"哈维，默顿是街头黑帮的头领，"科尔曼说，"维克已经纵容了他很多年了。不过请你放心，我们已经成功地将他绳之以法，他的名字也许是你在报纸上读到的。"

"昨天你去见的就是那个人吗？"佩特拉突然出现在哈维的身边，"维克昨天去监狱看过他，这人好像被蛇一样的东西所环绕，你是不是这么说的？"

"那是文身。"我纠正道，试图让惊呆了的哈维先生平静下来。

"维克，你不会是想把他弄出来吧？这次抓他可是有充分的理由的。再厉害的侦探也不可能找到证据为他翻案。"科尔曼高声宣告道。

"维克倒没想把他弄出监狱，"佩特拉说，"哈维叔叔，她只是在调查你和爸爸还住在盖奇公园那一带时发生的一件失踪案，有个年轻人在暴风雪过后突然失踪了。我让维克开车带我去看爸爸原先住过的地方，我简直不敢相信自己的眼睛，那里简直比奥弗兰公园的地下室还要破。"

"暴风雪里失踪的年轻人吗?"克鲁莫斯看上去非常困惑。

"佩特拉说的是一九六七年的那场暴风雪。"我对堂妹搬弄是非的能力感到非常诧异。我看了看科尔曼,然后不怀好意地补充道:"失踪的是个黑人小伙,是约翰尼·默顿的朋友。一九六六年他们都在马奎特公园的动乱中保护过金博士。法官大人,那时你已经在法院工作了吗?你有没有释放过那些朝金博士扔砖块和杂物的白人青年?"

"他使这座城市变成了地狱,"科尔曼咆哮道,"如果你爸爸当时在这里当警察,他一定会对你这样说。"

"法官,你这话是什么意思?"我的眼睛一下子冒出火来。

"警察为了保护某个恬不知耻的黑鬼,受命去迫害自己的邻居和虔诚的天主教徒。"

"你指的是不是金博士?"我问,"如果我记得没错的话,金博士本人就是个虔诚的天主教徒。"

"你们够了没有?"约伦达·克鲁莫斯转过身,看着我们两个。"今天是布赖恩的大日子。我不希望有人在这种场合当着大家的面吵吵闹闹。"

"今天约伦达说了算。"哈维用手臂环住妻子的肩膀,"约伦达总是对的。维克,很高兴见到你,你让我想起了你死去的爸爸。我简直不敢相信你在芝加哥南区已经风风火火地干了这么多年。离得这么近,我们竟然没有相遇过,这也算得上是个奇迹了。从今以后,我们可得经常联系啊!"

哈维的语气非常诚恳,但这些话分明是在叫我住嘴。当我乖乖地退到孔特雷拉斯先生身旁时,科尔曼捂住嘴偷偷地笑了笑,显然是为能留在权力中心而感到雀跃。没过多久,竞选人在雷鸣般的掌声中出现在我们面前。布赖恩亲了亲约伦达,接着又拥抱了一下哈维,然后在佩特拉的指引下向孔特雷拉斯先生问了声好。佩特拉的身边跟着竞选阵营的公关人员。贝丝·布莱克辛的摄像机一直对着我们这边，连一个镜头都没给阿诺德·科尔曼。

第十四章 在梦中回忆过去

　　暴风雪的那个晚上，雪积得很厚。我奋力在大雪中前行，铺天盖地的雪花憋得我完全透不过气来。我要马上找到爸爸，我希望尽快看到爸爸平安无恙地出现在我面前。路过圣切斯瓦夫教堂的时候，我看见闹事者正在对教堂进行破坏，尽管闹事者中大多是基督教徒，不过他们还是合力捣毁了教堂。格里拜克神父站在燃烧的教堂前挥舞着手臂，大声斥责着红衣主教："如果他想让下等人都进入教堂的话，最后我们必将一无所有。"

　　我数次想从神父身旁绕过去，但每次都被他推了回来。爸爸是个警察，他也许正在保护教堂，我不能眼见这群疯子杀了我的爸爸。"爸爸！"我试着大声呼喊。奇怪的是，我无论如何都无法发出声音。

　　我突然从梦中惊醒，从床上坐起来。我喘着粗气，身上浸透了汗水。我已经是个成年人了，但许多夜晚，我仍然非常需要父亲在我身边。一想到他会离我而去，我的气就透不上来，胸口感到撕心裂肺地疼。

　　见到前夫，和哈维·克鲁莫斯交谈过以后，我便开始经常做这样的梦了。迪克·亚伯勒很喜欢我爸爸。托尼是我们那段不长的婚姻的见证人。爸爸的葬礼过后，迪克马上和我离了婚。因此，每当我遇见迪克的时候，我都会情不自禁地想起爸爸。

当然还有候选人父亲哈维·克鲁莫斯的原因。托尼经常把他和彼得叔叔看作是规矩做人的典范。正如哈维昨天晚上讲的那样,作为一个警察,爸爸总是在监控着别人的生活。在我很小的时候,玩伴的父母总会半开玩笑地对他们说:"维多利亚的爸爸是个警察,再不乖的话,她爸爸就会把你逮起来。"显然哈维和彼得也只是把爸爸当成了一个警察,而没有把他当人看。

"如果和阿诺德·科尔曼那样一个沽名钓誉的人在一起,你也很难保持得了清白。"我突然在床上大叫一声。

我的声音让睡在我身旁的佩皮吓了一跳。它浑身抽搐,小声呜咽起来。

"孩子,你也有很长时间没有看见过父亲了,对不对?"我侧过身子,抚摸着佩皮的脑袋。

格里拜克神父是玛丽婶婶常去做礼拜的圣切斯瓦夫教堂的执事。事实上,圣切斯瓦夫教堂并没有被捣毁,不过在动乱交织的一九六六年夏天过后,格里拜克神父却掀起了南芝加哥地区教徒对外来者的恨意。玛丽婶婶就是这些人中的一员。她对天发誓,自己可以不惜一切代价向马丁·路德·金和其他一切煽动者表明,他们应该留在密西西比或是佐治亚这种只配给黑人住的地方,不应抢占我们的地盘。她对红衣主教让教区神父把兄弟会和贫民区的住民全部招入教会的做法非常反感。

"在这群社会主义者出现以后,连本来住在这里的黑人都开始不安分起来。"玛丽婶婶恼怒地说。

格里拜克神父是天主教会的忠诚一员,他谨遵职守,向会众宣读了科迪红衣主教写给他的信,不过之后他马上又做了一个振奋人心的弥撒。他告诉会众,天主教徒有责任反对社会主义者,保卫自己的家园。十岁生日过后几天，玛丽婶婶拜访我家时对我和妈妈说了这件事。

"如果我们不能在马奎特公园制止那伙人，他们紧接着就会占领整个芝加哥南区。格里拜克神父说他已经厌倦了那个坐在神坛上的红衣主教，他一点都不关心我们白人的既得利益。这些教堂是白人创建的，科迪红衣主教却让黑鬼——"

"玛丽，我们家不允许说那样的词。"妈妈厉声说。

"加布里埃拉，你完全可以不食人间烟火似地活着，可我们该怎么办？我们辛辛苦苦一辈子到底是为了什么？"

妈妈用不连贯的英语回答道："华沙斯基妈妈经常把二十年代刚到这座城市时的情况告诉我。当时他们的情况比现在要艰难很多倍。先到芝加哥的是德国人，而后是爱尔兰人，他们不愿让波兰人抢走他们的工作。你知道华沙斯基爸爸出去找工作时他们是怎么叫他的吗？他们叫他波兰猪，还有一些脏话我怎么也说不出口。托尼所受的待遇当然也好不到哪儿去。警察局里当官的都是些爱尔兰后裔，他们派给托尼的尽是些最累最苦的工作。玛丽，这种事实在是让人悲伤。但它们却无时无刻不在发生，先来者总是想把后到的人赶出门外。"

我抱着双膝不住地颤抖着，背上都是冷汗。这些天来我似乎总会回想起过去的事。这个案子使我回到了四十年前那个动乱丛生的年代，一九六七年一月的暴风雪似乎就在眼前。约翰尼·默顿，雷蒙德·加兹登，这些属于过去的人占据了我现在的生活。今晚阿诺德·科尔曼还在我面前发表了赤裸裸的种族主义言论；他使这座城市变成了地狱……警察迫害自己的邻居。凭什么要我沉湎于过去那些事呢？

动乱毁灭了芝加哥南部的大片区域。爸爸连上了四天班后回到家里，他被人们倾泻在他和他的同伴身上的恨意惊呆了，甚至连跟随金博士游行的一些修女也会做出些疯狂的举动，这在从前是完全无法想象的。"无法想象，那些教徒竟然会无所不用其极地欺负教会里的姐妹，其中有好些人我从小就和他们一起做礼拜。"爸爸再次出门值勤的时候，他意味深长地对妈妈说了这样一句话。

我套上汗衫和短裤，然后带着佩皮跑进厨房。我跪在嵌入式的置物柜前，从置物柜的抽屉里拿出了放有父母照片的那本相册。

我端详着他们的结婚照片，照片右下角写着几个小字：市政厅，一九四五年。妈妈穿着一件裁剪整齐的外套，看上去像电影《没有设防的城市》中的安娜·马格纳尼。穿着警官制服的爸爸则为能娶到"遇见的最漂亮的女人"而开怀不已。

佩特拉的父亲彼得是我的祖父母步入中年以后的意外之喜。他穿着一件儿童穿的水手服出现在照片里。我还在相册中看到了爷爷的照片，他和所有华沙斯基家的人一样身材高大。"波波"的父母出现在几张照片中，玛丽婶婶不怀好意地看着刚刚移民美国的弟媳妇，伯纳德叔叔则把吻痕留在了妈妈的脸上。我仔细审视着伯纳德叔叔亲吻妈妈时留下的那张照片，也许从伯纳德叔叔对妈妈的态度上可以了解玛丽婶婶为什么一直对妈妈怀有浓重的醋意。

我的照片到最后才出现。从某种程度上来说，我也是个意外之喜。在我出生之前，妈妈经历过三次流产。生下我以后，妈妈又流产了两次。这也许是癌症的某种征兆，最后妈妈也正是死于癌症。

我找到一张三岁时在海滩拍的照片：妈妈的脸上露出难得的轻松，看上去似乎更像克劳迪娅·卡迪纳莱①。我对沙桶吃吃地笑着。爸爸则穿着泳裤，俯下身子，慈爱地看着我和妈妈。他把我们称为他的两只"小胡椒瓶"。

---

①好莱坞昔日女星。

我翻着相册,看到了那张在格兰特公园打垒球时的照片。爸爸担当场外的跑垒员,他的那些队友过去我都认识。这些人我现在大多都认不出来了,我皱着眉头,看着爸爸用四四方方的字写下的一个个名字。鲍比·马洛里是当时新人队的选手,担任队里的游击手。前些年死去的两个男人当时是队里的外野手。

看到鲍比身旁的男人时,我的眼睛禁不住睁大了——昨天晚上我还见过乔治·多尼克,是布赖恩·克鲁莫斯竞选团队中的一员。进行完入场仪式以后,围绕在哈维桌子旁边的一圈人与候选人和竞选团队成员寒暄了许久。这些年来多尼克一直掌管着一家保安公司,时常给布赖恩提出一些关于国土安全和针对恐怖主义活动的建设性意见。

退役警察开办私人保安公司是件常有的事。让我有些吃惊的是,昨天晚上我刚刚见过多尼克本人,今天就看到了他在四十年前拍下的照片。照片中的他头发又厚又黄,和爸爸、鲍比以及其他我认识的人一起畅快地笑着。如果托尼还没死,或许他也会因为经营保安公司而发大财了。

我把相册放回橱柜,然后又重新上了床,但我却迟迟不能入睡。我在碗橱里找到一瓶蓝莓酱,倒了一杯带到后阳台上。下楼去花园玩耍的佩皮突然发出一阵短促的惊叫声。我把头伸出栏杆,正好瞧见后门被人慢慢打开。佩皮前腿离地,朝门不住地咆哮着。我招呼了它一声,但它仍然直视着前方,当一个白色的身影出现在佩皮面前时,她比刚才嚷得更欢了。

我赤脚走下楼梯。走到二楼楼梯口的时候,我便意识到提着白色巨大琴盒的人是我的新邻居。佩皮从保卫者突然变身为一个啦啦队队长,跟在他的脚边一起上了楼。

"紧张工作一天以后,有人在家门口等着迎接你,这种感觉真好。

刚才我还在为回到空空如也的公寓而垂影自怜呢。"今天晚上他戴着一条黑色的领带。不过此时他已经把领带放进了口袋，衬衫也拿在手上。"这么晚你在这儿干什么呢？"

"吃晚饭时我碰到了许多政治家，我可得好好消化消化。你怎么这么晚才回来？现在都快三点了。"

"我们结束了在拉维尼亚音乐节的演出，事情一桩连着一桩，真是烦透了。"他语焉不详，让我不由得猜测起他是不是和恋人闹起了矛盾。他把琴盒靠在厨房门上。"政治家的味道怎么样？"

"我堂妹——就是最近时常出现在这的高个子姑娘——她最近成了克鲁莫斯竞选团队的一员。她把我拖去参加了一场高端的政治集会。好在我让前夫看到了我最好的一面，没把几小时后在客户面前的形象呈现给他。"

"我最烦前妻和前女友什么的了！至少你没有跟双簧管演奏员交往过，她们眼里只有她们的宝贝弹簧片。"

"他的工作太忙，当然我也有错，最后我们只能劳燕分飞了。"我阴郁地补充着，脑海中又一次想到了我和莫雷尔在这段关系中所犯下的种种错误。

在三楼楼梯口，我和杰克·蒂鲍特互道晚安，然后走回屋。我试着想在七点半到市中心与客户见面之前再小睡一会儿。凭运气成功地向客户介绍了调查的进展情况以后，我回到办公室，和来自临时机构的玛丽恩·克林普顿一起整理起文件来。我试图把精力集中在形形色色的调查报告和电子邮件上，不过我实在太缺觉了，只好回家补一会儿觉。

第十五章 过去的审判

不到三点的时候，我从睡梦中醒来，正好见证了又一出家庭喜剧——孔特雷拉斯先生的女儿露茜带着她的两个儿子站在门口大声叫喊着孔特雷拉斯先生的名字。米奇和佩皮在花园里汪汪乱叫，跟他们一起起哄。

我又一次走到街道那侧的窗户前，探头张望街道和花园里的情况。两条狗在叫的同时，不停地晃动着自己的尾巴，它们显然知道来人对我们构不成太大的伤害。露茜站在门前的水泥板上，她那两个十来岁的儿子无精打采地跟在她的身后，看上去似乎不太情愿来这儿看外公。从上往下看，露茜漂白的头发下面掩藏的黑色发根尽现眼前。

"我们现在只有通过看新闻才能知道你的消息。你根本没想到要打个电话给我们，'哦，顺便提一下，我要去和州里的大人物见面了'，更别提要带我和你的两个外孙一起去了。我们才是你的骨肉，谁会想到和你一起出现在电视屏幕上的竟会是这个'所谓'女侦探。"

佩特拉堂妹突然加入到他们中间。她穿着直筒牛仔裤和高跟长筒靴，拿着一份报纸一蹦一跳地走上了人行道。两条狗匆匆迎上前去，向她讨好地欢叫着。

"萨尔老爹，快出来开开门！"佩特拉沙哑的嗓音马上就压过了露茜略带鼻音的呜咽声。"萨尔老爹，快来看看报纸吧！这个聚会是不是很棒？我们在照片上的形象是不是特别灿烂？萨尔老爹，你都成了明星了。你看过《明星先驱报》了吗？《华盛顿邮报》上也登了同一张照片。"

我跑进浴室，在冷水龙头下站了一分钟。早上我实在困极了，还没来得及用惺忪的睡眼看过今天的报纸。不过临走前我把一份《明星先驱报》放进了公文包里。我赶忙看了看报上的内容。

在"芝加哥社会新闻"副刊的首页，赫然刊登着孔特雷拉斯先生和布赖恩·克鲁莫斯的大幅合影。一缕发丝从克鲁莫斯的前额垂下，颇有一番鲍比·肯尼迪的风范。布赖恩的一只手搭在孔特雷拉斯先生的手臂上，另一只手环绕着孔特雷拉斯先生的肩膀，使孔特雷拉斯先生的勋章完全暴露在照相机的镜头之下。铜质勋章和候选人的微笑一样璀璨。拍到这张照片以后，佩特拉在竞选阵营中的价值肯定得到了成倍的提升。

我套上牛仔裤和T恤衫，和下面那伙人会合。"这张照片简直是太棒了。"我把手头的报纸拿到孔特雷拉斯先生面前。看到报纸上的照片，他笑得简直合不拢嘴了，我暗自担心他的耳朵会不会因此而崩裂开来。

"他是不是太完美了？"佩特拉对大伙发问道，"萨尔老爹，你是这里的大英雄！没有任何东西能阻挡你前进的道路。"

她对露茜的质疑完全没有理会。"你是从哪儿冒出来的啊？我从来没有叫佩特拉的姐妹。我们才是他真正的家人。"露茜的两个儿子为妈妈的话感到尴尬，孔特雷拉斯先生则为佩特拉受到的不公待遇感到义愤填膺。但佩特拉并没有理会露茜的挑衅，她请求我允许他们到我房间去看看电脑中的报道。

"萨尔老爹已经上了视频网站，他肯定很想看看。你们两个小家伙肯定也想一睹外公的英姿吧？"

孔特雷拉斯先生的两个外孙不停地变换着站姿，嘴里不知在说着什么，显然被佩特拉洋溢出的性感气息弄得神魂颠倒。我们健步走上楼梯，这时，佩特拉的手机突然响了起来。佩特拉看了看手机上的电话号码，告诉我们这个电话是从她的办公室打来的，她必须接这个电话。

"真会出这种事？……不，我在我堂姐家……对，就是我的维克堂姐……大约半个小时以后我可以赶过来。"说完她合上手机，转身向孔特雷拉斯先生道歉，"电话是我在竞选阵营中的上司塔妮亚打来的。现在她们都快离不开我了。碰到比较重要的事情，塔妮亚第一个就会想到我。事实上，昨天晚上她看到我为筹款晚会忙坏了，告诉我今天可以休息一天，不过我现在必须马上赶回办公室参加一个会议。维克，你能让萨尔老爹看看网站上的那段视频吗？只要输入昨天那场晚会的关键字就可以直接观看了。我必须得马上走。"

她穿着高跟长筒靴三步并作两步地下了楼，留下露茜一个人在那生闷气。"她以为自己是谁？"

"露茜，她是我的堂妹。别和她一般见识，好吗？"我把郁郁寡欢的一家人带进我的房间，为他们打开了我的手提电脑。两个男孩可以为外公展示视频网站上的内容，既然他们正在为此而欢呼雀跃，那我完全可以利用这段时间去查查资料。哈莫妮·索瑟姆遇刺一案的卷宗正等着我去看呢。

我把野马车开进了市中心。找到审判记录并不难：它们都被完好地保存在了市政厅的微缩胶卷里。但是把它转译成文本却并不容易。报道斯蒂夫·索伊尔审判情况的记者已经不在了。她的采访机连同笔记一起消失得无影无踪。要找到一个能把胶卷转换成文字记录的人则必须付出高昂的报酬：这类活儿必须付出两千美元才会有人愿意做。我把信用卡交给资料馆的工作人员，脸上露出酸溜溜的笑容。埃拉小姐答应给我一千美元作为初期调查的费用。现在我所花费的已经远远超出这个数字，还要往这个无底洞里砸多少钱才够呢？

我把车开回办公室。一想到在埃拉小姐的案子亏了这么多钱，我就觉得很生气，根本没心思去看刚买来的文本记录。临时雇员正在打印过去几天我口述的信件和电子邮件。看见我走进办公室，她把写着需要回复的六七个电话号码的小纸条递给我。

等待达罗·格里厄姆接电话的时候，我开始翻阅起斯蒂夫·索伊尔的庭审资料。就一件杀人案来说，这份资料并不算厚，只有九百来页，大多数问题都用简单的"是"与"不是"来回答。索伊尔没有作太多抗辩。当达罗的私人助理让我继续等一会儿时，庭审资料上突然冒出了我的姓氏，这让我感到非常吃惊。

执行逮捕的警员是托尼·华沙斯基。斯蒂夫·索伊尔是被爸爸逮捕的吗？在我的生命中，还没曾出现过如此不可思议的巧合。这时我突然想到了约翰尼·默顿那些讥讽的言辞，这简直太他妈的有趣了，除你以外，似乎所有人都知道斯蒂夫·索伊尔的下场。

"维克，你还在电话旁边吗？"

"卡罗琳，"我的声音像蚊子一样微弱，"告诉达罗明天我再打给他。如果事情万分紧急的话，可以让他晚上打我的手机。"

没等她答话，我就挂上了电话，然后带着文件坐到沙发上。我实在弄不明白这到底是怎么回事。默顿，索伊尔和我爸爸——这三个人像陀螺一样在我的脑海中旋转着。我觉得一阵晕眩，完全不知道发生了什么事。"闹够了没有！"我突然大叫一声，把玛丽恩·克林普顿吓得不轻。"华沙斯基，振作点，快打起精神来！"

我走进和泰莎共用的小厨房,给自己倒了杯清咖啡。接着我盘起双腿坐到沙发上,翻到开头重新阅读起整篇审判记录来。那次审判仅仅持续了一天半。

哈莫妮·索瑟姆于一九六六年八月六日死于马奎特公园。那天金博士在马奎特公园发动了民主权利大游行。与此同时,市内还发生了一场连续八小时的大骚乱。

一开始,警察和消防员还以为索瑟姆昏迷了。直到把她抬上救护车,实施完基本的抢救措施以后,消防员才意识到女孩已经死了。因为骚乱持续了很长时间,公园里一片狼藉,所以警察既找不到索瑟姆遇害的确切地点,也发现不了凶手的作案凶器。

医疗检查官证实索瑟姆是被一件从眼睛刺入颅脑的利器贯穿而死的。在庭审记录中,负责调查此案的警察拉里·阿利托和乔治·多尼克宣称一九六六年圣诞节过后的那一天,有个不知名的线人向警方报告索伊尔有重大的作案嫌疑。如果没有这条线索的话,调查很可能就此陷入停顿,因为索瑟姆遇害时公园里的人实在太多了。

玛丽恩·克林普顿朝我俯下身子。傍晚五点三十分,下班的时间到了。"对不起,打断一下,不过我叫你三次你都没理我。我在桌面上留了几封信,你只要在信的下面签上你的大名就可以了。对了,有空别忘了给达罗·格里厄姆打个电话。"

我对她绽放出最美的笑容,向她保证今天我会尽量赶上她的进度。她刚一出门,我便重新拿起庭审报告读了起来。在拘留所里羁押了三天以后,索伊尔对杀人的犯罪事实供认不讳。阿利托当庭宣读了索伊尔的认罪书。索伊尔爱上了索瑟姆,但索瑟姆根本没拿他当回事。索伊尔说她进了大学以后,就开始一味地"黏着"白人。

格雷·达利法官：黏着白人？这是种族主义的说辞吗？

助理地方检查官梅尔罗斯：法官大人，你的判断不错。

达利法官：检查官大人，我怎么不知道英语里有这个词汇呢？（法庭里传来一阵哄堂大笑）

助理地方检查官梅尔罗斯：法官大人，黏着的意思和"奉承"差不多。其实我对黑人的那些粗口也知之不多。

从索伊尔的认罪书来看，他觉得自己可以在骚乱中神不知鬼不觉地杀害索瑟姆，然后把罪名推到公园里的白人身上。达利法官简短地问了索伊尔几个问题，给索伊尔指派的公办律师无论在证据提交还是法官质询时都没有提出反对意见。他没有传讯任何证人，也没有向阿利托和多尼克询问他们所谓线人到底是谁。

索伊尔对法官的答复零碎而又含糊不清，他一直在嘟囔着同一句话："卢姆巴有我的照片，卢姆巴有我的照片。"

陪审团商议了一个多小时以后，对索伊尔做出了有罪判罚。

我重读着父亲的证词，浑身不住地战栗，似乎我早晨做过的噩梦在此时此刻得到了验证。执行逮捕任务的父亲向法庭描述了索伊尔的惊恐以及试图逃跑的细节，描述了铐上他的过程，最后父亲当然没忘对索伊尔宣布他的人身权利，那是米兰达规则实施的第一年。庭审记录还写明了助理地方检查官梅尔罗斯和多尼克警官在索伊尔的权利方面所做的一番粗俗的讨价还价。

多尼克和阿利托是负责这件案子的警官。拉里·阿利托在一九六六年前后和我爸爸做过一年左右的拍档。爸爸不是很喜欢他，我记得爸爸常在妈妈面前诉说他的不是。有一天晚上爸爸回家的时候心情非常沮丧：阿利托当上了刑警，而比阿利托先到队十年的托尼爸爸却依然是个小警察。妈妈不住地安慰着爸爸："至少你不用和那个趋炎附势的家伙一起工作了。"

窗外的天空已经全黑了。我坐在沙发上，茫然地看着黑漆漆的夜空。过了许久，我打开了办公室里的日光灯，发现时间已经过了八点。我在几封信后面签上名，匆匆地看了一眼庭审资料，然后把它放进加兹登案件的文件袋里。我一直在想着爸爸的事，所以直到最后我才发现斯蒂夫·索伊尔的律师竟然是我的前上司、现在的州法官阿诺德·科尔曼。当时他还是个青涩的律师，但还没有青涩到在法庭上连反对意见都不敢提的程度。我实在想不通，对助理检查官明显带有种族主义倾向的言论，他为何没有当庭提出抗议。

他为什么没有要求阿利托交代线人的身份呢？那个线人会不会就是雷蒙德·加兹登？

第十六章 疏忽大意的阿利托

"维克,你不是在跟我开玩笑吧?"

我等了鲍比·马洛里一个多小时,却等来了他这样一句话。在没有事先通知的情况下探访一位高级警官可不是什么高明的主意,好在他没让我扑个空。布隆兹维尔新办公楼的警卫都不认识我,不过鲍比的助理特里·芬克利这时恰好路过警察局门口。他和我的关系一般,但是他非常好地执行了一个助理的义务,把我带上楼,等待鲍比有空的时候,让他接见我。

我随身带了许多工作来做。在鲍比走出办公室见我以前,我回了几封电子邮件,写完了一份有关皮包公司诈欺案的调查报告。

他诚挚又不乏小心地和我打了个招呼。他很清楚,我是个无事不登三宝殿的主,这次来肯定是有求于他。不过,他还是装模作样地用手臂搂住了我的肩膀,让秘书倒了杯咖啡给我,把家里的一些琐事说给我听。他告诉我,他第七次做了爷爷,但他的心情却和第一次抱上孙子的时候一样开心。我不住地啧啧赞叹着,然后在电子备忘录上记下这件事,以便腾出空时给他送件礼物。

"听说和你约会的那个男孩又回到阿富汗去了。他绕了大半个地球,最终还是离开了你,这到底是怎么回事?"

"你所说的男孩已经是个五十多岁的人了,我们不约而同地意识到,对他来说,阿富汗比我要有趣得多。"

说这话时,我的声音里竟然包含着一股浓重的恨意,这让我和鲍比都感到十分惊讶。为了不让鲍比说我缺乏管理家务的能力,我连忙表明了此行的目的:我把我的调查方向以及为埃拉·加兹登所做的调查如何牵扯到哈莫妮·索瑟姆的杀人案的过程都一股脑告诉了他。

鲍比对我摇了摇头。"这不像是我的案子。如果我经办过这起案子的话,我也早就把它给忘了。"

"这个案子在当时十分轰动。为争取民主权利而示威游行的女孩在马奎特公园被人杀害,这起事件在社会上激起了极大的反响。女孩的家人给当局造成了极大的压力,他们不得不抓走个人草草了事。"

"我还是不记得。"他阴郁地对我笑了笑,"这是常有的事,受害者的家庭总会以各种各样的形式向当局施压。我们确实逮捕了一个人,对吗?是不是判他有罪?你是不是想说我们判错了?你这是在胡扯什么啊!"

我紧紧地抿住嘴唇。"我并不想推翻这个案子的判决。现在看来,也许我应该试一试。这份所谓庭审记录简直是个笑话。检方没有拿出杀人凶器,辩方律师也没有召来任何一个证人。警察、检查官和法官用非常不恭敬的语言当庭对黑人的语言和生活习惯进行嘲笑,我从来没有看到过如此令人耻辱的审判。"

"一九六七年的司法系统确实有不足之处。但是过去的事已经无法弥补了。如果你发现我手下的警员有谁还在口出污言,我一定会对此严惩不怠。"

"犯人是被我爸爸逮捕的,"我艰难地说出这句话,"我想知道当时到底发生了什么事。有人暗示爸爸有不当行为——"

"真是一派胡言!"鲍比突然发怒了,"我简直不敢相信你竟敢来这里玷污托尼。你和加布里埃拉是托尼最在乎的家人……我无论如何都不能理解，他为什么那么顾家。他是我所见过的最优秀的警察、最善良的男人，也是我最亲密的朋友。然而你……你却……你却居然有脸在我面前——"

"爸爸逮捕斯蒂夫·索伊尔时发生过一些事。认识索伊尔的人都不肯告诉我到底发生了什么事，不过他们给了我一点暗示，我很想知道索伊尔在狱中到底发生了什么。"

"我不知道，即便知道也不会告诉你。你会把这些事报告给《工人日报》或其他一些左翼团体，败坏你父亲——"

"够了！"我疲倦地坐在椅子上，"做警察的孩子、和警察约会、和警察交朋友并不是件容易的事，你会一直在想这些戴着徽章的人会在你面前做出什么样的事来。如果托尼没有告诉过你索伊尔的事，那就算了。也许爸爸是照章行事。我想我可以去找乔治·多尼克或是拉里·阿利托，看看他们有没有什么可以告诉我的。"

"多尼克？阿利托？"鲍比靠在椅背上，突然安静下来，看上去甚至有几分疲惫，"为什么要……哦，他们是主办这个案子的警察吗？好吧，你去找他们吧。多尼克已经是个开办私人保安公司的大人物了，我倒想看看你找得到什么办法去和他谈。"

"那阿利托呢？"

"据说他退休后回到了湖区居住。跟多尼克和阿利托联系上以后，一定要把你和他们的联络情况告诉我。如果你在他们面前碰个头破血流的话，我马上就用局里的信纸给他们分别写封贺信。"

我站起身准备离开。走到门口的时候，我转过身看了看鲍比，发现他的神情依然非常紧张。

"鲍比，猜猜斯蒂夫·索伊尔的律师是谁。你绝对不会想到，他的律师竟然是阿诺德·科尔曼！"

"那又怎么了？"

"当我在公设律师办公室为他工作的时候，他和地方检查官办公室经常做私下交易，好像成了地方检查官的助理一样。他也因此而获得了州上诉法官的回报。昨天晚上科尔曼还兴致勃勃地参加了布赖恩·克鲁莫斯的竞选集会，像只跟屁虫似的一直不离哈维的左右。"看到鲍比一句话也没说，我连忙补充了一句，"乔治·多尼克是小克鲁莫斯在国土安全和恐怖主义方面的咨询顾问。"

"维克，你想对我说什么？你想告诉我克鲁莫斯家族结交甚广吗？"鲍比用手拍了拍头，装出一副完全明白的样子来，"你是不是想告诉我，尽管四十年前哈维还是个没有什么权力的二十岁青年，且与索伊尔一样来自芝加哥南区，但他还是设法操纵了斯蒂夫·索伊尔的案子吗？"

"他爸爸是阿什兰肉联厂的老板。"我说。

"不过哈维在获得今天的权力之前却被街上的那帮小混混折磨得够惨的。我参军那会儿，多尼克总是为鸡巴的大小戏弄哈维……不提这个了。不过——"

"多尼克戏弄过哈维吗？"我不解地问，"难道说哈维也当过警察吗？"

"不，不是这样的。哈维和多尼克在盖奇公园一起长大。他们经常和托尼的弟弟、也就是你的叔叔彼得在一起玩。你是不是想告诉我哈维让科尔曼背叛自己的客户；与此同时，多尼克又威逼嫌疑人写下假的供状。到了四十年后的今天，哈维才想到通过儿子对他们论功行赏呢？行行好吧，你是不是觉得托尼如果还活着的话，他也会是他们那个小圈子中的一员，只因为你爸爸替克鲁莫斯家族收拾了索伊尔呢？"

现在轮到我不知所措了。我一句话没说就离开了警察局，不过当我回到办公室的时候，我又开始琢磨起多尼克和阿利托的事来。鲍比给我留下了一种防备感极强的印象，但是当我第一次提到他俩的名字时，鲍比却一下子安静下来了。芝加哥警察局总共有一万三千多名警员，鲍比当了很长时间警察，肯定认识其中很多人，但再怎么人脉宽广，他也不可能认识所有这一万三千多名警员。然而从他的反应上来看，多尼克和阿利托这两个名字却对他有特殊的意义。

当然，鲍比很可能通过我爸爸认识哈维·克鲁莫斯和彼得叔叔。如果彼得和哈维是和乔治·多尼克一起长大的话，我想鲍比很可能和多尼克打过交道。因为阿利托和多尼克是工作上的拍挡，因此鲍比认识阿利托也并不奇怪。

也许我对鲍比的反应想得过多了。不过我还是抵挡不住好奇心的诱惑，上网做了一番探索。

与乔治·多尼克有关的信息有几百条。从警界退休以后，多尼克开了一家名为"山鹰"的保安公司。从公司的网站上来看，这个公司对世界各地的警察进行从镇压恐怖分子到寻找秘密的毒品实验室等方面的培训。山鹰保安公司训练警察如何用电击枪和"其他抑制设施"进行肉搏战、如何在沙漠和山麓地区生存下去，如何在城市里把汽车当成攻击性武器。

"我们的客户不仅需要得到世界级的培训，还需要对身份进行保密，我们完全能够做到这两点，所以我们不能在网站上公布我们的客户名单。我们在美国的许多州为警察机构提供服务，在城市和乡村，甚至包括条件险恶的索诺兰沙漠[①]，到处都有我们的身影。同时，我们

---

① 位于加利福尼亚南部。

也派遣经验丰富的工作人员去战区为美军提供支持。我们在世界各地设立了九个战略据点,可以在几小时之内响应你的培训要求。"

我在网站上找到了几张多尼克的照片。照片上的他看上去很警觉,似乎随时准备为芝加哥市长、哥伦比亚总统等形形色色的当权派投入战斗。多尼克在视频上为妇女们宣讲了电击枪作为家庭防暴设备的用法,并向网民们展示了他和圣迭戈、萨柯[①]以及凤凰城等地签订的进行特殊巡逻演练的培训合同。网站上没有提到他过去当过警察,毕竟他离开警察队伍已经有十五年的时间了。

阿利托看上去更像是个普通的警察。当了四十年警察以后,回到伊利诺伊北部湖区安享晚年。报纸上只有他豆腐干大的一张照片,在罗斯福街零售商业区发生的一场武力劫持人质的暴力事件中,他英勇无畏地射杀了两名歹徒,报纸盛赞了他的勇敢表现。六个月以后,风向突然变了,他因为在同一起事件中滥用武力而受到了指责。事实上被质疑的真正原因是有位人质在事件中受了伤。一位不愿透露姓名的警察同事对此评论道:"她侥幸活了下来,两个歹徒倒是全死了,我不知道到底谁更幸运一点。"

因为大多数市民觉得杀死武装歹徒能省下一笔审判费用,因此写给报社总编的信大多数都是站在阿利托这边的,其中有些人还强调美国公民应该随时随地都带着武器。

我茫然地盯着电脑看了几分钟时间,接着在地图上查找起阿利托现在所处的位置来。他家离威斯康星州的边界只有一英里远,靠近芝加哥西北边界的某个不知名的小湖。许多芝加哥人周末会去那里露营,也有许多像阿利托那样的老人会选择在那里了却残生。

---

① 缅因州西南部城市。

根据"地图查询"网站的介绍，从芝加哥到伊利诺伊西北边境的凯瑟琳湖的六十英里路程开车大约要八十分钟，不过他们是凌晨三点在渺无人烟的公路上测算的，当时肯尼迪公路和埃登公路都没有在修路。离开办公室以后，我实际上用了两个半小时才到达了凯瑟琳湖。

小鸟欢叫，阳光明媚，空气也确实比密尔沃基大街清新得多，但我的状态却比出发时更差了，我非常想好好洗个澡。刚刚给汽车加油的服务站就配备有浴室，那里的卫生间还算干净，我在那儿的便利店里还买了个热狗，但我实在不想再走回头路。我一心都扑在调查上，连午饭都没吃，这完全违背了华沙斯基家族坚守的信条："千万别漏吃一顿饭。"

把车停在安妮女王路边，走向阿利托的房子已经是下午五点的事了。他住在一幢黄色的错层房屋里，与邻居家的距离和他原先居住的芝加哥南区一样近。不过这里有片美丽的湖泊，这是在繁杂的闹市中不可能享受到的景观。

一路上我都在想着怎样让阿利托对我开口的办法。在作为调查员受训的时候，我们练习过"如何成功地对证人进行审讯"，在思想上和证人站在一边。别锋芒毕露。在某种程度上与对方达成共识。"拉里，你折磨过斯蒂夫·索伊尔没有？"这样的开场白就非常糟糕。我应该这样跟他说："拉里，我认为在某种程度上让斯蒂夫·索伊尔受点罪是完全必要的。"

阿利托的妻子为我应了门。她的岁数和他丈夫相差不多，六十来岁，穿着微微有些发皱褪色的卡其布工装裤，这身打扮让我想起了上了年纪的格文·沃登[①]。她没有微笑着迎接我，也没有把我公然拒之门外。

---

① 美国百老汇当红明星。

当我告诉她,我是她丈夫原先在警察局时的同事的女儿,希望能和阿利托警官聊一些陈年往事的时候,她的表情略微轻松了一点。

"拉里刚打完高尔夫球回来。他正在洗澡。两三分钟以后他就会下来。我正在做晚饭……"

她的声音越来越轻,似乎不情愿让我留在她这吃晚饭似的。我告诉她我不会留下来吃晚饭,也不会浪费他们很多时间。"我是不是应该回到车里等?"听到这句话,她一下子回过神来,邀请我去他们家的厨房看看,她告诉我,厨房的烤架上还放着烤了半熟的汉堡包。

门厅和厨房之间的客厅里塞满了东西,这使我马上联想到了埃拉小姐的房间。和埃拉小姐那里一样,阿利托的房间里同样放满了各种各样的瓷人。阿利托夫人似乎比非洲的丛林动物更喜欢收集小孩和小动物,不过这里的所有饰物都非常干净,摆放得也非常井井有条。我觉得头皮一阵发麻,这里的陈设充满了置之死地而后生的气质。我跟在她身后走进厨房,适时地发出一些感叹的赞美声。

我走到厨房外的平台上,走到栏杆前看着屋外的景色。凯瑟琳湖在屋外小路的尽头,与阿利托家大约有三十码远。可以透过岸上柳条和灌木之间的缝隙看到湖面上反射的阳光。住在他们家北面的那户邻居正在花园里吃烧烤。因为住宅之间的距离隔得非常近,所以我满鼻子都是汉堡包和烤鸡腿的味道。诱人的食物香味使我感觉到更饿了,我真想翻过篱笆拿一个炸鸡腿过来。

一个男人的声音从厨房的天窗上透了过来。"哈泽尔,你怎么连她的名字都没问就放她进来了?你怎么总是这样没心眼儿?"

"拉里,你以为你所遇见的每个人都想骗你吗?"

"你没问她是来干什么的吗?"

"阿利托先生,如果你想让我当你秘书的话,那么你就得多付我一份工钱。"哈泽尔半是讽刺，半是调侃地说，显然他们的关系还算和谐。

阿利托咕哝了几句，不过夫妻俩的争吵马上就平息下来。过了一会，阿利托就出现在了厨房边的平台上。洗完澡以后，他的精神非常好，头发上依然挂着零星的洗澡水，不过眼睛却红得跟发炎了似的。他带了一罐啤酒，从他呼出的气味来看，这可能是下午第五罐或第六罐啤酒了。

"阿利托警官，我是维多利亚·华沙斯基。是托尼·华沙斯基的女儿。"

"你应该不会骗我吧？"他不动声色地说。

"当然没有骗你，"我爽朗地大声说，"我昨天晚上看到了你们年轻时在垒球队拍下的照片。我想爸爸应该是首发队员……我猜得对吗？"

"那时候的事我早就忘记了。既然托尼·华沙斯基是先发队员，那么我就必定是他的替补，你是不是这么想的？"

我对他笑了笑："你知道我父亲已经死了很久了。"

"是的。很抱歉，葬礼上我没有送花，不过那时我们已经不大联系了。"

"我也成了侦探，不过我是个私人侦探，和警察扯不上关系。"

"该死的私人侦探，你们这些人让我受了很多罪。"他灌下一大口啤酒，然后把啤酒罐放在栏杆上。

"我正在调查你和爸爸都经手过的一个案子。"

他什么话都没说，不过脖子上的青筋却开始跳动起来。

"是斯蒂夫·索伊尔的案子。"

"我想不起来了。"他似乎没想起这个名字，拿起啤酒罐又猛喝了一口，"哈泽尔，再拿罐啤酒来。"

阿利托的妻子拿着一盘生肉站在烤架边，等待结束谈话可以开始做晚饭。她走到烤架边的冷藏箱旁，拿出罐啤酒来。对她来说，这个夜晚可比平时有趣多了。

"你和托尼六六年在巡警队是拍档，然后你进了刑警队——"

"你可以在档案馆里找到我的履历。你到底想说什么？"他从妻子手里拿过啤酒罐，"嘭"的一声打开了拉环。

"当时这是个街谈巷议的案子。一个争取民主权利的女游行者在马奎特公园的示威游行中被人杀害了。接下来的几个月里，案情一直没有什么进展。但你们在没有任何征兆的情况下突然逮捕了斯蒂夫·索伊尔。"

"索伊尔是托尼抓来的。"阿利托纠正道。

"我想你一定已经不记得索伊尔了吧。"

"那些轰轰烈烈的游行啊，你的话把我带回了那段动荡不断的日子。"他慈慈地对我笑着。

"我说的是黑人为争取民主权利而发起的游行，和你说的那些乱七八糟的游行完全不是一回事。"我尖刻地说。

"黑人的游行同样令人振奋。"说着他突然哑然失笑。哈泽尔在厨房里也偷偷地笑了起来。

我咬着牙抑制住自己的怒气。"如果你已经都记起来的话，那就请你告诉我，谁是那个线人？"

"线人？什么线人？"

"在审判时，你说你的线人告诉你凶手是斯蒂夫·索伊尔。不过当时没有人问你线人叫什么名字。现在问也不晚，告诉我线人到底是谁？"

"他妈的，这个问题简直愚蠢透了！你难道以为我还记得那些为了几文钱就会出卖同伴的穷小子吗？"

"你还记得雷蒙德·加兹登吗?这个人过去和你有没有交集?"

这个问题让阿利托愣了一下,他一不小心把啤酒泼在了T恤衫的正面。他咆哮着让哈泽尔去给他拿条毛巾过来。哈泽尔帮他把T恤衫擦干净以后,他似乎忘记了刚才的问题。"我们说到哪儿了?"

"我问你知不知道雷蒙德·加兹登的事。"

"雷蒙德是你的又一个喜欢出头露面的朋友吗?这个名字我记不起来了。如果你是为他而来的,那我不得不告诉你,你为他浪费了一大桶汽油。"他的语气和回答都没什么问题,但前额上却渗出了汗水。

我死死地盯着他。"根据庭审记录来看,当索伊尔走进法庭的时候,他似乎完全迷失了自己。既不知道自己是谁,又不知道自己是从哪来的。你还记得当时的情况吗?"

"他在牢房里被栏杆绊倒过一次。你可以去问托尼,如果他还没死的话,他也会给出一样的答案。现在你可以从我的房子里滚出去了,听到了吗?"

"托尼也会给出一样的答案,你这是什么意思?"我觉得自己好像被人在肚子上猛拍了一下似的。

"我不想再对你说第二遍了。所有人都说你爸爸的品德非常高尚,简直像个不食人间烟火的仙人一样,你知道人们对你爸爸的这种赞誉吗?他是公正警察的典范,不会被市民所投诉,裤子上也找不到任何污渍。不过我可以告诉你圣安东尼的一两件事,可以让你打消你的这种看法。"

"也许南区的所有居民都对警察恨得咬牙切齿,但托尼·华沙斯基无论怎么说都是全芝加哥最优秀的警察。和他一起工作是你的荣幸。但是你和你在控告书中描述的斯蒂夫·索伊尔,死皮赖脸地'黏着'白人,所以你才会买来——"

他的拳头突然向我挥了过来,我连忙朝边上躲了过去,但我还是慢了一拍,他虽然没有击中我的下巴,但这一拳却结结实实地打在了我的右臂上。我踢了一下他的小腿,接着准备踢他的胸口,但这时突然当头被泼了一身凉水——哈泽尔拿着橡胶水带冲我们,她丈夫和我一样浑身都洒满了水。我和阿利托喘着气匆忙往后退。我瞪着他看了一会儿,然后突然转过身,打开通往厨房的门。

"你全身都湿透了,不能这样穿过我们的房间。"哈泽尔嗓音沙哑,似乎对眼前的一幕完全无动于衷。

我跟着哈泽尔走下平台,没再看去她的丈夫。哈泽尔带我走到分隔两户人家的小道前。走到汽车旁边的时候,我回头望了一眼,发现阿利托家的窗帘颤动了一下。如果必须和拉里·阿利托住在一起的话,我才不会去买什么瓷猫,我会在家里摆上各种各样的斧子。

第十七章 来自"山鹰"的好男人

上路以后,我并没有全速向南行驶,而是把车朝东向湖区的方向开去。我希望把车尽量靠得离湖近一点。这样做可能会增加回家的里程,在各个城镇遇到的信号灯也会多一些,但至少密歇根湖吹来的凉风能让我神清气爽,我也不会为高速公路上的拥堵状况而感到烦心。

开到半路,我停下车走到湖边。湖水在夏季的暮色中泛出灰紫色。我独自一人待在河岸上,看着公路上闪烁的车灯,蟋蟀和青蛙在我身旁不停地鸣叫着。

阿利托看见我时似乎并不惊讶。谁报的警?我不希望会是鲍比,那会带来一个我无论如何也不愿承受的可能性——我不想看到爸爸最好的朋友和酗酒的腐败警察是一伙的。

也许阿诺德·科尔曼在克鲁莫斯的筹款会上看见我以后给阿利托打过电话。我试图回忆起我们在宴会上发生争执时,我到底说过哪些话。在宴会上,佩特拉告诉大家,我正在调查六十年代发生在盖奇公园的一起案件,我只是无意中提到过约翰尼·默顿的名字而已。如果索伊尔的案子让科尔曼觉得良心有愧的话,他可能会对我的调查产生警觉,虽说我很难相信我的前上司会对任何事感到良心有愧。

下午的另一个收获是确定了阿利托知道雷蒙德·加兹登的名字。加兹登是不是就是他那个"所谓"线人呢?默顿是不是因为加兹登指认了索伊尔而杀害了他呢？"铁锤"默顿无所不能，杀个人对他来说只是家常便饭而已。

阿利托声称，如果托尼还活着，也会告诉我索伊尔在牢里被栏杆绊了一跤，因而摔得鼻青脸肿，所以会在法庭上表现得神志不清。"你这个爱说谎的杂种，爸爸才不会这么说呢。你以为爸爸死了，所以怎么说他都行，但人人都知道他不可能说出这样的话来。"

我的心怦怦直跳。以为自己会在密歇根湖的湖岸上郁郁而终。这时我突然想起了那一年的圣诞夜。我上床以后，爸爸妈妈不知道在厨房里说着些什么，他们的笑声不时传到楼上我的卧室里。鲍比也在那儿吗？这个我实在不记得了。我只记得爸爸的某位朋友过来喝了杯葡萄酒。过了一会儿，阿利托来了，他和爸爸没多久便大吵了一架。

"你如愿以偿得到了提升，这难道还不够吗？"这是爸爸的声音。阿利托答道："你难道不想看到他进监狱吗？"

我悄悄爬下楼梯。妈妈看见我，厉声尖叫着我的名字，我只好跑上楼，伏在地板上，希望能听清爸爸和阿利托说了些什么，但他们却压低了声音。

谁要被关进监狱？他们又在争论些什么呢？

我的衬衫上都是刚才哈泽尔浇的水，横贯湖面的夜风使我禁不住打了个冷战。我慢慢走回自己的汽车，试图捕捉到更多的早年回忆。

我把车停在海伍德镇，吃了顿晚饭。海伍德镇处在我家和阿利托家的中间位置。建造密歇根湖北岸建筑群的意大利技工在十九世纪时首先定居在这里。现在这里成了一个新兴的餐馆区，不过我还是选择了一个供应意大利面团的老式意大利餐馆。我跟老板用意大利语聊了起来，他非常开心，免费送了我一杯阿玛隆尼红酒。

我们聊了一个多小时关于食物的话题，我向他描述起在奥维多吃的一顿难忘的晚餐,那座餐馆位于教堂对面的广场上,那里的烤乳鸽可真是好吃。说着说着,之前的不快顿时一扫而光。但重新上路以后,我又开始琢磨起爸爸、拉里·阿利托和斯蒂夫·索伊尔的事来了,这种牵肠挂肚的感觉可真是难受。

柯蒂斯·里弗斯和约翰尼·默顿都认为我爸爸痛打了索伊尔一顿,所以他们才会对我和我的问题表现得那么抵触。不过我很清楚,除非索伊尔首先对爸爸发起袭击,否则爸爸绝不会对他加以体罚。但索伊尔在法庭上确实表现得神志不清,审判时也没有得到尽力的辩护。难道——

"才没有什么难道呢!"我对自己大声说,"无论如何,托尼都不会随便打人的。"

乔治·多尼克在调查哈莫妮·索瑟姆一案时已经是个高级警官了。我决定明天早晨一上班就给他打个电话,看看他有没有平静下来。

虽说鲍比极尽嘲笑之能事,但事实证明,让多尼克开口说话远没有想象得那么难。顶着华沙斯基的姓氏,我在许多地方会吃闭门羹。但那些和爸爸一起工作过的人往往会乐于跟我谈,至少第一次去的时候,他们通常会抱着欢迎的态度。

早晨遛完狗以后,我马上给山鹰保安公司打了个电话。多尼克的秘书说他可以在九点半和十点钟的早会之间安排我和多尼克见一次面。我穿上了淡青色的外套和米黄色的宽松裤——非常女性化且不失职业风度——然后开着野马车上了环城公路。

山鹰保安公司的总部在芝加哥河边的华科大厦占了四个楼面,保安公司的接待区正对着河面。我九点半准时到了那里,结果在那儿等了一个多小时。当保安公司的工作人员在电梯和上锁的办公区玻璃大门之间来回穿梭时,我百无聊赖地看着河上的货船和游轮。工作人员之间交谈的语速非常快,似乎他们的工作都非常重要。几个和我坐在一起的客人先我一步被请进了办公区。

我变得非常烦躁,但接待区里只有《华尔街日报》《反恐文摘》和几本公司的小册子可以看。我和我的临时雇员玛丽恩打了十五分钟电话,然后又发了几封电子邮件。接着多尼克便走出办公区,跟我打了个招呼,这时我突然变得惴惴不安起来。

多尼克是个精力充沛的老人。垒球队照片中那头标志性的黄发已经变成灰白色。面对一身夏装的多尼克,很难想象他会在比赛中为了救一个球而把自己弄得浑身是泥。

他用力地和我握了握手。"你是托尼的女儿吧。那天晚上的捐款会我本该认出你来的,你和你爸爸的眼睛长得很像。他走得太早了,他走得实在太早了,他是和我共事过的最好的警察。"

他和阿利托对待我的态度简直是天差地别。多尼克用手臂搭住我的肩膀,叫"尼娜"给我们倒两杯咖啡,并让她挡掉一切外来的电话。他把我带进了一间线条柔和的办公室,当你感到紧张的时候,走进这么一间办公室无疑能最大限度地舒缓你的压力。这里的装饰都是用光洁的木料和上好的石材制成的,家具全部都是黑色。办公室里没有纸面的东西,不过一排电脑控制器可以让多尼克随时和世界各地的下属联系。墙上挂的正是我先前在公司网站上见到过的多尼克的大幅头像。

"你所做的一切可真是太伟大了,"我说,"你是如何做到的呢?"

"二十年的警察生涯使我具备了足够的执法经验,我只要在这基础上组建一个出色的团队就行了。比较幸运的是,幼年时的玩伴向我提供了一部分资金。公司的开头很不错,我们在秘鲁和哥伦比亚边界摧毁了一个哈马斯训练营。这完全是个偶然,做警察时经常会碰到这种事——我们本来只打算捉几个毒贩,结果却在那儿查出了一大批武器。"说着他得意地笑了起来。"在芝加哥的街道上干了这么多年警察以后,我本以为自己已经拥有处变不惊的能力了,但拉美丛林里发生的鏖战却着实让我大开了一番眼界。"

尼娜带进来两杯咖啡——咖啡的口感非常好——也许是用他在拉美丛林设立的据点附近采来的咖啡豆制成的吧。

"尼娜告诉我你开了一家私人的调查公司,也在进行与安保有关的业务。你有兴趣更上一层楼吗?我很想——事实上,我很愿意利用我的权力把托尼的女儿招进我的公司。在我和托尼搭档的两年中间,我所学到的知识比以后任何时候都要多得多。"

"没错,我爸爸确实是个非常伟大的人。我仍然在怀念他。不过我对我的那间小小的公司感到非常满意。我一个人自由惯了,不太习惯待在大公司里。你可能也听说了吧,我原先还在公设律师办公室待过一阵子呢。"

多尼克点了点头。"我在克鲁莫斯的筹款会上看到了你以前的上司。跟阿诺德·科尔曼那种王八蛋没有什么道理可讲,再说,当他手下的时候你还年轻着呢。在我们公司,你可以更好地发挥自己的才干。当你在雨中监视调查对象、急急忙忙赶回办公室撰写失踪人口报告时,你就会想到待在我们这种大公司的好处。"

我大吃一惊,似乎一周以来他都在监视我的工作。无疑这是只狡猾的老狐狸。我笨拙地向他表示了感谢。

多尼克漫不经心地看了眼表。"维克,你想知道些什么?"

"我在查一起陈年旧案,"我说,"我正在寻找一个失踪了四十多年的人。我查了好几天,但一点有用的线索都没有找到。我只知道斯蒂夫·索伊尔因为杀害哈莫妮·索瑟姆的罪名被捕后,主持审讯的人是你。"

多尼克放下咖啡杯，轻轻地吹了声口哨。"这件事确实已经过去很久了。但我还记得有那么回事：那是我调查的第一起谋杀案。当时带我的是拉里·阿利托，你和他聊过了吗？我想他现在应该住在威斯康星。"

"我昨天见过他，他住在湖区中的凯瑟琳湖。他说他不记得案件的细节了，不过我觉得他对我隐瞒了很多事情。"

多尼克笑了。"他说他不记得了吗？说得好像是件普通的案子似的……这正是我不想当警察的原因之一。拉里·阿利托是个不太容易相处的人，不过这种话你可别往外传。事实上，没人能把索瑟姆的案子完全置之脑后。这个案子的关注度非常高，连市长都给我打了电话过问这件事。被杀的女孩是民权运动中一个相当重要的人物。在全世界的电视新闻都报道了那年夏天的动乱以后，芝加哥再也无法背负'仇视黑人'的恶名了。"

"你没有怀疑你们抓错人了吗？"

多尼克摇了摇头。"我们有个非常可信的眼线。不是那种所谓'污点证人'，而是我们在'毒蛇帮'里安排的一个卧底。"

"这个人是不是雷蒙德·加兹登？我现在要找的人正是他。"

多尼克的脸上露出了一种诡异的笑容。"波波"以前在激我做某种疯狂的事情时就是这样笑的，比如从卡鲁梅特湖的防波堤上往水里跳。

"维克，时过境迁，告诉你也没什么太大的关系了。没错，索伊尔是被加兹登告发的。我们缠着加兹登，让他告诉我们一个名字，我猜他和索伊尔在毒蛇帮里是关系很好的朋友。你不会是想告诉我索伊尔不是杀害索瑟姆的凶手吧？"

"我只想为雷蒙德·加兹登的妈妈找到他的儿子。你不知道雷蒙德后来遇上了什么事吧？他在暴风雪的前夜突然失踪了。"

多尼克摇了摇头。"我们也很想知道雷蒙德究竟发生了什么。也许'铁锤'默顿发现雷蒙德替警方通风报信，偷偷把他给做掉了，因为从那以后，我们也再没见过雷蒙德。我们问过默顿，但你一定知道和那家伙谈话有多么难，最后我们只好放弃了。不说这个了，关于索伊尔，你想知道些什么事？"

"我希望他能告诉我一些关于雷蒙德的事。我已经联系上了'争取自由中心'的一位修女，哈莫妮·索瑟姆遇刺时，她和索瑟姆在一起，她不信索瑟姆是被索伊尔害死的。"

多尼克笑了笑。"哦，那些可爱的修女啊。她们总认为凭自己的力量可以把世界变得更加美好。每个人都把自己想象成又一个海伦·普雷桑修女[①]，以为可以说服我这样铁石心肠的人和她们一起反对死刑。"

尼娜走了进来。我们的会面结束了。多尼克陪同我走出办公室，并一再向我保证"托尼的女儿"可以随时到山鹰保安公司做客。"你可以告诉那个修女，我可以保证抓进警察局的人确实是杀害索瑟姆的凶手。"

"监狱管理局里找不到与斯蒂夫·索伊尔有关的资料，"多尼克转身走回办公室时，我对着他的背影大嚷了一声，"你确定你们把他送进了庞蒂亚克监狱吗？"

多尼克在门口站住了。"也可能是斯塔特维尔教养中心。审判过去了这么久，不可能所有的细节都记得清。换了鲍比或你爸爸，他们也都会这样告诉你，警察在嫌犯被判决后一般是不会去关心他们的动向的。"

我对占用了他的时间向他表达了谢意。"乔治，我还想问你最后一

[①] 美国家庭心理学者。

个问题。实际上，我很难对你开口问这个问题。在先前的调查中，我之所以会遇到这么多障碍，其中有一个很重要的原因是，那些与加兹登和索伊尔一起长大的人觉得索伊尔在被捕的过程中受到过不公正的待遇。"

多尼克双手叉在腰上，再次转过了身，眼神里饱含着愤怒。"维克，那些人总是这样说。你在公设律师办公室时就应该知道这一点，那帮流氓总是抱怨警察在逮捕调查的过程中滥用权力。我告诉你，我们在执行任务的过程中总是依照法律条款的规定在行动，从来没有越过界。我们在逮捕犯人时的条条框框实在是太多了。你不会想让托尼的名字也蒙上污垢吧。托尼·华沙斯基是我们这里最为优秀的警察。那些被他抓获的地痞流氓真该庆幸自己不是被别的什么人逮捕的。"

会见就此结束，不过接下来的一整天，我都在回味他对我所做出的保证。我先是去市档案馆查了一份文件，又到芝加哥西南边的莫科纳，替与我共同工作过的自由作家在他的小仓库里装了一套监控设备。在回程的路上，我开始琢磨起和山鹰保安公司签约的可行性来。不管怎么说，在大公司上班总比做这种零零碎碎的杂活要好得多。

多尼克在大多数事情上都对我坦诚相待，对爸爸的评价更是让我乐滋滋的。我喜欢他，但为什么我的心底总会有种驱之不去的不安呢？他的话似乎隐含着一层警告的意味——如果暂且不把那当作一种威胁的话。

我相信像山鹰保安公司这样规模的企业一定会把每次的会面谈话偷偷地录下来。如果我能拿到尼娜给我们录下的那卷磁带的话，也许我会知道困扰我的究竟是什么内容。我的脑海中浮现出自己爬上绿色的玻璃大厦，在四十层楼的地方卸下一块外墙玻璃，然后再设法破坏公司的安保系统的样子。想着想着，我的脸上露出了笑容。这的确是太可笑了。

电影里的英雄人物做这种事根本不在话下。克林特·伊斯特伍德[①]会拿出弹药筒,把敌人统统消灭。"真是太让人高兴了!"他会提着敌人的脑袋豪迈地这样说,引来观众的阵阵掌声。幸存的敌人噤若寒蝉,会把所有的情况全告诉他。如果人被恐吓或被折磨到一定程度的话,敌人想知道什么,你就会对他说什么,这是牢不可破的真理。

神志不清的斯蒂夫·索伊尔也正是在这种情况下在法庭上交代了自己的罪行的。想到这里,我的脚不自觉松开油门,后面的一辆大货车摁了阵喇叭,从我身边超了过去。我朝卡车摆了摆手,在下一个出口驶出了公路。

我把车停在岔道的最里面,试图把所有的线索连接起来。雷蒙德向警察出卖了索伊尔——当然这只是多尼克的一面之词——约翰尼勃然大怒,杀害了他。或者是柯蒂斯替约翰尼除掉了雷蒙德。不管是哪种情况,作案人最后都设法把尸体掩埋了。

让我也高兴一次吧!不管是谁,请你们赶快把真相告诉我!我想威胁和利诱也许都不能让多尼克和阿利托把四十年前发生的往事告诉我。我在地方检查官办公室也没有熟人,不可能以减刑甚至豁免为条件让默顿开口说话。即便真的能做到这一点,默顿也很有可能继续保持缄默。

也许科尔曼法官可以解释四十年前他在法庭上代表——确切说是不称职地代表索伊尔时,为什么没有传唤证人到庭做证。也许他对法庭隐藏了很多证据。我查找出库克县法院的电话号码,给科尔曼拨了个电话。

[①]好莱坞著名男演员。

法官当然没有接我的电话。接电话的职员告诉我,她很乐意为我给法官留个信息,不过她的音调听上去却好像永远都不想再用这个电话一样。我只想留下我的名字和电话号码,但接电话的职员非得让我说清楚事情的来龙去脉不可。我告诉她我过去为法官工作过,我想查找一个过去的案例,一个科尔曼法官在公设律师办公室工作时经手的案子。她记录下了我的电话号码,但我没指望科尔曼法官会打电话给我。

我把车停在了一〇三大街,东边不远处就是普尔曼。也许罗斯·赫伯特能告诉我一些垒球队的陈年旧事。

第十八章 可疑的法官，惊恐的女人

罗斯为我开门，这次她换了条蓝白线条的裙子，不过和我上次来时看到的那条裙子一样朴素。她牢牢地盯着我，眼神里带着一丝渴求。

"你打听到雷蒙德的事了吗？"

给她否定的答案，看到她痛苦失望的表情实在让人于心不忍。"我需要知道一些有关约翰尼·默顿和柯蒂斯·里弗斯的事或内幕消息。"

罗斯自嘲地笑了笑。"我与他们的生活没有任何交集，更不知道有关于他们的内幕消息。"

"赫伯特小姐，你低估了你自己，"我柔声说，"我没什么新消息，不过我已经见过他们两个了。我还找过几个认识斯蒂夫·索伊尔的人。据他们讲，雷蒙德很可能出卖了索伊尔，告诉警察索伊尔很可能杀害了哈莫妮·索瑟姆。"

"哦，不！我不相信……哦——"

客厅里的铃在她身后响了起来，她退后几步，张皇地转过身。"他想知道谁站在门口，什么事把我耽搁了这么久。"

我抓住她的手臂，把她拽下门前的石头台阶。"他确实已经九十三岁了，不过你也不能事事都依着他。我们能找个方便的地方坐坐吗？"

她回头看了看家里的房子，不过最终还是告诉我我们可以去兰利的一家小咖啡馆坐一会儿，每天早晨从医院回家的时候她都会去那儿吃早饭。我开着野马车把她带到了普尔曼工人饭店,那里的女招待一看见我们,便亲热地叫起了罗斯的名字,然后好奇地看着我。罗斯要了咖啡蓝莓派,我也要了同样的食物。

"我甚至不知道该从何提起,"食物端上来的时候她轻声对我说,"这一切真是太不幸了。斯蒂夫,哈莫妮,我真不知道为什么会发生这种事。即便哈莫妮真是被索伊尔杀害的,雷蒙德——我是说雷蒙德和索伊尔是穿开裆裤长大的朋友——雷蒙德也不会把索伊尔交给警察的。"

"哈莫妮和你家离得近吗?"

"我们两家同住在一条街上,两家隔得不算远,不过他们去的浸信会教堂在爸爸看来不算是真正的教堂。他们家很有钱。索瑟姆先生是个律师。哈莫妮的哥哥上了所法律学校,现在在东部当上了教授。哈莫妮是在亚特兰大上的大学,她在那儿参加了民权运动。当她回家过暑假时,她把民权运动的思想带给了青年聚会的教友们。她在附近的许多教堂发表过演讲,只有爸爸的教堂没有受到民主思潮的影响,因为圣徒保罗说女人是不能在教堂里发表演讲的。此外,爸爸还说教会里的人应该好好在教堂里待着,不要上街参加游行。"

她对着咖啡杯猛地吹了口气,似乎想把对父亲或自己的一腔怨气撒在咖啡上,她像连珠炮一样发起火来。"我本不该这样说的,不过我确实非常嫉妒哈莫妮。她非常漂亮,她考上了理想的斯贝尔曼学院,而我却只能靠辛辛苦苦省下的钱上了一所护士学校。男孩们都对她神魂颠倒。老实说,当我得知她的死讯时,我着实高兴了好一阵子。"

我把手伸过桌面,轻按着她没有拿东西的那只手。"你应该知道,她不是被你的嫉妒害死的。"

她看了看我,表情因为痛苦而显得有些扭曲变形。"那些男孩子都像苍蝇一样围着她转,甚至连我们教堂的男孩也一样。正因如此,我才不相信雷蒙德会真的关心我。我觉得自己是个无足轻重的女孩,没有人想要我。雷蒙德是因为追不上哈莫妮,所以才会退而求其次选择了我。我觉得哈莫妮不会是他们那些男孩杀害的,斯蒂夫不会仅仅因为嫉妒就杀了她。哈莫妮从来没跟索伊尔出去过,从来没和这块地方的任何一个男孩出去过。从我知道的来看,她醉心于民权运动,对任何一个男孩都没有好感。她甚至连大学里那些和她相同背景的男生都看不上。"

"斯蒂夫和雷蒙德参加了马奎特公园的大游行吗?"

"爸爸让我们教堂的人不要参加街道上的那些活动,不过雷蒙德和斯蒂夫把他的话当成了耳旁风。约翰尼·默顿参与了金博士和帮派达成的交易,默顿代表帮派向金博士保证他们那些夏天不会在芝加哥制造麻烦。作为交换,他们会在游行的路线上提供适当的保护,并收取一定的保护费。"

罗斯吸了口气,沉浸在往事的回忆中。过了一会儿,她才悠悠地说:"没错,爸爸确实非常生气。他痛恨有人胆敢冒犯他的权威。雷蒙德和斯蒂夫加入毒蛇帮以后,爸爸马上把他们赶出了教会。那是个非常可怕的星期天。礼拜结束后,爸爸对我说如果我再和雷蒙德·加兹登交谈的话,我的灵魂也会受到亵渎。尽管爸爸这么说了,每当我去商店买东西的时候,我还是会故意路过雷蒙德家或是毒蛇帮聚会的卡佛酒吧……"她的声音渐渐轻了下来。

这天早晨,乔治·多尼克告诉我雷蒙德曾向他和阿利托指认了斯蒂夫·索伊尔。当我问起索伊尔的下落时,多尼克脸上露出一副诡异的笑容来。赫伯特牧师会不会出于愤怒,借警察之手来惩治这两个叛逆的信徒呢?

"你父亲对斯蒂夫和雷蒙德有多生气?"我唐突地问了一句,"他不会把他们交给警察吧?"

"这个假设简直是太可怕了!这种事你想都不应该想!"她把椅子推到一边,"爸爸是这一带最圣洁的人,他才不会向警方告密呢!"

这和我把托尼看成南区最好的警察应该是一回事吧?即便证据摆在那里,我们做女儿的也会拼死保护父亲的名誉吗?

我看着罗斯略微有些发红的脸。"赫伯特小姐,我为自己的冒失感到抱歉。我不该把自己的想象当作事实来看。你说雷蒙德不会是警方的线人,当然你父亲也不会是。那你说说看,那个'线人'到底又是谁?"

她把手指交叉在一起,"难道就只能在雷蒙德和我爸爸两个人里面选吗?"

"当然不。也可能是我从来没听说过的某个人,某个对毒蛇帮怀有异心的人。我到斯塔特维尔教养中心看过约翰尼,他装出一副完全不知道雷蒙德的模样来。这使我想到,对不起,我又要说起我的那些不成熟的想法来了,但是——"

"你认为雷蒙德是被约翰尼杀害的吗?雷蒙德失踪的时候,我也产生过这种怀疑……不过那时我不知道约翰尼为什么要这样做……如果雷蒙德出卖了斯蒂夫的话……这暂且可以算是一个原因……不过……"她欲言又止,似乎心里颇不平静。

"你是说那个约翰尼·默顿吗?他说的话我一句都不会信。诚然他在附近的街区里建立了一个诊所,他促使政府在黑人学校分发和白人学校一样的牛奶,他把自己的女儿看成是王冠上的珍珠一样。约翰尼把女儿称为'达约',从这个昵称可以看出,约翰尼对女儿的降生欣喜若狂,因为'达约'在黑人英语里的意思是'欢乐来临'。"

罗斯促狭地笑了笑。"换作我爸爸,他一定会把我看作'欢乐离去'的象征。我真不知道我为什么还要这么维护他呢?"

"在你成长的过程中,你妈妈在哪儿?"我问。

"我八岁的时候妈妈就死了。奶奶照看了我一段时间,不过她的心脏不太好。另外,爸爸也希望我早点儿回家,以便时时监视我。"

我付了茶点的钱,开车把罗斯送回了家。她在副驾驶座上一直用纸巾擦着脸,显然她不想让父亲看到自己精神沮丧的样子。

"如果他看到我精神不振的样子,一定会以为我和哪个男人鬼混去了。到了我这个年纪,他还整天疑神疑鬼,觉得我会和奇怪的男人出去鬼混。"

"尽情享受自己的人生吧。"我顽皮地对她说,然后把野马车停在了她家的家门口。"现在还不算晚,你应该对自己更好一些。"

她惊恐地看着我,似乎对我的提议感到非常害怕。"你真是个奇怪的女人。到哪儿才会找到肯连看我两眼的男人啊?"

她下车时,我突然想到还有一个问题没问:"你知道斯蒂夫·索伊尔现在在哪儿吗?我觉得柯蒂斯·里弗斯和默顿知道,但他们都不肯告诉我。"

罗斯慢慢地摇了摇头。"他入狱很久了。我认识柯蒂斯,他去给斯蒂夫探过监。据我所知,斯蒂夫很可能已经死在监狱里了。别指望柯蒂斯会告诉我,他和其他男人一样对我毫不在乎,他好像挺喜欢你的。他觉得我老是在我爸爸面前搬弄是非,所以一直不肯原谅我。"

她犹豫了一阵,然后把头探进车身对我说:"你是个很好的听众,我很欣赏这一点,非常感谢。"

"我很高兴我们可以谈得这么愉快。"我之所以会成为一个很好的听众是因为我希望从她那里探听到一些消息。想到这儿我尴尬地补充了一句:"任何时候都可以给我打电话,很高兴和你交谈。"

她垂着肩膀，步履沉重地走上台阶。如果你的精神如此颓废的话，肯定没有人会充满爱意地看着你。当然我不说她也清楚得很。

我掉转车头，把车开上了高速公路。现在正好是交通晚高峰，车辆像乌龟一样慢慢朝前挪动。车开过萨尼塔里运河的时候，我的手机响了。我感觉这时边开车边打电话不会有什么危险，但当电话那一头的女人说她是科尔曼法官的秘书、科尔曼法官要和我说话时，我的车却险些撞上了前面的车。

"法官，谢谢你给我回电话。我想找你询问一件以前你办过的案子。"

"我们可以直接在电话里谈。那天晚上我不是告诉过你让你别去碰约翰尼·默顿的吗？"

我咬紧牙关。"这次我不是给你谈'铁锤'的事来的。法官大人，我想跟你谈的是你刚做公设辩护律师时的一位委托人。你还记得斯蒂夫·索伊尔的那个案子吗？"

他什么话都没说。

"我说的是哈莫妮·索瑟姆的遇刺案。你还记得她吗？"

电话那头突然安静下来，起初我还以为电话断了线。跟在我后面的车辆狂按着喇叭。我和前面那辆车的距离已经拉大到了四英尺。看着运河油腻的水面，我把车往前挪了一点。天气又热又潮，河面上飘来一阵阵臭味，似乎百年间库克县被谋杀的人都是在这条河里腐烂的一样。

法官突然说话了。"华沙斯基，你为什么对过去这么久的事感兴趣？"

我考虑着该怎样回答他。如果手持审判记录面对面和他交流的话，我可能会问及记录中的所有疑点——为什么没有当庭询问证人的名字，为什么允许警察和检查官在法庭上胡言乱语而不加制止——在电话里，我没办法对他施加任何压力。

"斯蒂夫·索伊尔的名字出现在我正在调查的一个失踪人口案里，但索伊尔本人也同样失踪了。事实上，审判结束以后就再没有任何与索伊尔有关的记录了。我希望能看到你对这个案子所做的记录，我想知道他被送进了哪家监狱。"

"华沙斯基，那是件四十年以前的旧案了。我之所以还记得它，是因为那是我经手的第一件大案。"他在电话那头促狭地笑了笑。"我从那次审判中学到了许多东西，不过我不可能知道我经手的犯人审讯后都到哪里去了。"

车终于开过了运河。"法官大人，你当然不可能那么清楚。不过我在审判记录里发现了许多有趣的程序问题。"

"你为什么要看审讯记录？"他问。

没想到他会问出如此诡异的问题来。"法官大人，我只是想知道斯蒂夫·索伊尔现在在哪儿。看到你的名字真让人兴奋，同时我也感到非常吃惊，我压根儿没想到索伊尔竟然是被我爸爸逮捕的。"

手机交流很难获知对方的反应，但科尔曼在电话那头深吸了口气，似乎完全失去了平静。"关于审判的问题，你可以去问你爸爸。"

"法官，他已经死了很多年。我可不信那种降神会之类的东西。"

"华沙斯基，你在跟我干时就是个爱打听的杂种，似乎到现在也没有改变这一点。我不欠你任何东西，不过我还是劝你别再查那些老掉牙的东西了。不管是默顿、索瑟姆，还是杀害索瑟姆的那个男孩，请你别再打听他们的事了。"

我还没来得及向他道谢，他便挂断了电话。这样也好，我真害怕我会止不住发起怒来。

第十九章 生气勃勃的堂妹

当你在外面遭受了一连串打击后回到家里时,你只想在浴缸里好好泡上一会儿,把心中的烦恼全都洗掉。没想到,还没走进家门,便看到堂妹那辆闪亮的探路者车停在家门口。我试图悄悄溜过孔特雷拉斯先生的家门口,但我的那两条狗却背叛了我,站在门口对我大声呜咽。没多久,佩特拉和孔特雷拉斯先生就拥到了走廊里。

"萨尔老爹的那张照片使我得到了晋升,"佩特拉高兴地说,"快进屋和我们一起庆祝吧。"

我告诉他们我已经很累了,但他们还是不依不饶地把我拉进了屋子。孔特雷拉斯先生走进厨房,倒了一杯意大利苏打白葡萄酒出来,两条狗则围绕在我脚边不停地叫喊着,好像我已经离开了一个多世纪似的。对门邻居对这场喧闹非常不满,探出头来怒骂了几句。她是个整形外科医生,最讨厌和狗打交道。她试图促使楼委会通过禁止养宠物的决定,但二楼那家养了三只猫的韩国人和孔特雷拉斯先生都站在我这边。

"狗不会伤害你的,它们对人非常友好呢!"佩特拉对医生说,"你看看米奇,它可以直接从我嘴里叼走食物。宝贝,快来让她见识见识。"

她把薯片放在嘴唇之间,让米奇贴到她的嘴上叼走这块薯片。在医生没有吓昏过去之前，我把佩特拉和狗推进了孔特雷拉斯家的花园。

"火刚刚烧旺，"孔特雷拉斯先生对我莞尔一笑，"再过五分钟，我们就不打算等你了。好在我们现在总算可以把牛排烤上了。"

我不是很喜欢苏打白葡萄酒。当孔特雷拉斯先生把彼得叔叔送来的牛排端上烤架的时候，我把白葡萄酒倒进水槽，上楼把自己钟爱的威士忌拿了下来。我贪恋地看了看浴缸，决定洗个澡再去参加聚会。穿上整洁的衣服，喝着爽口的威士忌还不能使我完全恢复体力的话，至少可以让我打起精神对付楼下那两个疯疯癫癫的男女。

他们全都聚集在孔特雷拉斯先生的花园里。两条狗安分地坐在烤架边，等待着牛排突然掉到地上的机会。佩特拉发自内心的笑声通过楼梯传到了我的房间。杰克·蒂鲍特在隔壁演奏着双簧管。我真想坐在楼梯上合着乐声静静地品味着威士忌，但我觉得不能拒绝他们的好意，于是下楼出现在花园里。

我向佩特拉问起了晋升的事。"这是不是意味着你已经直接在为布赖恩·克鲁莫斯工作了？"

"我当然想直接为克鲁莫斯工作，不过我现在还到不了那一层。在我们那里，越到上面责任越大。竞选团队的核心成员要时时关注竞选的进展情况，每篇演讲稿都不能出任何岔子。这样布赖恩才能知道谁对他说过什么样的话，他又该如何应对。能成为竞选团队中的一员我已经觉得很高兴了，不过斯特罗杰维尔先生私底下见了我一面——忘了告诉你们，他是布赖恩最重要的谋士。他想让我把每天向直属上司汇报的内容再事无巨细地向他汇报一遍。"

"听上去有越级汇报的嫌疑，"我说，"你的直属上司对这是怎么看的？"

"塔尼亚不在乎这个，她整天都在忙着做调度工作，哪有闲心关注这样的小事呢？她真的很棒。我很希望你能在筹款会上和她见上一面，不过那天晚上她一直在忙着接待全国性媒体派来的记者。"

"斯特罗杰维尔是个怎样的人？"我从来没见过斯特罗杰维尔，不过了解芝加哥政治动向的人都知道他。如果斯特罗杰维尔真的成了布赖恩·克鲁莫斯的竞选顾问，那就意味着民主党很可能想把布赖恩培养成继巴拉克·奥巴马之后的新一代总统候选人。

佩特拉夸张地耸了耸肩。"他非常严肃，让人觉得有点可怕。竞选阵营里的其他人都很年轻，相互之间常会开开玩笑。可以说，我们一天的工作都是在笑声中度过的。但他却成天板着张脸，我们都叫他'严肃'先生。当他看着你，让你为他做一些事情的时候，你最好丢掉手里的活，马上照他的指示去办。即便如此，你还在担心如果做不好该怎么办。"

"那么他具体想让你为他干些什么呢？"

"还是以前那些活，看看谁在攻击布赖恩，他们都说了些什么，不过要比以前更仔细一点，你明白了吗？"说着她吞下一口白葡萄酒，"他的做法真让人郁闷极了。对了，你去看过那个'蛇帮'的人了吗？"

"什么蛇？你说的是'毒蛇帮'吧！妹妹，我正想跟你说这个呢。下次见到约翰尼的时候，我就叫他'毒蛇'试试，看看他会有何反应。我这些天都在调查那些过去了很久的事情。我可以向你保证，我的工作可比竞选阵营要枯燥得多。"

"那你为什么还要做这样的工作呢？你是不是像《美国通缉榜》里的人一样，整天都在追寻着那些失踪了四十多年的在逃犯呢？"

"如果维克追踪那些陈年旧案的话，那一定是要证明联邦调查局或警察抓错了人。她才不会去帮警察抓坏蛋呢。"孔特雷拉斯先生的语气并不像是在恭维我。

"这么说,你是不是发现警察以杀人或其他的严重罪名抓错了人了呢?"佩特拉瞪大了眼睛,浑然不觉长长的睫毛碰到了眉毛上。

"我不知道正在寻找的那家伙到底有没有罪。他只是不见了而已。"

"那就让他去吧!"孔特雷拉斯先生粗暴地说。

"我本来确实是这么想的,"我迟疑地说,"不过……在我看过审判记录以后……我发现当时执行逮捕的人是我爸爸。我想……我想知道抓捕那家伙的时候到底发生了什么事。"

孔特雷拉斯先生觉得这不过是我不想放弃调查而为自己找的理由。"谁又能知道你爸爸在执行任务时会碰到什么样的情况呢?别总用怀疑一切的眼光看待事物,你怎么总是把事情往最坏的方面想呢?"

"爸爸如果痛打过某个手无寸铁的人那该怎么办?我怎么也无法想出一个比较好的解释来。"我对着孔特雷拉斯先生大喊。

"我想说的是,即使你爸爸打过他那又怎么样?法庭上的人们看上去都非常无助。但你永远不会知道,他是不是掏枪攻击过你爸爸,甚至威胁到他的生命。宝贝,你不能根据结果去推断事情的过程。你应该把事情的前前后后都搞清楚。"

"萨尔老爹说得对,"佩特拉插话道,"我从来没见过托尼叔叔,不过爸爸告诉过我许多关于他的事。维克,你爸爸是个好人。你不要编造出一些玷污他名声的子虚乌有的事情来。"

"我也不想啊。我比你们更了解我爸爸的为人。我是他养大的,我很清楚世界上比他善良的人并不多。"我疲倦地揉了揉眼睛,"佩特拉,彼得一九六七年的时候还在芝加哥吗?我不记得他是什么时候搬到堪萨斯城的了。"

她笑了笑,这个笑容使她看上去更像她爸爸了。"那时候我都还没出生呢,不过我记得阿什兰肉联厂是一九七〇年搬到堪萨斯去的,也有可能是在一九七一年。爸爸和妈妈是在一九八二年结婚的。妈妈当时刚过十八岁,在堪萨斯举办的家禽大赛上得到了'畜牧女王'的称号。每当我看到他们的婚礼照片时,我就把他们叫成'猪爸爸'和'猪妈妈'。"

我被她逗笑了,但还是继续着刚才的话题:"我很想知道彼得是不是还记得一九六七年夏天发生的事了,他那时应该和华沙斯基奶奶住在五十七大街的法菲尔德公寓。他一定还记得发生在马奎特公园的那场骚乱。"

"他总是说那场骚乱把南区全毁了。邻居们陆续开始搬走。华沙斯基奶奶最后也搬到北区,避免持续不断的暴力事件伤害到自己。"发现我听得十分专注,堂妹开始不安地在草地上变换着坐姿。

旷日持久的种族骚乱对我家和南区的绝大部分家庭造成了非常大的伤害,搬家那天奶奶甚至流下了眼泪。我以前从来没见过大人当着小孩的面哭,那次的经历可真把我吓坏了。

华沙斯基奶奶试图向我解释她对种族冲突迷茫不安的矛盾心情以及邻居搬走以后所产生的那种失落感。"科查妮[①],我知道搬到一个陌生的地方会有多么难,但我实在不了解这些黑人。再说你爷爷也已经死了。彼得马上就会娶妻生子,建立自己的家庭。我的朋友都走了,我不能一个人留在这儿。我可不想成为街上唯一的白人老太太。"

那时我才十一岁,但我还是自以为是地和她大吵了一场。从那时开始我是不是就是一个极难相处的人?是不是如同孔特雷拉斯先生所说的那样永远听不得别人的意见?

[①]维多利亚的波兰名字。

"我并不觉得托尼会把心里的秘密全告诉你爸爸。即便彼得听说过什么，现在或许已经都不记得了。不用跟你说你也知道，你爸爸那时整天扑在肉联厂的工作上，不太关心外面的动荡。也许我会给他去个电话，问问他当年的事。"

"维克，我可以替你去问。我天天要和爸爸妈妈打电话。说不定托尼叔叔留下过什么文件呢。你还住在你们以前住的地方吗？也许我们可以翻翻秘密的橱柜什么的。"佩特拉露出兴奋的眼神。

"看来你也想当侦探了，"我说，"《佩特拉和古壁橱的秘密》，这个标题不错。亲爱的，南区的住宅建造得相当紧密，没有什么地方可以让你藏东西的。另外，爸爸死后，我马上就把那幢房子卖了。我很高兴能找到一个买家，那里的条件简直是太糟了。"

"你把他的遗物都处理掉了吗？他有没有日记之类的东西呢？"

我笑了。"你大概把我爸爸想象成了亚当·达格利什[①]或约翰·雷布斯[②]这样的人物，无休止地在案件结束以后检讨自己的行为。爸爸才不会那样呢。每当他需要调整放松的时候，他就会收看芝加哥小熊队的比赛或者自己出去打打球，有时还会找你的伯尼叔叔喝上一杯。他才不会冥思苦想，一个人生闷气呢。"

"他什么东西都没有留给你吗？"佩特拉问，"我不知道具体是什么，比如说得奖的保龄球之类的东西。"

"他什么都没给我留下。佩特拉，你怎么知道爸爸爱打保龄球？"

"亲爱的，别生气，"孔特雷拉斯先生劝慰道，"男人大都喜欢打保龄球，不过我却不怎么喜欢。我比较喜欢骑马，打撞球。我妈妈总是说这两样东西害我玩物丧志，中断了学业。"

---

① P.D.詹姆斯小说中的人物。
② 伊恩·兰金小说中的人物。

我爸爸确实没给我留下太多的东西。他不像其他的警察那样喜欢收集枪——他只有一把执行公务时使用的左轮手枪，他死后我把那把枪上交了。我把他的防弹衣给了鲍比·马洛里。

遗物中还有那天晚上看过的相册，几张打垒球的照片，一张从伍尔夫湖钓上大马哈鱼时拍下的照片。我还保存了一些他在厨房后面那间小工具棚的工具，我有时甚至还会用它们修理厨房和厕所里损坏的器具。除此之外，留下的只有他那套警官制服了。我把那套制服放在一个大衣箱里，和妈妈的乐谱、紫红色的演出服放在一起。

佩特拉坚持要让我把这些纪念品拿出来看一看。当我提到那个衣箱我有很多年没有拿出来翻看时，她坚持认为我遗漏的某件东西也许能解释所有的事情。孔特雷拉斯先生同意她的说法。"亲爱的，你应该知道那是怎么回事，你把某件东西放在什么地方，转身就把它全忘了。克拉拉死后也发生过这样的事。当我把存放克拉拉遗物的盒子取出来，想把里面的珠宝交给露丝的时候，我发现里面放着许多杂七杂八的东西，甚至连克拉拉的假牙也在里面。"

"我知道，我知道这种情况，"我疲倦地应和道，"我爸爸可能瞒着我们做过些事，但今晚我并不准备一一查明。我累了，现在就想上床睡觉。"

佩特拉喝了很多苏打白葡萄酒，不肯上三楼睡觉。我不想和她发生任何瓜葛，告诉她我这就去睡了。我建议她住在我这儿，不希望她在神志不清的情况下驾车回家。大约在十一点的时候，孔特雷拉斯先生也开始帮我说话。最后我们好说歹说才把她塞进了一辆出租车。

我帮孔特雷拉斯先生收拾好碗碟，任凭他在我耳边絮絮叨叨地说了一大堆话。没错。佩特拉确实是个好孩子，能得到晋升简直是太好了。没错，也许我对她太过严厉了。难道我把年轻时激情高涨的岁月忘了吗？接着孔特雷拉斯先生又开始讲起自己年轻时候的故事。我带佩皮上楼睡觉时，他终于安分地端着杯格拉巴白兰地坐在了电视机前。

在梦中，一只龇牙咧嘴的老虎向我冲了过来。当我无助地摔倒在它面前时，老虎突然改变了形状，变身为我那亲爱的爸爸。

第二十章 皮箱里的秘密

我和两条狗从湖边跑回来的时候,佩特拉出现在我家门口。她是来取车的。看见我们,她又从车上下来,健步朝我们走来。两条狗欢叫着朝她奔了过去,不停地在她的腿上撒着欢儿,白色的工装裤立刻就被狗爪上的污水和沙子弄脏了。她看上去还是那样生机勃勃,一点都看不出宿醉的痕迹。

"我们可以在我去上班以前查查你的皮箱。"佩特拉摸着米奇的耳朵对我说。

"你到底是怎么想的?"我忍不住询问道,"难道你以为那里也会有假牙或珠宝什么的吗?"

她朝我露齿一笑。"我不知道。自从到了芝加哥以后,我就对家里的历史越来越感兴趣了。我妈妈那边在堪萨斯城已经定居了一个多世纪了。妈妈的一位祖先是联邦军①的上校,另一位祖先在十九世纪五十年代和反蓄奴运动的先锋一起来到了堪萨斯,我对妈妈她们家族的历史了如指掌。妈妈是纯种的盎格鲁-撒克逊人,与之相比,爸爸就差远了。你应该知道,爸爸只是个养猪的波兰人。现在我想多了解一些华沙斯基家的历史。自从来到这座城市遇见你以后,我对华沙斯

---

①即美国南北战争时期的北方军队。

基家的历史就越来越感兴趣了。"

先前我已经带佩特拉去爷爷奶奶从棚户区搬出来以后在法菲尔德路上住过的排屋看过了,现在佩特拉想去六六年动乱发生以后华沙斯基奶奶搬去的地方,以及见证了托尼成长和彼得出生的南区廉价公寓看看。

她跟着我上了楼。精力充沛地计划着下班后去南芝加哥我小时候住过的棚户区以及奶奶临终时居住的诺里奇公园探查一番。

"亲爱的佩特拉,别太冲动了好吗?我们一次只能去一个地方。要知道,从诺里奇公园到南芝加哥要花上好几个小时呢。"

她假装内疚地噘起了嘴。"对不起!妈妈总说我喜欢一步登天。这样吧,今天我们去棚户区你小时候住过的地方,明天再去诺里奇公园,你看可以吗?"

"我的小梦想家,诺里奇公园恐怕要周末再去了,明天晚上我已经有约了。"

我把咖啡壶放在炉子上,让堂妹在咖啡开的时候把火关掉。接着我走进浴室,把头发和皮肤上的沙子擦洗干净。回到厨房的时候,滚烫的咖啡已经流到地板上,佩特拉早已不知去向了。我关掉火,大声骂了一句,用力地擦拭着地上的咖啡。

"哦!真是太对不起了!"佩特拉突然出现在门口,"不知道咖啡要烧多久,所以我试着去找你的皮箱去了。"

"佩特拉,你连水开的这点时间都不愿意等吗?真是活见鬼了!"

"我已经向你道过歉了。"

"道歉解决不了任何问题。我不希望你把这里当成自己家,谁会想到你连烧咖啡这点事都做不成?"

"你快把衣服穿上吧,我会把这里整理好的。"她喃喃道。

我用洗澡后刚刚挤干的毛巾把地上的咖啡渣包了起来。然后把毛巾塞到她手里，让她把潮湿的地板擦干，走回浴室把咖啡从手上清洗干净。当我穿着齐整回到厨房时，佩特拉正站在炉子前注视着炉火上的小咖啡壶。地板已经擦洗干净，我交给她的那块洗浴毛巾已经被她挂在了后门外的门廊栏杆上。

她可怜巴巴地看着我，样子像极了在花园里掘土时被我活捉的米奇，我忍不住笑了起来。

她松了口气，对我露出了笑容。"维克，你知道自己生起气来的时候样子有多可怕吗？希望这次能把咖啡烧好。"

咖啡开始起泡的时候，我把火关掉了。我问她要不要借她一件衣服，她的衣服上沾上了咖啡渍，显然是刚才活力满满地擦地板时沾上的。她挑了件T恤衫，然后跟我一起走进了客厅。

发现她把我的衣帽间乱翻一气的时候，我的脾气又上来了。为了拿到我的皮箱，她把放在外面的皮靴和自行车都取了出来。她已经打开了皮箱，妈妈的紫红色演出服被她扔在扶手椅上，裙边和一只袖子拖在地上，演出服外面的塑料保护套也已经被她撕开了。爸爸的制服敞开着前襟放在琴凳上。

"我习惯了与妹妹们和室友生活在一起，忘了还有人会这么尊重隐私。"看到我的脸色不太好，佩特拉小声嘟囔了一句。

"这和隐私没什么关系，这是关于一个人的教养问题。"我拿起妈妈的晚礼服，整整齐齐地叠上以后，把它往塑料保护套里放。"你知道妈妈上多少节课才能买得起这件礼服吗？你知道我们每天晚饭吃的都是没有调料的披萨饼吗？你知道必须把每件生活用品都当作宝物的生活是什么样的吗？妈妈穿着这件晚礼服重新开始了自己的职业生涯。每次演出以后，我都会帮她把这件演出服挂起来，并在里面放上防蛀的樟脑丸。妈妈可以修补上面的褶皱，但如果损坏得太过严重的话，她就再也上不了舞台了，因为我们家无力再买一件新的演出服。妈妈死的时候我才十六岁，除了这件衣服以外，再也找不到珍藏她的回忆的东西了。我不希望你靠近她的衣服，靠近这只皮箱。"

"维克，我感到很抱歉。我的脑子里全是你爸爸的事。你也想知道他在一九六六年究竟经历过什么事。我没想到我做的事会对你造成如此大的伤害。"

我吸了口气，试图把声音平稳下来。"我想你现在最好还是赶快离开这儿。"

"你不准备看看你爸爸的遗物吗？"看到我折叠托尼的制服时，她突然这样问。

"到了合适的时候，我自己会看的。我快错过和客户的会面了。"我试图找到一个轻松点的话题，"'严肃先生'找不到你不会生气吗？即便你是昨天的英雄，你也可能因为今天的过错而被他痛骂一顿。竞选阵营可没有什么原谅可言。"

她告诉我她的工作氛围非常温馨。"……不管怎么说，布赖恩的爸爸和我爸爸像家人一样，布赖恩知道家庭比什么都重要。"

"布赖恩让你查看爸爸的制服，只因为他爸爸和彼得是一起长大的吗？"

她的脸一下子红了起来。"不，当然不是。我只是想说……哦，别在意。今天晚上再见好吗？我们可以一起去棚户区看看。"

我疲倦地看着她。"佩特拉，我已经玩够了这种所谓'过家家游戏'了。等我哪天晚上有空的时候，我会打电话给你的。"

"我清洗了厨房，我对把你妈妈的礼服私自拿出来的事道了歉，我想你也应该拿出点儿诚意来。"

"你怎么敢这么说?"我跪在皮箱旁边,把妈妈的礼服小心翼翼地放了进去。听到她这么说,我还是忍不住回过头瞪了她一眼。"我承认你是个精力充沛、心地善良的年轻女孩,但是你却生活在自己制造的虚幻泡沫中,如果你妈妈死后,她仅有的遗物被人当……被人当擦咖啡的破抹布一样看待时,你会怎么想?想通了以后再来见我。"

她凶狠地俯视着我,目光中夹杂着惊讶和气愤。这时她的手机响了。她从衬衫口袋里掏出手机,看了看上面的号码,接着又看了我一眼,突然冲出了客厅。她踏着沉重的脚步下了楼,靴子发出的响声完全盖过了打电话的声音。

我在地板上坐了会儿,妈妈的晚礼服一直放在我的膝盖之间。我用手轻抚着礼服的塑料保护套,喉头发紧,回忆起妈妈在雅典娜剧场登台时的盛况,那是妈妈在病重前举办的唯一一场独唱音乐会。穿着这件礼服的她在舞台上异常耀眼,她的歌声响彻全场。

我看了看表。离去市中心和客户会面的时间还有一个多小时。我没有马上把晚礼服和爸爸的制服放进皮箱,而是独自翻找起皮箱里的东西来。妈妈的乐谱,一盒我上学时的成绩卡,我的出生证明,爸爸妈妈的结婚证,还有妈妈的移民证。

另外一个很薄的盒子里放的都是盘式录音带。那是妈妈重新练习声乐以后给自己录下的录音。她找了一个职业训练师,但每个月只付得起上一次课的价钱。乐器制造师弗铁里先生有一台精美的先锋录音机,妈妈时常借他的录音机练声。那个大家伙非常重,我记得我经常帮妈妈抬着录音机在地铁里来回穿梭。

弗铁里先生住在城市的西北角,来回一趟需要一天的时间:先得乘伊利诺伊中心线到市中心,然后乘雷文斯伍德城铁去福斯特,最后乘长途汽车到哈莱姆,弗铁里先生在那里的意大利街区有套小房子。

每次妈妈跟他谈音乐方面的事时,她就会给我二十五美分,让我到街角的零食店买冰激凌吃。

弗铁里先生决定把录音机借给妈妈的时候,妈妈出于礼貌,虚情假意地推却了两次,不过妈妈在话里暗示她可能会用好几个月。我帮妈妈把录音机小心翼翼地包在一条毯子里。回家的路上,我和妈妈一人抬着录音机的一边,换乘了好几次车。回家以后,她让我和我的闺蜜录了一段我们为学校艺术节准备的小品,不过妈妈不许"波波"靠近这台录音机。我记得爸爸也用过一两次录音机,不过他和我一样也只是隔靴搔痒地用叨。对妈妈来说,这是件非常重要的工作设备。

我把磁带卷到一边。如果能找个地方把它们刻成CD的话,我就又可以听到妈妈的声音了。我真得好好感谢一下佩特拉,如果不是她,可能再过四十年我都不会记起这些磁带的事。

我只找到了爸爸给妈妈写的几封情书和大学毕业时爸爸写给我的一封信。我蹲在地上开始看起这封信来。

你是我们家第一个上大学的,你知道我有多么为你自豪。要是你妈妈还活着该有多好!我每天都在那么希望着,但今天这种愿望特别迫切。她辛辛苦苦地上钢琴课,节省下每一分钱供养你,所以今天你才有机会从大学毕业。你比我们期望得还要出色,我们打心眼里为你感到骄傲。

托丽,你做的每件事都让我为你而骄傲,我很高兴能成为你的爸爸。不过你得时常管管你的暴脾气。我每天都在街上看到愤怒而导致的案件,甚至连我们的家族也出过这种事。人们让愤怒主宰着他们的行为,一刹那的不理智也许会导致一辈子的悔恨。我希望我能对你说我这辈子没有任何遗憾,不过我也被迫做过一些选择，那是每个人都会遇到的事。现在铺在你面前的是一条洁净无瑕的金光大道，我希望你一辈子都能安安稳稳地生活下去。

爱你的，爸爸

我早就把这封信置之脑后了。我把这封信通读了好几遍，我想念着他，想念着他和妈妈给我的爱。回忆时略带些遗憾，我经常让愤怒统治着我，经常把事情弄到不可收拾的地步。昨天和阿诺德·科尔曼的谈话不欢而散，今天早晨和佩特拉的谈话也是一样。如果我没有出言不逊的话，可能会得到更好的回复。也许孔特雷拉斯先生是对的。也许我应该像佩特拉一样豁达。我考虑了一下。也许我不应该对她发怒。但是想到早晨的事时我还是气不打一处来，我仍然在为她翻我皮箱的事而感到生气。

我把爸爸的信放回公文包，去市中心的时候，我会找时间为这封信配上个框。当我把信收进公文包的时候，我开始琢磨起和善的爸爸在信里提到的"选择"到底指的是什么事。我不愿意去想这件事会和斯蒂夫·索伊尔有关。

我匆匆地看了一眼保存着爸爸的纪念品的纸板箱。我保存着一九六二年时爸爸制止一起抢劫案而得到的嘉奖状，他的结婚戒指和其他一些杂物。纸板箱里还有一个垒球，我把它拿在手中把玩了一会儿。如同孔特雷拉斯先生对妻子的假牙一样，我已经不记得把垒球放在纸板箱里的事了。有趣的是，爸爸打的是女人比赛时常打的垒球，我不记得他有过打硬式棒球的经历。当我把垒球转过来时，我在球面上看到了内利·福克斯的亲笔签名。这使整件事变得更诡异了，因为我爸爸是小熊队的粉丝，而福克斯却是白袜队的明星。

南区是白袜队的地盘。托尼年轻的时候，如果你在南区的麦迪逊大街上出示小熊队的行头，肯定会被路人打个半死。白袜队的主场科米斯基公园体育场离爸爸成长的工人居住区只有几个街区远。他的高中同学全是白袜队的球迷。托尼和哥哥伯尼因为讨厌体育场边肉联厂冒出的恶臭，经常会冒着生命危险乘城铁到里格莱体育场为小熊队加油助威。

为什么托尼会保存白袜队的棒球呢？这个棒球历经了风吹雨打，皮革上布满了一个个小洞。也许爸爸用这只球做过射击练习，不过这些洞实在是太小了，不像是用枪打出来的。

听见门口的脚步声，我吃惊得跳了起来。一个男人的声音从门口传了进来，问家里有没有人。佩特拉出门时忘了把门带上，下楼检查信箱的杰克·蒂鲍特注意到了这一点。我站起身，内疚地看了看表。我沉浸在对往事的回忆中，完全忘记了时间。

"这些磁带里录的是什么东西？"蒂鲍特指着地板上的磁带问。

"这是妈妈的旧磁带。妈妈是个歌唱家，她试图在吸了二十年'铁灰'后重返舞台。我希望找个地方把这些磁带转录成CD。不过我不知道该把它们拿到哪儿。妈妈早就死了。也许转录以后，她的声音会不像记忆中的那般完美。也许我应该把这些磁带就这么放着。"

"什么铁灰？"蒂鲍特狐疑地问。

"我生长在南区的钢铁厂边上。"我再一次看了看表。然后弯腰去捡磁带和那个内利的签名棒球。

"把磁带给我。我有个朋友在开音乐工作室。即便你把你妈妈的声音理想化了，难道你就不想再听一听吗？"

当然想听。他从我手里接过磁带，我把文件和托尼给我的那封信塞进了公文包。我强忍着不耐烦的心情，在走廊里听蒂鲍特对我说着老式的八声道唱机相对于如今的数字设备所显示的优越性。毕竟我还要靠他帮助我。再迟几分钟也没关系，这正好可以磨磨我的急性子。

　　我试图堆出一个佩特拉式的微笑以表达我的谢意，然后告诉他我必须要走了。我匆匆跑下楼，在街上招手拦下了一辆出租车。

第二十一章 爱管闲事的堂妹

晚上回到家的时候,我发现门口放了一大捆牡丹和向日葵。鲜花里夹着张佩特拉手工制作的贺卡,佩特拉在贺卡上画了幅把头伸出狗窝的工笔画。我被她独有的道歉方式逗乐了。我给她打了个电话,接受了她的道歉。

"明天晚上我们可以去看看华沙斯基家原来住过的地方吗?"

"没问题,我想应该可以。"

我觉得受到了欺骗,似乎她送花给我并不是想真正和我和解,而只是为了让我带她在城里兜一圈而已。我挂上电话,拿着报纸和一杯葡萄酒走向房间后面的小阳台。

又过了漫长而疲惫的一天。在市中心和客户见完面以后,我找到了约翰尼·默顿的女儿达约。达约倒并不难找——她在市中心一家知名律师事务所的参考阅览室里担任图书管理员。

我打电话给她的时候,她显得非常警觉。最终她同意在律师事务所楼下大厅的休息室里和我喝杯咖啡。和私人侦探谈论关于她父亲的话题算不上是件愉快的事,但我觉得她对我的态度相当诚实。

"我不知道父母那些老邻居的事。"当我告诉她我想找个认识雷蒙德·加兹登和斯蒂夫·索伊尔的人时,她这么对我说。"我很小的时候,爸爸和妈妈就分开了。我记得爸爸把我们俩关在门外,之后他们大吵了一架。你应该还记得吧,那是个暴风雪的夜晚,爸爸说什么都不让我们进门。妈妈说爸爸藏在家里和别的女人一起吸毒,她再也忍不下去了,把我带回图尔萨的娘家与外婆和阿姨们住在一起。她们把爸爸说得跟撒旦一样,我很不习惯她们这样说爸爸。长大了一些以后,我依照自己的心意又回到了这里。"

这应该是约翰尼被送进斯塔特维尔教养中心之前的事。达约利用自己所学的专业知识为父亲的辩护团队提供无偿援助。她对格雷格·约曼评价不高,不过约曼是约翰尼的老熟人,约翰尼也付不起大律师的费用。

"我没有把爸爸看作圣人,不过他也不像普通人想象得那样十恶不赦。六十年代时他为黑人社区做过许多公益事业。如果警察和联邦调查局的探子没有处心积虑陷害爸爸的话,爸爸本可以成为社区领袖,而不会沦落成一个黑帮首领。这样我就可以过上正常的家庭生活,而不用跟着妈妈和阿姨们在俄克拉荷马受苦受难了。"她苦笑着,显然对父亲的遭遇颇为不满,"也许他还可以成为社区领袖出身的民选总统呢。"

我问她多久去看望一次父亲,她语焉不详,似乎现实中的约翰尼和理想中的父亲还有一段很大的距离。她咕哝着对我说她只会在圣诞节和复活节的时候去乔利埃特看看,有时感恩节也会去。

我把话题绕回到雷蒙德和斯蒂夫·索伊尔身上,看看她是否愿意去监狱向约翰尼打听他们两人的事情。"这两个人都已经失踪四十多年了。你爸爸可能知道他们发生过什么事。不过你爸爸不太信任我,什么都不肯对我说。"

达约使劲地摇了摇头。"我才不会为警方做事呢。也许爸爸的确做过一些他不该做的事,不过他已经是个六十七岁的老人了。我不希望他因为我的原因而增加刑期，最终老死在监狱里。"

"也许你爸爸有些老朋友还活着，"我提示道，"即便他们死了，也不一定和你爸爸有什么关系。也许你爸爸只知道他们葬在那儿。"

达约的语气异常决绝。"你的假设实在太多了，我不想跟着你瞎掺和。"

谈话结束后，我闷闷不乐地回了家。好在卡伦·列农的朋友，也就是哈莫妮·索瑟姆遇害时和她在一起的弗朗西斯修女给我发了条短信，告诉我她会在星期天晚上回到芝加哥，可以于周一的晚饭以后在西劳伦斯区的公寓里和我谈谈，这才使我不至于太过沮丧。

周六那天，我没能经得住佩特拉的死缠硬磨，早早起床带她去南区进行一次家庭变迁的探秘之旅。第一站是肉联厂旁边的棚户区。肉联厂绵延两英里长的老厂房早已荡然无存，只有一间面向教徒的肉食店还开着门。这家店向芝加哥中西部地区的穆斯林和犹太教徒提供牛羊肉。

我和佩特拉把车停在霍尔斯塔德，然后步行走过了肉联厂的大门。司机们以往路过这里时，都要把车停下来进行登记。我们很难想象出数万只牲畜每天被卸在这里，沟渠里漂着污血和垃圾的惨淡景象。

"爸爸告诉我，在他长大成人的大萧条期间，这里是芝加哥游人最多的景点，"我告诉佩特拉，"一九四三年世界博览会在湖滨地带举行的时候，到这来看宰杀牲畜的人比莅临博览会现场的人要多得多。"

"这简直让人难以想象。看到那些血污和垃圾，我可能会就此变成一个素食主义者。如果我不吃肉的话，爸爸肯定会被我气出心脏病来，并就此和我一刀两断。"想到这样的场景，她禁不住开心地笑了起来。

走过交易市场和圆形大剧场之后，我们走到了阿什兰大街。披头士乐队在马奎特公园发生骚乱以后，在圆形大剧场演出。爸爸必须去剧场维持秩序。我记得爸爸和妈妈当时有多么失望。那场骚乱使爸爸整整一星期没回家。用妈妈的话说，因为这些"歇斯底里的年轻人"，爸爸又要连续好几天不着家了。

"我恳求爸爸带我一起去。我那时还小，不太懂披头士乐队的音乐，不过我也被那股狂热席卷了。长时间的骚乱以后，一场盛大的演出能给南区的居民带来片刻的喘息。爸爸让我和我的一个朋友坐在警车的后座上。我们近距离欣赏到了四巨头出场时的英姿。"

佩特拉揉了揉我的前额。"这双眼睛亲眼见证过林戈·斯塔尔[①]的演出，这简直是太神奇了！"

我们说笑打闹着从棚户区里穿过。周六是城里最热闹的日子——购物，洗衣，嬉戏，修车，打扫庭院，街上的人们都在忙自己的事。阿什兰大街上到处都是推着婴儿车和购物车的女人。女孩子在人行道上跳绳和跳房子。路上的行人东躲西让，大大减缓了行进的速度。

路上的人纷纷转过头看着我们。佩特拉的金色长发像罗马武士的头盔一样闪闪发亮，这在附近的街区是难得一见的景象。

"华沙斯基奶奶在我记事的时候已经搬到盖奇公园去住了。爸爸带我到这儿看过一次，我不知道还能不能认出爸爸小时候住过的房子。"

阿什兰大街的这一段还稍稍有些生气。废弃的旧厂房里兴起了一些小型的家庭手工业。人们兴致勃勃地打理着自家的花园。这里的公寓楼都涂上了新漆，不过墙面上的绝缘板却没有换。这些木质楼房可以追溯到厄普顿·辛克莱尔出版《屠场》的一百年前。

爸爸住在这儿的时候还没有自来水和中央供暖系统。每到冬天，爸爸必须早起生炉子。自来水是五十年代才有的，水管安在每幢楼房

[①] 披头士乐队成员之一。

的背面,我小时候在南休斯敦大街的家就是这样的。水管通常只会通到厨房,所以爸爸在厨房的水槽边装了个手持淋浴头,靠淋浴头里喷出来的那点水匆匆洗洗身子。我仍然记得第一次去橡树园大学同学家时的情形,单独的浴室和可以容纳下整个身体的大浴缸在我看来是件奢侈至极的事。

有个女人带着蹒跚学步的孩子和一辆购物车朝我们走来。佩特拉连忙凑了过去。她用熟练的西班牙语对女人说:"我奶奶过去就住在这里。"她的语气非常肯定,似乎能看见里面的情况一样。

女人狐疑地看了看我们,然后耸了耸肩,示意我们跟她进去。我和佩特拉帮她拿起沉重的购物袋——都是些啤酒、牛奶什么的,上面铺着叠好的干净毛巾——和她一起走上楼前陡峭的木质楼梯,门廊里塞满了自行车和学步车,佩特拉的兴奋劲一下子完全消失了。

"华沙斯基奶奶原先住在哪一间?"她问我。

"二楼前厅。"我告诉他。

"那是瓦勒奎兹家,"女人用英语对我们说,"瓦勒奎兹夫人不在家。不过她先生的母亲在家看孩子,也许她会让你们进去看看。"

孩子怔怔地看着佩特拉,女人叫了他一声,他才颇不情愿地跟着女人朝前走。往前走的时候,他还时不时地回头看我们两眼。我们登上二楼,敲了敲瓦勒奎兹家的门。隔着房门,我们听见孩子的哭声和电视机里传来的西班牙语节目。过了一会儿,我们又敲了敲门,有个女声用西班牙语问谁在敲门。

堂妹同样用西班牙语解释我们此行的目的。我们的奶奶原来住在这里,可以让我们进来看看吗?门那边沉默了很久,我们俩轮番通过窥视孔向内窥探。过了好一会儿,屋里传来一连串开锁的刮擦声,摇摇晃晃的房门终于被打开了。

我们很快就走进屋里。屋里没有门厅，为我们开门的老女人也没跟我们打招呼。客厅里摆着一张敞开的沙发床，床上睡着的那个大约十个月大的孩子依然在不屈不挠地哭泣着。坐在电视机前的那个稍微大一点的孩子转过头来看着我们。他愣了一下，然后哭喊着躲到了奶奶的身后。

堂妹弯下腰，和他玩起躲猫猫的游戏来。男孩立刻破涕为笑，试图去抓她的金发。婴儿被哥哥的笑声感染了，她止住哭泣，从沙发床上坐了起来。不一会儿，她就爬到了沙发床的边缘。我连忙把她从沙发上抱了起来，把她放在地板上。看到这番喧闹的景象，面前这位老奶奶觉得还是让我们稍微看一会儿比较好。

我不知道佩特拉想找什么。我们的祖父母和现在的住客之间整整相隔了六十年，谁知道其间这套房子里住过多少家人。

堂妹快速地浏览了一下四个房间，从家里的陈设可以判断出这里住着五个小孩和三个大人，屋里到处放着各种各样的床——沙发床，双层床，餐桌底下还放着张充气床。晾衣线上挂满了尿布和衣服，床下塞满了各式各样的玩具。

佩特拉皱起眉头，向老妇人询问她们把家里的其他东西放在哪儿。老妇人一改之前友好的态度，朝我们露出凶狠的表情。她对我们爆出一连串西班牙语，除了"间谍""麻醉剂""移民"等几个简单的词汇以外，没一个字能听得懂。堂妹和她争辩了几句，不过我们还是没有逃脱被她驱赶出门的命运。

"这算哪门子事啊？"佩特拉说，"我只想知道她把其他东西放在了哪儿。"

"亲爱的，她们家的全部家底都在这儿了。当你左顾右盼着找东西的时候，她就开始把你想象成移民局的人或调查毒品的便衣警察了。"

"我家的地下室里放了好几个储藏箱,我们可以把很少用到的大家伙放在那儿。我想看看她们家有没有这种地方。"

"你到底是怎么想的?这事跟你有什么关系?"我吃惊地看着她,"你难道在为竞选阵营调查西班牙裔家庭的毒品状况吗?"

"当然不是!我……我想也许……我只是想知道——"佩特拉语塞了,脸一下子红了起来。

"你想知道些什么?"我追问道。

她环顾着走廊里的自行车和滑雪板。"我想如果他们能把走廊弄弄干净的话,也许会有更多的地方放东西。"最后这句话几乎是不假思索说出来的。

"我明白你是怎么想的了,"我把佩特拉轻轻地推到楼梯口,"你想得太多了。这些房子没有地下室,至少没有你想象中的那种地下室。这种房子在厨房的后面有一间小储藏室可以放放杂物。"

"那发生龙卷风该怎么办?"

"芝加哥的龙卷风可没堪萨斯那么频繁。风实在太大的时候,你站在楼房下面随着风的节奏跳段摇摆舞就可以了。"

走出房子以后,我把储藏室入口和外侧楼梯下面的宽敞空间指给她看。到了万不得已的时候,至少还有这些地方可以躲。

我把车开上瑞恩高速公路,朝南芝加哥的方向行进。我对佩特拉说:"我不知道你还想干什么,不过别指望我会带你去南休斯敦大街。我家住过的旧房子在团伙的火并中损毁了。如果那里的人觉得我们看不起他们,他们可能当胸给我们一枪。我们可能因为是白人而被人暴打一顿。听明白我的话了吗?"

"听明白了。"佩特拉的声音跟蚊子叫似的。她低着头,手指不断地摆弄着牛仔裤上松开的线头。

第二十二章 令人心悸的人行道

沉默中，汽车在高速公路上向南行驶。佩特拉的头一直偏向窗外，一言不发地看着高耸的矿渣堆和摇摇欲坠的厂房。

这是城市里最丑陋的一个部分。但是当这些工厂欣欣向荣、城市的上空被有毒的黑烟所包围时，大多数人至少还有份像样的工作。现在大多数工厂和过去漫步在牧场上的牛羊一样烟消云散了，很多住在南区的人为能在一〇三大街的快餐连锁店和大超市得到一份工作而欢呼雀跃。

这里的失业率连续二十年在百分之二十五以上，涉枪的案件在这一带屡见不鲜，路面上的凹洞大得足以吞噬下一辆平板货车。我把车停在休斯敦大街小时候住过的房子门前。

"我们到了。"我试着让自己的语气听上去更欢快一点。

我实在无法在佩特拉面前掩藏自己的失望心情——大门门梁上的钢化玻璃还在，但两根小巧的玻璃钻棱柱却早已不知所终。初看到这两根棱柱的时候，加布里埃拉感到非常兴奋，觉得自己终于可以摆脱贫民窟的梦魇，可以住上有品位的大房子了。我和奶奶每月都会擦去门挡上的灰尘，把门上的玻璃擦得亮洁如新。

我指着阁楼上的小窗户对她说："那就是我的房间。当妈妈不让我出去疯玩、把我关在家里的时候，我常常透过那扇窗户观察街上的情况。"

佩特拉狐疑地看着我。"你小时候都玩些什么啊?"

"我经常和堂兄'波波'混在一起……实际上,他也是你的堂兄。你爸爸跟你提过他的事吗?'波波'是个曲棍球明星,不过他在十二三年前被人谋杀了。我和他夏天常去卡鲁梅特湖游泳,冬天则去那里滑冰。他会带上个冰球去那儿练习射门技术。有年冬天,我从冰面上的一个洞口掉了下去,我们唯一担心的是加布里埃拉会不会发现此事。钱不够的时候,我们会攀在电车外的横梁上去里格莱体育场看球。我们会爬上露天看台后面的常春藤,潜入体育场免费看球。"

"爸爸总说你是个野孩子,原先我以为你主张男女平等他才会这么说呢。他很讨厌主张妇女解放的人。谁会想到你小时候玩得这么疯呢!"

我对她笑了笑。"你知道我为什么会做私人侦探吗?我实在不能忍受公设辩护人办公室的清规戒律,当然,他们也无法容忍我。我在刑侦处工作的时候,昨天参加克鲁莫斯筹款集会的阿诺德·科尔曼律师恰好是我的顶头上司。他对我的评价非常糟,这主要是因为我从来不按照游戏规则办事。"

我说话的时候她正准备开车门。听到我这句话,她突然停住了手里的动作。"什么游戏规则?"

"公办律师只讲政治。如果你是街头上无关痛痒的小混混的话,他们根本不会为你出力,正义和公平更是无从谈起了。只要他们闻到一丝与政治有关的气味——只要事关警察暴力或是权贵的亲属——事件就会大事化小,小事化了。阿诺德是精于此道的老手,并因此而获得了丰厚的回报——他成了州上诉法官,还攀上了参议员的父亲。如果布赖恩能成功当选的话,他也许能一举当上联邦法官呢。"

"维克!"她的脸一下子红了。"布赖恩才不是这样的人呢!请你别戴有色眼镜看问题好吗?"

"我才没戴有色眼镜呢!"我说,"我只是想到了阿诺德和他那些肮脏的小把戏罢了……办事留点神,我是站在你这边的。"

通过后视镜,我发现几个年轻人站在大街的北边,他们一面无精打采地在一辆生锈的小货车上工作,一面对过往的女士发出嘘声。路边的收音机里音乐大作。我觉得非常后悔,真不该把这么长时间流连在回忆中。当我还在回忆童年住在这里的情形时,他们已经悄然无声地接近了我的那辆"野马"车。

几个小流氓往车里看了看,发现车里只有女人,佩特拉还挺年轻的,便使劲地摇动着我们的车。"他妈的你们到这儿来干什么?"离我最近的流氓对我大吼着。

我把身体的重心侧向右边,挪动着身体,以迅雷不及掩耳之势推开车门,流氓的下巴被狠狠地撞了一下。我跳下车。鲜血从他的下嘴唇渗了出来。

"你这个臭娘们儿!"他对着我狂叫着,"为什么要这么干?"

我没理他,而是转身怒视着他的朋友们。"伙计们,你们好。快点回你们的车上去吧,那些小孩正在打你们的音响的主意呢。"

他们回过头,看见两个小男孩正鬼鬼祟祟地瞧着他们的音响。两个流氓连忙跑回去对付那两个孩子了,不过受伤的那个以及他的两个朋友并没有离开。佩特拉仍旧留在车里。跑回去的两个流氓原本站在副驾驶座那头的车门旁边,看见门外没了人,佩特拉把保险带解开来,跑到路面上。流氓们回头看着她,那个嘴唇流血的流氓似乎暂时忘却了对我的仇恨,也把目光投到了她那边。

"你们中有谁认识塞诺拉·安达拉的吗?"昨天晚上我特意在网上

查找过现在住在这里的住客名单。

"这和我们有什么关系？"胳膊上绣着魔王文身的流氓对我说。

"我要找的人就是她。我不想告诉她，她家里的某个人光天化日之下在大街上表现得跟个小混混儿似的。"

他们低声嘀咕了几句，最后终于朝后退了几步。"我们会一直看着你的。你们给我小心点，万一惹怒了她，我们是不会心慈手软的。"开口的又是那个"魔王"。

"你是她孙子吗？那可真是太好了。你们竟然会专门跑过来接我们，你奶奶听说的话，一定会为此而感到高兴的。"我把胳膊搭在佩特拉的肩膀上，把她拉到人行道上，拥着她朝屋子的前门走了过去。

面对这幢自由出入了二十六年的房子，我的心情非常复杂。到了自己家却还要按门铃，这到底算什么事啊！门铃声响了一会儿，渐渐在屋里消失了。几分钟以后，看到屋里仍然没什么动静，"魔王"走上人行道，朝我们走了过来。正在此时，门开了一条缝，有个老妇人透过门缝观察着我们。

"该你上了。"我对佩特拉说。

堂妹用西班牙语向老妇人解释了我们此行的目的，但塞诺拉·安达拉非常固执。不行，你们就是不能进来。也许我们确实没有恶意，但她凭什么要相信我呢？即便杰拉尔多跟在后面也不行。如果她儿子在家的话，那就是另外一回事了。花言巧语诈骗钱财的人简直是太多了，她可不想冒这个险。佩特拉用自己有限的西班牙语费尽口舌，可还是一样没有结果。

我们只好转身往回走。

"高昂着头，目光坚定，你就是人行道的主人。"

"如果遭到攻击，我们该怎么办？"佩特拉轻声问道。

"那就大声祈祷吧。"我告诉她。然后我对跟随而来的男人嚷道,"杰拉尔多,你奶奶非常担心呢。她不希望你整天在街上闲来荡去,白白浪费自己的生命。她希望你能得到一份好工作,别像你的狐朋狗友那样命丧街头!"

杰拉尔多把目光移向我们这边。我们已经从他奶奶那里知道了他的名字。虽然他奶奶没有对我们说过上面那段话,但我完全猜得出安达拉对杰拉尔多这样的不孝子孙会有什么样的评价。杰拉尔多抿起嘴唇,从我们身旁离开了。我们没遭到任何阻碍,平平安安地回到车上。他们没有什么过分的举动,只是在我把车开过街角时对我们做了个侮辱性的姿势,接着便在我们的视野里消失了。

"维克,我怕得差点儿把尿撒在裤裆里了。当你把那家伙弄伤的时候,我想我们肯定免不了被他们暴打一顿了。"

"其实我也这么想。不过这毕竟是在大白天……那家伙挨了一下以后,反倒不知该怎么办了。如果是在黑灯瞎火的晚上,恐怕我早就被他们打成肉酱了。"

"如果他们向我们扑上来,你能保证打败他们吗?"

"当然不行。我也许会给他们造成一定的伤害。不过以一敌五可没有听上去那么好玩儿——除非你也是个斗殴高手。"

"你在跟我开玩笑吗?我可以在打沙滩排球时用肘关节杠人,不过也仅仅是如此而已。你能教我几招吗?如果再遇到这样的情况,我可不想再当任人宰割的羔羊,看你一个人在那儿'表演'了。"

我悲伤地对她笑了笑。"'表演'完以后,我就该上医院去了。不过我很愿意教你几招。每个女人都该知道碰上紧急情况时的应急策略。面对这种情况,你应该多动动你的脑子,锻炼格斗技术倒在其次。就拿刚才那种情况来说,我想杰拉尔多多半不敢在奶奶的房子门前对我们发起攻击,看来我赌对了。"

北行的路上,我们谁都没有说话。我突然意识到堂妹的手机竟然一次都没响过。

"我把手机转到了自动转接模式。如果我一整天都在跟人打手机的话,你一定会对我生气的。不过在你开车的时候,我一直在跟朋友发短信。"她停顿了一下,接着又对我说,"我不想惹你生气,但我想知道你到底查过你爸爸的遗物没有?"

"我只找到了红宝石,他的假牙和进攻加拿大的秘密方案。"

"加拿大怎么了?他为什么要对加拿大发动进攻?为什么不去进攻墨西哥呢?这样我们冬天至少可以暖和一点。维克,请你一本正经地告诉我,你有没有发现日记之类的东西?"

"亲爱的,我真没有发现过什么日记。我只找到了爸爸的旧垒球和一个白袜队的棒球。棒球上有内利·福克斯斯的签名,也许会值点钱。"

"内利?白袜队招收过女性球员吗?爸爸从没——"

"亲爱的佩特拉妹妹,你这就不知道了吧?内利是'内尔逊'的昵称,不是你想象的'埃莉诺'。他是白袜队的金牌二垒。那个球上全是大大小小的洞,显然在比赛中用过很多次了。我不知道托尼为什么会保留这只球。也许他是替你爸爸拿的,后来又忘了给他了。如果我没记错的话,彼得应该是白袜队的球迷吧?"

"堪萨斯城只有不值一提的皇家队。我们真是太可怜了。不过爸爸一直对白袜队情有独钟。"

接下来的路上我们一直在谈论着和棒球有关的话题。当我把佩特拉放下的时候,她又向我提起了刚才和小流氓相遇的话题。

"别把这事告诉爸爸好吗?他一向把我看作是个六岁小孩,认为我根本没有什么自我保护意识。他把你看成是个只会惹麻烦的女权主义者。如果让他知道我在你身边陷入了危险的境地，他一定不会让我们好过的。"

"放心，他肯定会先找我算账的。再说，我从来没和你父亲交谈过，你根本用不着害怕。"

第二十三章 造访委托人

星期天下午，我开车到狮门养老院造访克劳迪亚小姐。我不想和她那个烦人的姐姐死缠硬磨，也不想就克劳迪亚小姐的健康状况是否适合见人跟卡伦·列农争辩不休。

养老院接待员把我送到护理楼层，主任护士告诉我她们把克劳迪亚小姐推到屋顶花园去了。她告诉我克劳迪亚小姐身体非常虚弱，神志也不太清楚，不要长时间和她讲话。今天早晨她没能去教堂，一天里大部分时间她都会躺在床上睡觉。

"周日没有诊疗的时候，我总喜欢让中风病人和老年痴呆患者出来晒晒太阳。也许她对你的话没有什么反应，不过她的理解程度也许比你想象得要高出许多。你是从社会福利办公室来的吗？"

"不，我正在帮她找侄子呢。"

主任护士拍了拍我的手。"太好了。这真是太好了。她一天到晚都在念叨着这件事……我从她嘴里只能分辨出她侄子的名字。"

所谓"花园"只是木质围栏里的十几棵盆栽小树。养老院方面做了预算范围内可以做的一切——这里处处鲜花盛开，围栏边种满了蔬菜，几把大的遮阳扇给花园带来了一丝明快的气氛。养老院还专门在"花园"里设置了一个喝饮料的茶座。"花园"的角落里放置的电视机正在播放着白袜队的比赛。

几个女人正在给地里的西红柿和辣椒松土。另外几个女人正在逗弄着一只小猫,每个人都在试着把小猫唤到身边来。护送我上楼的见习护士告诉我她们经常用不同的动物对患者进行治疗。

"小猫可以住在这里,不过我们必须非常小心。这些老婆婆都非常孤独,她们为了每天晚上谁和猫咪一起睡而争吵不休,所以我们只好说这只猫咪是卡伦牧师的。把狗弄来做治疗要轻松得多,因为她们知道狗是睡在外面的。"

克劳迪亚小姐在阴凉地里的轮椅上打盹儿,她姐姐正在一旁织毛线。虽然克劳迪亚小姐的身体非常不好,这两个女人看上去也根本不像姐妹——埃拉小姐又高又瘦,给人一种难以接近的感觉;克劳迪亚小姐浑身圆鼓鼓的,线条比姐姐要柔和得多。虽然她已经被病痛折磨了很长时间,但脸蛋却还非常丰满,没瞎的左眼还略微透出一丝丝笑意。

见习护士弯下腰,轻轻把克劳迪亚小姐摇醒了。埃拉小姐见状凶恶地瞪了我一眼。

"我妹妹的情况很不好。你应该在来之前打个电话给我。"

"我知道她的情况不太好,"我试着提醒自己不要这么快就发脾气,"我想抓住一切机会从她这知道些有用的信息,我真是这么想的。"

见习护士扯大了嗓门,像对三岁小孩似的一字一句和克劳迪亚小姐说话,告诉她有人看她来了,可以稍微醒醒了。克劳迪亚小姐动了动,膝盖上的大开本《圣经》掉落在地,《圣经》红皮封面的边缘已经破烂不堪。记满了圣言金句的记录卡片在轮椅边撒了一地。

"……经,"克劳迪亚小姐上气不接下气地呼叫着,"掉……别。"

我弯下腰把地上的东西全给捡了起来,然后把记录卡片插进《圣经》的封套里。封套凹凸不平,似乎浸过水一样。

"你总会把大东西掉在地上，"埃拉小姐蛮横地说，"你为什么不把红皮《圣经》留在房间，随身带本小点的《圣经》呢？"

"不行。"泪水从克劳迪亚的左眼里涌了出来，"它一直跟着我的。"

我拉过一把椅子放在克劳迪亚左边，把《圣经》放在她手可以够得到的地方。"克劳迪亚小姐，我是维多利亚·华沙斯基……你可以叫我维克。我是负责寻找雷蒙德的侦探。"

"探？"她艰难地侧过头，含糊不清地咕哝出一个字节。

"没错，她是个侦探，"埃拉小姐大声说道，"她就是那个拿了我们的钱，却没把雷蒙德找回来的人。如果她能向你解释清楚找不到雷蒙德的理由，你就可以干脆打消这个念头了。"

我抬起克劳迪亚的左手，用自己的两只手掌紧紧把它合在中间。我尽量缓慢而清晰地告诉她我和哪些人谈过话，得到了关于她侄子的哪些信息。克劳迪亚小姐似乎知道我在说些什么，至少能理解一大半。她嘴里不时蹦出一两个音节，听上去像是在复述我讲过的那些名字似的。

"我最近这段时间一直在找斯蒂夫·索伊尔，"我说，"他是雷蒙德的朋友。雷蒙德离开家的那天夜里他和雷蒙德在一起。"

克劳迪亚小姐皱紧了眉头。"不是……蒂夫。"

"你不想找侦探吗？你想让我停止搜索吗？"

她摇了摇头。"不，不！请你……一定要帮……找到雷蒙德。我说不太清楚。蒂夫……斯—蒂夫……不是他的名字。"

埃拉小姐看出了我的疑惑，脸上露出嘲讽的笑容。"她认为那人的名字不是斯蒂夫，不过这显然是她记错了。"

"那该是什么呢？"我向克劳迪亚询问道。

"不记得了。肯定不是……蒂夫。"

见习护士拿来一杯苹果汁,我把杯子凑到克劳迪亚小姐的嘴边,喂她喝水,"罗斯知道他的名字吗?"

克劳迪亚小姐用左半边脸礼貌地笑了笑。"你是……说罗斯吗?我知道她很……喜欢……蒙德。"

她的感觉很犀利,罗斯·赫伯特的确爱着雷蒙德。"你认识雷蒙德的其他朋友吗?"

克劳迪亚小姐缓慢地摇了摇头。

我让她休息了一两分钟,然后问她认不认识哈莫妮·索瑟姆。克劳迪亚小姐的眼睛马上亮了起来,她强打起精神,说了许多与哈莫妮和哈莫妮的家族有关的事。除了知道哈莫妮的父亲是个律师以外,其他的话我一句都听不清。我想克劳迪亚小姐大概是想告诉我哈瑟姆的爸爸非常有钱,他可以支付哈莫妮上大学的费用。不过我对这点并不是非常肯定。

当我向克劳迪亚小姐提到哈莫妮的死,提醒她斯蒂夫·索伊尔被法庭认定是杀害她的凶手时,我想起了乔治·多尼克先前对我说过的话。"你觉得向警察告密的人是雷蒙德吗?"

"不是……蒙德,当然不会。他……蒂夫……朋友。蒙德……好孩子。不是……这个名字。雷蒙德是个好孩子。"克劳迪亚小姐的左眼里又流出了泪水。

"看看你都干了什么好事?"埃拉小姐恶狠狠地对我说,"我妹妹帮不了你的忙。侦探小姐,你现在可以走了。别再来打扰我们了好吗?"

还没等我来得及发火——雇我的人是她。要不是为了她,我不会开车去斯塔特维尔教养中心见约翰尼,也不用受柯蒂斯·里弗斯的气,克劳迪亚小姐突然发话了,"埃拉,别……这样。替我找到……蒙德。"她用左手拍了拍我的手。"蒙德……毒蛇……没关系。约翰尼……友好。不是……毒蛇。别——"她一字一句地把话吐了出来,接着把《圣经》拿给我看,封套里的记录卡片又一次掉在地上。

"蒙特……埃拉……给……蒙特……经,他给我。离开,见约翰尼,他说,'保存,保存好'。"克劳迪亚小姐闭紧眼睛,努力想把话说完整。"我一直……蒙特回来,把……经……给他。"

"雷蒙德离家出走的那天晚上,他告诉你他要去见约翰尼吗?"

"是的。"她设法给出了肯定的答复。

"他把他的《圣经》交给你,让你好好替他保存着。等他回来的时候,你再把那本《圣经》交还给他。"我把我理解的意思向她复述了一遍。

她畅然一笑,看来我没有理解错她的意思,但是她显然不再想把谈话继续下去了。我捡起记录卡片,把它们塞进《圣经》封套。在把《圣经》交给克劳迪亚小姐之前,我翻了下《圣经》发黄的纸页,看看雷蒙德有没有在《圣经》里留下什么东西。

"克劳迪亚小姐,我会尽力帮你的。"我向她发誓道。

她用无力的左手碰了碰我的手指,朝我露出了笑容。看得出,她在中风之前是个非常漂亮的女人。埃拉小姐的眉头锁得更重了,不过我的感觉比来时好了点。我没有想出特别妙的主意,但是克劳迪亚小姐寻找侄子的决心使我对这个案子又重新重视起来。

那天晚上和罗斯·赫伯特谈过以后,我刚刚转好的心情又稍稍阴郁下来。克劳迪亚小姐说斯蒂夫·索伊尔这个名字有点不太对,罗斯不知道这句话是什么意思。"除了斯蒂夫,他还能叫什么。也许'斯蒂文'这种叫法比较正式点,不过,我真的弄不明白克劳迪亚小姐到底在想些什么。"

第二十四章 修女家的大火

　　星期一晚上六点钟，我按响了弗朗西斯修女公寓的门铃。她住在一个六十年代建造的套间里，房间四四方方，和那个年代所建的大多数房子一样毫无个性。窗户与灰褐色的墙面平齐，四周用铁框包了起来，连搭个铁架放花盆的空间都没有。这里的一楼是"争取自由中心"办公室，其他楼层似乎是私人住宅。我在几个套间的房门口看到了写着克里根修女、圣母、愿主降临等字样的铭牌，这些显然是修女们住的房间。从过道里的旧玩具和铭牌上的另一些名字来看，大楼里也居住了相当数量的普通家庭。

　　这幢楼紧挨着人行道，楼前连一块绿地都没有。大楼的砖块上到处都是裂缝，窗户也残破不全，没有哪个好事者会责难这里的修女没有谨守贫穷的誓约。

　　过了一会儿，我又按了下门铃。门锁用信用卡就能轻易打开，不过我并没有这样做，而是靠在门上，观察着街道上的情况。有人在远端的街角处打开了一个消防水龙，孩子们在喷射的水柱中尽情地嬉戏着，其中的大多数当然是男孩子。情侣们旁若无人地搂搂抱抱。一个中年妇女坐在车站的长椅上，两条麻秆似的腿伸在外面，她不断地用软弱无力的拳头拍打着自己的大腿。"你不能这么对我，你不能这么对我。"孩子们在巷子里玩炮仗，独立日才过了一周，他们的兴致似乎还没有完全减退。

我已经劳累了一天。如果不是为了从弗朗西斯修女那里知道四十年前在马奎特公园发生了什么事,我也许早就回家吃饭睡觉去了。

这天中午,卡伦·列农给我来过电话,对我拜访克劳迪亚小姐表示感谢。"埃拉小姐非常生气,不过我却并不怎么介意,反而对你的做法感到欣慰,你完全可以按照自己的做法见机行事。克劳迪亚小姐的心情比先前好了许多。知道你打算继续寻找她的侄子以后,她就可以无怨无悔地见上帝去了。"

拜访克劳迪亚小姐的时候我只是觉得她非常虚弱,但没意识到她竟离死神这么近。卡伦的话给了我相当大的震撼。

列农试图使我轻松一点。"医生说她的情况还算稳定。不过中风患者的病情有时会急转直下。但见过你以后,她觉得你真的把她当回事了,那可以使她的压力减轻许多,她的状况也会因此而好转。"

和列农通完话以后,我再一次觉察到找到雷蒙德的急迫性,不过我还是不知道该从哪里下手。万般无奈之下,我只好又一次打起了约翰尼·默顿的主意,我可以跟他讨价还价,问出一些有关雷蒙德的线索。"看来我得要学点蛇语了。"刷牙时我在心里默念着,只有以其人之道才能治其人之身。

门突然在我面前打开了。"你是侦探吗?我是弗朗西斯·克里根。抱歉让你久等了。我们刚才就衣阿华的难民问题开了个短会。"

弗朗西斯·克里根是个瘦高个,年龄在七十岁上下,原本红色的头发已经全部变得花白了。她的脸和胳膊上斑纹点点,晒得有点蜕皮。她穿着T恤衫和牛仔裤。唯一能证明她身份的东西是项链上吊着的木质十字架。

弗朗西斯似乎意识到我在寻找她身上和修女有关的东西,她对我笑了笑说:"和推事说话的时候,我会戴上面纱,穿上黑色的长裙。但现在是在家里,我比较习惯穿牛仔裤。侦探小姐,快随我进来吧。"

我跟着她走进厅。"你怎么知道我是侦探,而不是个警察呢?"

"我记得你跟我提到过你的身份。我不知道该怎么称呼你。"

"人们都叫我维克。"和大多数郊区住宅一样,这幢房子的门厅里堆满了婴儿车和自行车。不过过道和楼梯井倒是打扫得非常干净。和她一起走上楼梯的时候,我闻到房子里有股消毒剂的气味。楼梯口拐角的壁龛里放着瓜达鲁普圣母的塑像。在楼梯的顶端,流泪的耶稣正在十字架上看着我。

"衣阿华的难民怎么样了?"开门的时候我向她询问道。

"情况不太乐观。五百多个家庭在袭击中被拆散了,妇女和儿童无家可归,雇用她们的工厂因为劳力不足而停工。我们尽了最大的努力,不过现在的形势非常不乐观,再怎么努力也只是杯水车薪而已。"

她把我带进装饰简单、感觉却很温馨的前厅——躺椅和两把椅子上盖着亮洁如新的坐套,墙壁旁边立着直通屋顶的轻木书架,打开的窗户前放着只小电扇。另一扇窗户前的架子上则种满了红红绿绿的花草。

她给我端来了茶——"大热天喝点热茶是再好不过的了,我一贯这么认为"——不过她再也没说其他的客套话了。

"看到有人开始重新调查哈莫妮遇刺的案子我简直太高兴了。她是个完美的年轻女孩。我是在去亚特兰大和埃拉·贝克尔一起工作时认识的她,哈莫妮那时是全国统一协调委员会的志愿者。她在斯贝尔曼学院念书。她是芝加哥人,所以在春季学期结束以后,她回到芝加哥,开始在这里展开工作。遇刺前她因为静坐和招徕选举人而被警方逮捕了三次。这些经历使她深受附近青年的崇拜。"

她从身边的小桌子上拿起一张照片。"上周你打电话给我以后，我在家里翻出了这张照片。哈莫妮的母亲在葬礼后把这张照片送给了我。我们用哈莫妮最喜欢的《圣经》段落为新成立的'自由中心'命了名。"

发黄的老照片展示的是我在《明星先驱报》上看到的女子的头像，不过这张照片里的哈莫妮比报纸上登的那种标准照更为动人。在这张照片里，她和统一协调委员会的创建人埃拉·贝克尔站在一起。两个女人都在微笑着，不过她们那庄重的神态能使任何看到照片的人意识到协调委员会所肩负的任务的艰巨性。照片的下方题写着一句话："让公正遍洒人间。"

我把照片还给了她。"希望你能明白，我并没有打算重新调查哈莫妮被杀的那件案子，而是希望找到被控杀害她的斯蒂夫·索伊尔。你在电话里告诉我，你对这个判决并不满意。"

"我当然不会满意，当我听说索伊尔被捕的消息时，我曾试图去警察局为他做证。"弗朗西斯修女面对咖啡杯皱起了眉头，"哈莫妮倒地的那一瞬间，站在她身边的人就是我。起初我以为她中暑了。你肯定能想象得到，当时周围的声音非常嘈杂，天气热，游行的人又充满了恨意……我们连彼此的声音都听不见，更别说攻击我们的那帮暴徒了。不过南区的小伙子大都走在队伍的前面，保护金博士和阿尔伯特·拉比等黑人运动的领袖人物不受攻击，他们中的大部分人都是帮派成员。"

她对我露出了苦涩的笑容。"我们女人在队伍的后面……到了这种时候，妇女和儿童都被抛在了最后面……哈莫妮是被侧面的人袭击的。在那一刻，我完全惊呆了，思想处于停滞状态，根本没想到要去寻找凶手。

"葬礼结束以后，示威游行和哈莫妮的死对我的打击开始渐渐消退，这时我才开始仔细地思索这一整件事。利器肯定是从攻击游行队伍的暴徒之间飞过来的，帮派成员都在队伍前面忙着保护金博士和阿尔伯特·拉比，袭击者肯定在游行队伍的侧面。也就是说，杀害哈莫妮的绝对不是黑人。只要是黑人，那伙暴徒才不管杀的人是谁呢。"

我觉得大为扫兴。我本想从弗朗西斯修女这里得到更为切实的证据。"这么说，你没看见袭击者是谁吗？"

她摇了摇头。"我要求在审判时做证。不过斯蒂夫·索伊尔的律师没有把我放进证人名单。我试图进行抗争，但当时的教区主教给我打了个电话，让我别再生事了。红衣主教正在试图平息教民之间的对抗情绪，我却反其道而行之。"她悲伤地笑了笑，"现在我才不听他们的呢。但当时我才二十六岁。我不知道在被人阻止之前自己究竟能干些什么。"

"你还有什么可以告诉我的吗？比如说当时站在你和哈莫妮身边的还有些什么人？"

"这倒不太记得了。我只知道有个参加游行的男孩带了个照相机。他帮我们拍了些照片。希望——"

一声巨响打断了她的话。是子弹还是燃烧瓶？窗户被打破了，碎玻璃撒了一地，窗户上出现了一个星星状的破洞。正当弗朗西斯修女跃向窗口，准备查看发生了什么事的时候，一只放满了汽油的瓶子从裂口处飞了进来，瓶口上包了块破布。

"快趴下！快趴下！"我朝弗朗西斯修女喊道。

她弯下腰想把瓶子捡起来，紧接着第二个瓶子又飞了进来。这只瓶子正中她的脑门，燃起一团火焰。我从躺椅上拿起一块坐套把她包了起来，推着她在地板上朝前滚。这时第三个瓶子又飞进来了，街上传来一片惊呼。火焰的嘶叫声迅速压倒了一切声音，吞噬了书籍、书架和我的外套。我被浓烈的黑烟和汽油味熏得透不过气来，我压在弗朗西斯修女身上，试图把外套上的火苗熄灭——两个女人围着一个坐垫向房门滚了过去——这时我已经完全顾不上自己的形象了。我伸出起泡的手臂，摸索到门把手，打开门，朝走廊里仓皇逃去。

第二十五章 接踵而来的探访者

夜深了，爸爸还在外面值班，仍然在某个地方面对着无恶不作的动乱分子。人们向他投掷着燃烧瓶。我看到瓶子砸在他的脑袋上，我大叫起来，试图向他报警。但这种举动注定是徒劳的，因为爸爸离我有一英里远，肯定无法听见我的喊叫声。我不能让妈妈发现我的恐惧，这只会增加她的忧虑，让她为我多担一分心。

我们家的房子永远没有真正黑暗过。工厂高炉里照射出的火光即使在凌晨两点也不会全然熄灭。天空在硫黄蒸汽的作用下整夜都是黄色的。光线透过窗帘的缝隙进入房间，刺伤了我的眼睛。我的胳膊又酸又胀，嗓子干得发痒。我染上了流感。妈妈在我身旁某个地方喋喋不休地说着什么。有个医生走进房子，问我感觉怎么样。

"我很好。"在爸爸镇压暴乱的时候，我可不能为病痛而抱怨什么。

"你叫什么名字？"医生问我。

"维多利亚。"我嗓音嘶哑地告诉她。

"当今的总统是谁？"医生问。

我不记得总统的名字了，感觉非常恐慌。"这是在学校吗？你是不是在考我？"

"维多利亚，这是在医院。你还记得来医院的事吗？"

这是个女人的声音，不是我妈妈，不过应该是我认识的某个人。

我努力地回忆着她的名字。"你是洛蒂吗?"

"说得没错。"她的声音不再那么紧张了,"我是洛蒂。维多利亚,你在医院里。"

"这是在以色列教会医院吧,"我轻声问,"我现在什么也看不见。"

"我们用绷带包住了你的眼睛,防止眼睛受到光的灼伤。你的身上有些烧伤。"

我被火烧伤了。燃烧瓶没有伤及我爸爸,却击中了弗朗西斯修女。

"修女……她……她怎么样?"

"她正在接受特别护理,你救了她的命。"洛蒂的声音颤抖着。

"我的手臂伤着了。"

"你的手臂被火烧伤了。不过你得到了及时的治疗,只有几小块皮肤被深度烧伤。再过几天就能痊愈。现在我希望你好好休息。"

有个男人在洛蒂身后大声地说着什么,需要我回答问题。洛蒂用威严的声音拒绝了他的要求。作为病房的绝对统治者,洛蒂告诉他,在摆脱恐慌状态之前,任何正式的问题我都回答不了。

洛蒂在保护我,我可以休息了。我可以放松下来,不会受到任何人的伤害。我渐渐沉入梦乡,徜徉在树丛中。有只龇牙咧嘴的老虎在树丛中对我咆哮着,我被它闻到了气味。我的皮肤被烧着了,闻上去就像孔特雷拉斯先生烤架上的牛排。我试图大叫出声,但嗓子似乎被什么东西塞住了,一点声音都发不出来。

我被噩梦吓醒了,不住地在黑暗中喘息着。我感觉到双手被包在纱布里,手上依然很疼,因为烧伤还没有消退。我试着眨了眨眼睛,感觉到眼睑也包上了纱布。

有个护士走了进来,问我感觉怎样。"我的情况很不好,"我轻声说,"也许有九度烧伤吧。现在是白天还是晚上?"

"现在是下午。你睡了五个小时,现在我可以给你开些止痛药。"

"修女怎么样了?弗朗西斯修女怎么样了?"

我感觉到护士渐渐走近我。"我不知道。我刚上班,也许我可以帮你去问问医生。"

"你是说赫切尔医生吗?"我问。我的意识开始渐渐模糊,似乎又要回到充满了破碎线条和杂乱颜色的睡梦中去了。

厨房的桌子上放着个棒球。我们家的房子在过往货车的冲击下震动着,棒球在桌子上不断地前滚后翻。那天是圣诞节,爸爸没有告诉我就去了棒球场。他和妈妈还有一个奇怪的男人在半夜里吵了一架,他们的吵闹声把我惊醒了。

"我不能这样做!"爸爸咆哮道。

妈妈听到我下了楼梯,用意大利语让我回房睡觉。两个男人的声音低了下来。过了一会儿,我不认识的那个男人突然大叫起来:"华沙斯基,我早就受不了你的这种说教了!你不是主教,也不是什么圣人,我才不要和你一起受苦受难呢。"

陌生人摔门而去,棒球从桌子上滚落在地。它突然变成一枚加农炮弹,引线上冒着火花冲向我的脑门,我再一次从黑暗中惊醒,浑身都是汗水。我把手伸到床头柜上找水喝,床头柜上有一个水罐和一个茶杯,倒水的时候,我把水倒在了自己身上,不过这让我感觉舒服了好多。

有人带了杯肉汤走了进来。蒙着眼吃东西感觉很怪,似乎失明的时候你的方向感和味觉也都失去了一样。护士进来帮我测了体温,问我感觉烧伤好些了没有。

"我感觉很糟,"我的声音非常刺耳,"但是我不想再要吗啡了。我不想再做那样的噩梦了。"

我想洗洗头，但在拆除绷带之前洗头是件不可能的事。护士让人进来帮我擦身，朦胧中我意识到进来的人正是洛蒂。

"维多利亚，警察想问你一些问题。我看你已经停用吗啡了。你现在还疼吗？"

"非常疼，但还不至于大叫出声。弗朗西斯修女怎么样了？"

洛蒂把手搭在我的肩膀上。"维克，我正是为这事来的。她没能挺过去。"

"不！"我轻声惊叫着，"这不是真的！"

弗朗西斯修女在塞尔马①和埃拉·贝克尔一起游行过，和金博士在马奎特公园并肩作战过。现在她也加入了死难者的行列。活着的时候，弗朗西斯修女收留过危地马拉难民，也为非法移民仗义执言过；但在和我谈话之前，她没有受到过任何伤害。

洛蒂问我在讯问中是不是要使用止痛药，但是我并不介意胳膊和眼睛上的伤处，流点眼泪又没有什么大不了的。原本应该和修女一起葬身火海的我侥幸存活了下来。与弗朗西斯修女相比，维多利亚·伊非革涅亚·华沙斯基算是"鬼门关"的常客了，这点疼痛又算得了什么呢？

我感觉到病房里站满了人——来自爆炸和火药监督处的两位警官介绍了他们自己，不过我觉得病房里还有其他人，我向他们询问跟他们一起来的有哪些人。在一阵交头接耳之后，尾随而来的人走到床前，通报了他们的名字。

我不认识他们中的任何一个：来自国家安全局紧急事务管理处的一对男女以及随之而来的联邦调查局探员。

洛蒂把床头抬高，让我能舒服地仰坐在床上。我把双臂交叉着放

---

① 亚拉巴马州的城市名。

在床单上，输液管把塑料包里的抗菌素和营养液输入我的体内。除了洛蒂，没人能帮我对付警察、联邦探员和国土安全人员对我的盘问。

"我可以回答你们的问题，不过我并不打算发表任何正式声明。直到我的眼睛完全好了以后，我才会在你们要我签的文件上签字。"

这伙人中的一个男人周身散发出剃须水的气味，我想这家伙很可能是国家安全局的人。问询是由爆炸和火药监督处的警官主导的，记录之前，他们中的一位问了我的名字。

"维多利亚·伊非革涅亚·华沙斯基。"当我把华沙斯基的拼写方法告诉他们时，我突然回忆起佩特拉曾经向我提起过我们家族的名字就是把武士、人力车和滑冰三个词语的词根连起来，她的解释给我们带来了一种既惊又怕的感觉，一时间我完全透不过气来。

"你去弗朗西斯修女的房间干什么？"爆炸和火药监督处的警官问道。

"我们在讨论一件四十年前的谋杀案。"

房间里传来一阵低语声，国家安全局的女士问我谈论的是哪件谋杀案。

"就是哈莫妮·索瑟姆遇刺的案子。法兰基修女——也就是弗朗西斯修女——她是那起案件的目击证人。"

"维克……你为什么对那起陈年旧案感兴趣？"

"别叫我维克，"我说，"在这种场合，还是叫华沙斯基小姐比较正式。"

我翻了个身，病房里的窃窃私语声更加嘈杂了。病房里的温度上升了一些。太好了。为什么让我独自一人在这里受苦呢？

"你为什么对四十年前的杀人案这么感兴趣？"联邦调查局的探员莱利·托吉森问。

"我对……那起案子……并不是。"我开始向他们解释寻找雷蒙德·加兹登的原因。说到一半的时候,一阵浓烈的睡意突然向我袭来,我差点当着他们的面睡了过去。寻找雷蒙德·加兹登和斯蒂夫·索伊尔的过程似乎耗尽了我一生的心力。

"为什么要去弗朗西斯修女的公寓呢?"托吉森又来了。

"她答应在公寓见我一面,"我说,"她想和我谈谈与案子有关的事。她说她对斯蒂夫·索伊尔的判罚烦恼了四十年之久。"

"这到底是为什么?"一个警察问,他的潜台词莫过于——我们芝加哥警察从来不会把无辜的人带上法庭。

"我不知道。我们刚说了两三句话,窗外就飞进来三只燃烧瓶。"

"她说了些什么?"

"她说居住在衣阿华的移民处境很悲惨。"

"认识你的人告诉我们你很喜欢开玩笑,"来自国家安全局的男人说,"不过现在可不是开玩笑的时候。"

"你觉得我是在对你开玩笑吗?"我疲倦地说,"我很痛苦,我被吓坏了。我希望你们把争取自由中心和弗朗西斯修女所住的房子好好检查一遍。另外,我还很想知道国家安全局和联邦调查局的人为什么会来这里。难道你们觉得法兰基修女在被恐怖分子跟踪吗?"

有人倒吸了口冷气,这帮人又开始小声交谈起来。"我们对任何涉及燃烧弹的案子都会感兴趣,"托吉森探员缓缓说道,"作为美国公民,你有义务协助我们进行调查。"

"作为一个自然人,我对弗朗西斯修女的死感到非常悲痛。我看着这样的事在我眼前发生,却什么事都做不了。"

"那你能不能作为一个自然人告诉我们,弗朗西斯修女到底跟你说了些什么呢?"托吉森的话里带着极大的讽刺。

"弗朗西斯修女说衣阿华移民的处境很悲惨。她为了那些被你们的移民局同事赶出肉类加工厂的家庭恢复正常生活秩序忙前跑后,才从那边回来。她说……哦,我明白了。"我靠在医院的蛋形靠枕上,"弗朗西斯修女为非法滞留在这个国家的人提供帮助,你们这群鼻子像猎狗一样灵的探员该不是为了这个来的吧?"

洛蒂用手指紧抓住我的胳膊。"维克,到此为止吧。别在这么多人面前乱发脾气。"

"你们认为她的死和她在衣阿华的工作有关吗?"我问。

"华沙斯基小姐,今天下午我们来只想向你了解一些问题。"来自国家安全局的女人试图表现得和围绕在她身边的男人们一样坚定。

我僵硬地笑了笑。"看来我估计得没错,你们认为她的死和衣阿华的工作有关。"

"现在还不好说,"托吉森说,"我们不知道弗朗西斯修女还是'争取自由中心'的什么其他人是这次袭击的目标。袭击者的目标甚至也可能是你。你在这座城市结下的梁子肯定也不少吧。"

他的指责让我感觉非常不舒服,我差点儿错过了国家安全局那位女探员的评论。"我们认为袭击对象也可能是房子里居住的其他的人。这里有不少非法移民,还有人在交易毒品。"

"看来你们已经掌握了不少情况,你们的效率可真不赖!"我讽刺道。

失去视力是件非常奇妙的事——你可以比看着对方的时候更容易把握对方的情感。我感觉到托吉森似乎有点退缩了,似乎在他和病房之间竖起了一道玻璃墙似的。

"你们一直在监视'争取自由中心'的女人,所以对她们的情况了如指掌,"我说,"你们一直在盯她们的梢,窃听她们的电话。美国正面临着恐怖分子的威胁,你们却在跟踪一群修女,这可真好笑。"

"我们没有权力在你面前谈论我们的行动,我们也没有必要这么做。"国家安全局的女人反唇相讥道。

我没理会她。"你们一直在监视这些修女,却阻止不了燃烧弹的袭击。"

"我们已经尽力了,"托吉森抗议道,"我们当时正隐藏在房子的两侧。起初我们以为这只是恶作剧而已,等到发现窗户里冒出火苗我们才知道出事了。"

"到头来,你们还不是什么事都没办成吗?"我朝着他大嚷。

病房里一下子安静下来。医院里的吵闹声、病历的翻页声以及橡胶拖鞋的擦地声尽入耳朵。

爆炸和火药监督处的某位警官清了清嗓子问道:"告诉我公寓里发生了什么。"

我筋疲力尽地摇了摇头。"我们听见窗户碎了。一开始我以为这只是街上的声音,也许是顽皮的孩子在巷子里玩炮仗,没什么大不了的……"

我隔着纱布闭上眼睛,试图回忆起和法兰基修女度过的短短几分钟。"接着我看见有只燃烧瓶扔进房间,瓶口还塞了块破布。我马上就知道这是只燃烧弹。我让弗朗西斯修女赶紧趴下来,但她却把那只燃烧瓶捡了起来。接着是另一只燃烧瓶……然后又是……"

闭着眼睛,我看见火焰吞噬了她坚硬的头发,她的皮肤被黄色的火焰熏白了。弗朗西斯修女浑身是火。我的身体不断地颤抖着,恶心不止,洛蒂让大家马上离开病房。

"我们想知道弗朗西斯修女有没有告诉华沙斯基有关哈莫妮·索瑟姆的事。"

"你们只有在我允许下才能进入医院,"洛蒂冷冷地说,"让你们走的时候你们就得马上离开,听明白了吗?"

"医生,也许你的本意并没有错,"国家安全局的女人说,"但我们有权留在这里。我们可以和华沙斯基谈话,直到我们满意为止。"

我可以感觉得到洛蒂的怒火。输液管顺着我的皮肤动了起来,我仿佛突然间从病房移动到了沃尔夫湖的水边,"波波"大叫着我的名字。他试图把我泡在湖里,但是加布里埃拉把他从我身边拽了开来,我终于又可以呼吸了。

第二十六章 对付莫里

借助于洛蒂在输液管里加的药,我又好好地睡了几个小时。醒来以后,胳膊和眼睛上的伤已经不那么疼了。有个志愿者喂我吃一碗黏糊糊的东西,我一下子就吃了下去,我问她是否能帮我打个电话。

我把电话首先打给了孔特雷拉斯先生。他说他在新闻里看到了消息,但医院回绝了找我的电话。他后来也给洛蒂打过电话,洛蒂告诉他我会好起来的,不过能听到我的声音可真是太好了。

"别担心那两条狗,你去意大利的时候我就替你照顾过它们。另外皮维"——这是他给我堂妹起的昵称——"她这些天来过几次。今天早晨她把米奇带去上班了。昨天晚上她去你房间帮你换了床单,另外还把房间打扫了一遍,她甚至为你买来了酸奶。这样你回来以后就没什么可以担心的了。"

从某种程度上来说,这反而加重了我的担心。经历了皮箱的事以后,听说堂妹在我的房间里闲逛使我感觉很不好。也许她拿走了内利·福克斯的签名棒球,还以为我不会发现呢。

"刚搬进来的那个音乐家小伙子也不错,他帮我一起照看你的两条狗,"孔特雷拉斯先生补充道,"不过莫里·莱森和其他一些记者一直在我们的房子周围晃来晃去,我告诉他别像跟在豹子后面的土狼似的,老在想着收集一些残羹冷炙。他应该为此而感到羞耻。"

孔特雷拉斯先生对我生活中的男人并不是特别反感。但不知出于什么原因他非常不喜欢莫里。我尽量平息着他的怒气，耐心地回答着他的疑问。我甚至泰然自若地接受了他的粗话：我不应该责备我自己。和恐怖分子打交道的修女知道自己无时无刻不在面临着风险。在我拜访的那天晚上受到燃烧瓶的袭击并不是我的错。

和孔特雷拉斯先生通完话以后，我让志愿者帮我把电话接到办公室，我想和临时雇员玛丽恩说几句话。她已经被电话烦透了，没想到办公室里会接到这么多电话，但显然我已经成为媒体关注的焦点。

"流血事件上头条新闻"是新闻界不二的铁则。修女遇刺的消息则要在媒体上热闹好几天。朱利安·邦德打过电话给我，威利·巴罗和其他几位报道民权运动的记者也打来过电话。为移民争取权利的积极分子在医院外扯起了横幅，两个被法兰基修女从绞架上解救的死刑犯在警察总局外绝食抗议，要求严惩杀人凶手。因为法兰基修女遇刺时，我也在场，因此我理所当然地成为电视记者关注的焦点。

"他们不断打电话过来，有些人还在办公室门外蹲点，以为你会躲在办公室里。我该怎样告诉他们呢？"

"我还有一星期才能完全痊愈。到那时，他们就会一窝蜂地寻找别的新闻焦点去了。"

我们处理了一些这段时间打到办公室里的业务电话。分包商为我在莫科纳的客户安装好了监控系统。我还设法向她口授了几份写给重要客户的调查报告。另外，我还让她设法替我给其他客户传递一条口信，告诉他们我本周就会回来工作，到时再和他们交谈。

下午，我被推到了眼科诊疗室，医生为我去掉了眼睛上蒙着的纱布。虽然医生事先帮我戴上了眼罩，诊疗室的顶灯也被关上了，不过淡灰色的微光却还是让我感到头晕目眩。起先，我的眼前只有螺旋状的线条。但没过多久便能看清成形的物体了。

医生仔细地替我做了检查。"华沙斯基小姐，你真是幸运极了。睫毛上的伤不重，而且已经完全治愈了。接下来几周，不管阳光烈不烈，你必须戴上遮光墨镜才能出门。待在阳光充足的屋子里时你也要戴上墨镜。如果你要上电脑，还必须在遮光眼镜外面再戴上一副医院里特制的太阳眼镜。这两三天你必须远离电脑和电视，听明白了吗？"

他给了我一管防菌药膏，让我每天在睫毛底下涂两次，还告诉我从这天开始就可以洗头了。

医生给了我一副白内障手术后常会发给病人的大号塑料太阳镜，然后让护士把我送回病房。住院部值班医生帮我检查了身体的其他部位。我的胳膊仍然又红又肿。去和弗朗西斯修女见面的时候，我特意穿上了一件正式的尼龙外套——尼龙织物使我不至于受到过重的烧伤。

我手上的烧伤最重。等到下周所有的纱布拆掉以后，外出时看来得戴上厚厚的棉布手套了。

医生和护士走了以后，我走进浴室，在镜子里看着自己的模样。我的脸上稍微有些蜕皮，发际线旁有些小泡。把弗朗西斯修女推出屋外的时候，我显然把脸完全埋在椅罩里了，这也是我所受到的烧伤没有弗朗西斯修女那般厉害的原因之一。从脸上倒看不出什么异样来，真正让人感到好笑的是头顶东一团西一簇烧掉的头发，看上去活像一条得了皮癣的癞皮狗。

虽然破了相，但能从这样一场大火中逃出来还是非常幸运的。如果在对弗朗西斯修女提出警告时能把她从窗口拉过来……只要一闭眼睛，我的眼前马上就会浮现出燃烧瓶正中修女额头的情景。

住院医生说如果我的病情能持续好转的话，明天就可以让我出院。同时，他们撤去了我身上所有的输液管，这意味着我可以服用口服的抗菌素、自由地享用食物了。

"你知道吗？你已经把这个医院变成了媒体注意的焦点。"住院医生是个小伙子，他显然没有见过这样的阵势。

住院医生告诉我，那天早晨当我还在睡觉的时候，医院的安保人员发现有个记者试图进入我的房间。他们还曾试图抓获一个潜入医院数据库窃取我和弗朗西斯修女病历的黑客。

"我们把你病房的电话转到了人工台。根据转接设备上的显示，这几天打进这间病房的电话有一百一十七个。"

我从来没想过住院会给我带来什么好处，但至少医院帮我挡掉了媒体的过分骚扰。

住院医生终于想到还有别的病人需要照管。我戴上防护手套，在医院的小浴室里冲了个澡，体力顿时恢复了很多，但精神上的困扰和镇静剂的作用又把我赶上了床。

我戴着沉重的眼镜躺在床上打盹。护理员为我端来了午餐。我问她要咖啡，心想咖啡因也许能帮助我驱赶心头的阴云。护理员说根据医嘱，我现在还不能喝咖啡。我对托盘上的果冻根本没有兴趣，只得重新躺了下来。

不一会儿，我想到了我的随身物品。我把皮夹放在手提包里，看来多半在大火中烧化了。不过我常在口袋里放些零钱。我在烧焦的外套口袋里发现十一美元十三美分。我的手机也在口袋里，但已经没电了。

我套上长筒靴，穿上又黑又破的尼龙外套，然后在浴室的小镜子里瞧了瞧自己的模样。戴着宽大镜片、穿着奇装异服、头发参差不齐的我看上去和在医院外面捡烟头的乞丐没什么两样。我在床上躺了整整两天，没吃过任何东西，心里还带着些惊吓，浑身一点力气都没有。护士值班室的警卫惊讶地看着我，但并没有加以阻拦。我乘电梯下到了一楼病区。

医院认为安装自动咖啡机会给病房带来过多的吵闹声，所以他们在一楼病房里设置了一个小小的咖啡吧。由于处在压力下的病员不会考虑咖啡的口味问题，因此这里的咖啡非常难喝。我问侍应生要了杯浓咖啡。也许是被我的头发和服装吓着了吧，他要我付完钱以后才肯为我倒咖啡。

为我倒咖啡的时候，我的视线穿过一楼病房，投向医院的前厅。媒体的人大多都已经走了，只有一个摄影记者还孤零零地站在那里。透过镜片的余光，我看见医院门口站着几个手持抗议标语的人——也许是为弗朗西斯修女鸣不平的移民代表，但也可能是反对堕胎的民权分子。镜片的颜色太深了，我根本看不清他们的标语上写了些什么。

我的两只手上包着厚厚的纱布，我只能用指尖夹住杯子把手。我没法用手撕开糖包，万般无奈之下，我只好用上了自己的牙齿。虽然咬开了糖包，但白糖全都撒在了地上和身上，咖啡里却一点没落着。走向电梯口的时候，我突然发现《明星先驱报》的莫里·莱森站在医院的接待台前。他笑容可掬地向接待员索要来访者证明。医院是不接待记者的，他显然冒用了病员家属的名义。

我的病号服下只穿了件黑乎乎的外套，没有穿任何内衣，似乎自己的乳房和屁股都能被路人看见似的，感觉难堪极了。我躲在盆栽植物背后的一把椅子上，看着莫里进了电梯。

电梯刚上去不久，来自《全球娱乐夜新闻》的贝丝·布莱克辛突然气势汹汹地走到接待台前，指着电梯比画着什么。既然你们放莫里上去了，凭什么不让我们上楼采访呢。医院的保安迅速跑到贝丝身旁。

医院里总有数不清的楼梯和出入口。我从咖啡吧的另一个出口走了出去，来到离咖啡吧最近的那段楼梯。我觉得脚上像绑了个沙袋一样，每走一步都气喘吁吁，眼前也直冒金星。我靠在墙上喝了两口咖啡。咖啡有股铁锈味——看来他们最近一直没有洗过自动咖啡机——不过咖啡因却使我的精神重新振奋起来。

一个医生快步走下楼梯。看见我，他突然停住了脚步。"你是这里的病员吗？"

我伸出手腕，让他查看贴在纱布外面的病员标牌。"我下楼买杯咖啡，现在正准备回去。"

他看了看我的标牌。"你是五楼的病人。你最好搭电梯上去。我说不准……不过徒步爬五楼对你来说简直是太难了。"

他打开通向一楼的门，用手挡着门让我进去。"我可以为你叫辆轮椅过来。"

"护士说我现在可以开始多走动走动了。我没事的。"

他正在赶时间，没有留下来和我争论。我看了看手腕上的标牌，上面无疑写着我的病房号码。太侥幸了——离开病房的时候我忘了查看是否把它带在身上。

我找到医院里的另一处电梯，这部电梯外有个直达图书馆的标记。我用指尖夹着咖啡杯，经过整形外科和呼吸科走到图书馆。好在图书馆里只放着些捐赠的图书，大多数图书的封套都没有打开过。没有人会对一个戴着眼镜、没穿内衣的病员出现在这里产生疑问。

我打开顶灯，蜷缩在一把扶手椅上。现在不是为自己感到担心、为弗朗西斯小姐感到抱歉的时候，我该仔细考虑，加紧行动起来了。

联邦调查局的人一直在监视着弗朗西斯修女，却没能阻止对她的袭击。这到底是因为他们想让她死，还是仅仅出于简单的疏忽呢？

咖啡能起点作用，却并不能使混沌的大脑一下子清晰起来。我从扶手椅上踉踉跄跄地站了起来，从书里拿出几张宣传单。接着我在小书桌的抽屉里乱翻了一阵，从里面找到个铅笔头。它也许可以帮我。我的眼睛看不太清，但还可以勉强写写字。铅笔头的笔尖太钝了，我只好用上了大写字母。

  联邦调查局在监视法兰基：这到底是为了什么？
  雷蒙德就是线人：这是真的吗？
  燃烧弹是为了阻止案件的调查还是为了打击弗朗西斯修女进行的民权运动呢？

谁能把这些问题的答案告诉我？此时还有一个极为重要的问题盘旋在我的脑海中挥之不去。我褪去长筒靴，盘起双腿，让自己陷入在遐想中。我醒了又睡，睡了又醒，最后终于意识到让我久久放不下的是洛蒂昨天发的那股无名火。洛蒂本身倒没什么问题，问题出在昨天来的那帮执法人员身上。他们问了我一个奇怪的问题。

我把写了字的纸塞进外套口袋，弯腰把鞋子穿好。我慢慢站起来，抓住椅子不让自己摔倒。如此虚弱真叫人沮丧。我需要上街找人谈话，而不是在医院的走廊里颤抖着脚步缓缓移动。我一步一颤地走回了病房。

我刚把头放在蛋形枕头上，有个护士就把头伸了进来。"你去哪里了？我们满医院在找你。你听见广播里在叫你的名字吗？"

"对不起。我在锻炼我的腿。练得太累以后，竟然躺在椅子上睡着了。我没听见有人叫我。"

她帮我量了体温，测了脉搏，然后赶紧出门把我回来的消息传给众人。护士刚走出病房，浴室的门就开了，莫里从浴室里走了出来。

"华沙斯基，这真是太好了，他们没说假话。你真的没死。"

"莱森,快滚出我的病房。"我恼羞成怒地说。

"小妞,别说脏话嘛。"他对我笑了笑,然后瞟了我一眼,"如果你不介意的话,我想说,你看上去真是怪极了。"

"我很介意。我刚从火灾中幸免于难。这是段非常不愉快的经历。现在你可以走了。"

"烈火重生的侦探小姐,你回答完我的问题以后我就走。"

"如果你能帮我个忙,那么也许我会和你谈的。"

他弯下腰,向我深深地鞠了个躬。"女王陛下,敬请吩咐。"

"我需要拿些衣服。我不能穿成这样。我的皮夹、信用卡和其他一些个人物品都在修女的房间里烧掉了。"

莫里端坐在椅子上。"我才不会去你家呢。那个老家伙恨死我了。他会放狗来咬我的。没等我从你的橱柜里翻出衣服来,我就会被咬成肉饼了。"

"那就帮我买几件衣服吧。我需要牛仔裤、长袖白衬衫和文胸。就这些够了。"

"文胸,你想让我到文胸店帮你买文胸吗?"

"莫里,在克鲁莫斯的筹款集会上,你带着个二十来岁的金发尤物。你可别告诉我你到文胸店会脸红。文胸要C罩杯的。衬衫十二号,牛仔裤要三十一码的。你都记下来了吗?"

"好吧,"莫里阴沉沉地说,"我明白了。现在你就好好回答我的问题吧。我想知道你在弗朗西斯·克里根修女的房间里干了些什么,会使她被杀?"

我坐在床上盯着自己的胳膊。"先把衬衫给我买来再说。"

"谈话之前你就想让我帮你把衣服买回来吗?你知道来这儿费了我多大劲吗?我好不容易才找到一个病人的名字,乔装成她的亲戚混了进来。我在病房里晃荡了好一阵子,最后找到台电脑查到了你的房间号码。出去的话我就永远别想再进来了。如果你不肯回答我的问题,我才不会帮你买什么衬衫呢。"

"看来你是想赖账了,不过我也不想让你屈尊为我买什么衣服,孔特雷拉斯先生很乐意帮我把衣服送来,他非常关注我的安危。"我闭上眼睛,把身体靠在枕头上。

"华沙斯基,你这个该死的婊子!"

"莱森,我会马上把护士叫来,我可没有像你这种下三烂那样侵入医院的电脑系统。"

"你才是下三烂呢。要不是你,修女也不会活活被烧死。"

我摘下墨镜,从床上坐了起来。"你在报纸、杂志、博客上到处宣扬我该为修女的死负责。你这头爱撒谎的蠢猪!我会让你的下半生因诽谤而不得安宁。你听见我的话了吗?"

病房里静了下来,但我们俩的心情都颇不安宁。过了一会儿,莫里对我说:"她遇害时只有你在场,这总是事实吧?"

我没有理会这个话题。"我不想和你用这样的语气谈论弗朗西斯修女的问题……她为社会公义和民权运动贡献了毕生的精力,你却在这漫不经心地谈论她的死!你知道捧着个头部像蜡烛一样着了火的人是什么滋味吗?不知道的话,就请你赶快给我离开这里!"

"华沙斯基小姐,我向你道歉行吗?我们一直在互相挖苦,这实在是太没意思了。我对自己的考虑不周感到抱歉。"他拿出手机,耐着性子找人帮我把衣服买来。他甚至把他的信用卡号码告诉了办事员,让她买来衣服以后就马上送来。

我戴上墨镜,病房里昏暗的灯光让我感觉极不舒服,我不由自主地哭了起来,虽说我并不愿意让莫里看到我软弱的一面。

"你的线人们怎么说？"等到心情平复下来以后，我向他发问道，"他们认为弗朗西斯修女处理的移民事务是她遇袭的主因吗？"

"我们没能获得太多可靠的信息，"莫里不得不承认，"负责'争取自由中心'的卡洛琳·扎宾斯卡说，自从伊战爆发以后，她们就不断地收到针对组织反战立场的死亡威胁——为了保护自己，中心每天都会派人值班——但没人因为'争取自由中心'废除死刑和扶持移民的政策威胁过她们。"

他换了口气。"人们很想知道弗朗西斯修女为什么会在你去拜访的那天晚上被人袭击，这只是单纯的巧合吗？"

我闭着眼睛，安静地躺在床上。"你说的是谁？除你以外，还有谁会问出这种问题？"

"我周围的人都有这个疑问。"莫里说。

"自从环球传媒集团买下《明星先驱报》以后，你变得比以前更爱探听隐私了，而不仅仅是报道一些犯罪消息。"我仍然很生气，希望好好刺激他一下，"你只是想把探听到的内容添油加醋渲染一番，根本不想好好地报道这起案件。"

"华沙斯基，我什么时候草率地对待自己的工作过？"莫里突然也冒起火来，"你是私家侦探，你可以想怎么干就怎么干。但我为大公司工作，写报道的时候必须顾及到公众的利益。我的线人都很信任我。"

我看着缠上纱布的手，希望自己也能在大公司上班，这样当我不能动弹的时候就有人可以接上我的活了。"你的线人告诉过你谁应该为这起爆炸案负责吗？当我按响法兰基修女家门铃的时候，他们都躲到哪儿去了？他们不会是不敢出来做证吧？"

在黑暗的病房里，我不能透过镜片看清他的脸，但我能感觉到莫里仍然呼吸得很沉重。他很长时间没有说话，尽管我严厉地谴责了他，但说到底他还是个记者,他希望知道我的故事,也知道在我开口说话之前,必须要好好回答我的问题。

"现场的目击证人很多。一辆福特探索者鸣着喇叭冲到街上,停在人行道边,所有人都吓得闪到一旁。有个小伙子——也可能是个姑娘,但多半应该是个小伙子——戴着头罩从车里冲了下来,扔完三只燃烧瓶以后,他马上跳回车里。在看热闹的人回过神来之前,那辆探索者已经无影无踪了。"

"有人看清车牌了吗?"

"没人顾得上看车牌。即便有人看到了车牌号码,他们也不一定会告诉你。我听到过几种版本的说法。"莫里说,"有个线人告诉我巷子里的男孩认出了那辆厢型车,但他们拒绝承认这一点,因为他们害怕成为作案者的下一个目标。烧死修女的人什么事都干得出。"

我沉默下来,理解着这话的含义。"联邦调查局和国家安全局的人都在监视'争取自由中心',你知道这是怎么回事吗?"

"现在当道的是国家安全局的人,报纸开印以前必须通过他们的审查。真他妈的浑蛋!我们的总编也一样可恨,那娘们儿只会对国家安全局的那帮人挤眉弄眼。她说世道变了,如果要让新闻登上报纸,就必须对那帮人顺从一点。"

他的话使我想起了先前执法人员对我的那番盘问。我终于认识到那个奇怪的问题正是国家安全局紧急事务管理处的那个女人问出来的,她想从我这里得知弗朗西斯修女告诉过我有关哈莫妮·索瑟姆的哪些事。我把头靠回枕头上,觉得有几分恶心。国家安全局的人在问话的时候已经知道哈莫妮·索瑟姆的事了。

我吞吞吐吐地向他解释着我为什么会出现在"争取自由中心"的原因——四十年前的谋杀案以及埃拉委托我寻找雷蒙德的事。最后,我还告诉他国家安全局的人在和我谈话之前已经知道我是为了哈莫妮·索瑟姆的事才去找弗朗西斯修女的了。

"他们是为了这个原因才监控弗朗西斯修女的电话的吗?"我被这种想法惊得透不过气来,"我的电话也被监控了吗?如果她是因为我的原因才会遇害的话——"

"女超人,不要把所有的过错都揽在自己身上,别眼泪汪汪的好吗?"莫里抗议道。

我的泪水情不自禁地流了下来。整个夏天,我都在为不能与人保持长久的关系而烦恼。周围的人是不是都会为我而受苦受难呢?

第二十七章 被烧毁的公寓

洛蒂刚刚来查过房，后面还跟着两个住院医生和一个实习医生。一看见莫里，洛蒂就言辞激烈地把他轰了出去。

我从床边的盒子里摸索到几张纸巾，洛蒂警告我不要用纸巾擦眼睛。

"莱森是怎么进来的？"她厉声向下属问，"我下了禁令不准任何人出入她的房间，你们怎么还会让这种事在我的眼皮子底下发生呢？"然后她又把怒火撒向我，"我不让任何人来拜访你，是为了让你躲开记者和警察的骚扰，不会是你自己让他进来的吧？"

她把两根手指按在我的脖子上，测量着我的脉搏。"你太虚弱了，还不能接待来访者。别再哭了，这样只能消耗你的体力。下午我在动手术的时候他们告诉我你失踪了，你是不是和那个人约会去了？"

"我下楼买了杯咖啡，这段路使我精疲力竭，躺在椅子上睡着了，我没听见有人在叫我。"

我不想对洛蒂说谎，但这话大致是事实。不过我觉得她的猜测在某种程度上确实有点道理，我不知道我是不是很想见莫里一面。在病房里发现莫里的时候我原本可以马上把保安叫过来，不过我并没这样做，也许潜意识里我希望能被他发现吧。

洛蒂嘟囔了两句，让住院医生把我身体的各项生命体征报告给她。

实习医师毕恭毕敬地站在一边，两个住院医生把我角膜和视神经处的损伤报告给了洛蒂。我觉得有几分沮丧，然后被深深的罪恶感所笼罩。我还活着，总有一天会恢复过来的。也许在医院治疗期间，我就可以试着训练自己白天睡觉，晚上工作。

"明天你就可以出院了，我想把你带回家里观察一段时间。"听上去洛蒂似乎把我看作一只被人遗弃了多次的小狗一样。"我对你的健康状况非常担心。但我更担心你的安危。"

"我的安危？莫里说燃烧弹针对的可能是我，而不是弗朗西斯修女。你是不是听到了类似的说法？"

洛蒂示意三个跟班退出病房，皱起眉头坐在我的床边。"你的鲁莽让我很不放心。莫里掌握了什么证据没有？"

"我不知道。在我还没弄明白之前，你已经把他赶出了病房。如果国家安全局那位女探员对哈莫妮·索瑟姆的事知之不深，我是不会如此担心的。"我看着洛蒂模糊的轮廓。"洛蒂，如果我被爆炸犯盯上的话，我绝不能跟你回家。我不能把你的性命也赌上。"

"住我家会安全一些。我们那幢房子有人看门，警报系统也非常完善。你家太不安全了，如果有人往你们那幢楼投掷燃烧弹的话，二楼那些孩子都有可能遭殃。"

"我真不知道该怎么办才好！"我彻底发飙了，"为了保护眼睛和皮肤，我必须一直待在黑暗里。我需要外出和人交谈，我需要用电脑查找数据。可我现在什么都干不了！"

洛蒂用手臂搂住我的肩膀。"别想毕其功于一役嘛！过不了几天，你就可以外出活动了，只要稍微避开一点阳光就行。在医院里至少还有人照看你，到了外面你会感觉更无助的。"

傍晚六点晚饭端来的时候她才离开，她坚持让我吃点东西，不然很可能会导致营养不良。她离开以后,由于既不能读书又不能看电视,所以我试着小睡一会儿。但却无论如何都睡不着,一直在床上翻来覆去,为修女遇害的事而烦心不已。

快到八点的时候,一位志愿者替我拿来了留在医院前台的购物袋。莫里手下的办事员替我买来了衣服。她买来了我绝不会选的白色文胸,不过这没有什么大不了的,反正我也无法用绑着纱布的手系上文胸的背带。我设法穿上了衬衫和牛仔裤。办事员尽职地帮我买来了三十一号的衬衫。但是因为连续两天没有吃饭,三十号的衬衫对我来说就绰绰有余了。

穿上干净整洁的衣服使我精神为之一振。我穿上浅黄色的长筒靴,站在浴室的镜子前面打量着自己。该弄弄头发了——现在的我看上去简直就像头奇形怪状的动物一样。

医院里到处都是塑料制品,我的病房里放满了塑料袋、托盘、标本杯和香蕉状的呕吐盆。我在一只巨大的塑料袋里放进各种杂物,然后把它塞在被子底下,似乎我在床上睡着了一样。做好伪装工作以后,我关上电灯,朝走廊里看了几眼。

现在是晚上八点。探病的亲友都已经离开了,护士正忙着记录病人的各项指标。没有人挡我的路,这可真是个好兆头。

你还记得汉弗莱·博加德[①]出演过的那部老电影吗?在片中,他被人用沙袋猛打,还被人下了药。即便在头昏眼花的情况下,他还是坚强地站起来,把穷凶极恶的匪徒打得落花流水。我总觉得这一幕在现实生活中是根本不可能发生的。

我想得果真没错。我戴着巨大的墨镜,满头乱发,试着朝前迈开

---

① 好莱坞动作巨星。

脚步。不过如同《长眠不醒》里的博吉一样,我的眼前天旋地转,必须抓住墙才不至于跌倒。对于我接下来要执行的任务来说,这可不是什么好兆头。

走到医院前厅时,我已经浑身是汗,累得有点头重脚轻了。医院和弗朗西斯修女家的距离是两英里多一点。一般情况下,这点路我完全可以走过去。但现在我的情况很糟。我还有八美元,这点钱不能叫出租车,不过可以坐公交车一个来回。

我踉跄着脚步向北穿过两条马路,找到一个公交站。莫里的话使我心神不定。我走走停停,这倒不光是体力的问题,更是因为我时不时要看看有没有警察和抢劫犯在盯我的梢。如果爆炸犯真把我当成目标的话,我希望他们一直都在关注我的动向,知道我整晚都会待在医院。这样说来,今晚可能是潜入"争取自由中心"的修女公寓的唯一机会。

和我一样头发怪异的人在芝加哥郊区应有尽有。两个外形与我非常相似的女人,在吵嚷的人声中弓着腰在马路上捡烟头,她们关注地望着人行道的地面,渐渐从公车站边走了过去。没人会给予我们更多的关注。

一辆公交车缓缓驶入车站。我把两张皱皱巴巴的纸钞投入钱箱,为自己戴的薄纱手套而感到有些尴尬。投完钱以后,我拖着步子走到为老弱病残预留的座位旁坐了下来,觉得与周围的世界脱离了联系,到科德兹车站的时候,我好不容易才一步一挺地走下了台阶。

我的车就停在科德兹,不过车钥匙却留在了弗朗西斯公寓的手提包里。我走到车前,希望能想办法进入汽车——我在驾驶座前的储物箱里放了套撬锁工具——但所有的四扇车门都锁了,那套撬锁工具自然是可望而不可即。雨刷下贴着三张违章停车的罚款单。我咬着牙暗暗地骂了几句,但是并没把罚单拿走。反正今晚我什么都做不了。

从街上很容易认出法兰基修女的公寓——窗户上钉上了木板,砖墙上还是黑漆漆的。楼上的居民家中亮着些许灯光,这说明建筑的管线和给水系统都很通畅,火势在第一时间就得到了控制。我的心里稍微得到了一点安慰,至少没有别的什么人在这次爆炸中受到伤害。这也说明政客们没有阻止消防部门执行他们的任务。

街上和三天以前一样到处都是人,孩子、购物者、情侣和醉汉像没事人一样在街上转悠着。人们吃惊地看着我——如果把这幢房子看成是一个舞台的话,那我就是刚登上这个舞台的菜鸟演员,这种想法在我脑海中挥之不去。

我摘下墨镜。太阳早已落山了,街上华灯绽放,芝加哥全城沐浴在黄昏的余晖中。这点光自然伤害不了我的眼睛。我拨开右手上的纱布,露出食指和拇指,把墨镜的边缘塞进门缝里。和我第一次来这里时想的一样,门锁很轻易就被打开了。假如国家安全局的人在监视这幢房子的话,希望他们不要现在就坏了我的好事。

楼梯间的味道和实验室差不多,化学品发出的恶臭里还夹杂着一股霉味。我希望能得到一把手电筒,大楼里实在暗极了,仅有的光线来自楼上的一只小灯泡。我担心踏错楼梯或是被楼道里的杂物绊倒,不过我的手电筒也在车上的储物箱里。这些事很容易就能被钱摆平:到最近的百货店买只手电筒,叫辆出租车买件新外套。我这样子走在街上实在太引人注目了。

我在放着瓜达卢普圣女雕像的楼梯口停下脚步,黑暗中圣女像几乎无法辨认得出。我摸了摸圣女雕刻粗糙的木质面颊。想到弗朗西斯修女能对我加以保护,我已经进入了她的国度,心情不由得开始好了起来。我拖着步子爬上二楼,右转走向弗朗西斯修女的房间。

二楼的楼道比楼房的其他地方还要暗一些，因为面对街道的那扇窗被木板钉死了。每级台阶对我来说都是个莫大的挑战，像是在浑圆的鹅卵石上行走一样。我不知道我的手摸到的是墙板、电线还是楼道里的照明灯。我用指尖按着墙面，试图稳住自己的身体。但墙一消失，我就完全失去了方向感。我的手在黑暗中胡乱比画着，一下子跪坐在地上。

弗朗西斯修女房间门口的黄色隔离胶带在黑暗中微微闪烁着光芒。我摸索到门球，轻轻地转动一下。门没锁。门上贴了封带，用肩膀一扛门就被打开了。

房间里残存着火药的气味，我又开始流泪了。我戴上墨镜保护眼睛，但马上又把它摘了下来，厚重的镜片使我完全成了个瞎子。

我踮着脚尖后退了两步，想让自己和爆炸中心距离更远一点。弗朗西斯修女去厨房替我端过茶，我希望能在厨房里找到一只手电筒。黑暗中我完全失去了方向感和距离感。我在房间里的家具中间东扑西倒，最后终于摸到了墙壁，这下我终于可以稳住自己的脚步了。

最后我终于摸到了通向厨房的旋转门。这扇门似乎是隔开天堂和地狱的命运之门一样，一边是弗朗西斯修女焦黑湿透的遗物，另一边则是其乐融融的居家氛围。厨房的窗没有被木板钉上，借助后楼梯和巷道里发散出的灯光，我可以大致辨认出炉子、冰箱和橱柜的轮廓。橱柜上放着早饭用的杯子、碗与小盒麦片，但修女却永远都享用不上第二天的早饭了。我试着打开电灯，但房屋这一部分的电力都被切断了。

我没有找到手电筒，但是从炉子旁边的罐子里找到一把铲刀和一个长柄勺。我还看见了火柴和蜡烛。不过当我刚把手伸出去的时候，再次引发火灾的惨象便出现在我眼前，我连忙把手缩了回来。

我小心翼翼地回到前厅。厨房漏出的微光使我不致于被地板上的火灾残骸绊倒。我想找回我的手提包，但我现在更需要的则是一杯烈性鸡尾酒。

爆炸的时候我正坐在门旁的一把椅子上，我记得当时我把手提包放在椅子旁的地板上。我佝着腰慢慢往前走。我的手碰到潮湿并乱成一团的东西，感觉像是一把腐败的生菜。再把手探进去，我才意识到这是本烧了一半的书。地板上到处是烧毁的书籍残骸。拖着双腿走过湿漉漉的书页碎片，排山倒海的恐惧使双腿变得愈发发软起来。

我发现了一大块像是椅垫残骸似的东西，还找到些椅架碎片，但并没找到我的包。不过，我在房间中央摸索到一块玻璃碎片。我用铲刀翻开碎片，然后用长柄勺把包里的塑料杯捞了出来。扩展搜索区域以后，我有了更多的发现：水瓶的瓶颈和手提包底座的残骸一个接一个地出现在我面前。我把这些战利品放在我随身带来的塑料袋里。

我没法拍下找到这些物证的地点，没法替这些极易被污染的塑料证据袋做下标记。虽然这些证据都不能在法庭上用，但是它们却可能为我揭开袭击者的真实面目。

我伸了伸腿，全身几乎因虚弱而麻木了。我希望马上躺下来在潮湿的过火物品上睡一觉，把身上的疲乏一扫干净。我摸索着墙使自己直立起来，这时，妈妈失望的面容突然出现在我眼前。就在那天，妈妈告诉我她已经无药可救了，她皮肤苍白，漆黑的瞳孔里散发着死亡的气息。

亲爱的维多利亚，悲痛和死亡是这个星球上不可缺少的组成部分。每个人都会因为各种各样的事情而心生忧愁，但是我们不能把忧愁变成生活的主旋律。你必须向我保证你一定要热爱生活，永远不要因为个人的悲痛而离弃这个世界。

得知噩耗,我不住地哭泣起来。悲愤中,我甚至和无助的父亲吵了一架。

亲爱的,你爸爸没你那么坚强。他需要的是你的帮助,不是你的怒气。你最好别惹他生气。

妈妈的话无论在当时还是在现在,都没能给我带来安慰,反倒像必须担负的重担压在我的肩膀上,让我觉得我一定要比周围的人更为坚强。弗朗西斯修女已经死了,她活着的时候我没能给她帮上忙。她死了以后,我必须坦然地面对她的死亡。

我开始朝门口退去,像一个永远到不了极点的北极探险家一样在书籍、木板和座垫间艰难地前行着。快走到门边的时候,我突然从门缝里瞥见一道光影。是由于劳累而产生的幻觉吗?接着,窗棂间反射出一道手电筒的光柱。是执法机构的人还是闯空门的小偷呢?我一点力气都没有,手头又只有一把小铲子,根本没有力气保护自己。

门开了,一个巨大的身影迟疑不定地用手电筒扫视着房间,然后侧过肩膀观察着房间里的情况。这个动作使光照到了侵入者的头顶上,一头又坚又硬的头发尽入眼底。

"佩特拉·华沙斯基!"我惊呼道,"你来这里干什么?"

第二十八章 老房子燃起的火

手电筒掉到地上,我堂妹失声大叫起来。当我弯下腰把手电筒从地板上捡起来的时候,楼道间似乎传来一阵后退的脚步声。我推开佩特拉,朝走廊里看了两眼,但视线所及之处却一个人也没有。

"谁在那儿?"我问。

"维克……怎么会是你!"她惊慌得上气不接下气。"我还以为你在医院里呢。"

"我确实还没出院。你在这干什么?谁跟你一起来的?"

"没有别的人。我是一个人——"

"佩特拉,别想对我撒谎,你才没有胆量走进一间烧毁的黑屋子呢。快说实话,谁跟你一起来的?"

"竞选阵营里的一个男孩,"她嘟囔着,"我高声大叫的时候他就逃跑了。我不希望让他惹上麻烦,所以不要问我他的名字,反正我是不会告诉你的。另外,别对我尖声大叫,我是为你才来这里的。"

"你真是为我来的吗?"我的身体非常虚弱,必须撑在发黑的砖墙上才能站直身体,"你究竟准备打着我的名号干些什么坏事啊?"

"萨尔老爹说你把皮夹和随身物品都留在这儿了,我想帮你把这些东西取回来。他说附近的小流氓可能会破门而入,把可以用的东西全都一扫而空。"

"听起来像是真的,"我赞许道,"孔特雷拉斯先生的确有可能说这话。你干得不赖。"

"你为什么表现得和恶棍一样?"佩特拉问,"为什么不相信我的话?"

我拿起手电筒,对着房间狂扫一通。"我相信你。帮我把手提包找回来。我累得实在动不了了,不过我可以帮你打手电筒。"

她对我怒目而视,不过还是踮着脚走进了房间。她穿着一双表面光亮如新的高帮皮靴,我把手电筒对准了上次来时曾经坐过的地方。

"可能就在那个地方。迈步前尽量小心一点,你总不想把鞋踏在烧焦的地板上吧。"

她踮着脚尖走到椅子的残骸边,像我先前那样跪在地上,用手在椅子旁边四处摸索。"太让人恶心了,这简直像在垃圾桶里找东西一样。"

"你们到底在这儿干什么?"第二只手电筒刹那间照亮了整个房间。

我非常累,精力又全部集中在佩特拉身上,没有注意到走廊里传来的脚步声。心脏跳动的声音像翻腾的海水一样在耳边清晰可见。我犯了个致命的错误,并很有可能为此而付出代价。

"你是谁?为什么会出现在这个房间里?不赶快回答的话,你们就直接去和警察谈谈吧。"

"我是维多利亚·伊非革涅亚·华沙斯基,"我轻声说。"弗朗西斯小姐遇害的时候我和她在一起。你是……"

"我是卡洛琳·扎宾斯卡修女。"

我听说过这个名字。不过我头昏眼花,已经不知道她是谁了。莫里曾经说过……他说我是凶手的真正目标。我眨眨眼,试图把事情的来龙去脉理个清楚,我转过身,看着扎宾斯卡。手电筒射出的白光使我完全睁不开眼睛。我的膝盖一软，突然间坐在了地上，佩特拉的手电筒从我软绵无力的手上掉了下来。

我没有真正失去知觉，但没有力气开口说话。我听见修女在盘问佩特拉的身份。佩特拉回答说我本该在医院好好待着，却偏要亲眼来看看这里。她不知道我为什么会如此固执，感觉我可能是为了找回我的手提包才会来这里的。

我挣扎着想要说出话来，我完全不知道我的堂妹为什么会扯出这种谎来。她是不是只想着保护自己？这时走廊里传来一阵凌乱的脚步声。"别把警察招来。"我上气不接下气地说。好在来的不是警察，而是另外两个修女。接着，修女在堂妹的帮助下把我抬上了四楼。

"在电力系统没有完全恢复之前，我们不能用这里的电梯。"修女向我表达了歉意。

我们进入一个干净的房间，这里的陈设和法兰基修女的房间大致相仿，房间里放着白色的座垫、圣女像和一大堆书，她们把我放在一把扶手椅上。有人给我猛灌了几口非常热的糖水，我想我大概又回到了星期三在法兰基修女房间受袭的那个晚上。突如其来的大火以及烧伤的眼睛和手构成了我真正的梦魇。我鼓足力气坐了起来，我可不愿再当悲剧的女主角了。

"我把包掉在那儿了。"我说。

"大火扑灭以后，我捡到了你的包。"卡洛琳修女的声音冷淡如冰。这个自私自利的娘们儿，大难当头还惦记着我的包。

"不是手提包，我说的是我的证据袋。"我试图要站起来，但修女们却牢牢地把我按在了椅子上。

卡洛琳修女伏下身子，让我看着她的脸。"什么证据？"

我一口气把剩下的糖水全喝了下去。我的感觉略微好了一些，但神志还是不太清楚。"火灾的相关证据。很难跟你解释清楚。警察可能把燃烧瓶的碎片都取走了。测试……化学……反应……"因为不能清楚地表达出自己的意思，我急得眼泪都快掉下来了。这时我突然想起了流泪的克劳迪亚小姐，她也因为说不出完整的话而泣不成声。谁能想到，才过几天我也落到了和她一样的境地。

"我想知道瓶子里放了些什么。"我终于说出一句完整的话来。

"这又能有什么区别呢？不管瓶子里放的是汽油还是威士忌，法兰基终归回不来了！"一个修女大声呼号着。

"当然有关系。我觉得里面放的不只是普通的汽油，还应该有一定量的爆炸物。"

片刻的冷场过后，卡洛琳修女说："我知道你已经筋疲力尽了，但我还是希望你把刚才说的那句话向我们解释一遍，你是不是觉得这件事是职业纵火犯的杰作呢？"

另一个修女替我端来了第二杯茶，在茶水里替我兑上了一点白兰地。我被茶水里兑的酒精呛了一口，不过白兰地却使我的神志重新清醒起来。"也就是一种触媒。我想应该是机油的一种。它能加速燃烧，并能发散出大量的热量。不然那些书不会烧得那样彻底，她的头也不会——"我的语气突然变得结巴起来。"她的头……我试图抓住她，用布垫把她的头完全包住，但她的头还是——"

修女们用手稳住我的身体。咽下一口茶水以后，我对她们说："我只想知道两件事。其一，警察有没有把燃烧瓶碎片拿去分析？我想他们肯定没有这样做，不然爆炸现场的玻璃碎片应该早就没有了。其次，我想找个私人实验室分析分析这些碎片，看看燃烧瓶里到底包含哪些成分。"

卡洛琳·扎宾斯卡修女点头表示理解，她说她想就袭击本身和我谈谈。她想知道到底发生了什么事。"我早就想和你谈谈了。正如我先前说的那样,我找到了你的手提包。我试图去医院见你一面,但是护士说你的身体情况还不能接见亲友,甚至连神职人员也不行。既然她们已经准许你出院了——"

"我姐姐没出院!"佩特拉说,"今晚她只是想来这看看而已。"

"看到你没事我们就安心了,"有个修女说,"我不想冒犯你,但是你看上去真的像个幽灵一样,我想这也许能反映医疗系统的现状吧。还没等你的身体完全好,医院就会把你扫地出门。"

"没错,她需要回到床上好好休息一下,"扎宾斯卡说,"我会帮你把证据袋从法兰基修女的房间里拿过来。如果你可以告诉我那家私人实验室的地址,我可以帮你把证据袋送过去。现在你的侄女——应该是你的堂妹吧?——可以开车把你送回医院去了。"

"我当然会把她送回医院,"佩特拉说,"但是我如何能绕过前台把她送回病房呢?"

"她住在哪家医院?"一个修女说。

"以色列教会医院。"我说。

"我有那里的通行证,"那个修女说,"我在那里为携带艾滋病病毒的妈妈们服务。"

她向另两个修女低语了两句,引来她们的一阵笑声。我打了个小盹儿,朦胧中有人在我头上包了块头巾,我突然惊醒过来。

"维多利亚·伊非革涅亚·华沙斯基修女,这样行了吧,"扎宾斯卡说,"试着站起来,我们准备把我们的新同伴送到监护病房去。"

三个修女一块笑了起来,她们已经穿上了黑色的长袍。我记得法兰基修女说过她在面对法官时也会穿上同样的服装。修女们扶着我站了起来,让我在浴室的镜子面前瞧瞧自己的模样。她们在我脸上蒙了层面纱，参差不齐的头发完全被面纱遮住了。

看到面纱之间露出的那双眼睛，我简直被自己的形象惊呆了，似乎简单的服饰刹那间把我的身份完全改变了。镜中的我形容憔悴，不太像《修女故事》中的奥黛莉·赫本，倒是和《黑水仙》中的凯瑟琳·拜伦有几分形似之处。

扎宾斯卡和为艾滋病妈妈服务的那位修女一人搀起我的一只胳膊，带我走出门，下了楼梯，佩特拉和另外一个修女亦步亦趋地跟在我们身后。因为我的身体非常虚弱，所以移动的速度非常缓慢。当修女们把我挪到三楼楼梯口的时候，一阵稀里哗啦的声音突然从楼下传了上来。

卡洛琳修女放下我的手臂。"有人闯进了法兰基修女的房间。"

楼下的走廊里传来一阵脚步声。卡洛琳修女立刻从楼梯上飞奔下来。在医院帮忙的修女和我在一起，不过佩特拉和另一位修女却跟着她跑下了楼。我希望能跟上她们，但只能抓着栏杆每次移一小步。

走到楼梯拐角处的时候，我们恰巧看到她们三个追着一个男人跑下了楼。卡洛琳修女命令男人赶快停下来，但紧接着却听到了前门打开、汽车发动的声音。过了一会儿，佩特拉和修女们又回到了我这里。

"有人进入公寓，偷走了你的包，"扎宾斯卡说，"他们怎么会知道你的包在那里？"

"我不知道。"我疲倦地摇了摇头，脑子转得很慢，"你们知不知道，联邦调查局的人一直在监视着这幢房子？也许是他们干的。也许有人一路从医院跟我到了这里……这会儿我的神志还算清楚，但思考问题却完全不行。"

"联邦探员在监视我们？"为艾滋病妈妈服务的修女重复着我刚才所说的话。"你怎么会知道？"

"医院里……有人告诉我……"我的神志开始恍惚起来。

"我们差点儿就抓住他了,"卡洛琳修女说,"我抓住了他的绒线帽,但没抓住他的肩膀。接着他重重地打开了门,正好把门甩在玛丽·卢的脸上,他趁我们乱作一团的时候逃跑了。现在我真的很生气,如果他是联邦探员的话,他必须就上门殴打修女的事好好做一番解释。"

玛丽·卢的鼻子在流血。在医院服务的修女让卢坐在台阶上,然后把卢的头仰起来,用自己的面纱为她止血。大楼里的其他住客也拥了过来——五六个修女和带着孩子的一般住户。越来越大的吵闹声使我几近崩溃,我戴上墨镜,瘫坐在玛丽·卢身旁的台阶上。

"我需要躺下来好好休息一下。"我喘着气说,"请你们……去法兰基修女的房间……寻找燃烧瓶碎片……带上手电筒……带上照相机和干净的塑料袋……把证据拍下来……戴着手套拿……别污染……放进塑料袋……封好……标签……马上!"

修女们又低声讨论了一阵。拥有医院通行证的修女负责把我送回医院。卡洛琳修女和玛丽·卢修女负责在法兰基修女的房间里收集更多的玻璃碎片。

三个修女把我扛下楼梯的时候,佩特拉已经把她的那辆探路者停在了大楼门口。把我在跑车后座安顿好以后,卡洛琳修女把皮夹还给了我。

"当我打开你的皮夹,发现你是个侦探的时候,我才意识到你和我当初想象得不一样。"

"这样就好。老实说,你和你的姐妹们也和我想象中的修女完全不同。"

她笑了,用双手温柔地抚摩着我的额头。"希望你赶快康复。"

第二天早晨,住院医生失望地发现我的病情又有了反复,他让我在医院里再多待一天。洛蒂发现我的胳膊和大腿上又增添了新的伤口,不过并没有加以询问,我也当然没有义务主动告诉她。

我在病房的走廊里来来回回地走了十几次,希望能赶快恢复精力,但最后还是无可奈何地躺到床上,就这样走走睡睡地过了一天。下午三四点钟的时候,我又下楼买了杯咖啡。

回到病房的时候,我发现康拉德·罗林斯坐在病房的椅子上。康拉德是个警察。我们是朋友、敌人、情侣、合作者,时断时续地纠缠了十来年。

他的到来给我的心中带来一股暖意。"你调到这里了吗?"我故意用轻飘飘的语气问。

"当然不是。我仍然在原来的警局。你的烧伤还没完全好,别一个人出去买咖啡,听见了没有?"他的语气非常尖刻,但言辞里却包含着对我的拳拳爱心。"你的眼睛会好吗?"

"医生说会好的。"我生硬地说。

"我看了调查报告。蓄意制造的大火烧死了一个修女,把你也烧个半死。"

"报告里谈到触媒的事了吗?"我问,"燃烧瓶里似乎添加了助燃剂,不然火不会烧得那么旺。"

他摇了摇头。"还没有进一步的检测结果。不过这场大火实在诡异。你应该明白,汽油也可以达到完全相同的结果。我劝你别疑神疑鬼了,仅仅因为国家安全局的女探员一个莫名其妙的问题就把矛头对准警察和联邦探员。"

"你是为了这个才来的吗?"我问,"你想让我打消对联邦探员的怀疑吗?康拉德,我告诉你,他们一直在监视'争取自由中心'。除了监视以外,他们完全可能利用职权——"

"华沙斯基,你还有完没完!我可没工夫关心别人的事,我是为了自己的调查才来找你的。"

我疑惑地看着他。我最近办理的案子和芝加哥南区没什么联系,只能等他慢慢道来。等对方向你提问——别抢在对方之前表白自己,做公设律师时我常向委托人给出这样的建议,但轮到自己却往往做不到。

"华沙斯基小姐,你和火灾似乎结下了不解之缘,"康拉德说,"你所到之处都会发生大火,我很想知道这究竟是怎么回事。"

过了半晌,看到我仍没有答话,他说:"上周六你去过南区。"

经历过这几天的闹剧以后,我完全把上周六带堂妹去南区的事忘到九霄云外去了。"谢谢你专程来此提醒我这件事。"

他不怀好意地笑了笑。"你在休斯敦街的九十二号停留过一阵子。你想进那幢房子看看。"

我透过墨镜看着他。

"为什么要去那儿?"康拉德问。

"警察和联邦探员对我的每次行动都要详加打探,我简直被你们烦透了。这到底是美国还是伊朗?难道美国也和伊朗一样不讲人权了吗?"

"星期天晚上那里发生了一起火灾。住在那里的塞诺拉·安达拉女士告诉我们,有两个女人最近前去拜访过她。她们说自己从小在那儿长大,希望在房子里四处看看。她觉得这两个女人有可能来自与她孙子敌对的黑帮团伙,因为没有让她们进入那幢房子而放了那把火。"

"听上去的确像是我干的,为了泄愤而烧了一个老太婆的房子。"

康拉德把身体倾了过来。"你带我去过那幢房子,你说那是你长大的地方,给我看了你妈妈种下的树和其他一些东西。"

这话一点不假。去意大利之前我带康拉德去过那儿。当时我在我读过的高中带教一支篮球队,赛后我经常和康拉德出去喝一杯。有天晚上,我阴错阳差地把他带到了我过去住过的地方以及小时候经常和"波波"一起玩耍的卡鲁梅特湖,还兴致勃勃地提到了许多快乐的童年往事。

我从床上坐了起来。"我的堂妹来芝加哥过夏天。她希望和我一起重温华沙斯基家的历史。如果你去废弃的工厂和盖奇公园调查过的话,一定会发现我们也曾经去过那里。如果那两处地方也发生过火灾的话,我就会对你调查的事真正感兴趣了。有人在休斯敦街的火灾中受伤吗?"

"没有人受伤。老太太把她自己、她女儿以及她的孙辈们及时救了出来。消防队没多久就赶到了现场,火势很快就被控制住了。事实上,这还算不上是火灾,房屋的主体结构并没遭到破坏。"

"真是太好了。"我重新躺了下来。

"你不想知道这把火是怎么烧起来的吗?"

"是电线短路还是杰拉尔多在床上抽烟?"

"有人在吃晚饭的时候打碎了他们家的窗户,把燃烧弹扔进了客厅。所有人从后门逃了出去。当他们在后门等消防队的时候,两个下流胚从破碎的窗户钻进了客厅,在房子里大肆劫掠了一把。"

"真是垃圾,"我赞同道,"我感到非常遗憾。如果他们打破的是顶上有棱柱的窗户的话,那损失就更大了。那些棱柱是妈妈能在南芝加哥一直住下去的主要原因。"

"华沙斯基小姐,你真的对这件事一无所知吗?"

我非常愤怒,不过我的身心还是很疲惫,血管里的吗啡使我昏昏欲睡,完全对他发不起火来。"康拉德,我很累。我的伤还没完全好。

几天之前,我把一个浑身着火的女人拖出了火灾现场,但还是没能挽救她的性命。别向我提过为复杂的问题。别因为我所做不了的事情而谴责我。如果你再暗示住在休斯敦街的居民受到袭击与我有关的话,我就永远不会再和你谈话了。即便你想给我买职业棒球总决赛的门票,也得通过律师送给我。"

他抽了抽鼻子。"老太太说她看见了你。她说当她绕到房子前面等待警察和消防员的时候,看见你在房子对面的马路上目睹这一切。"

我做了个鬼脸。"她爱怎么说就怎么说吧。当时天色是不是很黑?她只通过一尺宽的防盗锁见过我一次。她看见的肯定是别的什么人,误把那人当成了我。或许她知道真凶的身份,但出于害怕,只能把过错栽在陌生人身上。"

康拉德站起身俯视着我。"维克,我信任你。我真的非常信任你。第四分局除我以外没人知道你是在那幢房子里长大的,至少到现在为止我还帮你保守着这个秘密……但是为了使我的良心得到安宁,我会把你放到一列队伍中让塞诺拉·安达拉加以指认。"

第二十九章 友善的政府雇员们

接下来的几天过得十分无聊。为了让眼睛得到恢复，尽快投入工作，我几乎什么事都没干。洛蒂把我带到她家，让我借助她家地下室的健身器材尽快恢复体力。当她白天去诊所或医院上班的时候，我就四处给人打电话。

在洛蒂家的第一天，孔特雷拉斯先生在洛蒂离家上班之前，过来探望了我。他带来了佩特拉帮我装好的一小箱衣服，如果让他帮忙整理女人的内衣，他一定会感到尴尬的。他把两条狗也带来了，这让洛蒂颇为不快，因为她家里放满了玻璃制品，收藏着一些大师级的艺术巨作，其中甚至有一尊她的祖父母给她留下的安德洛玛克①的小型雕像。米奇过于旺盛的精力使她颇为紧张，她只能以我的身体尚未完全恢复为由中断了这次探访。

"你不是说不把它们带来的吗？"我把两条狗带到厨房后面的走廊里，准备用货梯把它们送下去。

"皮维想来见你，"孔特雷拉斯先生说，"我告诉她你一定很想见她。"

"没错。越快越好。你能到我房间找到我的手机充电器，让她帮我

---
①古希腊神话中赫克托耳的忠实妻子。

带过来吗?"我不能一直占用洛蒂的手机,但我必须和外界保持联系。"这是我的车钥匙。让她去科德兹街把我的车开回来,不然我可能会收到上几百张交通违章单。"

我根本没指望还能用上我原来的手提包。从包里取出钥匙的时候,我的手上沾上了一大把灰尘。卡洛琳修女从皮夹里唯一没有被烧毁的证件塑料外壳上了解到我是个侦探。证件下面放着的信用卡和驾驶证全都化成了一团。我给信用卡公司打电话,让他们帮我办理新的信用卡。不过我必须亲自去州务卿办公室才能拿到新的侦探执照。

孔特雷拉斯先生离开之后,洛蒂也去她在达曼的诊所上班了。我抗拒着上床休息的冲动,给卡洛琳修女打了个电话。我想知道她是不是在法兰基修女的房间里找到了更多的燃烧瓶碎片。

"你刚走警察就到了。他们想知道谁撕破了警察贴的隔离胶带。我告诉他们肯定是我们没追上的那个人干的。他们在门上加了把锁,这样我们就再也进不去了。"

"用断线钳就能把它弄开。"我抚摸着纱布包着的手指,想象着把探针伸进锁孔的情形。

"我们想过这个办法,"修女不动声色地说,"但是我们更想知道谁在监视我们这幢房子。根据你的说法,这些人应该是联邦政府的雇员。"

"那帮家伙到医院看过我——国家安全局、联邦调查局和爆炸调查处的人都来了。那是爆炸之后的第二天,我已经记不太清当时的情形了。他们知道楼里住了些什么人,也知道每个家庭的大致情况。现在想来,他们甚至有可能正在偷听我们现在的对话。你们最好别用断线钳去撬门,这些人可能对你们的一举一动都了如指掌。"

"你是说有人在针对我们进行窃听吗?"扎宾斯卡气得说不出话来。

我让她到洛蒂家和我私下谈谈。尽管我非常警觉，但还是想马上找她谈一次，看看法兰基修女有没有告诉过她任何与哈莫妮·索瑟姆遇刺一案有关的事。

洛蒂上班之前曾经让我发誓别离开她的公寓一步，但我却想马上投入到行动中去。做了一番力所能及的运动以后，我和在我办公室里帮忙的玛丽恩·克林普顿开了个简单的电话会议，接着便不安地在洛蒂的公寓里四处走动起来。在放着电视和许多册图书的侧厅里，我在针线篮里找到一把大剪刀。我走进浴室，开始整理起自己的头发来。

五岁的时候，爸爸送给我一个长着黑色头发的洋娃娃。那是约翰·肯尼迪执政的第一年，所有的娃娃都有肯尼迪式的酒窝。我和"波波"找了把剪刀把洋娃娃的头发修理了一番，剪完以后就是我现在这个样子。牙医不为自己拔牙，侦探也没有为自己剪头发的——至少不在他们的手被纱布缠上的时候。

一点过后，当我快被无所事事逼疯了的时候，警察适时地出现了。他们知道我已经恢复了不少，他们可能也知道洛蒂此时不在家，正是和我交谈的好时候。

我戴着墨镜，借以强调身体仍然没有完全恢复好。为了谨慎起见，我亲自坐电梯下去接他们，以确定他们的身份，我可不想把劫匪引到朋友的家里来。我在医院里并没见过这些人的脸，不过从声音里可以判断出他们就是上周侦讯过我的那几个人。

联邦调查局派来的是莱利·托吉森，不过这次他还多了一个帮手。国家安全局紧急事务管理处这次倒只派了上次来过的那个女人，芝加哥警察局派出的还是爆炸和火药监督处的那两个家伙——一个非常年轻却挺起啤酒肚的白人青年和一个长着巨大眼袋的光头拉丁人。

"赫切尔医生没有允许这些陌生人进入她的公寓。"我告诉门卫说,"这里有能用的会议室吗?"

"在物业经理的办公室里有一个小会客室可以给你们用,"门卫迟疑地说,"不过那里的面积很小。"

"我们可以把你带到密歇根街的三十五分局。"拉美裔警察说。

"我们就用物业经理的小会客室吧?……毕竟我们只有六个人。"

门卫给物业经理打了个电话,询问会客室是否有人占用。得到了否定的回复以后,他让物业经理派个人下来接我们上楼,这样他就不用脱岗送我们上楼了。

会客室的确很小,六个人和当中的一张小圆桌完全把会客室占满了。我很抱歉没有让他们进入洛蒂的公寓,不过如果他们不能忍受彼此之间的气味的话,也许他们不会在此地久留。也许紧急事务管理处的女人会首先叫嚷着要离开这里吧。

我一直戴着墨镜,试图惹恼他们。他们也许想通过眼球转动之类的表情变化读懂我的心思,可他们现在却什么都做不了。

"你好像和另一个泼妇干了一架似的,"托吉森说,"你第二次去修女家的时候是不是把头发放在搅拌机里搅过?"

"你们都听过当时的录音了,是吗?看来警察局、联邦调查局和国家安全局都得到了相同的录音带副本。现在的问题是——"我故意停顿了一下。他们纷纷前倾着身子,似乎想马上得到我的自白一样——"为什么争吵过的女人总会被人当泼妇看待?我想你们一定对我做过了充分的调查,你们一定知道我养了两条狗,我身上的伤说是被狗抓的应该更为合理些。而你们却偏偏想到了泼妇干架——"

"你够了没有!"托吉森朝我咆哮着,"你完全知道我在说什么。"

我摇了摇头,"读懂别人的心思可不是我的专长。我没偷听过别人的电话，我不可能仅仅通过简短的对话知道你在想些什么，你又在说些什么。"

"华沙斯基小姐，我们知道四天前的晚上你离开以色列教会医院，去过修女的公寓。"来自爆炸和火药监督处的白人小伙说。

看见我什么都没说，他问："是这样吗？"

"你想知道些什么？"我问。

"我想知道四天前的那个晚上你去修女的公寓干什么？"他的声音紧绷，似乎在极力控制着自己的怒气。

"四天前的那个晚上我还住在医院里呢。"我说。

照顾艾滋病妈妈的修女把我送到医院时，向警卫出示了她的通行证，然后和护士闲聊了一阵子。我垂着头，警卫和护士没有对艾滋病区新来的修女表现出额外的兴趣。我神不知鬼不觉地溜回了病房，五楼病区没有人注意到那天晚上我曾经出去过一趟，第二天早晨也没有人就此事询问过我。医院里肯定没人知道我那天晚上逃夜的事。

"有人看见你那天晚上进入了'争取自由中心'，"紧急事务管理处的女人说，"你去那儿干什么？"

"我被人看见了吗？"我惊讶地问道，"别跟我玩儿这种老掉牙的把戏。要证明我那天晚上确实去过劳伦斯大街，你必须拿出更具体的证据来。"

女人从公文包里拿出几张摄像机拍下的定格照片放在我们之间的小圆桌上。大伙纷纷凑过头去看。照片上打着时间戳，照片中的女人穿着白衬衫和牛仔裤，一头黑发中夹杂着几丝白发。这些照片是从背后拍的，所以看不出她的头发到了太阳穴的地方都被剪掉了，也看不到她正在用塑料镜片的边缘撬开门锁。

"我不知道这人是谁，"我说，"她的外套上并没有写'嗨，我是维多利亚·伊非革涅亚·华沙斯基'。如果我去过那儿,我一定会记起来的。你们有我离开那儿或是我的正面照片吗?从背后根本看不出这个人是我。"

他们沉默了一会儿。离开时我戴着修女的面纱,脸部朝下,佩特拉和两个修女在背后架着我。当时他们多半也拍下了照片,但那种照片更说明不了什么问题了。

"华沙斯基,我想我们的目标应该是一致的,"来自爆炸和火药监督处的拉美人说,"别抱着对抗的心理和我们谈话好吗?"

"警官,我们的目标是什么呢?"

"你想抓住杀害弗朗西斯修女的凶手,我们也想。"他说。

"这确实是我最大的心愿。"我赞同道。

"那你为什么不肯告诉我你在弗朗西斯修女的公寓里干了些什么呢?"联邦调查局的莱利·托吉森插话进来。

我打了个呵欠。"我没去过她的公寓。"

"我们暂时不谈四天前那个晚上的事了,"托吉森说,"着火的那个晚上……那天晚上你应该在修女的公寓里没错吧……我们想知道你为什么要去那里。"

"那天晚上我的确在弗朗西斯修女的公寓里,我去向她打听一些有关斯蒂夫·索伊尔的事。"

"我们知道这个。"托吉森的跟班说。

"你们在她的房间里装了窃听器吗?"我问,"我想这些窃听器的质量应该很不错。如果你们在火灾之后把它们取了回来,你们应该很清楚这一点。它们至少比你们从别的国家购买后又转售给阿富汗的蹩脚武器要好上许多。"

"你们对那间房子进行窃听了吗?"爆炸和火药监督处的白人小伙

问,"该死的,你们为什么要这样干?"

"为了国家安全,"安全官员答道,"别的恕我不能多说了。"

"这种掩饰手段可真够高明的,"我小声嘟囔着,"从现在开始做任何特别让我为难的事时,只要大嚷一句'这是为了国家安全',我就拒绝再开口。"

"够了,"托吉森说,"你在弗朗西斯小姐的公寓里做了些什么?"

"我是为了国家安全去的。"接着我就不肯再多说一个字了。

爆炸和火药监督处的两个探员露出笑容。看得出哈莫妮那起案子对警察和联邦探员来说并没有太大的意义。我由着他们热烈讨论了一会儿。

"我有个问题想要问问你们,"我说,"你们很清楚我是为了调查四十年前被控在马奎特公园杀害哈莫妮·索瑟姆的斯蒂夫·索伊尔去见弗朗西斯修女的。那年夏天弗朗西斯修女和索瑟姆小姐一块儿参加了游行,她说斯蒂夫·索伊尔不可能是杀害索瑟姆小姐的凶手。你们重新调查过这个案子吗?"

"案子已经判了,他也已经认罪了,我们对这种案件没有太大的兴趣。"拉丁裔警察说。

"国家安全局的人在医院里问我的最后一个问题到底是什么意思?她为什么想知道弗朗西斯小姐就索瑟姆的案子说了些什么?"

"我想你多半是听错了。你吃了很多药,当时又在病痛之中。"托吉森说。

"你那天带了录音机。"我盯着自己的指尖说,"你可以再听一次当时的对话,我能告诉你们的只有这些。"

拥挤的会客室突然安静下来。过了一会儿,爆炸和火药监督处的两位探员开始问我爆炸案当时的情况,我把火灾前后的详细情况原原本本地告诉了他们。这些事对案件的侦查工作不会有太大的意义,但我是案发时唯一的幸存者,有义务向警察做证。

当我重复向他们提到扔进房间的燃烧瓶时,三个燃烧瓶在我脑海中突然变得越来越不真实起来。我很流利地向警察描述着当时的情况,似乎那是惊险小说里的一幕场景,而不是发生在现实生活中的惊魂一刻。

描述完以后,我向他们询问在燃烧瓶里发现了什么物质——汽油、助燃剂,还是爆炸起燃液?

"我们不能回答你这个问题,"托吉森的跟班说,"这个案子与国家安全有关,我们不能透露与之有关的细节。"

这下轮到我控制不住自己的脾气了。"嫌疑犯的情况怎么样?你们一定拍下了他们的照片,带时间戳的那种,对吗?你们有没有识别出他们的身份?"

"调查事关国家安全,我们不作任何评论。"

"这些照片不关乎国家安全了吗?"我从圆桌上拿起"争取自由中心"门前拍下的那几张定格照。"这样吧。我把这些照片拿去给卡洛琳修女看看,也许她知道这个人是谁。根据她潜入过弗朗西斯修女公寓的这一情况,卡洛琳修女也许能认出她来。"

"如果你没去过那儿的话,你又是如何知道那天晚上有人潜入过弗朗西斯修女的公寓呢?"托吉森反唇相讥道。

"我是听你说才知道的。"我站起身,拿过那些照片。紧急事务管理处的女人连忙凑了上来,从我手中夺过照片。鼻息中发出难闻的恶臭。

"这些照片是联邦财产,属于高度机密的文件资料。"

"我明白,"我调侃道,"又是'事关国家机密'。"

她怒视着我。"我警告你,最好不要向修女提出用断线钳进入警方控制的房间的建议,不然有你好瞧的。"

我朝她笑了笑。我们正在进行一场测试各自忍耐力的比赛。"听着,在我们这个国家,有些人什么活都不用干就能靠社会福利拿到十万美元。看到你这样任劳任怨地为这个国家出力,我感到非常高兴,觉得自己的税金没有白花。你的工作非常努力,希望在个人档案里能对此加以肯定。"

第三十章 满嘴谎言的家伙

尽管在和执法人员的争论中没有处于下风,但相比于整个司法体系来说,我的力量还是微不足道的。如果我能恢复到正常的工作状态的话,我一定要查查他们为什么会对我如此关心。让我感到惊奇的是,他们对弗朗西斯修女和我的谈话内容似乎比对弗朗西斯修女的死更为关注。

我应该老实向他们承认两天前的那个晚上曾经到过犯罪现场的事实。但我始终弄不明白他们为什么要对"争取自由中心"进行全方位监视。这个组织难道会妨害国家安全吗?

长时间的讯问把我弄得筋疲力尽。我试图用大写字体记一些笔记,但刚一落笔就疲倦得睡着了。过了不知多久,我被门卫按下的门铃声吵醒了——卡洛琳·扎宾斯卡修女依约而来。

"你的状态看上去很不好。可以和我谈话吗?"一见到我,她就开始对我嘘寒问暖起来。

她自己的状况也好不到哪儿去,脸色因悲痛而有些发青。她又高又壮,但两侧肩膀因为过度的打击显得有些下垂。

"只是头发有些乱而已,"我把自己从自悲自悯中摆脱出来,"我想用大剪刀把头发剪齐,没想到却越剪越乱。联邦探员真是没教养,他们说我看上去像是跟泼妇干了一架似的。"

"这确实像是联邦探员经常会用的语气……他们那些人可真是无药可救了。"

她跟着我走到客厅旁边的小阳台,夏天,洛蒂在阳台上放了一张小桌子和几把椅子。我给她端来了几样小点心,然后到厨房调制起饮品来。她站在阳台上,安静地俯瞰着密歇根湖。洛蒂喜欢用威尼斯咖啡招待客人,不过我在橱柜的抽屉后面发现了一小包德国草本茶。我用两只裹着纱布的手掌小心翼翼地端着托盘回到阳台。卡洛琳修女找了把椅子坐了下来,然后便马上向我询问我是如何知道有人在监视"争取自由中心"的。

"我不知道联邦调查局的人有没有参与他们的行动,照片是国家安全局的人拍的。"我把刚才和执法人员的谈话内容讲给她听,然后告诉她国家安全局把所有出入"争取自由中心"的人都拍了下来。

"真是太险恶了。他们为什么要这么干?"

"我不清楚。在医院里第一次讯问我的时候,他们绕来绕去总是在问我有关'争取自由中心'的问题。他们暗示这和房子里的某位住客有关。你应该知道他们指的是什么。"

"我怎么可能知道呢?我们的确在美洲学校发起过一些抗议活动。我们为贫苦的移民和难民工作,为被判处死刑的人喊冤抱屈。为贫困的人提供住处。总之,我们只想营建出一个和谐安定的社会。我们从来不干邪恶的事。我们不卖毒品和武器,也不会去窃听别人的隐私。"

"你觉得你们这些行动是在为社会做贡献,但美国政府可不这么想。维护社会安宁、安置移民、反对迫害、反对死刑——他们肯定会把你们这个组织视为对他们的威胁。联邦政府肯定有很多人在监视着'争取自由中心'。"

"这意味着我们对其他的住客造成了伤害,"扎宾斯卡忧虑地说,

"我们不是这幢大楼的实际拥有者,但拥有这幢房子的管理公司非常慷慨。他们除了把一楼借给我们用以外,还让我们管理那里的公寓。我们有五个修女负责对那幢住宅进行管理。租用公寓的除了难民,还有一些无家可归的穷苦人。也许我们应该把那些可能会被引渡回国的移民及时转移出去。燃烧弹的事情发生以后,那里的租客都非常惊恐。"

"你在谈到这些问题时必须非常小心,"我警告她说,"说不定他们不仅仅是窃听你们的电话,你们的日常谈话可能也在他们的监听范围之内。"

接着我向她说明发现和阻止监听是非常困难的,碰到国家安全局这样的单位时你更是防无可防。这时卡洛琳修女已经出离愤怒了。我们讨论了几项可能采取的防范措施。技术手段无疑太费钱了。用代码和暗号进行交流则耗时耗力。

"国家安全局的监听会把我们逼疯的。这对我们的行动伤害很大。也许碰到重要的事情时,我们可以去过道里谈。"

我对她做了个鬼脸。"在过道里安放微型摄像镜头是件非常方便的事。国家安全局有没有在过道里安装摄像镜头取决于他们对'争取自由中心'的关注度有多高。"

卡洛琳修女用手腕抵住自己的眼睛。"我知道这件事很重要,不过我们很难把精力投入到寻找摄像头的事情上。我们仍旧对法兰基修女的突然离世而感到震惊,很难相信这种极端暴力的事情会在我们的眼皮子底下发生。说老实话……我根本没有想过会突然失去她。我是'争取自由中心'的主席。但中心的所有工作都是围绕着她在进行的。无论从精神上还是心理上,她都是中心的实际领导者。我想知道她为什么会被人杀害。"

我抿起嘴唇,"我希望我能知道,但我真的不知道。"

"当我看到你皮夹里的侦探执照时,我还以为你是被派来监视我们的呢。那时我还没有意识到政府已经监视我们很久了。我想你可能是某个反对移民的社会团体派来的。"

我只能把寻找雷蒙德·加兹登和斯蒂夫·索伊尔的故事又向她重述了一遍。当我提到卡伦·列农的名字时,卡洛琳修女的神情稍稍缓和了一点点。

"卡伦……我认识她。她是反对死刑委员会的执行委员。我们在争取可负担的健康支付行动中一起合作过。她是怎么找到你的?"

"我们是在一次极为偶然的情况下认识的。有个无家可归者在我办公室的门口摔倒了,我把他送到医院急诊室的时候恰好遇见了卡伦·列农。"

"赫切尔医生也是我的老相识了——我刚刚意识到这是她的公寓——我还在纳闷你怎么会和赫切尔医生住在一起呢。"

我和洛蒂是老相识了。我上大学时,洛蒂在一家地下堕胎诊所做顾问。卡洛琳修女认真地聆听着我们相识的经历。卡洛琳修女的一些移民朋友曾经在洛蒂的诊所里得到过及时的救治,洛蒂曾经挽救过一个被枪击中的孕妇的生命。得知洛蒂与我交好、我又在和卡伦·列农一起工作时,扎宾斯卡看我的眼神变得更柔和了一些。

我把话题转回到调查上。"弗朗西斯修女跟你提过斯蒂夫·索伊尔的审判或是马奎特公园游行的事吗?"

"那些事发生时,我还是贾斯丁中学的初中生。有一次,法兰基修女到学校里为我们宣讲神职人员救助贫困的意义。孩子们纷纷为她喝起了倒彩,但是她却让我看到了另一个世界。因为法兰基修女的缘故,我才会投身到社会公益的事业中来。"

她摇了摇头,试图抑制住自己的泪水。"当时我还小,她不可能对我提起案子的事。过了十二年，我才度过修女的见习期，到芝加哥和她一起工作。这期间发生了太多需要处理的麻烦事——美洲学校，危地马拉难民，还要帮助移民提供职业、医疗方面的服务——这在过去是司空见惯的事。她认为斯蒂夫·索伊尔被误判了吗？"

"他的确有可能被误判。从读到的审判记录来看，我只能说对他的审判简直是场闹剧。弗朗西斯修女想在审判中做证，但辩护律师却没有让她出庭。"

我的嗓子又干又哑，以至于根本说不出话来。"有个记者说我是被袭击的目标，但他不肯告诉我这条消息的源头。"

"为了不让你们传递消息而杀害修女，这在尼加拉瓜和利比亚还说得过去，但这种事怎么会发生在美国呢？我们都以为美国是个安全自由的国度，但谁承想政府竟然在监视我们。联邦探员很清楚你当时正在和她谈话。"她瞪大着眼睛吞吞吐吐地说，"你不会是以为……以为他们……"

我皱了皱眉。"尼加拉瓜反政府武装会杀害修女，国家安全局就不会做出同样的事吗？在国家安全的名义下，他们做得出任何事。我只知道我很软弱，什么事情都无法向你保证。"

扎宾斯卡用手指一遍又一遍地转动着洛蒂的亚麻杯垫。"你向卡伦·列农和狮门养老院的那两位老人收取了多少费用？"

"我的标准费用是每小时一百五十美元外加我的办案开销。"

"我们付不起这么多钱。我想找出法兰基修女遇害的原因，你可不可以为我们出点主意？如果能查明真相的话，我们的心情或许会好受一点。"

说话之前我就明白了她想说什么，但是我并没有加以反对，调查弗朗西斯修女的死因是我分内的事。

"没问题,"我轻声说,"我的心情也会好受一些。"

走过"争取自由中心"吵吵嚷嚷的各个部门的时候,我们谈到对弗朗西斯修女怀有恨意的可能有哪些人。即便连圣徒也有敌人,所以他们才会成为殉道者。

想了好一会儿,我对卡洛琳修女说:"如果能进入封上的房间帮我捡出燃烧瓶碎片那就太好了。"

"你不是建议我用断线钳进去吗?"她狐疑地问。

"用锤子也可以。那扇门不算太牢。使劲敲几下就敲得开。现在我的手还没完全好,不然我完全可以办得到。"我的手还要两天才能拆线,如果它们能够运动自如的话,洛蒂就可以让我回家了。

卡洛琳修女站起身,临走之前帮我到厨房里洗好了杯子。在楼道里等电梯时,卡洛琳修女对我说:"用锤子更能让我称心如意,我正想好好发泄一下呢。如果我们能找到燃烧瓶碎片的话,明天我会找个人给你送过来。"

那天晚些时候,佩特拉到洛蒂的公寓看我了。从出电梯的那一刻起,她就开始聒噪个没完。洛蒂把佩特拉让进门以后,佩特拉便从走廊直冲进客房,我只好挂断了给玛丽恩的电话。

令人吃惊的是,佩特拉竟然没忘把充电器给我带来。另外,她还把寄给我的信全都带来了。她把信件放在办公桌上,然后在窗边的高背椅上坐下来。"让我把这些信打开给你念念吧?这里肯定有一百多封信!"

"别读信了。信里大多数是账单,明天处理也来得及。我的那两条狗怎么样?竞选阵营还和以前一样吗?你还像以前那样无忧无虑吗?"

她笑了。"我对工作的事倒并不怎么在乎。我想这大概是我和任何人都能处好的原因吧。其他人或多或少都有一些私心,希望随着布赖恩的步步高升，能捞个大官当当。"

"那你想怎么样呢？"我随意地问。

"开开心心地度过这个暑假，不给任何人惹麻烦。"

她的语气异乎寻常地严肃。我摘下眼镜，怔怔地看着她。"佩特拉，发生什么事了？有人指示你做什么坏事吗？"

"没什么，今天晚上我不想谈这个话题。你还记得你在托尼伯父皮箱里发现的那个白袜队签名棒球吗？"

"你是说内利·福克斯的签名棒球吗？当然记得。那个棒球怎么了？"

"我跟爸爸提到了那个棒球，爸爸很希望能得到它。那个棒球在你手里吗？你好像曾经说过要把它拿到易趣上去拍卖，不知道成交了没有？"

她在信口开河，我吃惊地瞪大双眼。"佩特拉，今晚你到底是怎么了？棒球的确在我手里，但我并没有拿它做过任何事。爸爸把这个棒球和他的那些嘉奖状放在一起，我才不会把它拿出去拍卖呢。"

"你把它放在哪儿了？"她问，"我可以拍张棒球的照片寄给爸爸吗？"

"佩特拉，你对我隐瞒了一些事。尽管我不知道你这样做是出于什么目的，但是……"

她脸红了，用手把玩着橡皮手链。"爸爸明年就七十岁了，我和妈妈想着送给他一件真正有意义的东西。我想到了那个棒球，于是——"

"你刚才不是说你已经和彼得提过棒球的事，他很想得到它吗？现在为什么又改变了说辞？"

"别咬住我不放好吗？我只是说错句话而已！"烦乱中她差点儿把高背椅打翻在地。

"那我真要好好问问你了。那天晚上你去弗朗西斯的公寓究竟是要干什么?和你一起去的那个人是谁?"

"我告诉过你——"

"孩子,从六岁开始我就和各种各样的说谎者打交道了。老实说,你的谎说得可不怎么样。"

她怒视着我。"如果我把真相都告诉你的话,你一定会取笑我的。"

"把你所谓真相说给我听听。"

"我觉得你正好缺个助手什么的。去南芝加哥寻根的时候,你在我面前和歹徒斗智斗勇,我对你的表现非常钦佩。我想如果我能帮你找到点线索的话——也许在竞选阵营解散以后,你可以把我招为助手。如果你想取笑我的话……"

她的脸烧得通红。我下了床,跪在她身边,动情地拍着她的肩膀。

"你也想成为一个侦探吗?你觉得那天发生在休斯敦大街上的事情非常有趣吗?如果你在为我工作的时候出了点岔子,你父母会把我生吞活剥的。他们才不会让你干这么危险的事呢。"

我坐回到躺椅上,这时我的心里突然又生出一种想法来。"佩特拉,上周日有人往我们在休斯敦街的老房子里丢了枚燃烧弹。塞诺拉·安达拉说在马路对面看到了我们两人中的一个。那个人不会是你吧?"

"维克,你不是告诉过我不要一个人去那儿吗?"

"那你就真的没去过吗?"我问,"你没有假扮侦探潜入那幢房子吧?"

"我没有在你原来住的房子玩过侦探游戏,听明白了吗?"她的脸气得发红,"对不起,我把侦探工作看得过于简单了。爸爸说加布里埃拉把你惯坏了,你从小就养成了不容许别人出头的坏毛病。"

"所以你也想抛头露面了是吗，想让我知道你也可以做得很成功？"

"你真会对我的话挑毛病。"说着她气冲冲地从房间里走了出去。橡皮手链在她的臂膀上前后摆动着。

走到门口时，一条橡皮手链突然从她的胳膊上飞了下来。我弯下腰，把手链从地上捡了起来，这是条贴着标签的白色手链，标签上注有联合起来反对贫穷和艾滋病的口号。

我闭上眼睛。我要像她这么大，难保不会和她做出同样的事来。我把手链交还给她，"如果我肯把风头让你出的话，你愿不愿意听取我的意见呢？"

她恢复了平静。"你想把探案的技巧教授给我吗？"

"我做的大部分都是没有技术含量的杂事，比如说处理办公桌上的那些账单，"我告诫她，"你可以先试六个月，看看自己喜不喜欢这项工作……竞选阵营的工作结束以后，我就可以让你来试试。"

她用双臂抱住我的脖子，把我胸口上新长出来的皮肤按得生疼，然后跑进了开着门的电梯。我在客厅里和洛蒂道了声晚安，心里还琢磨着佩特拉刚才那番话的意思，没有把注意力放在洛蒂身上——佩特拉真打算和我展开竞争吗？上周日她有没有出现在南芝加哥？——正当我百思不得其解的时候，洛蒂的电话响了。

电话是卡洛琳·扎宾斯卡打来的。卡洛琳想找我谈话。

"维克，我们晚了一步，"她开门见山地说，"有支不知从哪里冒出来的拆迁队把法兰基修女的房间清理了一遍。物业经理说一位不知名的赞助人想做些对教堂有益的事情，装修工明天就进场了。"

第三十一章 支离破碎的家

几天以后，我回到了自己家。手上的纱布已经去除了，露出红色起皱的皮肤。我必须从早到晚戴着一副特制的花边长手套。我现在还不能游泳，接下来几个月也不能在炽热的阳光下暴晒。我把特制的塑料镜框墨镜换成了普通墨镜。医生还暂时不让我看电视、用电脑和驾驶汽车。

在洛蒂家的时候，我和那里的看门人通过几次话。他说没看见有人徘徊在门外等待受伤女侦探的出现。除了第一天的执法人员以外，也没有陌生人来探访洛蒂。我开始怀疑爆炸案可能和弗朗西斯修女在"争取自由中心"的工作有关。这种想法并不能削弱我抓到凶手的决定，但我却不再像以前那样做噩梦了。我没有杀害她，只是对她的死束手无策罢了。

在洛蒂家养伤的时候，我并非整天无所事事，给所有打来电话的媒体都回了电话。虽然有点无奈，但我不得不承认，成功的侦探必须时不时出现在网络上。

因为玛丽恩·克林普顿的突然离职，吸引媒体的注意力显得愈发重要起来。"她不愿意独自面对愤怒的客户和四处找你的记者。另外，因为你在爆炸中受了伤，她对一个人待在办公室感到非常担心。我们暂时找不到可以接替她的人选。"

"恐怕我们今后再没有合作的可能了。"我郑重地说。

事情变得愈发严重起来。在我康复期间，需要处理的公务开始成倍增长。平时的上班时间，我让电信公司把我的电话转到自动台。然后又分别给客户打电话，查看哪些业务可以分包出去，哪些业务可以推迟些再做。

一些客户把业务移交给拥有多个侦探的大型律师事务所。这个决定还算聪明，主管侦探一旦遇到什么麻烦，至少有个后备可以及时顶上去。想到越来越瘦的钱包，我禁不住惊慌起来。想到乔治·多尼克的山鹰保安公司以及他对"托尼女儿"的诚挚邀请，我突然变得害怕起来，我不想让事情发展到那个地步。

另外，我对佩特拉的现状也非常担心。关于那天出现在"争取自由中心"的原因，我总感到有几分蹊跷之处。她想与我比肩固然让我感到欣慰，但我很难相信她真会这么想。塞诺拉·安达拉说扔到她家的燃烧弹与站在街道对面以前住在那里的女人有关，我觉得她不一定是在胡扯。康拉德觉得那个人一定是我，因为他知道我是在那儿长大的。不过塞诺拉·安达拉很可能把我们看作是一家人……当时用西班牙语和她对话的还是佩特拉呢！

虽然佩特拉否认在南芝加哥地区玩过侦探游戏，但这并不说明上周日晚上她没去过那儿。她为什么要去我住过的老房子呢？我实在想不出佩特拉去那儿的理由。

我把这个念头抛在一边，给管理"争取自由中心"所在大楼的物业公司打了个电话，询问清理法兰基修女房间的拆迁队是谁派过去的，装修房间的又是些什么人。但费了九牛二虎之力，我还是没能从他们那里问出些道道来。

我在卡洛琳修女的手机上留了条消息，让她帮我打听一下承包商的消息。打电话的时候,她正在和移民归化局的律师谈话,不过几个小时后她就给我打来了电话,她说她已经找拆迁队和装修队的人谈过了,两支队伍的承包人都不知道雇他们的人是谁。如果他们放下现在手里的活儿,到这幢大楼做事,承诺给他们的费用相当于平时的双倍。

"起初,他们压根儿就不想跟我谈。我想也许是害怕我会把他们报告给国税局。我信誓旦旦地向他们表示我只是想得到些信息而已。"

我想象着卡洛琳修女戴着面纱庄重地对他们做出保证的样子。我问那些钱是谁给的,卡洛琳修女说承包人宣称付钱的是一个之前素未谋面的白种男人。

"别告诉我他穿着风衣,戴着毡帽。"我淡淡地说。

"具体什么样子我就不知道了,"她说,"这有什么关系吗?"

"当然有。这至少能看出他们有没有在对你撒谎。"

"你觉得他们知道幕后人的真实身份吗?"

我坐在洛蒂家厨房的桌子前,对关键时刻的无能为力感到愤恨不已。"我当然不能完全确认。不过我认为他们也许是看在某个大人物的情面上,或者本身就是某个大人物的手下。也许他们仅仅对外宣称他们是支装修队。具体是哪种情况,我一时也判断不出。但无论他们的真实身份如何,他们应该很清楚派他们来的人是谁。再者说了,你们那幢楼一直在联邦探员的监视之下,他们堂而皇之地侵入警方封锁的犯罪现场而未遭阻拦,这里面一定有什么名堂。"

挂断电话以后,我打了个电话给爆炸和火药监督处找侦询过我的两个家伙,一个拉丁裔警员接了电话。

"你知道你们的犯罪现场已经不复存在了吗?"我问。

"你在说些什么啊?"

"我刚给住在那里的修女打过电话。一支不知什么人雇来的拆迁队出现在大楼里，卸下门，清理了整个房间。希望你们把所需要的样本全都及时带回去了。看得出，有人不希望这次纵火事件能够继续调查下去。"

他没有对我表示感谢，反而在电话里怒骂了一通，问我要卡洛琳修女的电话号码，警告我最好别做破坏证据的事。

我非常想念艾米·布朗特。有她在的话，我可以派她逼问承包商，想法找到幕后人的线索。我不知道能否把这样艰巨的任务交托给我的堂妹，看看她能否根据公司注册记录找出些建筑队的蛛丝马迹来。如果她胜任不了的话，我大不了从头再来。

我打了佩特拉的手机。她在竞选阵营的办公室里，电话好几次被到办公室找她的人所打断。每次被叨扰的时候，她都会对对方说："你知道吗？我正在和上周被火烧伤的堂姐说话。我一会再找你，现在我要尽力帮她的忙。"

最后她终于把注意力集中在我身上，兴致勃勃地问了我许多问题。我抛开这些问题不谈，把常用的几个查询网址告诉了她。然后对她说我会把我在这些网站上的密码写在邮件里，这样她就用不着边打电话边记密码了。

"如果这些承包商的资料在数据库里没有登记，你必须到伊利诺伊州的档案大楼才能查询他们的公司注册资料。"

"如果它们注册在别的州那该怎么办？不是常有一些建筑公司注册在特拉华州吗？"

"如果它们是注册在特拉华的大公司，你将很容易在网络上找到它们。妹妹，如果你找到他们的话，别单枪匹马搜寻下去，建筑公司的人通常都是暴脾气。"

"维克，肉联厂的人也是这样。我是在这些人身旁长大的。我很清楚该如何和这些人谈话。我会让你看看，我可以战胜任何一个气势汹汹的人。"

也许我会看到这一幕。我对着手机皱了皱眉，希望能摸透她到底在想什么，也许我的话使佩特拉想起了某段不愿开启的回忆了吧。

洛蒂下午没有上班，她带我四处转了一圈，首先到医院去做了次复检。

检查结束以后，我们又去了一次银行。在新的信用卡发放之前，我没法拿到现金。因此我只好带着护照，签了张一千美元的旅行支票，希望这点钱能帮我度过没有信用卡的时光。

最后我们去了理发店，我让理发师把我的头发剪得略为整齐一些。虽然近乎全秃的水兵头看上去不怎么样，却总比东高西低的阴阳头好得多。

这天过得非常愉快。被病痛折磨了十天以后，一趟短暂的出行让我觉得神清气爽。我们和马克斯在达曼的小酒馆里吃了顿晚饭。马克斯和洛蒂把我送回家，孔特雷拉斯先生和两条狗手忙脚乱地跑出来迎接我。两条狗叫了好一阵子，住在孔特雷拉斯对面的医生命令我赶快叫它们安静下来，否则她就要叫警察了。这点小小的烦扰丝毫没有破坏我回家的好兴致。洛蒂长久地抱着我，然后把我交托到孔特雷拉斯先生手中，可爱的老头坚持要帮我把行李送到楼上。

一打开门，我的喜悦便消失得无影无踪了。我呆呆地站在门口，不知道自己该怎么办。房间似乎被扫荡了一番。书堆在地上，音响被大卸八块，钢琴的盖子被掀开了，皮箱立在房间的中央，妈妈的晚礼服皱皱巴巴地扔在皮箱的一旁。

我感到一阵绝望，真想马上搭飞机去米兰，在妈妈长大的山区了此余生。之后我对堂妹生出一股愠怒。

"维克,别这样,"我的邻居抗议道,"别出了事就怀疑到她身上。那个小家伙应该不至于这么做吧。"

"不像是有人破门而入,"我说,"你用我的钥匙让她进来过,难道不是吗?她一心想得到爸爸遗物中的那个棒球,被惯坏的孩子都有这种不达目的誓不罢休的坏毛病。"

"我确实让她进来过,不过那是两天前她来帮你拿手机充电器的时候。她在你房间待的时间非常短,根本不至于造成这样的破坏。不管怎么说,我觉得你对她的看法过于偏激了。亲爱的,我不知道你这里到底是怎么了。在我看来,你似乎在嫉妒她的年轻、漂亮和蓬勃的朝气。亲爱的,我现在确实是这么想来着。"

"我的房间被人弄成这样,你怎么还能说出这样的话来呢?请你睁大眼睛好好看看!"我捧起妈妈的晚礼服,"她知道这件礼服对我的意义,但却把它像破毛巾似的扔在一边,你说气人不气人?"

"我只想说,佩特拉是不会做出你想象的这些事的。另外,我没有让任何其他人进过你的房间。依我看,这一定是惯犯干的,他们能轻易地打开门锁,神不知鬼不觉地出入任何地方。也许他们是昨天深夜干的,那时我和两条狗都睡得很沉。昨天晚上你堂妹没有来过。"

我给佩特拉打了个手机,但是她没有接。我给她留了个短信,让她接到后马上给我回个电话。在孔特雷拉斯先生和两条狗的陪伴下,我走过房间,估量着这次所受的损失。老头说得没错——佩特拉不会如此卤莽。不过这也不像是惯犯所为,除非哪个惯犯故意想吓吓我。如果是这样的话,我只能说,他们的目的达到了。

"他们在这里又能找到些什么呢?"我问孔特雷拉斯先生,"除了内利·福克斯的签名棒球,房间里没有任何有价值的东西。另外,正如我刚才所说的那样,门上也没有强行闯入的痕迹。"

"也许佩特拉走的时候忘了锁门。"老头猜测着。

"我们上楼时门是锁着的。"我似乎随时都会崩溃。想到自己马上就要一个人待在这间房子里,我突然间心烦意乱起来。

孔特雷拉斯先生想让我叫警察,但我对这个国家的法律实在太了解了,知道警察来了也无济于事。看到房间里的杂乱景象,我觉得佩特拉参与此事的可能性不大。我不想让刑警怀疑到她头上。如果真是她干的,我自己也能应付得了。

下半夜我一直在打扫房间。孔特雷拉斯先生留下来帮我,捡起书、叠好衣物、和我一起清洗厨房。最后我们来到餐厅,橱柜里的碗碟被扔得到处都是。老头念念有词地跪在地上,拾起碗碟,清洗干净以后把它们放回到橱柜里。

妈妈从意大利逃出来的时候用内衣包好、放在小行李箱里的红色威尼斯酒杯全都被摆在了地上。我颤抖着双手把它们从地上拾了起来,生怕把它们碰坏。我把它们放在电灯底下细细审看。这些年来我遗失了两只酒杯,另外还摔碎过一只,这次又有一只酒杯的底座裂了开来。

我拿着底部开裂的酒杯,禁不住悲从中来。当鲍比·马洛里和艾琳·马洛里有了他们的第一个孩子时,加布里埃拉曾经在洗礼后的宴会上用过这些酒杯。那是我第一次见到那些酒杯,也正是在那时,妈妈把它们的来历告诉了我。这些酒杯是她奶奶结婚时收到的礼物,虽然它们又重又容易碎,但加布里埃拉还是把它们当作纪念品继承了下来。妈妈设法把酒杯从皮蒂利亚诺带到锡耶纳,她把它们藏在音乐老师的阁楼上。在法西斯分子到来之前的几小时,她和父亲又成功地把这些酒杯带进了山区,最终它们又跟着她飘洋过海来到了美国。妈妈生前,这些酒杯没有碎过一只。可我呢?我几乎把它们中的一半都给损坏了。维多利亚·伊非革涅亚,你真是笨得可以!

我不知道自己究竟坐了多久。孔特雷拉斯先生踮着脚尖在我身旁收拾着书籍和各种文件。佩皮悄悄走到我的身旁,把头靠在我的膝盖上。我把酒杯放下来,用手轻轻地抚摸着佩皮。过了好一会儿,我才回过神,弯下腰,把酒杯放回到橱柜里。

我刚想站起身,突然发现我的相册被人扔在了餐桌下面。我再次弯腰,把相册从桌肚里拿了出来。

因为用眼过度,我的眼睛变得越来越疼,两只手也抖个不停。但我还是努力翻动着相册,想知道有没有照片不见了。有几张照片从里面脱落下来,我手忙脚乱地把它们摆正,其中甚至有一张爸爸和妈妈拿着威尼斯酒杯干杯的照片。我做了个鬼脸,继续翻动着相册,爸爸那张垒球队的合影不见了。

我往桌子底下看了看,然后又把相册从前到后重新翻了一遍,那张照片的确不见了。

第三十二章 失踪的堂妹

一点过后,我们终于结束了清理。为了安全起见,孔特雷拉斯先生把两条狗留在了我的房间里。我把所有的门窗都反锁好以后才上床睡觉,但这一夜我还是睡得很不好。每当米奇翻身或是有车开过的时候,我都会从浅睡中惊醒,醒来时心脏狂跳,生怕有人会把燃烧瓶从窗户里扔进来。大约五点的时候,天开始亮了,我的心略微平静了些,这才沉沉地进入了梦乡。

九点一过,两条狗便吵嚷着让我带它们到后花园去玩。我懒洋洋地跟在它们后面,进了后花园,就垂着头坐到了长凳上。不一会儿,炽烈的阳光烤得我脖子发痒,我突然意识到没有任何防护就暴露在外是非常危险的,只好无可奈何地进了屋。

回到屋里以后,我又试着拨打了堂妹的手机。正当我以为电话会毫无悬念地转入语音信箱时,佩特拉接通了手机。

"呃,是维克吗?你让我做的事我不能替你做了。"

"佩特拉,我听不清你在说什么。发生什么事了?"

"现在我不能告诉你。"

她在手机里的声音近乎耳语。我要求她立刻告诉我她在我的房间里干了些什么。

"我帮你收拾了一下东西,拿了你的手机充电器,"她说,"除此之外，我再也没去过那儿。"

"你没四处寻找过你想得到的那个棒球吗？"

"我确实查看过那个皮箱，但我把所有东西都依照原样摆好了。维克，别对我这么凶好吗？我现在不能与你谈话，我要开始干活了。我没空帮你找那些人。"

她的声音虽然不高，但语速非常快，还没等我反应过来，她已经挂断了电话。我走到窗前，皱着眉头看着眼前的街道。我曾经告诉过堂妹，我能一眼看出对方在说谎，不过现在却没那么确定了。有人耍得我团团转，不过我不知道佩特拉是被他们利用的还是自愿成了他们的帮凶。

我拨开百叶窗，意识到站的位置很容易被街上的人发现。如果有人想朝我开枪或是拿燃烧瓶砸我，那我八成是死定了。佩特拉再怎么大胆，也不至于会朝任何人扔燃烧瓶吧。上个星期朝我童年住的房子扔燃烧弹的多半也不会是她。孔特雷拉斯先生说得没错，佩特拉只是毛燥了一点，绝不会心存恶念。任何一个雇主都会对她写出同样的评价。

两条狗一边呜咽，一边用爪子挠着后门。我跪在地上对它们说："天黑以后，我会带你们出去好好转转，但现在不行。"

我穿上高领T恤和尼龙宽松裤，为了把胳膊和胸膛全都掩盖住，我还特地在外面加了件外套。我戴上一双保护手的白色棉布手套，还在头上戴了顶只在海滩边游玩时戴过的宽边草帽。我觉得自己看上去像《乱世佳人》中执着保持鲜嫩皮肤的郝思嘉，但即便是这样，我还是觉得有些提心吊胆。

为了完善我的保护装备，我在卧室的橱柜里找到了我的保险箱。侵入者翻过我的衣橱，不过他们没有找到嵌在鞋柜里的保险箱。有时我不愿把内容敏感的文件放在办公室里过夜，我就会把它们带回家放在保险箱里。另外，保险箱里还放着妈妈的耳环、挂坠和我的左轮手枪。

我已经七个月没拿过枪了，所以我首先检查了一下枪膛，看看枪支是否运转正常。我不知道是否有人在追踪我，不过把枪塞在腰带里总会使我感觉好一些。

我用侦探的传统调查方式，挨家挨户地询问是否有人看见陌生人进过我的家门。我想知道他们是如何在不使用暴力的情况下进入我的房间的。当然那时候有些人还在上班，不过一直住在二楼的挪威老太太和韩国人家的老奶奶都说没有听见过任何异乎寻常的声音。

杰克·蒂鲍特穿着T恤衫和短裤，睡眼惺忪地应了门。我吵醒了他，但我的确是不得已而为之的。谁知道晚上他什么时候进门的？起先他根本没认出我来。

"你的头发变了，"他似乎得出了结论，"你把卷发全剪了。"

我把手放在头上。当我摸到还没消退的瘀伤时，我厌恶地皱了皱眉。只要不看着镜子，我就把头上的伤全忘了。

"两天前的那个晚上，你听见过我的房间传出声音吗？有人闯入了我的房间，把我的东西翻得一团乱。"

"两天前的晚上吗？"说着他揉了揉眼睛，"那天我在伊尔金①演出，直到两点才回家。但我可能看见过你所说的闯入者。从后车厢里拿乐器的时候，我恰好看见两个强壮的男人沿着人行道越走越远。"

我屏住呼吸。"是黑人还是白人？他们的年纪都不大吧？"

他摇了摇头。"我以为他们是你的客户，希望在不被人注意的时候探访你，所以我没有细看。他们的块头像保镖一样，我才不愿和那样的人接近呢。"

---

①伊利诺伊州城市名。

"他们是开车来的还是走路来的?"

"我想停在街道另一边的黑色房车应该是他们的,不过我对车不太感兴趣,看不出那是哪种型号。"

"你没看见一个头发翘着的高个子女孩吗?"

他笑了。"你说的是那个常来看你的女孩吧——她不是你的堂妹吗?你不在的时候她来探望过几次楼下的老头,不过前天晚上我没看见她。那两个家伙很胖,和你堂妹毫无相似之处。"

听了这话,我感到又喜又忧——喜的是佩特拉和这次洗劫并没有什么关系,忧的是我还是不知道幕后指挥这一切的人究竟是谁。

我在巷道里找到了我的车,佩特拉帮我把车开回家以后,孔特雷拉斯先生帮我把车停在那里。去见法兰基修女的时候,我把公文包放在了后备厢里。现在想来,那仿佛是几个世纪以前的事了。我打开公文包,准备把新写的几张即时贴放进去,上面记录着下午的几次约会。但公文包打开以后,我突然吃了一惊,那个内利·福克斯签名的棒球赫然在目。我早就把它忘到九霄云外去了。

我安慰地笑了笑。可怜的佩特拉,她只要留意一下汽车后备厢的话,就能在不被我发现的情况下轻而易举地拿到这个棒球。我把棒球放在太阳底下,透过墨镜眯着眼盯着它看。这个棒球又脏又破,家里肯定有人经常拿着它玩儿。也许是华沙斯基爷爷,他在我很小时就死了,不过他是个白袜队球迷。

棒球上还有好几个洞,这颇让人摸不着头脑。其中两三个洞贯穿整个球体,我猜测爸爸和伯尼叔叔很可能把这个棒球穿在金属丝上做过击球练习。接着我把棒球放回公文包,把车开回办公室。

虽然媒体的狂轰滥炸把玛丽恩·克林普顿吓跑了,但她整理文件的功夫还真是不错。虽然需要回复的电话非常多,一些刚发过来的文件需要整理，但相比于我刚从意大利回来时那种杂乱无章的情形，现在的办公室看上去简直可以用"井井有条"四个字来形容。

我启动电脑，查阅着电信服务机构给我留下的信息。打来电话的多数是没事找事的媒体，其中还有一个莫名其妙的威胁电话，让我不要去理睬紧急事务管理处的那个女人以及其他调查人员的咨询。约翰尼·默顿的律师格雷格·约曼给我留了条口信，他说我已经被列入了明天下午斯塔特维尔教养中心的访客名单，如果我决定去的话，最好给他打电话通知一声。

我突然感到非常疲惫，去后房间的小床上躺了一会儿。自从在狮门养老院见过克劳迪亚小姐之后，我就再没有和约曼律师联系过了。查找弗朗西斯修女遇害的线索固然重要，不过我也不能完全把寻找雷蒙德的事丢在一边。这些天来的遭遇使我把埃拉·加兹登和她妹妹的委托完全抛在一边。我在黑暗里大约躺了一个小时，然后从床上爬起来，给格雷格·约曼打了个电话，告诉他我明天会准时出现在约翰尼·默顿的面前。

要搞清弗朗西斯修女为什么会遇害，当务之急要调查出拆迁队和装修队的背景。佩特拉原本答应为我做这件事，后来却推辞不干了。好在这算不上是件难度很大的工作，自己干也没什么大不了的。

卡洛琳修女早就把两家承包商的名字告诉了我：小巨人清场公司和里邦建筑公司，这两家公司的所有者都是一个名叫厄尔尼·罗登科的男人，公司的注册地是西罗斯科路三百号。公司的业务不算很大，年收益额在一千万美元左右，在灾后重建方面颇有心得。公司注册地址在湖畔公路边的西罗斯科路，那里是个风景区，这意味着他很可能在家里办公。我也许可以在晚上拜访他，这样我就不用戴着防止光线侵入的手套、眼镜和帽子出门了。

我把罗登科的地址记在电子记事本上，然后继续检查几天来的电话留言。下午，我在卢普区东部的大楼里有个约会，那幢大楼正好在克鲁莫斯竞选总部的正对面。我琢磨着约会结束以后是不是要顺便去瞧瞧佩特拉，让她把一些电话里不能谈的事面对面地告诉我。

佩特拉很可能因为私人电话过多而受到上司的责难。她原来那位女上司也许对这种事不太关心，但现在佩特拉在莱斯·斯特罗杰维尔的手下干活。从我了解的情况来看，一旦成为他的手下，你必须在身体上和心灵上完全臣服于他。如果要让布赖恩·克鲁莫斯顺利当选参议员，佩特拉显然不能把时间浪费在堂姐的案子上。既然佩特拉在为这样一个人服务，那我就只好不去打扰她了。

与客户见完面以后，我在大楼的咖啡吧里点了杯冰咖啡。等咖啡的时候，我百无聊赖地打量着四周的情况，突然在咖啡吧角落的长台子后面看到一张熟悉的面孔。通红的脸庞，后梳的黑发。没错，正是两周前在凯瑟琳湖看见的那个男人。

七月是芝加哥最热的季节，拉里·阿利托不去酒馆喝啤酒，到商务会谈的咖啡馆里干什么来了？我下意识地躲在阴影里，不过我马上想到自己戴着帽子和墨镜，阿利托根本不可能认出我来。我拿起杯子，走到和阿利托距离最近的一只高脚凳上坐了下来。

和阿利托谈话的中年男子和大多数这个年纪的人一样略显发福，中年男子的栗色头发已经有点秃了，他没有把头发扎起来，而是明智地把它们剪得很短。他的鼻孔上翻，嘴唇高高翘起，看上去像个一惊一乍的婴儿。不过从他那狡猾无情的眼神可以看出，是他，而不是阿利托在主导着这次会谈。

咖啡吧里的音响很吵，因此我压根儿听不见他们交谈的内容。两个人检查了大信封里取出的一套文件，之后中年男子轻描淡写地用手指弹了弹这几张纸,显然对阿利托给他的这份文件并不满意。我拿出手机,用发短信的姿势把他们俩的模样拍了下来。等到他们走出咖啡吧,进入大楼前厅时,我才兴冲冲地跟了上去。

分开时,他们没有对视,更没有互相谈话。主导会谈的中年人径直走向大楼出口,阿利托则在咖啡吧旁边的一家快递公司停下了脚步。我单腿跪地,装模做样地弄着自己的袜子。阿利托也许是个糟糕的警察,不过他在这一行里毕竟打拼了三十多年,虽然我戴了墨镜和帽子,但离得过近的话,也难保不被他认出来。我半蹲在地,看着大楼外面,发现中年男人走进了克鲁莫斯竞选阵营所在的大楼。

阿利托的手机响了。我从他身后走过,从自动货架上拿下一包口香糖。"是的,"他对着手机说,"莱斯已经告诉我了,我知道他想让我做什么。你觉得我在拖你的后腿,所以要把我所做的每件事都细细检查一遍吗?……别忘了,我们是在一条船上的。"

他"啪"的一下合上手机,快速冲向旋转门。我很想知道"莱斯"对他说了些什么?那个栗色头发、眼神冷酷的男人显然就是莱斯·斯特罗杰维尔。

我拿着杯子走到楼前的广场上,找了个阴凉地方坐了下来。斯特罗杰维尔和阿利托有什么关联?退休警察当然有权利干些杂活,但克鲁莫斯竞选阵营的保安工作不是全交给乔治·多尼克了吗?多尼克在恐怖主义和国土安全方面为布赖恩提供建议,他是阿利托的老搭档,他可能留了些杂活给老朋友干。

但我想知道阿利托到底干了些什么?我想到了我的公寓。在我房间里东翻西找的人知道如何神不知鬼不觉地打开任何一道门,阿利托这样的前警察无疑可以做到这点。乔治·多尼克开办的保安公司更是这方面的专家。抛开莱斯·斯特罗杰维尔不谈,乔治·多尼克到底想从我那得到些什么？难道就只是那张垒球队的照片吗？照片上有拉里·阿利托，另外，多尼克、鲍比·马洛里和其他一些男孩也在照片上。

阿利托对他的警察经历颇为自豪。那段经历造就了他。除非他想报复我，否则我实在想不出他为什么要偷那张照片。但拿走爸爸的垒球队照片又损不了我半根毫毛，他有必要这么做吗？

凭我现在得到的资讯，尚不能编出一个讲得通的故事。我抛开想象，把车开回办公室。埃尔顿·格兰杰站在办公室门口叫卖街头小报。他起先没能认出我，意识到我刚刚经历过一场火灾以后，他对我表现出了极大的同情心。

"听说有个修女在那场火灾中丧生了，是吗？维克，我没有电视，没有看到新闻，真是太可怕了。难怪你最近都没来上班。你那个聪明的堂妹还好吗？"

"还和以往一样伶俐。"我试着不在埃尔顿面前显露出厌恶的样子来。"我不在的时候，你发现有人在附近瞎转悠吗？"

"我没有特别注意。不过我做了本登记簿。上门找你的人必须在登记簿上签名。"

他费力地模仿着宾馆的看门人，这让我忍俊不禁。觉得埃尔顿会把注意力放在逡巡在办公室门外的人身上未免有些太愚蠢了。我输入了密码锁的密码，把手放在枪套上走进了门。

进门以后，我把自己的办公区以及与雕刻师共用的小浴室细细检查了一遍，不过并没有发现外人。回了几封邮件以后，我发觉自己已经筋疲力尽，只好打道回府，匆匆收场了事。

走到门口，我便见佩特拉正和我的两条狗一起在花园里嬉戏。孔特雷拉斯先生在花园里做烧烤。佩特拉抱着米奇坐在草地上。听到我的脚步声,米奇只是抬头看了我一眼,佩皮倒是欢天喜地地迎了上来。

孔特雷拉斯先生大声说:"我们正在做汉堡包和烤玉米,你想来一点吗?"

我当然没有理由拒绝。我放下墨镜和手套,上楼去拿葡萄酒和沙拉。回到花园的时候,我顺便带下来几个靠垫,然后躺在草地上观察堂妹的表情。她看上去满怀心事,注意到我在观察她时,她试图挤出一丝微笑来打消我的疑虑。

"工作的第一天真是太累了。下午我去了保诚广场,在那我看见了莱斯·斯特罗杰维尔。"

"你没有跟他说过什么吧?"佩特拉似乎有些喘不过气来。

"当然没有,我没有跟他交谈。那家伙的眼神很狡猾,你不觉得吗?"

她浑身一颤,但什么话都没有说。

"佩特拉,你是不是在工作中遇到了什么麻烦?"

孔特雷拉斯先生皱了皱眉,想对我提出抗议。我向他微微摇了摇头,他马上不说话了。

"没有,当然没有!为什么我会遇到麻烦?他们让我干什么我就干什么,而且还干得非常利落。"

"你在电话里的语气听上去有些神经质。今晚你也没有平时那样高调。"

她把弄着自己的橡皮手镯。"正如萨尔老爹所说的那样——他们让我干的活太多了。吃过萨尔老爹的饭以后,我还得马上回去工作。你去市中心干吗?你还在找扔燃烧弹的匪徒吗?你有没有在保诚广场找到他?"

"我只是去那儿的十五楼谈生意。事实上,毒蛇帮的头目约翰尼·默顿同意再见我一面，明天下午我必须去斯塔特维尔教养中心和他见面。希望弗朗西斯修女的死能让他对我说出一些事来。"

"明天你准备去探监吗？"她急切地希望得到我的答案。

"为什么不？"

她抿起嘴唇。"我只是……想……我不知道……我只是想说，你的伤还没好利落。"

"我已经完全恢复了。"我从孔特雷拉斯先生手里接过一个汉堡，然后坐直身体，不让佩皮接触我的食物。"我是新时代的大力神，我的脾脏、皮肤和大脑每天都在恢复。"

她勉强地笑了笑，用一种非常不自然的方式改变了话题。她把自己的大部分汉堡分给了米奇，然后便起身走开。

我跟着她走到边门。"佩特拉，你到底是怎么啦？"

她的大眼睛里噙满了泪水，而后瞪大眼睛看了我好一会儿。"让我一个人待会儿好吗？你要把所有人的私事都弄得一清二楚才肯善罢甘休吗？"

"不，"我缓缓地说，"当然不是。不过依你的表现——"

"我知道我在干什么，别对我横加干涉！"说着她摔门而去。

"你没把乱翻屋子的事归罪于她吧？"孔特雷拉斯先生带着两条狗走到门前。

我摇了摇头。"今天我本应到她的办公室去一次，不过明天见过约翰尼以后也许可以顺道去看看她。"

第二天，当我从斯塔特维尔教养中心回来的时候，我发现自己的办公室被人扫荡了一遍。也正是在那一刻，我在办公室的后门口捡到了佩特拉的白色橡皮手镯。鲍比·马洛里接手了调查，他和联邦探员们开始寻找起我堂妹的下落来。

过了一个不眠之夜以后,彼得叔叔和蕾切尔婶婶赶到了芝加哥。叔叔把一切罪过都推到我身上,旁若无人地斥责我,并要我对佩特拉可能受到的危险负责。我试着平息他的怒气,但我并没有回嘴,因为我知道发怒是彼得叔叔掩饰恐惧的唯一办法。我和婶婶同样很害怕。哭哭啼啼了几个小时以后,蕾切尔婶婶把彼得叔叔带到市中心,与主管这个案子的联邦探员商量对策去了。

第三十三章 摆脱跟踪者

彼得和蕾切尔离开以后,我跟孔特雷拉斯先生长谈了一次。我告诉他,如果有必要的话,我一定会让他参加营救佩特拉的行动。我甚至把过去几周对堂妹产生的种种疑虑告诉了他:内利·福克斯的签名棒球,她对我父母的遗物所产生的异乎寻常的好奇心以及她在老房子里四处寻找储物柜的热情劲儿;另外,她还要我带她去看南芝加哥的老房子;上周,她不合时宜地出现在法兰基修女被炸的公寓;法兰基修女遇害前夜,安达拉家被燃烧弹袭击的现场也出现过她的身影。

起先孔特雷拉斯先生还在用年轻有活力的原因为佩特拉辩护,但是当老头听到佩特拉在罪案现场出现过的时候,他也开始不安起来。"亲爱的,如果她做过某些不该做的事,那一定不是出于她的本意。听我的没错,小皮维像白鸽一样纯洁无瑕,别把她想得那么坏。调查完毕以后,你一定会发现约翰尼·默顿才是整个事件的幕后黑手。走着瞧吧。"

"当务之急先要找到佩特拉,然后我们才能知道她到底是如何盘算的,你说对吗?"

我生硬地应和着,双眼一直在看着用手机给佩特拉拍的几张快照的打印件。另外我还打印了一些别的金发女郎的照片——一些名人照片,一些随意从个人日志上摘录下来的照片,还有几张我自己的快照。

我还打印了在保诚大厦咖啡厅给阿利托和斯特罗杰维尔拍下的照片。这张照片不是很清晰，不过这是我仅有的一张包含阿利托的照片了。斯特罗杰维尔倒很清晰。我还在他的网页上找到了一些他和伊利诺伊头面人物、美国总统、最高法官以及迈克尔·乔丹这样的娱乐明星的合影照片。如果带上这些照片去找斯特罗杰维尔求助的话，也许他会很乐于见我。我打印了其中几张照片。为了达到同样的目的，我还从山鹰保安公司的网站上打印了一张多尼克的照片。

孔特雷拉斯先生离开以后，我去浴室里洗了个澡，准备出门开始一天的工作。当我在脸庞和胳膊上涂抹防护霜时，心里突然产生了一种近乎内疚的感觉。在堂妹的生命面临危险的时候，我还能从容不迫地保护自己的皮肤，这未免有点太不可思议了。我戴上帽子和手套，检查了弹夹，然后把枪插进腰里的枪套。准备妥当以后，我全副武装地走出房门。

杰克·蒂鲍特站在公寓的门廊里向我打趣道："你这身装束可真够别致的啊，你把自己当作南北战争时的间谍分子了吗？"

我试图对他露出微笑，却发现自己的声音哽咽了。"都是那场火灾惹的祸。因为……不好意思，我堂妹突然以一种非常怪异的方式不见了。我必须得走了，看看自己可以做些什么。"

他走出房门，站在两家共用的门廊里。"有什么需要帮忙的尽管说。我不想看到你耍刀弄枪，更不想看到你四处逞能。"

我刚想说不，突然想到蒂鲍特曾经在周二晚上看见过在我家捣乱的那两个破坏分子。于是从公文包里取出照片给他看。

"我知道当时天很黑，这些照片拍得也不是很好。不过我想请你看看，你那天晚上见过这两个人中的一个吗？"

"这可不太好说，"他用指节击打着阿利托和斯特罗杰维尔的照片。

"照片上他们都是坐着的,所以我判断不出他们有多高。这个人——"他碰了碰照片上的阿利托,"这家伙的身板和那天晚上我看到的人一样健壮……但我必须看过他们走路的样子才能最终确定,"看到我惊讶的样子,他又补充了一句,"我是拉提琴的,这是我的职业习惯。"

我把照片放回大信封。当我开始走下楼梯时,蒂鲍特在我背后呼唤着:"小心点儿,他们看起来很危险。"

我神色黯然地点了点头。他们所犯下的罪行远不是"危险"二字所能概括的。

我走出后门,在巷道里坐上车。昨天晚上我们每个人的心情都很糟,没人谈起佩特拉可能遇见了什么事——她是否嗑过药……甚至也许已经死了。我准备先去她的公寓看看,然后再去芝加哥南区转一圈。

我没时间更新皮夹里烧熔的驾驶证,不想把时间浪费在对交警的解释上面。所以在去佩特拉公寓的短短几英里路上,我一直把时速控制在每小时三十英里以下,在每个红灯前都规规矩矩地停下车,甚至在红绿灯刚刚变黄时就踩下刹车。

我的撬锁工具仍然在驾驶座前面的工具箱里。我按下佩特拉公寓的门铃,不过我在门上伏了三十几秒钟,一直都没人应答。我不想被人看见在光天化日之下撬门,只能一家一家去按铃,总有粗心大意的人会放你进去。果不其然,当我按到第三家的门铃时,眼前的房门便打开了。

我一步两级地爬上四楼。当我走到佩特拉公寓门口的时候,腰里的那把枪把我戳得生疼。为我开门的女人在楼道里嚷了起来,我沉下气来,心平气和地告诉她我按错门铃了。看到我是个教养不错的白人女子,她没做过多纠缠。听见她关门的声音以后,我跪在地上,开始对付佩特拉家的门锁。

我的双手抖得非常厉害。撬锁的进展很慢，手套不时从微小的撬棒上滑落下来。我脱下笨重的手套，但手指却像抹上了糖浆一样不听使唤。

我好不容易打开门，房间像教堂一样寂静肃穆。不知什么地方有个水龙头在滴水，水滴落在陶瓷片上的声音使整个房间显得更加荒凉。我踮着脚尖在堆满了杂物的客厅里行走着，四处寻找与佩特拉去向有关的线索。

佩特拉在房间的装饰上没花太大力气。她有一个臃肿的长沙发，沙发上放着几个灰色的斜纹靠垫。一个非常肥大的泰迪熊坐在沙发中央，两眼望着窗户，脸上露出悲伤的笑容。它那细长的塑料眼睛让我不寒而栗，我连忙把它面部朝下翻了过来。

房间当中的架子上放着个电视机，旁边放着张电脑台，沙发的边上放着只与沙发颜色相配的扶手椅。她没有在长长的窗户前挂上窗帘，只有单薄的百叶窗在风中落寞地摇摆着。

除了佩特拉忘带钥匙的那个晚上以外，我一次都没来过这里，所以我不知道她的房间里少了些什么。浴室里没有麻醉类药物，不过我在架子上找到了电动牙刷和洗牙器。她的美国佬牌牙膏被一寸一寸地卷了起来。

她在睡觉的地方放了床垫和梳妆台。床垫对面揉成一团的换洗衣服拖到了地板上，衣架和壁橱里的衣服也歪歪扭扭，看上去非常不舒服。

床旁边的柳条篮里放着书籍、报纸和一盒避孕套。我很想知道她在和谁约会，不过这盒避孕套也可能只是防备不时之需的。我翻看着《唐璜的失落日记》，希望可以把佩特拉·华沙斯基的失落日记从房间里翻出来。但找遍了整个房间，我也没能找到佩特拉写下的只言片语，甚至连她的支票簿都没找到。对于新一代的年轻人来说，有没有支票簿都很正常，所有的现金收付都可以通过网络进行。

我最想找到的是她的手提电脑，这样我就能知道她给谁发过电子邮件了。虽然佩特拉似乎都是通过手机短信和外界交流的，不过电脑里可能存有久一些的文件，从中可以看出她最近干过些什么，至少我可以知道她最近常逛些什么网站。

客厅通过一张巨大的工作台面与厨房相连，厨房里放着一只烤架和一只饭店级别的大风扇。这些厨具对我堂妹来说未免过于奢侈了。她的冰箱里除了葡萄酒和蓝莓酸奶以外，没有什么太多的东西。她每天早晨会带罐酸奶到公车上吃。中饭时她会在自动售货机上买上块三明治带回办公室。下班以后，她会和那些狐朋狗友去泰式餐厅和墨西哥餐馆搓一顿。我大致想象得出小丫头的生活方式。

冰箱旁的门通向小平台和后楼梯。我把门推开以后，门上的活页突然断裂开来，然后直直地朝我砸了过来。我朝旁边一跳，总算逃过了一劫。

劫后余生的恐惧以及门轰然落地的响声使我战栗不已。略微平静了一点以后，我看见自己的右手上拿着枪，我不知道自己是什么时候把它拿出来的。

从这扇门进来的人显然没用撬锁工具撬门，他们简单地将门闩上的铰链截断，离开时又把门推了上去。

他们带走些什么东西？电脑被他们带走了吗？佩特拉在威逼下被他们劫持了吗？我移开门，从后楼梯上往下走。在楼梯上我发现了些烟头，不过这些烟头像是很久以前某个出来转换空气的老烟鬼留下的，不像是望风者的遗留物。楼梯下面是段高高的围墙，围墙上有一道门，门外便是建筑物旁的巷道。我打开门，看见门外有几个停车位。侵入者可以派人在这里接应，侵入者下楼后坐上车就可以远走高飞了。

我走出门，沿着巷道走了个来回。堂妹那辆绚烂的探路者车上着锁停在巷道里。我打开车门，看见车里放着一些票据和空的饮料罐。我跪在水泥地上，在车厢内外仔细查找了一番。我发现佩特拉喜欢喝冰沙类饮品和瓶装水。她软饮料喝得不多，喜欢吃小甜饼，对自己的账单并不是非常介意。搜查完汽车以后，我又在巷道里查找了一番。巷道里到处都是随意乱扔的饮料罐，看来入夜以后很多人会躲在这里喝饮料。

我从后门走回佩特拉的房间，看来要找时间把平台边的门好好修一修了。我在前门外找到一块装修公司的标牌。我给他们打了个电话让他们过来修门，然后打电话给鲍比·马洛里，告诉他有人侵入了佩特拉的公寓。

"维克，你不会贼喊捉贼吧？"

"他们打碎后门，闯进了佩特拉的房间。我刚到这儿，想看看房间里少了些什么。我想他们可能抢走了她的电脑，然后挟持她劫掠了我的办公室。"

鲍比问我叔叔婶婶现在在干什么。我告诉鲍比今天早晨他们和联邦调查局的人在一起，鲍比觉得非常疑惑，他说联邦调查局并不擅长调查这类恶性案件。即便佩特拉被人绑架了，凭联邦调查局的力量也不可能找到她。

鲍比的言辞增加了我的恐惧。我很想知道我的下一步行动究竟有没有意义。恐惧会使人不知所措，让人举步维艰。

驶过三个街区以后，我才意识到有人在跟着我。在经历了爆炸案、家里和办公室遭人洗劫以及佩特拉的失踪以后，我加倍小心，上车前总会确认一下有没有人在我的车里装上窃听器或爆炸装置，外出办事时总会绕着街区开个两三圈看看后面有没有跟踪的人。多年的侦探生涯培养出的第六感使我注意到跟在车后的自行车手在我去佩特拉家的途中也曾经出现过。

城市里自行车是种非常不错的跟踪工具。不管我采取什么策略，骑自行车跟踪的人都能快速地做出响应。当然，它不能跟我一起上湖畔公路。不过能想出用自行车来跟踪的人必定会找一两部汽车以做备用。

我假装没有注意到他，把车开上了湖畔公路。我没有看后面有没有新的尾巴。想让我知道的话，他们自己会蹦出来的。如果他们想继续隐藏一会儿，最好的策略是尽量避免打草惊蛇。

我在闹市区的第一个出口处把车开下公路，在路过的第二个宾馆门口停下车。我把车交给侍者，告诉他我准备在这儿见个人，然后径直走入宾馆。

几条地下通道连接着宾馆区和卢普区东部的高楼大厦。我乘宾馆的电梯下到地下室，溜到一根柱子后面跪了下来。后面没有任何人跟着我，不过我还是把宽边大草帽摘了下来，藏在棕榈盆栽后面，这样到外面以后就不会太过招摇了。

几个女人从电梯里说笑着走了出来。我走到她们前面，和她们一起穿过地下走廊，看上去好像和她们是一伙似的。我和她们在一处地下交岔口分道扬镳。

我冲进附近的礼品店，在那儿买了顶小熊队的棒球帽。接着我又换乘了好几部电梯，买了杯冰酸奶，行进间没有看到一张熟识的面孔。我在另一家礼品店买了件芝加哥公牛队的红色汗衫，把它套在尼龙外套外面。尽管大热天穿着厚重的汗衫让我透不过气来，不过任何人都不可能一眼就认出我来。

做完一切准备以后，我从地下通道向最终的目的地——伊利诺伊中心车站走了过去。下一班通往南芝加哥的火车还要二十分钟才开。我买了张车票，站在通向轨道的那扇门旁边。广播里报出列车将要发出的消息以后，我等到最后一刻才穿过门走下台阶。这下应该没人会跟踪我了，但任何事情都不能打包票。

缓慢的旅程勾起了我的童年回忆。小时候妈妈曾经带我不止一次地穿行在这条线路上。每当路过妈妈希望我就读的芝加哥大学、看到大学生在站台上下车时，妈妈总是会说："维多利亚，这是伊利诺伊最好的大学，你必须去最好的大学念书。"

九十五街是此行的终点。车站公告栏边贴着一条令人感伤的标语：生命终结于此。穿过四个街区，我走回了幼年时住过的地方。

至少塞诺拉·安达拉的孙子和他的那帮朋友今天早晨不在街上，只有两个拿着棕色纸包、一脸无助的人坐在人行道上。不知在什么地方，有辆汽车把车里的音乐开得很响，嘈杂的声音把整个街区弄得鸡犬不宁。

在我家的老房子前，我看见被燃烧弹砸破的窗户还没修好，窗顶的棱柱也被砸裂了，前门上装饰玻璃拼接而成的气窗倒还完好无损。

我按响门铃。过了好几分钟，当我暗自怀疑塞诺拉·安达拉是不是出门了的时候，她把门打开了一条缝，不过门上的防盗锁却没有解开。"这些玻璃片简直太美了，"我指着气窗，用结结巴巴的西班牙语对她说，"我妈妈最喜欢这道气窗了。"

妈妈喜欢气窗的事实并没让塞诺拉·安达拉露出笑容来，但她并没有摔门而去。我用会的一点点西班牙语夹杂着英语和意大利语向她解释着目前的情形。我告诉她我是个侦探，我手里有几张照片，她可不可以腾出几分钟时间看看照片上有没有燃烧弹投进房子之前站在街对面的那个女人。

在我说话的时候,安达拉一直透过防盗链露出的缝隙瞪视着我,栗色面庞上的两道剑眉紧锁。当我好不容易把整件事解释清楚以后,她从我手里接过文件夹。如同我担心的那样,她毫不犹豫地把佩特拉认了出来。

"是你女儿吗?"她用西班牙语问。

所有人都把佩特拉看成我的女儿,让我非常厌烦。我只好告诉她佩特拉是我的堂妹。"她是我的堂妹,你在那天晚上确实见过她吗?"

她的目光似乎在阿利托和斯特罗杰维尔的快照上停留了很长时间,不过我不能确定她能认出来。最后她摇了摇头,说自己从来没见过这两个人。我走向火车站,等待着把我带回开化之地的火车站。无论下一班列车开向哪里,只要马上把我带出南芝加哥这个是非之地就可以了。

第三十四章 密室里的男人们

在北行的列车上,我给第四分局的康拉德·罗林斯打了个电话。我本该在去见塞诺拉·安达拉之前拜访他一次,但又觉得不该浪费时间征询警察的意见,让他们同意我去和与佩特拉见过面的人打交道。

康拉德如同我预料的一样非常生气,不过他已经知道了佩特拉的新闻。与斥责我相比,他对弄清佩特拉出现在犯罪现场的原因更感兴趣。

"你还知道有谁出现在犯罪现场吗?我们警察不能对那些人渣强行逼供,法律为我们获取证词设置了重重障碍。但依你的身份……"

我没有理会他的挖苦。"我给安达拉小姐看了拉里·阿利托和莱斯·斯特罗杰维尔的快照,但安达拉没认出他们。"

"把他们的名字拼给我听。"

我听到他在电话的那一头敲击着电脑。

"你有什么特别的理由认为一个警察和一个政客——从网上搜索的情况来看,这个政客的名声还相当不错——会卷入两起入室侵犯案件呢?"

"阿利托早就退休了,这起事件中到处有他的身影。斯特罗杰维尔是我堂妹在竞选阵营的顶头上司。"

"因为这个你就把他看作是个恶人,难道所有领导华沙斯基家女人的家伙都是罪犯吗？"

"我不想和你谈论这个话题。先把敌意消除再和我谈吧。"说着我按下了"停止"按钮。

我不想把心思放在和他怄气上。我脱下鞋，双腿交叉坐在椅子上。我做了几次深呼吸，忘掉心头的恐惧，全身心投入到必须完成的工作上。

警察和联邦调查局的人各自把我家所在的那条街道细致搜索了一遍，看看有没有人看见过与佩特拉在一起的那几个匪徒。如果他们是乘车过来的——哪怕有人看见过那辆车也好。他们自然不会把调查结果告诉我。我不可能独自进行这样的调查：密尔沃基路的公司和住家加起来有几百号人，我无法一一同他们交谈。不过我可以和埃尔顿·格兰杰谈一次。我不记得昨天有没有见过他。白天他总在街对面的咖啡馆里。如果他没喝得烂醉如泥的话，也许他还记得佩特拉和她那几个同伙的情况。

佩特拉大学时代的室友凯尔茜·英格斯也许知道一些线索。我婶婶不肯把凯尔茜的电话给我，但凯尔茜是佩特拉信任的少数人之一，我多半可以从登记的几个数据库里找到她的信息。

这两件事得回到办公室才能干成。不过当列车驶到鲁道尔夫街车站时，我意识到车站的上方就是克鲁莫斯竞选总部的所在地。也许莱斯·斯特罗杰维尔可以告诉我佩特拉最近在负责些什么工作。还记得约翰尼的女儿说过些什么吗？她说太多的假设永远得不到正确的结果。

在错综复杂的地下通道里穿行了一阵以后，我在盆栽棕榈的后面找到了我的宽边帽。看来清洁工还没来得及把它带走，但这对我来说却是件颇为幸运的事。我把小熊队的棒球帽和公牛队的红汗衫塞进公文包。打开公文包我才记得那个内利·福克斯的签名棒球还在包里。

包里塞了太多脱下的衣物，以至于我根本没有办法把包关紧。

我在大楼的警卫处登了记，警卫给里面的办公室打了个电话。女警卫认真地记下了我的名字，佩特拉也许早就习惯了这套繁文缛节。警卫对照着我的护照打出一张通行证，然后把我带到送我上四十一楼的电梯旁边。

下了电梯以后，还没等我欣赏完画着布赖恩明朗笑容的巨幅彩色海报，有位一头红色卷发的三十来岁的女人就走出双层玻璃门来迎接我。她穿着十分随意，黄衬衫的下摆露在印花裙子的外面。她还没站定就朝我嚷了起来。

"又怎么了？……咦？你是哪位？"女人挥舞的双手突然无力地落在身体两侧。

"我是维多利亚·伊非革涅亚·华沙斯基……你又是谁呢？"

"哦，你就是佩特拉那位侦探堂姐吧。佩特拉经常忘带她的身份卡，每次都是前台打电话上来让我接人的。我以为她已经回来了呢！你知道她现在在哪儿吗？"

"我非常希望能知道她的去向。我想知道她最近在做什么工作，从这方面找出些有用的线索来。"

女人迟疑不定地看了眼双层玻璃门。"也许我该帮你问问斯特罗杰维尔先生，最近佩特拉已经不怎么为我干活了。"

"这么说你是……"我紧闭着眼睛，回忆着佩特拉是否在我面前提起过这位前上司的名字。

"我是塔妮亚·克兰登，负责网络方面的事务。佩特拉一开始是跟我干的。不过她的地位渐渐重要起来，现在她只听'严肃先生'一人的指令了。"当塔妮亚意识到自己的声音非常怨毒时，胸口和脖子上的皮肤刹那间红了起来。

她把脖子上的身份认证卡往门上的识别器上照了照。门开了，我跟在她身后走进了竞选总部。她的手机振动了几下，显然有短信进来了。我们走过助选人员的时候，她拿起手机看了看，然后回复了一条短信。助选人员有的在计算机前忙碌，有的在角落里争论着什么，有的在埋头打电话，还有些在工位上大声传递着最新的竞选动态。

克兰登小姐看上去似乎是竞选阵营里的老大姐。这里大多数职员的年龄与佩特拉不相上下。无论种族和性别，他们和佩特拉一样似乎有使不尽的力气。也许克鲁莫斯真会给伊利诺伊政坛带来翻天覆地的变化。

几个年轻人上前对塔妮亚提出了各种各样的问题。有个女孩提起了佩特拉。据传政府打算在肖尼国家森林公园勘探石油，她不知该如何应付这个问题。前期的调查工作都是佩特拉一手包办的。

"午饭后来见我，"塔妮亚说，"到时候我有消息要告诉大家。"

我们的目的地是楼层西南角的一片区域。楼层南边的这一侧并排陈设着几间办公室，这里比竞选总部的其他地方要安静得多。角落里接待台前的秘书正用索尔蒂①的风范忙碌地转接着电话。塔妮亚弯下腰，在秘书的耳边低声叮嘱了几句。女孩惊讶地看着我，然后拨了个电话出去，在桌前的电脑上敲击了一个键，最后为我们打开了里间办公室的门。

塔妮亚紧跟在她身后进了门。她们在我还来不及看清里面的情形之前就关上了门，不过彼得叔叔沙哑的咆哮声却漏了出来。看来叔叔也想知道斯特罗杰维尔让他女儿干什么去了，这也许能帮到我。政客对我这个做侦探的堂姐多半不会吐露什么，但对于佩特拉的父亲，他

---

①奥地利著名指挥家。

也许不会顾忌太多。

接待区里放了些扶手椅。朝窗外看去,访客们可以看见蓝天白云、熙熙攘攘的都市景象和千禧公园里标志性的豌豆雕塑。我在窗前站了一会儿,看着公园里的游客们相互拍照的情景。不过光线实在是太刺眼了,我只能重新戴上墨镜。如此一来,我又几乎什么都看不见了。

过了几分钟,我从窗户边上走开。我推了推办公室的门,但是门却被锁上了。我对着门皱了皱眉头,然后离开接待区,四处寻找这里的网络部门。如果现在不能和佩特拉的同伴们交谈的话,也许很快就会有人把我轰下去了。

这里的员工不是在开会,就是沉浸在短信和电话中。搭理我的年轻人告诉我网络部门在第八分区。

"第八分区怎么走?"

"我们把这里分了好几个块。一号块的联络部在电梯边,二号块是开发部,八号块的网络部正好在两者之间。"回答完问题以后,他的眼睛就马上回到电脑屏幕上去了。

块,分区——这一代的年轻人似乎在掌上电脑上玩了太多的科幻类游戏。起先我还对职员们的专注和活力非常感兴趣,但这会儿却只剩下厌恶了。

找到八号块以后,我看到了刚才对肖尼国家森林公园勘探石油一事提出疑问的那个女生。五六个年轻人坐在电脑前。这里的人员进出非常频繁,很难算清网络部门究竟有多少人。一个小伙子在键盘上连续敲击了一阵子,然后大声喊道:"我把那份东西发给你了,外发之前请你好好把它看一遍。"说完就从电脑前离开了。马上就有两三个年轻人从其他区域奔过来,看了看屏幕上的东西,在电脑上打下一串字,接着又马上从那儿离开。

最后，我终于让一个头发几乎完全把眼睛遮住的男孩将注意力集中到我身上。"你知道佩特拉·华沙斯基在哪儿吗？"

"佩特拉？她不在这儿。她已经消失了好几天。听说是被人绑架了。"

"绑架"这个耸人听闻的词使周围的人马上聚拢过来，激烈地争论着佩特拉到底是被人绑架了，还是被斯特罗杰维尔派去执行某项秘密任务去了。

"佩特拉也许去为那个严厉的家伙执行什么秘密任务去了，"有个穿了几个耳洞的女孩说，"她从来不告诉别人斯特罗杰维尔都让她干了些什么。"

"让她领导了一支暗杀队伍吧。"人群中唯一的黑人说。

"斯特罗杰维尔可以在光天化日下拿着机关枪上街，"穿耳洞的女孩说，"他才没有什么事需要遮遮掩掩的呢。"

"佩特拉遇到难题通常会找谁商量？"我问。

这个问题让他们一下子安静下来。过了一会儿，一个穿着条纹衫和牛仔裤的女孩说："我们从来不会单枪匹马地解决问题。遇到麻烦的时候，大家通常会群策群力，想出不同的解决方法来。布赖恩先生讲求变化，个人实现在这里是没有市场的。可以说，我们是作为整体在一起工作的。"

"佩特拉碰到个人问题时会找谁倾诉？"我换了个问法。

黑人小伙说："她看上去没有什么个人问题……我想说的是，斯特罗杰维尔暂时还没有开除她的意思。但我不知道佩特拉是不是对他很抵触，也不知道'严肃先生'是不是让佩特拉做过什么她不愿意做的事。总之，为他工作以后，下班后佩特拉就不再和我们一起吃饭了。我们不知道她在干什么，也不知道她和谁谈过话。"

"那家伙的组织能力确实非常高。"第一个搭理我的男孩说。

"没错,"黑人小伙附和着,"不过你会想和那种人一起在墨西哥餐馆吃饭吗?"

穿耳洞的姑娘笑了起来。这时另一个姑娘走上前来,问他们想到哪里去吃晚饭。在他们离开之前,我给他们分发了自己的名片。

"我是她的堂姐。她失踪的方式让我非常担心。芝加哥警察局和联邦调查局都在调查这个案子。我不知道他们为什么还没来这儿调查。如果你们想到某个她信任的人,或是想到与失踪有关的事,请你们赶紧打电话给我。"

没等我离开网络部门,他们就兴高采烈地发起电子邮件来了。警察和联邦探员毕竟离他们太远了。我慢慢走回斯特罗杰维尔——"严肃先生"的办公室所在的角落里。看来这里的年轻职员都很敬慕他,不过"严肃先生"却对他们有着极强的威慑力。同时,他们也对佩特拉的脱颖而出感到非常嫉妒。

斯特罗杰维尔的办公室门开着。塔妮亚·克兰登正在门边打手机。女秘书站在接待台前忙着接电话。斯特罗杰维尔皱着眉头望向门外。

"我们想知道你到这儿来干什么!"塔妮亚把手机放进兜里。

"我知道这样的竞选活动常会让人觉得不知所措。"我体贴地对她笑了笑,"我想和佩特拉的同事们谈一谈,看看佩特拉有没有联系过他们中的某个人。"

"她联系过他们吗?"斯特罗杰维尔问。

"似乎没有。他们说自从佩特拉为你工作以后,她就变得离群索居了。这是不是为你工作的附加条件呢?"

斯特罗杰维尔的目光变得愈发冰冷。"我希望在这里工作的所有人都能保护客户的隐私。网络部的人在没有得到允许的情况下和你交谈,这让我觉得很有必要重申一下这条纪律。"

塔妮亚·克兰登的脸又红了。允许手下与我闲谈显然是她管教不严的结果。还没等她开口道歉，我便抢过了话头。

"你有一支年轻有活力的团队。如果你抑制了他们的冲劲，他们的工作就不会像以前那样富有成效了。我是维多利亚·伊菲革涅亚·华沙——"

"我知道你是谁。你叔叔现在就在这里。我们很想和你谈谈，看看你做的事会不会使我们寻找佩特拉的努力毁于一旦。"

我不知道究竟是同网络部职员谈话的事还是佩特拉堂姐的身份触怒了他——或许斯特罗杰维尔原本就是个不知好歹的家伙——但我还是跟着他一起走进了办公室。我知道彼得在办公室里，乔治·多尼克的出现也没让我感到惊讶，毕竟他是负责安全事务的总管。让我没想到的是，哈维·克鲁莫斯竟然也在这里。

四个男人中间只有斯特罗杰维尔看起来比较随意，他那狡猾冷酷的眼神使我洞悉了该如何与他们这伙人打交道。哈维和彼得的脸都红了——不知是出于生气、恐惧还是别的什么情感——总之，他们似乎都不太自在，连穿着灰色府绸衬衫的多尼克也失去了应有的沉静。

在斯特罗杰维尔完全掌控局势之前，我走到他们面前。"克鲁莫斯先生，我们在海军码头你儿子的竞选筹款会上见过面。乔治，你是不是想和警察一起寻找佩特拉？斯特罗杰维尔先生，你能不能告诉我们最近十天你都让佩特拉干了些什么？最近她连续出现在一些莫名其妙的地方，如果我能知道那些地方是你派她去的，还是她自己去的，也许会让搜索工作进行得更顺畅一些。"

"莫名其妙的地方？"多尼克问，"她都在哪些地方出现过？"

"'争取自由中心'爆炸案发生后，她曾经在某天晚上去过那里。"

我漫不经心地碰了碰自己尚未痊愈的脸庞。"她还去过我小时候住过的房子。她去的时候,那里恰巧被人扔了燃烧弹。"

"除非你带她去,佩特拉才不会一个人去芝加哥南区呢。天杀的,维克,你竟然把她带到那种流氓团伙横行的地方——"叔叔的突然爆发即便在他自己看来也是毫无道理的,因此当多尼克插话进来的时候,他马上就闭了嘴。

"维奇,莱斯说佩特拉正在为你跑腿当侦探。"

"叫我维克。"我纠正着他的发音。

斯特罗杰维尔没有理会我的抗议。"当佩特拉在办公室的电脑上为你查找信息的时候,我不得不对她提出了警告。彼得,我感到很抱歉。我不知道是不是我伤害了她的自尊才让她逃跑的。"

"佩特拉才没那么敏感呢,"叔叔说,"斯特罗杰维尔,有时你的确很残忍,也许你比自己想象得还要残忍。"

"你们这个组合可真奇怪。"我耐着性子,因为发火会使我乱了方寸。"让我等在门外的时候,你们一直在商量该如何对付我吗?佩特拉之所以会逃跑真是因为莱斯对她太严厉了吗?她翻动我的私人物品以后,我狠狠地责骂了她一通,但她很快就像面团宝宝一样活力如初了。她难道会因为被上司责骂这点小事而销声匿迹吗?你们想让我觉得佩特拉是因为莱斯伤害了她的感情而失踪的吗?"

"乔治带了好几个人和我一起工作,"哈维·克鲁莫斯说,"我们知道你很爱你的堂妹,但像你这样的人往往会成事不足,败事有余。"

"我怎么了?"

"你是个一无所用的窝囊废,"斯特罗杰维尔辛辣地说,"你找了一个多月都没找到你想找的人,品行端正的修女还因为你的原因遇袭身亡了。"

我马上知道了他的目的。在冠冕堂皇的言辞之下，他实际上想把所有的过错都推到我身上，从而达到让我内心崩溃的目的。

"没想到你对我的工作了解到如此程度。"我努力使自己的声音保持平稳，"但我绝不允许你低估我的工作。"

"我什么也不要你做，"叔叔的眼泪都快掉下来了，"我已经让蕾切尔回家照顾孩子去了。我把调查工作全权托付给了乔治，调查就让他来负责进行吧。"

"在和联邦探员会面时，德里克·海特菲尔德对你说了些什么？"我问，"他也同意让乔治的人负责调查吗？"

"维克，他们要做的事太多了，"多尼克说，"他们肯定会派些人处理这个案子。但海特菲尔德知道我的能量，他知道我的雇员可以处理包括敲诈勒索和绑架人质在内的各种情况。"

我看了看彼得叔叔。"佩特拉每天至少要和蕾切尔通一次电话。最近几天她一直没打电话联系吗？"

叔叔粗鲁地挥了挥手。"我们一直在打她的电话，不过这些电话无一例外都转入了语音信箱。她为什么连电话都不能回——"

"她的手机电池似乎用尽了。"多尼克说。

我扬起眉毛。"你们一定用全球定位仪追踪过她的行踪，最后一次追踪到她的时候她在哪儿？"

多尼克抿起嘴唇。他不想让我知道追踪佩特拉的事，但也不想否认这一点而引起麻烦。"我们公司从今天早晨开始才接手这个案子，因此我们不可能知道她离开你的办公室以后都去过什么地方。"

"既然海特菲尔德允许你们这种私人侦探公司查找佩特拉的行踪，那你们准备怎样去找呢？"

多尼克冷冷地一笑。"首先要做的当然是拷问默顿。"

我吃惊得一时说不出话来。"乔吉,你觉得毒蛇帮首领参与了这个案子吗?"

听到我叫他的小名,多尼克的脸马上红了起来。"维克,别天真了……你知道吗?即便在斯塔特维尔教养中心坐牢,默顿还是这座城市西南区的老大。贩卖毒品、组织卖淫、窃取身份。我们可以直击他的痛处。"

"他的痛处在哪儿?"我彬彬有礼地问,"默顿已经恶贯满盈了,他还在乎什么?"

"他女儿是他的骄傲。我们可以对默顿的女儿施加压力。"

"我觉得默顿父女俩没有你们想得那么亲近。"我反驳道。

"如果默顿女儿所在的法律事务所觉得她是个安全隐患的话,我想默顿也不会无动于衷吧。"多尼克说。

"如果默顿最终被证明是无辜的话,你会帮达约·默顿恢复名誉并帮她找到一份和现在相当的工作吗?"然后我又转而向彼得叔叔发问道,"你希望佩特拉得到类似的对待吗?"

"如果是他干的话,佩特拉可能已经——"

"好吧,看来你准备赖上'铁锤'了。同时,为了以防万一……"

"我们会找一些……跟你明说吧,我们会找一些对你父亲怀有恨意的毒蛇帮成员,比如说你一直在找的斯蒂夫·索伊尔。"

"你知道他在哪儿吗?"

多尼克的嘴边露出一丝貌似谦虚的浅笑。"我们一定能把他找出来。"

"维克,我们还想和你谈谈,"斯特罗杰维尔说,"我们想知道佩特拉为你干了些什么。"

彼得用一种近乎恳求的表情看着哈维·克鲁莫斯。他们似乎都忘记了呼吸，等待着我的答复。

"事实上，我什么都没让她为我干过。"我看着他们的脸，缓缓地说。我很想知道他们希望我说些什么。"弗朗西斯修女遇害时，我的眼睛也受了伤。受伤后，医生让我与电脑分开一段日子，我只得让佩特拉帮我在注册的数据库上查找一些数据。但没过多久，莱斯就成了她的上司，佩特拉对我说她再也不能帮我做调查了。"

"你说的是真话吗？"哈维·克鲁莫斯问。

"克鲁莫斯先生，你的问题没有什么实质上的意义。如果我告诉你我没骗你的话，你会相信我吗？我怎么会告诉你我在对你说谎呢？另外，佩特拉为我干的那些活儿一点危险都没有。那些数据库里保存的都是业已公开的信息，佩特拉看没看过那些数据根本不会造成任何妨害。"

没等他们开口，门外突然传来一阵沉闷的声音。随着几声"咯吱咯吱"的门锁声，办公间的门被推开了，候选人本人健步走了进来。

第三十五章 在竞选总部的对话

哈维·克鲁莫斯目瞪口呆地看着自己的儿子。多尼克终于坐不住了，他站起身，视线在彼得、哈维和莱斯·斯特罗杰维尔之间逡巡着。斯特罗杰维尔审时度势，率先开了口。

"布赖恩，今天你应该和洛杉矶的捐款人会面。你为什么要取消行程？我们会在那儿遇上大麻烦的。"

"莱斯，不和那些二流影星会面造不成什么实际的伤害，找到佩特拉·华沙斯基才是现在最要紧的事。我必须留在这儿。"布赖恩的领带开着，那头黑发似乎有很长时间没有梳理过了。

"我们已经控制住了局势，"莱斯说，"乔治把他最得力的部下都给派过来了，我们很快就能找到佩特拉的。"

"爸爸，莱斯，乔治，你们能不能别把我当成摆设——这两位又是什么人——"布赖恩完全没有认出我和叔叔，"哪怕一次也好，我们可不可以把这看作我的竞选，我不想把自己的人生和手下的员工变成你们的筹码，我不想和你们在这场权力游戏中继续玩儿下去了。我想知道警察对佩特拉失踪一事到底怎么看，我们对于她的失踪又究竟掌握了哪些情况。乔治为什么还待在这里，而没有指挥他最得力的部下出去寻找佩特拉？"

"我们不希望媒体把注意力集中在佩特拉身上，"斯特罗杰维尔说，

"中断行程回这里来反而会把事情搞得越来越大。"

布赖恩的脸色突然变得惨白。"你是不是想告诉我年轻女职员的消失就不重要了？网上说联邦调查局怀疑这是起绑架案。如果以为媒体不会蜂拥而来的话，那你们一定是疯了。今天早晨当我到达洛杉矶机场的时候，数十只麦克风马上就伸到了我的鼻子底下，问我那孩子失踪的时候我在哪儿，我对这件事又有什么样的看法，没完没了地问个不停。不知道警察和联邦调查局的人干了些什么，我又该对媒体说些什么！"

"您说得一点没错，"多尼克说，"我会让德里克·海特菲尔德把他们最近的调查报告提交给你。我这就回办公室，把自己的人集结起来。华沙斯基，你准备和我一起走吗？"

我对他的邀请感到非常奇怪，不过我马上意识到他邀请的是彼得叔叔。布赖恩一听到华沙斯基的名字，马上猜出了叔叔的身份。他穿过办公室，走到叔叔身边。

"彼得先生，我感到很抱歉。这件事把我弄得晕头转向，我一时没认出来。我对发生在佩特拉身上的事感到很遗憾。我觉得她的失踪不会和竞选有什么关系。但我相信，不管佩特拉做了什么，乔治一定会把她给找出来。蕾切尔还在这儿吗？你们还需要什么东西？你们安顿好了吗？有什么事尽管跟我说。"

"彼得，干脆住在我家吧，"哈维·克鲁莫斯说，"我会让约伦达照顾你的。我们都感到很无助，约伦达需要找些事排遣一下。"

"无助？哈维，你才不会感到无助呢。"叔叔刻薄地一笑，"另外，我想住在离联邦调查局近一点的地方。我在德雷克宾馆住得很舒服。"

"你完全可以住到我在罗斯科路的公寓里去，"布赖恩提议道，"我可以和爸爸回巴灵顿山的公寓里去住，为什么还要花钱住饭店呢？"

"不行,你需要留在城里,这样我们才可以随时找到你,"斯特罗杰维尔对布赖恩说,"既然你已经回来了,我们就计划一下对付新闻界的方法吧。这是一个争取女选民的好机会,让她们知道你很关心她们的需求……比如说家庭暴力之类的事。亚特和梅兰妮可以帮你写一段关于——"

"莱斯,你这个冷酷无情的狗杂种!我才不想对那失踪的孩子发表什么言论呢。我希望你赶快制订出一个寻人的计划来。彼得,我希望你和蕾切尔得到一切必要的支持。你真不想住到我的公寓去吗?"

"布赖恩,谢谢你,看情况过几天再说。维克,你可以开车把我送回德雷克宾馆吗?"

这句话等于是在下逐客令。哈维·克鲁莫斯和乔治·多尼克留下来继续和斯特罗杰维尔商量事情,彼得和我与布赖恩一起离开了办公室。

"你是佩特拉的堂姐?昨天晚上和我通电话的是你吗?昨天去过你的办公室以后,她是不是就失踪了?"

"维克什么事都不知道,"彼得咆哮道,"她以为佩特拉在她的办公室里,但她什么事都证明不了。"

"我在后门外面找到了她的手镯。"我对候选人说。

"戴那种塑料手镯的孩子远不止佩特拉一个。"彼得抗议道。

"蕾切尔在录像带里也认出她来了。今天我去过佩特拉的公寓,有人打破了她家的后门。她的手里可能有别人想要的东西,或者她了解一些别人想要知道的事情。自从佩特拉到斯特罗杰维尔手下工作以后,她就表现得非常怪。克鲁莫斯先生,你知道斯特罗杰维尔让她做了些什么工作吗?"

"这些事情不需要让你知道,"叔叔抢着说,"她在竞选阵营里的工作与她的失踪完全没有关系。"

"佩特拉肯定知道些什么事。她的手提电脑不见了,因此我们无法获知她都上过哪些网站。我想她之所以失踪是因为她加入了什么危险的组织或是她为竞选集团所做的工作触及了某些人的利益。你们知道她有吸毒的习惯吗?"

"该死的,你怎么可以这样说!"

"赌博呢?"

"把这些不三不四的念头从你的脑子里赶出去吧。我的女儿们是在优越的环境中长大的,她们都非常讲礼数。我不能容忍你用托尼教你的那些脏话侮辱我的女儿。如果佩特拉真的被人绑架了,那一定是因为你介绍给她的毒蛇帮流氓引起的。"

叔叔的咆哮使暂时不在工位上的职员们纷纷为之侧目。他们平时很难见到布赖恩本人,看到候选人出现在他们中间,这些人纷纷扬起大拇指表示祝贺。我们马上就被一小伙人围在中间,有些职员要求和候选人合影,另一些人则高声叫好。

"我最好对他们说两句话。"布赖恩对我们轻声说。

他对手下们露出了招牌式的微笑,他像个击出全垒打的明星球员一样举起手,等待着职员们的鼓掌。他对职员们的努力工作表示感谢,接着布赖恩又提到了佩特拉的失踪,他说他知道大家对这事都非常担忧,向大家保证自己会尽一切努力使佩特拉转危为安。

"两位,看见了吧,这些孩子随时准备向我们和佩特拉伸出援助之手。"说着他把我和彼得叔叔领进了旁边的一间会议室。"我会去找联邦探员谈谈。不过维克,你是叫维克吗?——你最好把你所知道的情况全告诉我。"

"她跑出我的办公室后以后就不见了,"我说,"我希望佩特拉已经从当时和她在一起的两个人身边逃开了,但我实在猜不出她去了哪儿。我想找她大学里的室友谈一谈——"

"不行,绝对不行!"彼得叫嚷着,"我不要你插手此事——让乔治去解决吧。"

"彼得,现在我们大家的心情都很不好,不过——"

"你不只是没用,你简直是危险透了!"叔叔对我大嚷着,"乔治比我认识的所有侦探都厉害,甚至连联邦调查局的人都要让他几分。他一定能把佩特拉顺利找回来的。如果让你去找佩特拉,她很可能在你面前被活活烧死。"

我被他气坏了,但我的语气却很平静。"过去这几周,佩特拉一直在找什么东西。她去你以前住的工厂区探视过;还在休斯敦街被燃烧弹袭击的时候出现在那里;弗朗西斯修女死后,佩特拉甚至想闯入她的公寓。佩特拉到底在找什么?克鲁莫斯先生,她是在为你找东西吗?彼得,难不成她这样做全是为了你?这是不是她对华沙斯基家的过去这么感兴趣的原因呢?"

叔叔像被逼入角落的公牛一样使劲地摇着头。"我女儿只是想多了解一些我们这个家族的历史而已,你却把毒蛇帮那些人以及你那些狐朋狗友介绍给了她。"

想到佩特拉对内利·福克斯的签名棒球的执着追求,我把红汗衫和宽边帽放在会议室的桌子上,然后从公文包里拿出那个棒球。

"彼得,你知道佩特拉为什么很想得到这个棒球吗?"

彼得和布赖恩同时凑过头来,一脸吃惊地看着我手中的棒球。彼得叔叔突然变得面如死灰,汗水顷刻间浸透了他的面庞。

"这是什么?"布赖恩问。

"没什么大不了的,只是个旧棒球而已。"彼得嘟囔着。他的手紧紧抓住椅背，勉强维持着身体的平衡。

我开始为他的心脏担心起来。但是当我告诉他我会为他去拿杯水，并给蕾切尔打个电话的时候，他粗暴地推开了我的手。"别把蕾切尔也扯进来。"

"佩特拉失踪的前两天晚上，我的公寓被人洗劫过。他们是在找这个棒球吗？"

"和城里的黑人走得很近的人是你而不是我，"叔叔声音里的敌意慢慢退去了，"我怎么会知道他们的目的呢？"

"闯入我公寓的不是黑人。有人见到过他们。"我邻居没跟我提过闯入者的种族，不过我可没有耐心跟叔叔兜圈子。"佩特拉给家里打电话的时候提过签名棒球吗？是你叫她把棒球从我住的地方取出来的吗？"

"我是内利·福克斯的球迷。所以她才——"

"彼得，你在保护谁？佩特拉从来没听说过福克斯的名字。当我提到福克斯的时候，佩特拉还以为白袜队招收过一个女球员呢。为什么不肯把棒球的事告诉我呢？"

"没什么故事，没什么可以告诉你的。"

叔叔满怀心事地看我转动着手里的棒球。门开了，斯特罗杰维尔和多尼克跟在哈维·克鲁莫斯后面走了进来。哈维惊讶地看着我和叔叔，这次又是斯特罗杰维尔率先开口发言。

"布赖恩，孩子们说你在这儿。环球娱乐新闻的人在观察室里等着给你做采访，你先去吉娜那里化个妆吧。"

候选人被斯特罗杰维尔带走了，不过哈维·克鲁莫斯和多尼克却留下来询问彼得为什么没有马上回德雷克宾馆的原因。"彼得，你这个谎话精，你和布赖恩说什么了？"

"布赖恩想跟我谈,"我插话进来,"彼得叔叔只是想跟我在一起。我们提到佩特拉最近寻访华沙斯基家老宅的事。你们对这件事有什么看法吗?"

多尼克说:"我不认识佩特拉,因此我不可能知道她会对什么感兴趣。女孩子有时会对家庭的过往产生某些奇妙的联想。也许她以为可以在那些地方找到华沙斯基家的传家宝也说不定呢。"

"克鲁莫斯先生,你怎么看?你比我更了解她,毕竟你是他的'哈维'叔叔。彼得说她并不是在找棒球。"

"你简直是太无礼了,"哈维气得火冒三丈,"彼得非常担心女儿的安危——我们大家同样都很担心——但你却把它看成电脑游戏一样,这简直是太荒唐了。"

我把棒球抛起来,稳稳地接在手心,然后把它放回公文包。"你说得没错。我可以把这个棒球送到实验室,看看科研人员会怎么说,然后开始寻找佩特拉。"

"别折腾了!"彼得说,"还要我重复几遍才够?这件事不需要你来插手!"

多尼克说:"维克,我很想知道如果你出去寻找佩特拉的话,准备从哪里开始着手?"

"我已经去过了她的公寓,不过被人捷足先登了。既然彼得不让我插手这件事,我准备干脆就此停手。不过我也许会去找拉里·阿利托谈一谈。"

"你找阿利托干什么?"克鲁莫斯和多尼克异口同声地问。接着多尼克说:"我才不信拉里那种酒徒的话呢。"

"几天前他和莱斯·斯特罗杰维尔见过面。我想知道斯特罗杰——"

"你怎么会知道这种事?"克鲁莫斯问。

"克鲁莫斯先生，我是个侦探，调查是我的本职工作。我不知道阿利托肯不肯告诉我那次对话的事，或者他知道的别的事，不过——"

"那家伙会为了烟酒抛妻弃子。维克，你最好离他远点，碰上他没什么好事。"多尼克把我当成三岁小孩一样，对我露出了迁就的笑容。

"他脾气很暴躁，又喜欢喝酒。但却是个经验丰富的警察。佩特拉失踪前，斯特罗杰维尔也许让他去办什么机密的紧急工作了吧。"

多尼克笑了。"你以为拉里和佩特拉的失踪有关吗？维克，我很奇怪你竟然会这么想。这可不是在演电视。话说回来，你对内利·福克斯的签名棒球有什么看法吗？"

"你怎么知道内利·福克斯签名棒球的事……"

他们一时不知该如何回答我的话。哈维刹那间仿佛像壁炉架上的毛毛熊一样不知所措。多尼克连忙打圆场说："我只是碰巧猜中了而已。除了你那个叛徒爸爸，华沙斯基家的所有人都是福克斯的球迷。彼得，我把你送回宾馆去吧。维克，听你叔叔的话，别再管这个案子了。"

第三十六章 到底发生了什么事？

我在密歇根大街和男人们分别，挥手招呼着出租车。我希望在他们三人淡出我的视线之后再取回我的车。不过我马上改变了主意，我绕了段路，搭公交车沿密歇根大街抵达了格兰特公园的南门。除了十几个旅游者和躺在草地上的无家可归者以外，这里一个人也没有。总算没有人跟着我了。

刚才的会面使我疑窦丛生。彼得应该和妻子一起好好和警察谈谈，或者至少和我谈谈，为什么他要与哈维·克鲁莫斯和乔治·多尼克一起在芝加哥最令人敬畏的政客的办公室里密谈呢？他们三番五次地警告我不要插手佩特拉的事，莫非他们知道佩特拉在哪儿，或是收到过勒索赎金的威胁吗？

我在狭窄扶梯上设置的雕像脚下坐了下来，一阵倦意突然穿透了我的全身。我把公文包里的红汗衫拿出来当作枕头用，我靠在破碎的水泥台阶上，闭上了双眼。

内利·福克斯的签名棒球对彼得来说具有非常重要的意义，甚至是毁灭性的意义。从哈维·克鲁莫斯和多尼克的反应来看，他们对这个棒球的事了然于胸。他们让佩特拉从我这里把棒球取走，佩特拉只好以特别礼物的借口来搪塞我。可以判断，多尼克、克鲁莫斯，甚至是莱斯·斯特罗杰维尔可能都是从佩特拉在办公室里的多嘴多舌里得知这件事的。

我似乎能听见佩特拉对网络部门的同伴们炫耀此事时发出的爽朗的笑容:"你们相信不相信,我竟然认为白袜队会招收女人入队!如果我不知道内利·福克斯的事被爸爸听说的话,他一定会不认我这个女儿的!堂姐说多年前内利·福克斯是个家喻户晓的明星呢。"

竞选阵营里的新新人类会用手机短信和微博把这条消息发布出去。传奇球星内利·福克斯会成为那天微博的重点话题。不难想见,传言会很快传到参议员候选人、"严肃"先生和候选人父亲的耳中。他们中的一人让佩特拉不惜代价把那只棒球从我那取走。

我大致可以确定签名棒球的事是咋咋呼呼的佩特拉传出去的。但是我不能确定签名棒球是不是我的公寓和办公室遭受洗劫的祸因。如果他们想要夺走那个签名棒球的话,那他们为什么连垒球队的合影照片也要抢走呢?

"这太不合常理了。"我沉浸在遐想中,禁不住自言自语起来。

"我总爱说这句话。这一点儿也不合常理。政府发射的卫星把天气弄得越来越遭,他们还通过手机监视你的行踪。"

说这话的人坐在雕像基座另一边的扶梯上。意识到我在听他说话,便伸手问我要钱买东西吃。我狠狠地瞪了他一眼,但他刚才说的那句话却刻在了我的心里。通过手机监视行踪。没错,他们就是这样干的。

他们一直在用手机监视我。今天早晨他们甚至还派人跟踪我。他们是不是也在监视佩特拉呢?"该死的堂妹,你到底在为谁干活?"这个人肯定不是多尼克,不然他一定知道佩特拉在哪儿。也许正是因为多尼克知道她所居何地,所以他才不想让我找到佩特拉。我想借投硬币来决定这个问题的答案。正面朝上代表多尼克不知道佩特拉在哪儿,反之则代表他对佩特拉的行踪心知肚明。

他们在斯特罗杰维尔的办公室里讨论的是不是这个问题？如果有人劝说佩特拉从藏身地现身，会对竞选造成什么样的影响？婶婶之所以乖乖地被叔叔劝回家是不是因为多尼克告诉过她佩特拉一定会没事的呢？但这种推测也不尽合理，佩特拉帮助劫匪闯入了我的办公室，然后又被他们绑架了。对了，也许是这么回事。他们不想让劫匪的身份曝光，因此他们不想让警察捷足先登，在他们之前找到佩特拉。

冲动之下，我给蕾切尔打了手机。电话转入了她的语音信箱。我又拨打了彼得在奥弗兰公园的家庭电话，电话是个男人接的，他拒绝透露自己的身份，也不肯告诉我蕾切尔在哪儿，仅仅答应我会给蕾切尔传个口信。

我不能让一个陌生人替我向蕾切尔询问多尼克是否知道佩特拉藏在哪儿。接电话的男人可能拦截了蕾切尔和彼得的电话，他的雇主可以是任何人。

我把自己的名字和电话号码告诉了他，但并没有多说什么。接着询问他到底是谁。

"我只是个接电话的人而已。"说着他挂断了电话。

我把膝盖紧紧贴住胸膛。海军码头的捐款会过后，莱斯·斯特罗杰维尔把佩特拉招进了自己的团队。从那时开始，佩特拉突然对华沙斯基家在工厂区的老宅、我小时候住过的房子以及爸爸皮箱里的东西表现出强烈的兴趣。她知道签名棒球在我手里，因此斯特罗杰维尔希望她找到的一定是别的什么东西。侵入者偷走了爸爸所在球队的照片，是不是说明他们对与棒球以及棒球队相关的事务感兴趣？我的个人财产中还有什么东西会引起莱斯·斯特罗杰维尔和乔治·多尼克的兴趣呢？除了内利·福克斯的签名棒球之外，再没有任何东西会引起那两个人的兴趣了。棒球，还是那个棒球，调查始终在原地打转。我还是不知道该如何着手寻找佩特拉。

彼得和乔治·多尼克对布赖恩的竞选并不是很关心，只有莱斯·斯特罗杰维尔和候选人的父亲对竞选比较上心。当我不请自来的时候，他们在办公室里密谈了半个多钟头，商议着该如何对付我。不过这都是次要的，关键是他们想怎样对付佩特拉。婶婶为什么被他们劝回家了呢？

"佩特拉，你到底在玩什么？他们所谓'国家安全'是不是把你弄晕了？他们是不是让你在任何情况下都不要相信我？连萨尔老爹你都丢下不管了吗？"

"关萨尔老爹什么事。监视你的是山姆大叔。山姆大叔一直在监视着你的一举一动。他知道你什么时候睡觉，知道你什么时候起床，他说他所做的一切都是为了国家安全。"

坐在基座另一边的人仍然在叫嚷着有人在监视他。既然我自己也在大叫大嚷，我也没有立场把他视为一个疯子。是我们疯了，还是真有人在监视我们呢？

我站起身，从口袋里拿出五美元硬币递给雕像背后那个素昧平生的男人。我们的爆发都是因为同一个原因——有人使我们众叛亲离。现在，越来越多的人选择把秘密埋在心里，很难知道哪里才能找到一个真心相助的好朋友。

我穿过罗斯福街和湖畔公路的交叉口，在自然历史博物馆门前等待着北行的公车。佩特拉是个短信迷。当我们一起从南芝加哥回城时，我很奇怪一直没人打手机给她，佩特拉向我承认她一直都在给人发短信。当时她是不是给斯特罗杰维尔发过短信，告诉他我们没能闯入南休斯敦街的公寓呢？在南休斯敦投掷燃烧弹的人是不是斯特罗杰维尔派遣的？如果是的话，他又在找什么呢？

佩特拉无时无刻不在发短信。在"争取自由中心"的那天晚上，佩特拉靠在卡洛琳·扎宾卡卡修女家的门口，两只手不停地在手机键盘上按着什么。当时我几乎失去了知觉，或许她认为我不会发觉她的这些小动作吧。她也许向斯特罗杰维尔汇报我在现场收集到一些证据，并准备把这些证据送到私人实验室，让他们看看里面包含了哪种助燃剂。

联邦调查局和国家安全局的人都在监视着"争取自由中心"，但是他们声称没有掌握闯入那幢大楼，取走证据袋的人的丝毫记录。看来他们打定主意要扮演"睁眼瞎"的角色了。也许有个能量相当大的人让联邦探员别插手这件事。他们拍了我的照片，却把佩特拉和偷走证据袋的家伙放过了。更过分的是，第二天，有人就以为"争取自由中心"捐款的名义，派拆迁队把犯罪现场全给破坏了。

在刚才的会面中，布赖恩·克鲁莫斯说过一些相当有分量的话，当时我并没有太在意，不过现在我已经不记得那时他说过些什么了。那些话似乎与他和我叔叔的关系以及我叔叔和法兰基修女的渊源有关系。无论怎么想，我都想不起当时的情景了。

佩特拉没有吸毒的习惯，这个问题不用问彼得我也知道。我也想象不出她会赌博或者干其他坏事；不过在此之前，我也没想过她会闯进我的办公室，但事实上破门而入的人的确是她。

我的脑袋像盘冷空心粉似的一团乱。从道理上讲，她只是竞选阵营的一枚棋子，按斯特罗杰维尔的命令行事。她只是个被人惯坏的大娃娃，不会有什么恶意。如果她卷入了什么是非，如果她遇到了什么困难，那么我有责任对她伸出援助之手。如果她想隐身在这座肮脏的大都市或是潜逃到好朋友凯尔茜那里去，国家安全局或山鹰保安公司的人一定很容易就能找到她。看来我要警告她一下。既然他们知道你什么时候睡觉、什么时候起床，那他们就一定可以不费吹灰之力查出你在哪儿。

我拿出手机，尽管我的手指不可能像二十岁女孩的那样灵活，但短信我还是能发的：

> 佩特拉：无论你身处何地，请你尽量不要打手机和发短信。把电池从手机里拿出来，不然全球定位系统会发现你的行踪。在我调查清楚前把自己隐藏好。佩特拉，请你一定要相信我。

小妹妹啊，请你一定要相信我，我在心里默念着。如果你在坏人手里，我一定想法把你救出来。如果你害怕得躲起来了，我一定会把此事调查清楚，我会把所有精力放在这件事上。

他们当然也可能通过手机来追踪我。对组织严密的国家机器来说，这只是件微不足道的小事。我在语音信箱里留下信息，告诉来电者我暂时不能使用手机，让他们在办公室电话的留言箱里给我留言。我从手机里取出电池，然后把手机塞进公文包。

我在车站上盘算着自己到目前为止了解了哪些情况，五辆公交车先后从我身边开了过去。我上了后一辆前往密歇根街的六路汽车，慢慢悠悠地坐到上午停车的那间宾馆。我把停车票递给车库管理员，却被告知已经有人帮我付了停车费。我问管理员要付费产生的账单，想知道到底出了什么错，最终却发现这笔账走的是现金，没有留下信用卡小票。没有人记得付费人究竟长什么样。只知道他准确无误地说出了汽车的型号和停车票号码，甚至还因为丢失了停车票而付了一小笔罚金。

斯特罗杰维尔和国家安全局的人希望让我知道，他们在任何地方都可以轻而易举地对付我。我沿着一条条小街,慢慢把车往回开。这倒不是因为我想查看后面有没有尾巴,而是因为我已经累得开不动快车了。他们可以很快就找到我,把我碾得粉碎。先前他们为什么没有这样做呢?也许是因为他们以为我掌握着他们正在寻找的东西吧。一旦找到了那件东西,他们就可以把我抛在一边了。法兰基修女着火的头颅突然出现在我眼前,我全身颤抖,只得把车停在马路边上。

我和堂妹像被猎人追逐的狐狸母子一样彷徨无助。因为没有别的地方可去,所以我只能把车开回了自己的家。但回家并不能让我感到安心一点。

我把孔特雷拉斯先生和狗带到花园,确保不会遭到窃听,尽管我对目前的进展知之不多,但还是尽量详尽地向他解释了搜索佩特拉的进展情况。

"你不会以为皮维的爸爸也参与了这个阴谋吧!"听了我的分析,孔特雷拉斯一脸惊愕的神情。

"他一定知道他的朋友们在找什么,他是个胆小怕事的人,不敢违逆朋友的意志。但再怎么说,他肯定不会把自己的女儿推向危险的境地。"

"皮维到底在哪儿?"老头显得非常焦虑。

我摇了摇头。"我太累了,头脑不是很清楚。我希望佩特拉已经脱身了,希望那些人不知道佩特拉在哪儿。如果她给你打电话,你让她继续躲起来。然后告诉她别再用手机和外界联络。今天他们打了我个措手不及,可我还是不知道他们究竟想要达到什么目的。"

第三十七章 躲在琴盒里逃跑……这很邪恶吗?

老头带着两条狗搜查了我的公寓,看看里面有没有炸弹或是侵入者。孔特雷拉斯先生说要请我吃饭,但我已经非常累了,没有一点胃口。他们离开以后,我靠着枕头就睡着了。我累得什么事都不想干。不过当凌晨一点电话响的时候,我还是马上就醒了。

"是佩特拉吗?"我对着电话大喊。

"你是华沙斯基小姐吗?"电话另一头的声音听上去有些畏首畏尾。

"你是谁?"我不假思索地问。

"很抱歉,我又吵醒你了。看来只有在半夜我才有勇气跟你说话。"

我确信打来电话的不是佩特拉就是索要赎金的勒索者,根本没想到有人会因为别的事情打来电话。我躺下来,试图让心跳放缓,好好想想这是怎么回事。

"我在新闻里看到了你堂妹的事。太可怕了,我简直不敢想象你爱的人突然消失是种什么样的感觉。"来电人支支吾吾地说。

听筒中传来医院呼叫器的声音!绑架不会是罗斯·赫伯特干的吧。我顿时起了一层鸡皮疙瘩。绑走佩特拉是为了让我尝尝当初失去雷蒙德·加兹登的滋味。

"我想你一定很难过。我对自己没有完全信任你感到非常抱歉。"她像上次半夜给我打电话时那样吸了口气,当时她把自己和雷蒙德·加兹登的那段苦恋告诉了我。

"你问我知不知道斯蒂夫·索伊尔用过别的名字,我回答说不知道。但六十年代的毒蛇帮成员都给自己起了个非洲名字。雷蒙德在团伙里的名字就叫卢蒙巴。"

一阵冗长的沉默,我差点儿爆发出一阵歇斯底里的笑声。佩特拉失踪了,很可能是遭人绑架,可罗斯心里却只有她那个失踪已久的恋人。我不知该如何作答,但最后我还是礼貌地问起了斯蒂夫·索伊尔在团伙中的名字。

"我不知道,不过那很可能是个非洲人的名字。如同我告诉你的那样,约翰尼·默顿就给女儿起了个非洲名字。约翰尼在许多非洲国家的独立运动中起了关键性的作用。他让雷蒙德好好研究一下卢蒙巴这个人。雷蒙德失踪前的那个夏天,他一直在跟我谈论卢蒙巴和刚果的事情,他甚至劝说我和他一起脱离……"

她的思绪回到了青涩的年轻时代,那时摆脱束缚与性解放和民主政治是一个意思。电话那头的声音渐渐低了下去。我不知道罗斯为什么不把这些事早点儿告诉我,难道她觉得我会对非洲人的民族主义运动心生反感吗?

她用压抑的声音说:"我担心如果我把雷蒙德和卢蒙巴的事告诉你的话,你会像有些家伙那样把非洲人独立运动和社会主义者画等号,我爸爸就是这种人。我怕你因此而不帮我找雷蒙德了。"

我向她表示了感谢,并让她尽量放宽心,搜索雷蒙德的时候,我会把卢蒙巴这个名字也考虑进去的。"还有什么其他事会对搜查工作有帮助吗?今晚把所有事都告诉我好吗?接下来的一两个星期你可能很难找到我了。"

罗斯沉思了一会儿,但什么也没想起来,至少在这个早上她已经没什么可说的了。她挂上电话以后，我躺回床上，却怎么也睡不着，心里全是前一天下午产生的那些纠结不定的念头。卢蒙巴，我试图回忆起帕特里斯·卢蒙巴①建立起的那些丰功伟绩，但这并没有使我感觉更好些。反之，卢蒙巴被折磨致死的情景与法兰基修女死亡时的景象交杂在了一起。我对佩特拉和自己的安危更加担心了。

我从床上坐了起来。最近我听到过卢蒙巴这个名字。卢蒙巴使我很快联想到了我的爸爸，但这没有丝毫意义。在我们家，比较关心国际政治的是妈妈而不是爸爸。她也许在家里谈论过卢蒙巴的死，但我那时太小了，根本记不住卢蒙巴的名字。

我走进客厅，打开手提电脑。我交叉着双腿坐在沙发上，在网络上查找着卢蒙巴的名字。卢蒙巴死于一九六一年。我记不得那时家里有没有人谈起过他的事了。既然已经醒了，我索性在注册的数据库里查找起卢蒙巴的名字来。有个歌手叫这个名字，纽约有个医生也叫这个名字。但经过一番仔细调查以后，我发现这两个人都很年轻，不可能是匿名隐身的雷蒙德·加兹登。

这时是凌晨两点，天很黑，一股难言的孤独袭上心头。我想到了在马扎尔-萨里夫②的莫雷尔，很想知道他是不是和我一样也在独自品尝着孤独，他的老朋友马尔西·拉夫是不是和他在一起。也许他又找到了一个比我更合意的新女朋友也说不定。

我们生活在一个如此奇特的年代。在这个恐怖的时代里，世界各地都是无休止的战争，我们永远不知道自己该信任谁，随时都有黑客偷看你的银行账户和电子邮件。尽管我也经常使用网络，但我终归还是个老式的侦探。我情愿四处寻觅，而不愿靠一根光纤干活。

---

①刚果民族运动领袖。
②阿富汗城市。

有人用过时的跟踪术找到了佩特拉的家,并把她的房间翻得一团乱。她的手提电脑是这些人带走的还是她随身带着的呢?我又看了一遍寄到自己邮箱的监控画面。佩特拉和她的两个同伙带的双肩背包似乎都放不下佩特拉的那台手提电脑。这么看来,必定是黄雀在后的那些人拿走了她的手提电脑,查找……我猜应该是她的电子邮件……看看她有没有通过网络搜索过黑人民族英雄的信息。

佩特拉还用过间谍软件。初夏的某一天晚上,佩特拉用过我放在办公室里的那台苹果电脑,所以知道我的开机密码。我不是个电脑高手,不过她上过哪些网站我还是查得出的。从这些网站中可能看得出一些蛛丝马迹。这总比坐在黑暗中一个人战战兢兢要好得多。

我重新开始穿衣服,但在给牛仔裤拉上拉链的时候突然停住了动作。从现在开始,我必须假定我做的所有事、我去的每一个地方都被国家安全局或山鹰保安公司的人监控着。或许他们同时都在监控我的行踪。午夜,在大街上,我很有可能被他们逮个正着。即便我能溜到车那里去,他们也可能——或者说是几乎可以肯定——在我的车上安置了全球定位系统,那是一种我不可能轻易找到的小玩意儿。他们不用整天待在街上监视我,只需通过最热门的三角测量软件就能掌握我的一举一动。

后楼梯上的一声巨响使我刹那间心跳加快。我拿起手枪,一路小碎步走进厨房,踮着脚尖站上瓷砖。我把头贴在门板上,透过门上的玻璃观察着门外的动静,心里很是不安。当我发现杰克·蒂鲍特正把低音提琴送到三楼时,我的心才放了下来。

我放下枪,打开厨房的门。蒂鲍特走到三楼的楼梯口以后,突然一个箭步蹿到我面前。

"维多利亚·伊非革涅亚·华沙斯基,别这么鬼鬼祟祟的。万一被你吓着，把提琴摔下了楼，那我可就亏大了。我可没为这把提琴买过任何意外保险。"

"真是抱歉，"我说，"这些日子我一直很恐慌。听到楼梯上有声音时，我还以为那些强盗又回来了呢。你是在哪儿演出的？"

"拉维尼亚。接着我们一直喝酒喝到现在。这个时候你还在干什么？有你堂妹的消息了吗？"说着他顺手把提琴拿了起来。

"到目前为止，还没有人告诉过我堂妹的消息，"我看着提琴外的盒子，突然冒出了一个主意。"你喝得很醉吗？"

"提琴手从不会喝醉，这是我们的特质。粗重的提琴使我们每个人都具有上佳的酒量。怎么了，你想让我给你来一个完美的四度和音吗？"

"我想让你把我装进琴盒里悄悄带到一个能叫得到出租车的地方。"

他安静了一会儿，然后问我："你喝醉了吗？"

"我清醒得很。"

他把提琴靠在他家的后门上。"看上去你是个天不怕地不怕的家伙。"

"我怎么会害怕呢？私人侦探一天到晚与死亡和危险打交道。我们不像普通人那样多愁善感。堂妹因为我而失踪，修女因为我而遇害，我现在到哪儿都不受欢迎。"

透过厨房窗口放射出的微弱灯光，我发现他正在上下打量着我。"如果把你带到贝尔蒙特大街的话，我也会遇到什么不测吗？"

"任何事都是有可能的。你有没有遇见过想把你的小提琴换些零钱的毒虫呢？"

蒂鲍特莞尔一笑。"这就是乐器比较大的好处了：劫匪知道自己不可能带着它从街上逃走。我先把贝茜安顿好，然后再把你带出去。你身上最好别有什么污垢，我不希望琴盒上沾有汗渍、油污或是别的脏东西。"

我回到自己家，小心翼翼地往脸和胳膊上擦防护霜。我觉得自己很饿。昨天吃过早饭以后，我还没有吃过任何东西。焦虑和疲劳使我忘了进食，不过心情平静下来以后，我的肚子马上饿得咕咕叫。蒂鲍特走到厨房时，我正手忙脚乱地把一块奶酪三明治往嘴里塞。

"你不能在我的琴盒里吃东西，"他说，"也许你甚至不能在里面呼吸。如果你在琴盒里窒息而亡，真不知道楼下的老头会不会起诉我。"

"应该不会，他只会让我的那两条狗把你的提琴咬断。"

蒂鲍特拿了块羊乳酪放在嘴里。"我不能把你搬下楼梯。我不知道琴盒能否承受住你的重量，不过我很清楚我是搬不动你的。"

"我会从前面的楼梯下去，从地下室的门走到花园。等你从后楼梯下到底楼的时候，我会设法绕过大楼和你会合。到了后门口以后，我再爬进琴盒，你可以沿着巷道把我推到汽车那里。"

我走进浴室，擦去了脸上的睫毛膏，以免被街灯反射出光亮。我希望睫毛膏的颗粒不会弄脏蒂鲍特的琴盒。我穿上一件淡蓝色的长风衣，把钥匙、放着现金的新皮夹和护照一起放在后面的口袋里。我检查了下手枪的保险，把小熊队的球帽压得很低，然后轻手轻脚地下了楼。

经过孔特雷拉斯先生的家门口时最为惊险。米奇大叫一声，然后开始呜咽起来，希望和我一起走。等到我走进地下室时，它才无奈地安静下来。

当我把地下室出口的门闩重新插上的时候，蒂鲍特正好把琴盒挪到后楼梯的最后一级台阶。等到他踏上人行道以后，我才悄悄地躲进他的身体投射在人行道上的巨大阴影里。他像个老手似的并没有回头看我，而是在手机里向一个名叫莉莉的女性不停抱怨着什么，"晚上喝醉酒的时候最好拉一首舒霍夫的圆舞曲。我的小黄雀。你听着就好,我还在路上呢。"

在后门边,我设法把一米七的身体蜷缩在长度仅为一米四的琴盒里。就像蒂鲍特事先警告过的那样,我都透不过一点气来。他喘着粗气把琴盒从破碎不堪的水泥路拖到巷道里,嘴里不断地抱怨着。我的脊椎和脖子被折磨得生疼,可我一句话都没说。把琴盒搬到后座上以后,他打开了琴盒边的拉锁。我用膝盖稍稍把琴盖顶开一些,让身体稍稍伸直一点。

蒂鲍特望着前方,询问我办公室的地址在哪儿。我让他把我放在方便叫出租车的贝尔蒙特街。

"维多利亚·伊非革涅亚·华沙斯基,既然我已经把这个价值两千两百美元的琴盒都给你用了,你就让我直接把你送到目的地吧?"

我不想和他发生争执,事实上,我对他表现出的诚意还是觉得蛮高兴的。我让他向北穿过瑞格利体育场①,在小街上绕了几圈。确定没有跟踪者后,汽车朝西北方向开过一个街区,到达了我的办公室。如果有人监视着我的办公室,我希望他们最好不要记下蒂鲍特的车牌号码。

我活动了一下筋骨,伸了伸脖子,然后把头伸在驾驶座的窗户前,对他道了声谢。"对了,莉莉是谁?"

"我小时候养的一条猎狐犬。案子结束以后,我会为你举办舒霍夫圆舞曲的专场音乐会。这是继马尔堡首演以后又一场激动人心的音乐会。"

他从打开的窗户中间伸出手,捏了捏我的手指。当我闪进奥克莱大街办公楼的阴影时,指尖似乎仍然能感受到蒂鲍特手掌的余温。

---

①小熊队主场。

第三十八章 个人空间上的忏悔

我不知道如何静悄悄地进入办公楼。侧门只有从里面才能打开，窗户离地有十二英尺，只有走前门才能进入办公室。

在凌晨的这个时候，附近所有的时尚酒吧和咖啡店都已经关门了。对面的茶座是通宵营业的，但茶座的门玻璃在街灯的照射下，像池塘一样深不见底，看来也已经没人了。

我拿着手枪轻手轻脚地沿着街道向前行走。街上没有一个人，不过职业安保人员可能通过探头远程观察街上的情况，他们可以轻轻松松地在办公室里执行监视任务。

一只老鼠突然从垃圾箱里朝我蹿了过来，我差点大叫出声。我停住脚步，看着它跑上人行道，这才让自己紧绷的神经舒缓下来。不过我还是禁不住长叹了一口气。有辆汽车驶过街道，拐进了左边的科特兰街，这辆车没打尾灯。多尼克似乎是那种不打尾灯就不会让你为他工作的老派人物。难不成他让我看见这辆车是因为他想让我觉得他并没有派人在监视我吗？我想应该不会吧。

他完全可以……够了！我不能自己吓自己，不然我就要疯了。我吸了口气，穿过马路，在门边的键盘上输入了新的密码。门锁像平时一样发出"吱"的一声，在静谧的黑夜中显得特别刺耳，但我已经没有精力害怕了。我冒冒失失地打开门，在门边停留了几分钟，然后又故意在键盘上输入了一连串数字，防止使用紫外喷涂设备的人解开我的开门密码。然后我冒着被街上隐藏的监视者发现的风险打开了灯。

我的办公间门口还贴着犯罪现场常用的封条。我扯开封条，径直走进了狼藉一片的办公间，精神又开始萎靡不振起来。我轻轻碰了碰突出在外的杂物，把抽屉放回办公桌，把测绘地图放进书架，但杂乱的情况还是丝毫没有改变。我不知道被人力输出公司回绝以后去哪儿找人帮我进行整理工作。

我试图回忆起佩特拉到我的办公室来用电脑是在哪一天，但我实在想不起来了。我只记得应该是在海军码头捐款会的两个星期以前。我制作了一个小程序，把那几个星期办公电脑所访问的网站全部收集起来。

程序运行的时候，我跪在地上，把地板上的文件理成一沓摆在沙发上。斯蒂夫·索伊尔的审讯记录也在这些文件当中，我翻了几页，重新在里面查找着爸爸的名字。让我感到意外的是，我竟然在上面发现了"卢蒙巴"三个字。

"卢蒙巴那里有我的照片。"斯蒂夫·索伊尔曾经在法庭上这样说过。

卢蒙巴是雷蒙德在毒蛇帮里的代号。雷蒙德有索伊尔的照片，这句话怎么解释？这是不是在告诉帮派里的人指认他的是雷蒙德呢？或许他希望让雷蒙德出庭为他做证吧？雷蒙德有我的照片应该和雷蒙德当时和我在一起是同一个意思。

我很想知道柯蒂斯·里弗斯在帮派里的代号是什么……柯蒂斯·里弗斯！我猛拍了一下自己的脑袋。非洲人的名字。蒂莫西，里弗斯对店门口扫街的男人是这样叫的。因为搜索程序还在进行，我在屏幕上又打开了一个窗口，在网上搜索蒂莫西这个名字。

德丹·蒂莫西是二十世纪五十年代肯尼亚的叛军领袖。我心里一阵紧张，把蒂莫西这个名字输入了伊利诺伊监狱管理局的数据库。数据库里马上跳出了蒂莫西这个名字——蒂莫西因为谋杀哈莫妮·索瑟姆于一九六七年一月被判四十年徒刑,去年一月刚刚刑满出狱。他没有因为品行良好而得到减刑,反而因为暴力抗拒时常受到禁闭。释放以后,他一直住在七十大街的里弗斯那里。

我盯着屏幕看了很长一段时间,想起了问到斯蒂夫·索伊尔时,里弗斯的暴怒以及"铁锤"默顿露出的轻笑。

我没有想象中那样欢欣鼓舞。完全不能把精力集中在毒蛇帮旧人和哈莫妮小姐被害的案子上。如果佩特拉没有失踪的话,我会等在里弗斯的店门外,直到他和索伊尔——也就是帮派中的蒂莫西出现为止。然后让他们说出雷蒙德——案卷上的卢蒙巴到底出了什么事。不过现在我脑子里都是佩特拉,已经没有精力去管别的事了。

我关掉搜索窗口,这时网页查询程序也已经运行完毕。罗列出几个星期来我访问过的一千多个网址。我查看着这些网址,为浪费在网络上的时间而惊诧不已。我用了二十多分钟才查到佩特拉上过哪些网站,但佩特拉已经更新了她的个人空间,我无权登录她的个人网页。另外,登录时她也没有用佩特拉·华沙斯基的本名,她把个人网页定名为"助选女孩"。

只有建立了自己的个人空间才能浏览佩特拉个人空间里的内容,我用佩皮的全名杜佩奇的谢赫拉莎德[1]为名建立了一个个人空间,甚至还为它创建了一个电子邮箱。我倒想看看人们为什么喜欢用个人空间传递消息。我在空间上加载了佩皮的简介和最喜欢听的音乐——最近它喜欢听《我什么也不是,我就是条狗》——我暂时忘却了黑暗、孤独以及佩特拉的安危给我带来的不安。在将近二十分钟的时间里,

---

[1]《天方夜谭》中的苏丹新娘,善于讲述有悬念的故事,从而免于一死。

我一直沉浸在创建个人空间给我带来的喜悦之中。

助选女孩喜欢听纳塔莉·沃克尔演唱的《城市里的天使》。她有五百多个网友。如果想要看到这些网友发给佩特拉的消息，我就需要知道佩特拉的密码。要达到这个目的必须掌握更为精深的网络搜索技术，但这种技术是我所不具备的。我只能看看她在个人空间首页写下的告示聊以安慰。

她说之所以不能写上自己的名字是因为她在候选参议员的竞选阵营担当一份极为重要的工作。如果她用自己或者参议员的本名发表什么言论的话，很可能为双方都带来麻烦。

> 所以我只能把自己称为助选女孩。除非想让我丢掉工作，否则登录这个网页的朋友们请不要用我的本名称呼我。汉克·阿尔布雷希特，你给我听好了，我们的候选人轻轻松松就能把你的老板赶下台。到时候你可要请我喝啤酒。

我搜索了一下网页，发现汉克·阿尔布雷希特是佩特拉的朋友。他和堂妹一起读的大学，毕业后到芝加哥为现任参议员工作。

佩特拉在几天后的日志上提到了她为布赖恩做的工作，她在日志上谨慎地把布赖恩称为"我的候选人"。

> 我知道素食主义者把我看成地球上最邪恶的人。但我就是爱吃肉，我喜欢在周末的烧烤会上吃肋排和腊肠。竞选阵营里的大多数同伴都和我一样喜欢肉食。谁说工作很有趣来着？这简直是全世界最大的谎言，我整天在博客上忙着搜索有人对候选人发表过什么不利的言论。不过遇见过候选人的所有人都认定他四年后

能当上总统，所以我们有成堆的事需要应付。我必须像圣女贞德那样，找出每个试图攻击我们的人，不让他们的行为危害到候选人阁下。

看过这条留言的人不难猜出佩特拉的那位候选人究竟是谁。事实上，从后面的许多回复来看，许多网友很清楚候选人指的就是布赖恩。留言中有来自阿尔布雷希特的嘲弄，更多的则是对布赖恩的支持。还有些人写了些完全不相干的话题：宠物、着装以及喜欢的饭店。

佩特拉还提到了我和孔特雷拉斯先生，她把我简称为"DC"，暗指我是她那位当侦探的堂姐。

> 我时常会去看萨尔老爹，我和他没有什么血缘关系，住在他楼上的DC倒是我的堂姐。DC和我妈妈差不多大，这简直太神奇了吧？我那位当侦探的堂姐经常把萨尔老爹称为"孔先生"，他一见我就说个没完。堂姐为这事而嫉妒我，你们觉得有不有趣？萨尔老爹喜欢和我调情，你们一定猜得到，过去他的调情对象正是我的那位堂姐。有时他们像我们的父母那样整天吵个没完。我的上帝，总有一天我们也会变得和父母一样无趣，那不是很可怕吗？
>
> 昨天我又去过一次，萨尔老爹因为DC要去见因为谋杀而被判一百年监禁的黑帮头目而抱怨个没完。DC觉得我不可能成为一个出色的侦探，没人会回答我的问题。我偏要争一口气，让她领教领教我的能耐。萨尔老爹觉得我疯了，认为我简直是在异想天开。DC看不起我，只不过没有表现出来。对我来说，侦探是个非常戏剧性的职业，解决谋杀案，搜集证据，只要别让我去监狱见什么黑帮老大就好。

我清清楚楚地记得那天的事。我很生气，佩特拉竟然在全世界人的面前出我的洋相。我对着电脑屏幕做了个鬼脸。"维多利亚·伊非革涅亚，该让人领教领教你的能耐了。"我喃喃自语道，然后继续读了下去。

我把注意力集中在她为布赖恩做的那些工作上，想知道她究竟找到过几个危害参议员的人，不过这些人似乎都是些无足轻重的家伙，掀不起什么风浪。她跟踪过一条布赖恩出现在鲁斯街脱衣舞夜总会的传闻，调查过一篇声称候选人从以前因为卖毒藏毒而被拘捕过的毒贩那里接受政治献金的帖子。其他就没什么大不了的事了。

她提到我在她忘带钥匙的那天撬开了她公寓的门，然后又记录了海军码头捐款集会的情形。

我们举办了一次盛大的捐款集会。我像个超级明星一样，因为候选人把我邀请来的客人视为这次宴会的主角。我的客人是位"二战"英雄，他把所有的军功章都带来了。第二天，他出现在许多报纸的头版上，其中甚至包括被爸爸视为自由象征的《华盛顿时报》。这次机会对我来说相当重要，我仿佛成了竞选阵营里的明星。虽然这纯粹是一次侥幸的成功，但竞选的实际领导者，被我们称为"严肃先生"的斯特罗杰维尔也因此而认可了我的能力，把我直接从网络部调到了他的手下，让我直接听从他的调遣。我的同伴们有些嫉妒我，他们从竞选开始的第一天起就跟着候选人了，而我只是个刚刚加入进来的新兵蛋子。但这就是生活。

到这篇帖子为止，佩特拉的语气一如她说话时的口吻那样狂妄而自信。不过几天以后，她的心情似乎阴沉了下来。

我原以为他们是因为我的工作出色而提拔了我，没想到斯特罗杰维尔把我调过去是因为我的嘴巴不够紧。斯特罗杰维尔先生对我说过的一些事非常感兴趣，他说那些发生在几百万年以前的事情很可能危害到候选人先生。这简直是太蹊跷了。我根本不知道我说过的哪些话引起了他的兴趣。但"严肃先生"说即便我不知情，不知道要调查什么，也要把这件事调查清楚。

这就像是场侦探游戏一样，而我调查的对象正是DC，这似乎非常有趣，看看我是不是比一个当了二十年侦探的人更加聪明。但是我很不愿意做这件事，因为"严肃先生"说在调查过程中我不能信任任何人。他说如果我把这件事告诉别人，哪怕是我的堂姐，都可能为别人惹来杀身之祸。"严肃先生"说堂姐很可能以她的方式伤害到别人。我知道她生起气来什么事都干得出。她救过无家可归者的生命，但仅仅因为弄乱了她妈妈的礼服她就差点儿要了我的命。所以助选女孩这次只能悄无声息地行动了。

一个星期以后，佩特拉在个人空间里发表了最后一篇通告。

如果你说你因为不知情伤害到了所有你关心的人，有人会因此责备你吗？你怎么知道谁是你的朋友，谁又是你的敌人呢？我希望我从来没来过芝加哥，但现在已经太晚了，我已经回不去了。

我坐回到椅子上揉着我的双眼。佩特拉用一贯的大嘴巴方式使她周围那些权势人物感受到了威胁。我似乎听见了斯特罗杰维尔办公室里发出的此起彼伏的警报声。

我不知道佩特拉在办公室里说过什么话——显然不是她在个人空

间里提过的帮她撬门以及拜访约翰尼·默顿这些事——因为在海军码头的捐款会上她就把这些事告诉过所有人了。另外，所有访问过佩特拉个人空间的人也都知道她在干些什么。我想象着"严肃先生"在她身后冷眼旁观的情景，他可能是佩特拉五百名网友之中的任何一个。像一条潜伏在佩特拉脚底下的大鲨鱼一样，随时准备将她吞噬。

我想起了那天早晨当我发现她乱翻我的皮箱时大发雷霆的情景，我可能的确把她吓坏了，从而在我们之间形成了一条巨大的鸿沟。我想起爸爸曾经对我说过生气会给我带来真正的麻烦。上帝啊，又被他说中了，可我从来没把他的话往心里去。

我必须找到佩特拉。可我甚至不知道该从哪里着手。我感觉自己像一头蠢笨的犀牛，一眼就能被人从矮树丛里认出来，永远也摆脱不了麻烦。

我把可能引起佩特拉兴趣的事列成了一张表：

约翰尼·默顿和毒蛇帮的人。

南芝加哥的老宅，匪徒往里扔燃烧弹的时候佩特拉被人发现站在街道对面。

内利·福克斯的签名棒球。

佩特拉非常想知道爸爸有没有留下日记。

我去"争取自由中心"搜集证据的那天夜里与佩特拉的不期而遇。

她神秘兮兮地悄声告诉我，她无法为我查找翻修法兰基修女公寓承包商的信息了。

已经凌晨四点了。虽然在罗斯·赫伯特的电话吵醒我之前，我已经睡了七个小时。但由于压力而产生的疲倦、痊愈中的身体以及连续几天没睡觉的原因,我感到身心俱疲。我走进后面的小房间,整理好沙发和充气床,不顾被人再次闯入的危险,沉沉地进入了梦乡。

第三十九章 换辆车，找到一条新线索

在梦中，克劳迪亚小姐居高临下地看着我。"雷蒙德会回来的，"她开诚布公地对我说。"这是我的《圣经》告诉我的。"她把红皮《圣经》放在我眼前挥舞着，十几张书签从书页中散落出来。当我伸出手想抓住书签的时候，它们突然变为照片平铺在地板上。

只要能让我看看这些照片，我就能知道佩特拉在哪儿，也能弄明白她为什么会逃跑的原因了。但当我把照片收起来以后，它们马上在我手中化成了一团火焰。突然，手中的照片似乎变成了烧着的法兰基修女，脸上的皮肤在燃烧的头发的映照下泛出白光。拉里·阿利托、乔治·多尼克、哈维·克鲁莫斯和我叔叔一起旁若无人地开怀大笑。斯特罗杰维尔站在一旁指着我叔叔说："你很清楚为什么要让她死。"

我流着眼泪，满头大汗地醒了过来，在黑暗中一时分不清东西南北。我还以为自己被蒙着眼睛待在以色列教会医院呢。我翻滚在充气床上，四处摸索着寻找护士的呼叫按钮。随后我的意识开始慢慢复苏起来，我双腿跨过床，亦步亦趋地朝电灯开关的方向走了过去。我走得很慢，尽力不踩到打翻在地的抽屉上面。

这时是早晨八点，平时这个时候我早就开始工作了。合租同伴正在工作室后面的小房间里淋浴，显然她刚刚进行过焊接作业，需要尽快用腐蚀性溶液把身上的铁屑洗去。我站在冷水水龙头下，希望让自

己清醒过来。但刚冲了一会儿,我就浑身发颤地跑回了自己的办公室,把衣服严严实实地裹在身上。

昨天半夜我把佩特拉上过的网站记了下来。我拿起这页纸,朝街对面的咖啡馆走了过去。排队等咖啡的时候,我看见埃尔顿·格兰杰拿着街头小报,点头哈腰地向过往的行人招揽生意。我接过咖啡,拿起一袋放有水果、酸奶、果汁和蛋卷的零食袋,走出店门,朝格兰杰的方向走了过去。

"埃尔顿,我一直想和你谈谈。"我把零食袋放在他面前,"尽管吃吧。你想喝果汁还是吃松饼?"

"嗨,维克,"他那双充血的蓝眼睛迟疑地从我身上转到了人行道那里,"我很好,现在不需要吃东西。"

"埃尔顿,饭还是要吃的。你知道六月份你昏迷的时候,老兵管理中心的医生们是怎么说的吗?——你必须停止喝酒,正正经经地吃些东西,这样才不会再次昏迷。"

"别管我,我不需要你像老鹰护小鸡一样护着我。"

"好吧。我就不跟你废话了。两天前,我的办公室被人翻得一团糟。我很想知道你看见过闯进我办公室的那些人没有。"

"维克,我应该早就告诉过你了,我不是替你看大门的。"

我从皮夹里抽出一张二十元的纸钞。"这是提前给你的圣诞节小费,感谢你一直以来守在我的门前。我堂妹也在那伙人中间。我想知道你看没看清楚和她在一起的那两个男人。虽然天气依然很热,可那两个人却穿着厚厚的冬装。"

他看了眼我手中的钞票,然后对我摇了摇头。"我根本不认识你的什么堂妹,不管遇见谁我都会这么说。"

"埃尔顿,就是我那个一头金发的高个子堂妹——自从你出院以后，你和我们打过不止一次照面了。她的名字叫佩特拉。"

"维克，真是对不起。你救过我的命，还帮了我不少忙，但是我确实没听说过你说的这个人。"他从我身边走开，招呼着走向咖啡店的一对青年男女："今天最新的报纸，要来一份吗？"

我无法把他的注意力再吸引过来。最后只好把二十美元和蓝莓松饼一起塞进他的手心，然后走上人行道往回走。

我气得直冒火。一定有人恐吓过埃尔顿，让他不要多嘴多舌。我真应该在昨天去芝加哥南区之前，拐到办公室找埃尔顿谈一次。就算我没救过他的命，看在二十美元的分儿上——这些钱可以在小旅馆住一夜，在旧车厢里凑合一个星期——他也应该出手帮我。看来有人对他施加过非常大的压力。

斯特罗杰维尔不会亲自出马恐吓一个无家可归的流浪汉，他才不会干这种下三烂的事呢。不过他知道可以派谁干这种活，拉里·阿利托就是一个非常合适的人选。佩特拉失踪的前一天，我看见他和莱斯·斯特罗杰维尔在一起密会。斯特罗杰维尔给他布置了一项任务。"我知道他想让我做什么"，他曾经没好气地对打来电话的人说过这么一句话。那个人会是多尼克吗？

我转身走回办公室，在电脑上又一次调出了摄像头里的图像。如果蕾切尔婶婶没有细看，我永远不可能知道当中那个人是佩特拉。我把图像放大到最大倍数，依稀可以看见左边那人正紧抓着她的胳膊。他的帽子几乎盖在了脸上，衣领高高竖起，但从外形上看这个人应该是阿利托没错。

我试着猜想如何才能让阿利托告诉我他有没有去过那里。女人的魅力显然对他没什么用。告诉他联邦探员正在调查这件事会不会让他感到恐惧呢？如果这话由我来说，他肯定不会觉得害怕。他在警察机关里浸淫多年，我这种隔山打牛的威胁根本吓不着他。假如能说服他相信斯特罗杰维尔和他的那帮伙计会撂下他不管，也许他才会老实交代。

我找到他的电话号码，给他在凯瑟琳湖的房子打了个电话。哈泽尔拿起电话，我请她喊她丈夫过来接电话。

"拉里不想和你谈。"她用沙哑的南方口音对我说。

"我也不想和他谈，"我说，"不过我有些事需要告诉他。因为他过去曾与我父亲一起工作过，所以我觉得我欠他一个小小的人情。两天前，我堂妹被人胁迫闯入了我的办公室，从当时的录像来看，其中一人就是你丈夫。"

她什么话都没说。

"我准备把这事告诉鲍比·马洛里，不过我准备过四小时再给他打电话。阿利托夫人，你能把这件事转告他吗？拉里参与绑架了——"

"我才不信你的鬼话呢！"

哈泽尔"啪"的一声挂断了电话，我瞪着电话看了一会儿。我告诉她四个小时后我才会把这件事告诉警察，但我可以马上把这件事通报给媒体。我拨了莫里·莱森的手机号，把同样的信息告诉了他。不像哈泽尔·阿利托，莫里有一肚子问题要问，他首先想知道谁把阿利托认出来的。

"莫里，我打的每个电话都有可能被芝加哥国家安全局或山鹰保安公司的人监控，也许同时被两者监控，所以我不会把机密的信息在公开线路上告诉你。另外，这也不是条确凿无疑的消息。我只能告诉你，我觉得克鲁莫斯竞选阵营的莱斯·斯特罗杰维尔和佩特拉的失踪大有关系——"

"斯特罗杰维尔为什么要绑架佩特拉？"莫里的声音突然间高了几

度,"你那里有什么克鲁莫斯竞选阵营感兴趣的东西吗?他们为什么要雇人——"

"亲爱的莫里先生,我现在传播的都是没有事实根据的流言。我不知道克鲁莫斯的人对我办公室里的什么东西感兴趣。目前我只能确定斯特罗杰维尔和阿利托见过一面,他让阿利托为他做一些事。"

"你现在在哪儿?你在办公室里吗?我过二十分钟到那儿——"

"我不能和你约见面的时间和地点。接下来几天我会到处收集线索。现在我只能告诉你这些了。"

没等他提出抗议,我就挂断了电话,当我把皮夹、钥匙和手枪收拾起来的时候,电话又响了。我戴上小熊队的帽子,没来得及抹润肤霜和防晒膏,便兴冲冲地奔了出去。我只能靠这顶并不结实的棒球帽来保护我自己了。

锁上门的时候,办公室里的电话依然响个不停。假如有人在监听我的电话,那么他们很快就会往这儿派出一个监视者,我得马上离开这个地方。我没有撒腿狂奔,但走得很快,并在第一个路口向左边转了个弯儿。

离开奥克莱大街以后,我走入静谧的住宅区,以便确定后面没人跟着我。我朝西北方向一直走到了阿米特奇街。

我需要找一辆不会追踪到我的汽车。我还没有补好驾驶执照,所以没人会租车给我。即便我能租到车,国家安全局的人也会在第一时间得知我的租车信息。同样,买张机票外出也摆脱不了那些人。刚才同莫里谈话的时候,我突然想到了一个能弄到车的藏身之地,如果我能不为人知地到达那里,我就彻底安全了。

我走到地铁站,没有查看周围的情形,直接跳上了一列开往卢普区的地铁。我在华盛顿街的车站下了车,通过地下隧道走进了达雷中心[①]的地下室，交通法庭和几个民事法庭就开设在这里。因为我身上带着枪，所以我不能通过安全门走进法院大楼，看看有谁会跟我进门。我走过迷宫式的地下走廊，进入了卢普时尚餐厅的地下入口。

餐厅的职员们刚刚开始上班。拉丁裔厨子和清洁员冷眼盯着我，但没人阻挡我前进的脚步。我穿过几道门走进厨房，然后通过厨房另一边的门进入了停车场。我登上斜坡，从街道走回地铁站，然后乘北行地铁向霍华德街进发。

漫长的行程使我有时间观察来来往往的人群。当我到达市郊的伊万斯顿时，我确信没人跟着我。我转上支线列车坐了三站，没人跟我一起下车。车站上没有可疑的自行车，也没有汽车反反复复地在我身边经过。

我和莫雷尔在意大利分手了，但我仍然保存着他的房间钥匙。更妙的是，我知道他把本田思域的备用钥匙放在了哪儿。我不敢冒险打电话给任何我认识的人，不过晚上我可以开车到市里绕一圈，甚至还可以换套内衣。当我走进房间的时候，我发现自己最喜欢的绣花胸罩仍旧挂在他的浴室里，我原以为把它落在意大利了呢。

[①]芝加哥法院的所在地。

第四十章 鞋匠的故事

本田车一启动就开了,这使我顿时松了一口气。我原本还担心他的车在车库里停了三个月之后油都耗尽了呢。

到莫雷尔家重新又勾起了我伤心的回忆。这里到处都有我过往生活的点点滴滴——浴室里的润肤霜以及他从枪伤中复原时、我坐在他床头大声阅读的小说《睡眠的记忆》。当我把买来的果汁放进冰箱时,我竟然在冰箱里发现了一盒孔特雷拉斯先生自制的番茄酱。

我和莫雷尔在一起生活了两年时间。当我受尽折磨、在肯尼迪高速公路上奄奄一息的时候,他把我带回了家;他在阿富汗受到重创的时候,向他伸出援助之手的人是我。也许我们只有在生死存亡的关键时刻才能互相扶持,我们的关系很难在和平的环境中保持长久。

冰箱里的番茄酱使我意识到应该把自己的去向告诉孔特雷拉斯先生、洛蒂和马克斯。最容易通知到的人应该是马克斯,我可以从以色列教会医院的边门偷偷溜到马克斯的办公室。监视我的人可能把注意力放在洛蒂在达曼大街上的诊所以及湖边公路的公寓上。马克斯住在离这不远的伊万斯顿,如果朋友们有什么急事要通知我,他可以在回家的途中从莫雷尔的门底下塞张纸条进来。

待在公寓里却不能使用电话让我感觉非常怪异,我觉得自己似乎生活在一个与世隔绝的大箱子当中。我飞快地给马克斯写了张纸条,告诉他我在哪儿,应该怎样和我联系,并让他带话给洛蒂和孔特雷拉斯先生。

我从莫雷尔卧室里最上面那只放衣服的抽屉里找到了莫雷尔的车钥匙。莫雷尔非常讲究整洁,这是我们俩最格格不入的地方——也许他最不能容忍的就是我的散漫——而他却总能在最短的时间里找到需要的东西。当然,散漫也有散漫的好处。前不久,几个训练有素的家伙把我的公寓翻了个底朝天,可还是没有发现他们想要找的东西。

把车开出莫雷尔的停车库的时候,我觉得既紧张又无助。莫雷尔早已远离了我的生活。我觉得找我的人应该不知道莫雷尔的存在,不过我的判断也许是错的。等到这件事结束,佩特拉安然无恙地返回,我必须去买个定位仪干扰器。那样他们就不能悠哉游哉通过电子仪器,而要派个人徒步跟踪我了。

这样的局面往往能振奋起我的精神。我感到稍微有些紧张,但对解决随之而来的一系列问题却充满了信心。佩特拉的失踪和法兰基修女的死使我的心绪愈加癫狂。

沉住气,维多利亚·伊非革涅亚,我暗暗地告诫着自己。深吸一口气,使自己进入一种冥想状态。还没等我把吸进去的气完全呼出来,本田就差点儿撞上了一个《明星先驱报》的送报人。看来开车是完全无法冥想的,我只能任由自己回复到冥想之前的那种状态。我强迫自己摆脱鬼鬼祟祟的心态,把车从小路转到主干道,向以色列教会医院驶去。我在医院周围的马路上转了几圈才找到一个停车位,从急诊通道入口昂着头充满信心地走进医院。虽然我身上没有佩戴医院的工号牌,但门口的警卫却没有加以阻拦。

我已经和马克斯的秘书辛西娅·多琳相识多年了,上周我在这里住院的时候她曾经来探视过我。一见我,她便对我的快速康复表示了祝贺。她说马克斯正在开会。对医院的执行理事来说，开会是再自然不过的事了。

我把早已准备好的纸条交给了辛西娅。"辛西娅，上周我出院以后，你就再没见过我对吗？"

她笑了笑，但眼睛里却饱含忧虑。"我连你的名字都不知道，我又怎么会告诉别人我见过你呢？我会趁没人的时候把纸条转交给马克斯的。你堂妹有消息了吗？"

我摇了摇头。"目前一点线索都没有。不过我正在和一些愿意提供线索的人交谈，也许可以从中得到一些有用的消息。"

我从边门离开医院，跑回莫雷尔的汽车旁，然后沿着达曼大街向高速公路驶去。开到爱迪森大街的十字路口时恰好遇到了黄灯。因为我的驾驶执照还没来得及补办，莫雷尔又把本田车的保险卡片带在了身上，我只得把车停了下来——我必须依法行事，这个时候可不能惹祸上身。后面汽车里的人见状不耐烦地狂按着喇叭。

"罗斯科路，贝尔蒙特路，威灵顿路。"我大声报着这些路名，急于在多尼克之前赶到南区，"罗斯科路！"我突然狂喊一声，这个路名使我联想到了一些事情。

绿灯亮了，后面的车再次鸣响了喇叭，接着一溜烟从我身边飞驰而过，差点儿和对面车道往北面开的车撞个正着。罗斯科路。布赖恩·克鲁莫斯让彼得暂时住到他在罗斯科路的公寓里去。整修"争取自由中心"的承包商在西罗斯科路上有几间办公室。这时我已经顾不上交通规则了，在前方红绿灯变黄时把车掉了个头，差点儿撞上迎面而来的一辆公共汽车。笨蛋，我真是太蠢了。那个承包商叫什么名字来着？他的办公室在哪儿？"争取自由中心"的修女应该告诉过我。

车快开到欧文公园路的时候我才意识到如果贸然闯到"争取自由

中心"的话，我很有可能被国家安全局的监视摄像机抓个正着。我需要借助电话或计算机才能和外界联络。最适合我待的地方莫过于网吧了。我从爱迪森路开到了湖区。车快开到瑞格利球场的时候，我发现了一间网吧。

我用现金买了张上网卡。与我的微型苹果机相比，网吧里使用视窗操作系统的老式电脑显得非常缓慢，不过最后我终于还是找到了一个常用的搜索引擎，在上面查找起承包商的信息来。没多久，我就把住在西罗斯科路三百号的这位罗登科先生挖了出来。我还通过最顺手的搜索引擎"生活万事通"找到了哈维·克鲁莫斯的一个未登记的电话号码，并顺藤摸瓜找到了他的所有住处——哈维把家安在巴灵顿山上，另外在棕榈泉、伦敦和芝加哥都有住所，芝加哥住所的地址是西罗斯科路三百号。

西罗斯科路三百号？我惊讶莫名地看着这个地址。莫非哈维·克鲁莫斯和厄尔尼·罗登科是同一个人？又兴许在幕后操纵着厄尔尼·罗登科？不管是哪种关系，短时间内召集零工清理法兰基修女房间并用自己家的地址注册公司的人无疑就是这位哈维·克鲁莫斯先生。可以想见，当佩特拉在网上找到这几家分包商，用她那明亮悦耳的嗓音向同事们宣布时，恰巧被莱斯·斯特罗杰维尔听见了。莱斯必须保护哈维。也许他是在为布赖恩着想。但这两者之间又有什么区别呢？

我的心里五味杂陈。我目前的状态根本不适合开车，对于到柯蒂斯·里弗斯那家小店的十五英里路程似乎有点力不从心，但目前我只能这么做了。我必须在哈维、斯特罗杰维尔和乔治·多尼克把佩特拉失踪的责任栽赃到斯蒂夫·索伊尔身上之前见到他。

我不记得自己是怎样离开网吧，坐上车，开车往南芝加哥行进的了；不记得自己走的是达曼路还是瑞恩高速公路；我甚至没有查看后面有没有跟着尾巴。我像个机器人似的把车向南开去。下车以后，我才回复到现实中来。我靠在灯柱上，做了几次发音练习，强迫自己放松心态，在艰难的探访之前保持镇定。

当我到达里弗斯的修鞋店时，蒂莫西——也就是索伊尔并不在街上。我推开门，拨开绳索走进店里。我忘了汽笛和"欢迎来到芝加哥"的怪异迎接方式，被这一连串声响惊得浑身哆嗦。

棋盘旁边坐着上次那两个下象棋的男人。大肚子的光头男人仍旧穿着曼联队的T恤衫，那个黑黑瘦瘦的小个子则穿着一件明显有点偏大的木工衬衫。柯蒂斯·里弗斯嘴里衔着一根牙签，站在柜台后面看他们下棋。

柜台上放着一份《芝加哥太阳报》。首页上刊登着佩特拉的大头照。你见过我吗？触目惊心的大标题。收音机仍然播放着公共频率里的节目，现在是芝加哥广播电台的《天下时事》的播出时间。三个男人有一句没一句地闲聊着，可是当他们抬头看见我时，房间里马上安静下来，或许连杰罗姆·麦克唐纳[①]碰到这种情况也会噤若寒蝉吧。

"这里不欢迎你。"里弗斯说。

"我没想到你会变得如此敏感。快把斯蒂夫·索伊尔的事告诉我。"

"我说得和上次一样，你找错地方了，这里没人知道索伊尔的消息。"

"在审判之前，他把名字改成了蒂莫西，难道不是吗？只是雷蒙德没他走得那么远，只有毒蛇帮内部的人才会叫他卢蒙巴。"

里弗斯把牙签从嘴的一边移到另一边，但什么话都没说。我发现店里的一条绳索上挂着一只小牛皮制成的红色手提包，这种柔软的小

[①] 美国脱口秀艺人。

牛皮是我的最爱。

"蒂莫西——也就是索伊尔希望雷蒙德带着照片在法庭上出现,有这么回事吧?但雷蒙德并没有出现在审判现场。"我抬起胳膊,把绳索上挂着的手提包解了下来。

"侦探小姐,这件事你爸爸最清楚。我差点儿忘了,你爸爸已经死了,这可真是大快人心啊。"

我往皮包里看了看,包里有一个能放皮夹子的带拉链的隔层和一个仅能放下手机的小口袋。我尽量忍耐着不要发火,不想为了爸爸和里弗斯这种人大吵大闹。

"既然你记得托尼·华沙斯基,想必你对乔治·多尼克一定也不会陌生吧。"我的眼睛仍然在往皮包里看。

里弗斯冷冷地看着我,似乎根本没有老实坦白的打算。

"你已经从报上看到了我堂妹失踪的消息。"我故意停顿了一下,但里弗斯还是没有接话。

里弗斯拿起《芝加哥太阳报》。"漂亮的白人金发女郎失踪了,这当然是轰动一时的消息。我想警察最后一定会把这事赖在几个黑人身上。"

下棋的两个男人茫然地看着我,似乎不知道下一步该如何应对。我把视线从皮包上挪开,目光炯炯地看着里弗斯。

"他们已经找到了嫌犯。"

里弗斯关上收音机,店堂里完全安静了下来。我在皮包外面的夹层里发现了一个价格标签:五百三十美元。在中心城区的商店里买这样一个包的价钱至少是这里的三倍。我挎上皮包,站在绳索背后的长条状镜子前审视着搭配出来的效果。

"他们认为是约翰尼干的。"我仍然在镜子里打量着自己的身形。

"他还关在斯塔特维尔教养中心呢。很难想象他能从那里逃出来,在光天化日之下把白人小妞从街上绑走。"

"警察认为这一带还有许多人欠着约翰尼的情,他们试图通过他女儿向他施加压力。"我不慌不忙地转过背,把身体斜靠在镜子上。

"他女儿和他有什么关系?"里弗斯皱着眉头问,"他们能对约翰尼的女儿干些什么呢?我听说约翰尼的女儿对这样一个爸爸非常不屑,但至少还没不认自己的父亲。"

"我不知道他们会怎样做,不过我可以告诉你他们能干些什么。他们可以在她身上栽赃,诬告她给她父亲夹带毒品。伪造她贪污所在法律事务所私募资金的电脑文件。"我一边说,一边把玩着皮包开口处那个独具匠心的小搭扣。

汽笛声和"欢迎来到芝加哥"的高音喇叭声再次响了起来,所有人全都目瞪口呆地望着门口。我把手伸进枪套,里弗斯把手放在柜台底下。一个女人分开绳索,带进来一双需要换鞋底的高跟鞋。里弗斯和她唠起了家常,眼睛却始终看着我。

当女人离开店里,汽笛声再次响起的时候,里弗斯对我说:"如果有人敢伤害达约,约翰尼一定会想方设法复仇的。他才不会迫于压力承认自己绑架了你堂妹呢。"

"反正我是这么看的。不管我堂妹是死了,还是被关在了什么地方,他们肯定还没打听到我堂妹在干什么。如果那些人杀害了我堂妹的话,他们首先会在达约身上下手,使约翰尼陷入疯狂,然后让一个教养中心的暗探声称自己亲耳听见约翰尼命令外面的帮凶在佩特拉身上下手——自然是因为他在许多方面对我非常不满。"

用这样一种理智的方式与人聊起佩特拉的失踪让我感到十分痛苦,好像把她当成了某部电影里一个事不关己的人物。真正让我难以说出口的话还在后面呢。

"他们会说约翰尼委托的人是蒂莫西,说蒂莫西为了报恩而杀害了佩特拉。"我把自己缩成一团,生怕里弗斯和他的朋友们突然朝我冲过来。

"也许蒂莫西真会这么做呢。"柯蒂斯·里弗斯声音里透露出的残忍使我不寒而栗。

"他为什么要这么做?"

"你还敢问为什么?"里弗斯嘲讽道,"为什么一个深爱上帝的黑人,一个受苦受难还整天在说'我原谅他们,因为仇恨会使你丧失理智'的人会受到这样的对待?他不会原谅你,我更不会原谅你。"

"我没有让你们原谅我,不过我很想知道你们为什么要把气都发泄在我的头上。"我的手指深深地嵌进皮包的软牛皮里,尽量不让腿部的痉挛扩展到双手和声线。

"你别装得像什么都不知道一样!"

"里弗斯先生,两个月前我们曾经谈过一次。我告诉你,哈莫妮·索瑟姆遇害时我只有十岁。我只是从当时的报纸和审判记录上才知道这件事的。也许我能从弗朗西斯小姐那里了解到更多的信息。可惜的是,没等她开口,有人就残忍地杀害了她。"

"她死的时候,在她身边的人就是你。"

"弗朗西斯小姐的头发被点着的时候,我用胳膊抱住她匆匆往外跑。"说到这里,我的声音哽咽了,"我的头皮和胳膊都被严重烧伤了。直到现在为止,我还时常被噩梦所惊醒。"

"蒂莫西每天也在做着同样的噩梦。"

"里弗斯先生,请把发生的事告诉我。"

下棋的人在我俩交谈的过程中不仅默不出声,而且几乎没有挪动过身体。这时那个做机械师的男人终于开口说话了。"柯蒂斯,把真相都告诉她吧。你把法兰基修女的死都怪罪在她头上。可你心里很清楚,修女的死并不是她造成的。"

穿着木工衬衫的男人点头表示同意。里弗斯朝他们怒目而视,不过还是走进了后面那间屋子。我听见后屋传来里弗斯沉闷的嗓音和蒂莫西惊恐的哭泣声。里弗斯的粗嗓门渐渐压过了哭声,没过多久,蒂莫西抓着里弗斯的胳膊从屋子里走了出来。

"这个女人的父亲就是抓你坐牢的华沙斯基警官,告诉她那帮警察对你干过些什么。"

"她会把我带走的。"蒂莫西轻声说。

"我们这里的三个人都比她壮实得多,她伤不了你。晚上你也别怕——她不可能穿过店里的这么多道门。"

我摊开空空如也的双手。"蒂莫西先生,我不会伤害你。"

"这件事都是因为哈莫妮的死而起——我是指警察对哈莫妮的死表现出来的反应,"机械师轻柔地说,"没人对哈莫妮的死感兴趣,只有哈莫妮的弟弟对这事割舍不下。索尔那年十六岁,他为姐姐感到自豪,姐姐的死对他来说非常致命。直到法兰基修女告诉他可以把姐姐的死作为呼吁公平的契机他才渐渐缓过劲儿来。此后的每个星期天,索尔和法兰基都会带着标语在警察局门口守夜。他们吸引了电视记者的注意——报纸上也出现了这件事的报道。警察知道必须抓出个什么人来,不然南区又要天下大乱了,所以他们来这里抓走了蒂莫西。"

蒂莫西浑身颤抖,两眼紧盯着自己的双脚。

"告诉她发生了什么。'华沙斯基警官来这儿把我带进了警车。'"里弗斯提示道。

"他把我带进警车——然后带到了警察局。"蒂莫西嘟哝了一声,然后瞪大了眼睛瞟了我一眼。

我摊开双手,心脏快速地跳动着,过速的脉搏几乎让我透不过气来。

"我很奇怪。哈莫妮根本不是我杀的。她既漂亮又聪明,对我而言,她是个非常特别的人。我把这些话都告诉了抓我的警官,但他只是说,'小子,把你的故事跟律师和刑警说吧。我只是负责抓你的人。'接着他像大多数警官那样说,'你有权保持沉默。'这就是我被抓的全过程。"

"接着发生了什么?"我口干舌噪,变得语无伦次。

"刑警们走进审讯室,看见我全都笑了起来。在他们看来,我就是砧板上的一块鱼肉。他们告诉我是我杀害了哈莫妮,他们说哪怕我忘了杀害哈莫妮的事,也要对他们老实交代,这样对我们大家都好。我记不太清当时的事了,我的心头日日夜夜被恶魔所占据……也许杀死哈莫妮的就是那个恶魔,也许那个恶魔对我说:'蒂莫西,你也是黑帮的一分子,你也是个恶魔。就像牧师时常说的那样,人性本恶——你注定要受炼狱的煎熬。去吧,为我们把那个甜美的女孩杀了吧。'"

"蒂莫西,你这辈子一个人都没杀过,"里弗斯说,"那些警察不但伤害了你的身体,还扰乱了你的心智。快把你受到的折磨告诉这个白人女孩吧。"

"他们把我铐了起来。"他对这段回忆感到非常羞耻,两眼一直紧盯着地板,泪水从眼角渗了出来。"他们把我铐了起来——他们把我叫作'黑鬼'。他们说我是一只只会唱歌跳舞的猴子,让我跳舞给他们看。他们让我坐在暖气片上,把我屁股上的皮都烫掉一层。看到我屁股上流出的血,他们笑得更开心了。他们让我唱歌给他们听。接着他们让电流通过我的阴茎。看到我被电流击得直哆嗦,他们说'黑鬼的舞都跳得很好'。说完他们开心得哈哈大笑起来。他们说如果我再不承认的话,他们会把我的阴茎割下来。我只能说出了他们想听的话,说我杀害了哈莫妮,说我杀害了那个天使一般的女孩。"

我的眼睛里噙满了泪水,心中充满了厌恶的感觉。

"可爱的白妞,这个故事还不错吧?"里弗斯问。

"托尼·华沙斯基审讯过你吗?"我的嘴里好不容易冒出几个字来。

"他进过审讯室两次,也许不止两次……我伤得很重,没办法细数。"

"他对你做了些什么?"

"他让那些人不要再折磨我了。但他们对他说:'华沙斯基,别在这儿当好人,这是为你弟弟干的。'"

第四十一章 打草惊蛇

我的腿一软,一屁股坐在地上。柯蒂斯·里弗斯毫不怜惜地俯视着我,不过我也没指望从他那里得到同情。"为你弟弟干的"……也就等同于"为彼得干的"。托尼看着阿利托和多尼克把蒂莫西锁在滚烫的暖气片上,看着他们让电流穿过蒂莫西的阴茎。我父亲——我那个可敬可爱可佩的父亲竟然会容许他们做出这种事来……想到这里,我的手心全湿了。我原以为我的眼中会出现鲜血,斯蒂夫·索伊尔的鲜血,多尼克和阿利托在爸爸面前折磨的所有囚犯的鲜血,但此时我却眼泪鼻涕一大把,什么都看不见。

我坐在布满灰尘的破旧地板上看着在护墙板上爬行的蜘蛛,久久不愿从地上站起来。我希望能一睡不起,把余生都耗费在这里。找到佩特拉和雷蒙德以后,我可能就此一蹶不振,与世长辞。

"这是为彼得干的。"我的眼前又出现了那年圣诞夜父亲和阿利托交谈的情形。爸爸说:"你如愿以偿得到了提升,这难道还不够吗?"阿利托回复道:"你想看着他坐牢吗?"

最后,我终于撑起身子从地上爬起来,肩膀被地板磨得生疼。

爸爸在动乱那年夏天之后的整个秋天一直处于高度紧张状态。我不记得哈莫妮的弟弟和法兰基修女发起的示威活动了,不过那场示威很可能就发生在爸爸所在的警察局外面。我可以想见警察局里的紧张局面，警察总署一直在催促着他们，责成他们尽快抓住犯人。

州检查官办公室也就顺水推舟地设了个套——从毒蛇帮里捉个人出来，反正这些人或多或少都不太干净。谁知道他们会选出索伊尔并把他作为这幕大戏的主角呢？是拉里·阿利托选择的他吗？想到父亲时，我的全身打了个激灵。大家都知道，指派给索伊尔的公设辩护人是阿诺德·科尔曼。当权者会选最想从中得到好处、最会按照政府的意思办理案件的家伙作为公设辩护人，这又有什么错呢？

在库克县，靠关系或是花上一小笔钱就能让公设辩护人站在你的一边。在我当上公设辩护人的时候，科尔曼已经当上了县里的首席辩护人，我看到他反反复复地做这种事。我和同事们都知道有笔看不见的钱在流动，只是不知道这笔钱有多少。

我哆嗦着吸了口气，看着站在面前的四个男人。我需要在他们面前表现得更职业一些，这就需要振奋起自己的精神。我也许再也得不到和蒂莫西交谈的机会了。

"蒂莫西先生……我希望我能尽力找出杀害哈莫妮·索瑟姆的真凶，不过这恐怕意味着我还得问你几个问题。"

蒂莫西紧张地咽了一口口水，把身体缩在柯蒂斯的背后。

"蒂莫西先生，审判时你为什么说卢蒙巴那里有你的照片？"

"那是事实，卢蒙巴那里确实有我的照片。"

"那是什么照片呢？"我问。

"他告诉了约翰尼。约翰尼说过他会帮我，卢蒙巴也曾这样说过，但他们一个都没有出现在法庭上——他们都把我抛弃了。他们怕惹祸上身，怕我把身上的恶魔带给他们。"他突然把脸伸到我的脸蛋下面，弯下腰蜷缩起身体从侧面观察着我，像玛雅人面具一样伸出舌头。"看到我身上的恶魔了吗？看到它们依附在我身上了吗？"

我告诫着自己不要退缩。"蒂莫西先生，它们不是依附在你身上的恶魔。折磨你的警官才是真正的恶魔。你应该让它们离你远点儿，让恶魔回到折磨你的警官那里去。"

"才不是呢，这些恶魔一直依附在我的身上。就像赫伯特牧师对我说的那样……他对我说我和约翰尼、卢蒙巴必定摆脱不了下地狱的命运，我们这种人根本不配进教堂。我每天都会想起牧师说的这番话，看来我是摆脱不了这些恶魔了。"

和他对话简直要叫人发疯，我尽量控制着自己的怒气。"那些照片怎么了？卢蒙巴手头拿的是什么照片？"

蒂莫西扬起头、皱着眉毛、满心忧虑地看着柯蒂斯。"卢蒙巴说他有杀害哈莫妮的人的照片，是我杀的她吗？卢蒙巴拿的是我的照片吗？"

"蒂莫西，杀她的人不是你，"机械师说，"这个白人女孩说得对。你不应该让那场梦魇一直围绕在你的心头挥之不去，你应该把它们赶回到给你带来痛苦的家伙那里去。"

蒂莫西说完话以后，我突然意识到侵入我住宅和办公室的人找的是什么东西——他们在找记录下真凶形象的那张照片。这就是佩特拉为什么想拜访我童年时候住的地方的原因，她想知道托尼有没有留下可以证明某人杀害哈莫妮的致命证据。托尼是在包庇自己的弟弟吗？他真的置国法于不顾，把证据偷走，藏在家里了吗？

"卢蒙巴后来怎么样了？"我感觉自己好像被劈成了两半一样，心中百感交集，不过我还是用平静的声音向他们抛出一个又一个问题。

柯蒂斯摇了摇头。"除了约翰尼，没人知道暴风雪那天究竟发生了什么事情。我只能告诉你这么多。"

"暴风雪来临前的那天夜里，有人在华尔兹·莱特酒吧见过你。"

我说。

里弗斯轻轻地点了点头。"罗斯小姐说得不错，雷蒙德确实是和约翰尼一起进来的。他们走进后房间密谈了一小会儿，然后回到前厅和大伙待在一块儿。雷蒙德大约是在凌晨两点离开的。自那以后，我再也没见过他。"

"约翰尼是和他一起离开的吗？"

"不是，他们那天甚至都没吵过架。相信我，如果约翰尼真想干掉雷蒙德的话，那我们一定早就知道了。实际上我们当时都在担心斯蒂夫……也就是蒂莫西的境遇，都在谈论雷蒙德说的究竟是怎样的照片。"

"你认为雷蒙德已经死了吗？"

"我觉得雷蒙德不可能还活着，"柯蒂斯说，"他不可能藏在我们不知道的地方。埃拉小姐的娘家在路易斯安那，即使母亲的娘家收留他，我们也会很快得到消息。要说有人知道雷蒙德到底发生了什么事的话，那这个人只能是约翰尼无疑。约翰尼一定知道些什么。暴风雪过后，我们重新聚了起来，他让我们永远别在附近提起雷蒙德的名字了。"

我用手揉了揉前额。"怎样做才能让约翰尼对我说实话？他希望能在自己身上应用'清白法案'，但老实说——"

"法庭控告他的罪名都是实打实的，但他确实没有杀害雷蒙德·加兹登。"

我把手伸进提包，希望从里面拿出块手巾，不过我马上意识到这个提包是店里的。下象棋的机械师从口袋里拿出手绢，让我用他的手绢把脸和双手擦拭干净。在场的所有人都知道约翰尼·默顿想要的是什么——他想知道杀死哈莫妮的人是谁，杀死雷蒙德的人又是谁，他还想知道雷蒙德的尸体究竟埋葬在什么地方。

蒂莫西的故事使我义愤填膺，心绪难平。我的态度悄然改变了店里的气氛。里弗斯和他的朋友们还没有站在我这一边，但至少他们已经不再是我的敌人了。他们正在观察能不能接受我。

我看着润湿的手绢对秃头男人说："我会把这块手绢洗好还给你的，不过在此之前我还有很多事要干。我还有很多事需要查清，但留给我的时间已经不多了。你们最好把蒂莫西转移到别的地方去。乔治·多尼克知道蒂莫西在这里，他可以不费吹灰之力派人硬闯进来。蒂莫西必须躲到一个别人想不到的地方去。转移他的时候必须一万个小心，确保没人跟着你们。他们那帮家伙都很聪明，他们有很多钱可以花。"

里弗斯说："我有枪，还参加过越战。我可以照顾他——"

"你才不能照顾他呢。多尼克可以把小山炸平，你这间小小的店铺又怎么能护得了蒂莫西呢？"

"柯蒂斯，这位小姐说得对，"穿木工衬衫的男人柔声说道，"她这番话是在为蒂莫西着想。兄弟，没有时间磨蹭了。"

机械师点了点头。"我们马上安排他离开这里。侦探小姐，如果你想找他问话，可以通过柯蒂斯找到他。总之，知道得越少对你越有好处。"

他转过身，轻声细语地劝说蒂莫西离开这个地方。蒂莫西不愿意撇下柯蒂斯独自离开这里。我觉得我几乎要大声尖叫起来了。我希望他立刻从这里出去！在多尼克或别的什么人出现之前赶紧从这里消失。

我分开绳索，准备离开修鞋店，突然意识到手里还拿着红色的皮包。我回过身，把包放在柜台上。"里弗斯先生，这个包缠上我了……再说，我已经把它弄脏了……我的信用卡和所有财物都在大火中付之一炬，如果你能把它借给我用的话，我会在得到现金之后马上把钱还你的。"

里弗斯用忧郁的眼神打量了我一阵,然后把包递给我。"侦探小姐,我暂且信你一回。今天你在这儿的表演可真不错。如果你不能还钱的话,我就把你的尸体扔到乔治·多尼克的办公室里去,声称他得为你的死负责。"

这不过是个冷笑话而已,但压抑了非常久的我们几个却爆发出一阵哄笑声。只有蒂莫西没有笑,看到我的笑容,他反倒匆忙后退了几步。"他们说我是只只会唱歌跳舞的猴子……他们都在哈哈大笑。"我立刻收起了笑容。

为了舒缓一下自己的情绪,我请求里弗斯让我从后门走进巷道。出门之前,我再次叮嘱那两个下棋的家伙赶快安排蒂莫西离开这里。

我走到莫雷尔的车前,快速打开车门,踩下离合器,冒着被警察抓住的风险把车开上了瑞恩高速公路。至少我没有一边开车一边发短信。

我把车开下高速路,下了车,试图做几个深呼吸,试图重新把注意力集中起来。但此时眼中只有深爱的爸爸的脸,他正在通过单向镜观察着审讯室里的情况。

"你没事吧?"有辆警车不知不觉地停在了我的车后。

我的身体僵直,双腿不自觉地打起颤来。不过我马上调整好情绪,抓紧车门,向警察挤出个笑容。"谢谢你的好意。我的腿有些抽筋,所以下车活动活动。"

警官只是对我扬了扬手,不过他一直等到我回到车里,把车重新开上瑞恩高速公路的时候才上了自己的车。我看着后视镜,发现那辆警车一直在跟随着我,我只好控制着车速,规规矩矩地闪灯变道。我突然想到了芝加哥警察的座右铭:服务人民,保卫大众。我突然感到一阵惊悸。这位警察是在保护我还是在监视我？他不会是认为我在那里停车是为了做毒品交易的吧？没抓到现行他会不会感到非常失望呢？他会对带进局子的嫌疑犯如何处置呢？

我在闹市区的出口下了高速公路，把车停在千禧公园附近的一个地下停车库。我把红色皮包锁进车的后备厢。如果碰到必须跑的时候，这样的包不仅会减慢我的速度，更会使追踪者轻而易举地找到我。

我从停车场走到大街上，夏末的阳光依然十分耀眼，为我抵挡辐射的只有头上的小熊队棒球帽。我没有穿短大衣，出门前也没有擦防晒霜。我情不自禁地产生出一种自暴自弃的想法，如果太阳真能晒下我一层皮的话，也许我的心里倒能好受些吧。

我等不及公交车，扬手叫了辆出租车把我带到密歇根大街的尽头。叔叔住的德雷克宾馆对面恰好有个小商品市场，我在那的文具店里买了一沓纸、一个信封和一支笔。

世纪旅店在六楼与小商品市场相连。我穿过连接门走进色彩明快、安宁静穆的旅店，对门房笑了笑，找到一个可以安心书写的角落。我咬着笔帽，琢磨着该对彼得叔叔说些什么。

亲爱的彼得：

你哥哥那些年一直在为你干些擦屁股的事，不过我已经知道了你才是杀害哈莫妮·索瑟姆的真凶。杀人是没有法律时效的，我不想像托尼那样为你遮掩，也并不打算救你。真正让我感到奇怪的是，你为什么舍得付出牺牲佩特拉的代价。我原以为你至少还有点父爱呢。

如果你想和我谈谈，你可以在离德雷克宾馆十分钟路程的街心花园找到我。如果你一直不出现的话，我可要去找警察了。我想鲍比·马洛里一定很乐于接待我的。

维多利亚·伊非革涅亚

我把便笺放进信封,在信封外面写上叔叔的地址。我穿过马路,进入两边开着店铺的宾馆大堂。一个听差站在通往主厅的楼梯前。我递给他五美元,让他立刻把信封交到彼得叔叔那里。接着便快步穿越走廊走向宾馆的北门。

我把信封交给听差的时候是中午一点二十三分。假设彼得正巧在房间里,假设听差及时把信封交到他手里。彼得也许会马上给多尼克……阿利托……或是斯特罗杰维尔打电话。二十分钟之内就会有什么事发生了。

德雷克宾馆处在一个直角三角形的中心点。它左邻密歇根大街,右边是街心花园,后门正对着湖畔公路。公路另一边是芝加哥最美的几处沙滩。每年的这个时候,橡树街沙滩上挤满了旅游者、日光浴爱好者、游泳者和到此来打沙滩排球的人。相对而言,公园里就没什么人了。有个流浪汉睡在街心花园旁边的一小块草坪上。

我顺着大街南侧停着的一长排汽车往前走,只有一辆车里坐了人。街边公寓旁停着辆大轿车,轿车里完全可以隐藏一支监视小分队,不过在我看来,无论是多尼克还是斯特罗杰维尔都不会在彼得身上如此大动干戈。

我走回站满了游客和购物者的密歇根大街。三个黑人青年正在街角敲着手鼓。

密歇根大街底下有条过街地道,不过我直接从马路上过了街。我与一位左手提着牵狗绳,右手把手机放在耳边的年轻女人并肩向前走。身后推着育儿车的小保姆也在打手机。我确信这里没有一个人认识我,在他们看来，我只是个享受夏末时光，戴球帽的路人而已。

我坐在花园角落公车站的长椅上观察着周边的情况。有个老人正在宾馆附近的公寓楼前遛狗；可爱的贵宾犬在迟开的橘色花丛中嬉戏着，老人则茫然地看着远方；一个肌肉发达的年轻女子跑过街心花园，穿过湖畔公路下的地道向沙滩飞奔而去；几个骑自行车的人则已经踏上了归程。

在我把信封交给听差的十七分钟之后，叔叔终于出现了。他的头发没有梳理，衣角没有完全塞进裤子里面。显然这些天他没有休息好。当他朝街心花园内外四处打量的时候，我往街对面看了看，人行道上没有闲逛的人，街上也没有新出现的车辆。我走下台阶，穿过横贯密歇根大街的地道，出现在通往沙滩的小路上。

"彼得！"我朝他声嘶力竭地大喊，"我在这儿呢！"

第四十二章 对叔叔严加斥责

"你到底想怎么样?"从近处看,叔叔比我想象得要糟糕得多。他的两眼充血,胡子没刮,全身充满了一股酒臭味。

"彼得,这句话应该由我来问才对。你让佩特拉代你受过,借此逃避——"

"你这个无知的娘们儿,我是在保护我的女儿。"一时间我都觉得他要对我动手了。

我的嘴角翘起,露出一丝苦涩的笑容。"让她寻找托尼包庇你的证据难道是在保护她吗?让她卷入南芝加哥老房子的纵火案,让她参与洗劫我现在的家和办公室难道是在保护她吗?"

"你什么都不知道!"他的咆哮惹得路过的自行车手和慢跑者纷纷对我们侧目——这个女人需要帮忙吗?

我朝那些关心我的路人笑着挥了挥手,他们似乎乐于让我们继续吵下去。我保持着微笑,刻意压低着声音。我才不想引来一大帮人的围观呢。

"我听说一九六七年斯蒂夫·索伊尔在监狱里受到了虐待,承认自己犯了并没有犯的谋杀罪。他为你在监狱里受了四十年的苦。据我所知,你以为世上存在能证明你是一九六六年马奎特公园谋杀案真凶的照片。我还知道一九六七年的圣诞节前后,有人拿着能证明你是凶犯的证据到过我们在南芝加哥的老宅,托尼为了保护你这个狗杂种,不得不对他做出了某种妥协。"

"我没有杀哈莫妮·索瑟姆。"彼得喘着气说。

"那是谁杀的呢?"

彼得狐疑地向四周看了看,生怕自己的话被人听见。"我不知道谁杀了她。"

"你真是太聪明了,"我说,"不是我干的,当时我不在马奎特公园,我没有杀过人。警察和辩护律师在办案的前期听这些话耳朵都快听出老茧来了。你当时不在马奎特公园,托尼也没有得到任何证据。拉里·阿利托——"

"快给我闭嘴!我承认我当时在马奎特公园,这下你满意了吧?我家就在马奎特公园旁边——我的朋友们全在那儿。"

"你们这帮小伙到公园打棒球,在打到第三局的时候,动乱突然爆发了,你是不是想这样说?接着又发生了什么?你是不是在人群中迷了路,希望用砖块、石头开道寻找回家的路呢?"

"你简直和你那个不通人性的母亲一个样,好像把自己当成了集众多天使于一身的圣母玛利亚似的。"

"你这头该死的猪,你骂我什么都可以,只是不许侮辱加布里埃拉。"我双手叉腰,怒气冲冲地逼视着他。他的气焰一下子被我打消了。

我们暂时安静了一会儿。彼得看上去非常烦躁不安,不知道我究竟知道了多少,接下来又会说些什么。不过我对和他争吵也感到有些厌倦了。我用了许久才调整好情绪,重新向他发问。

"一九六六年动乱的时候你就在马奎特公园,你没杀哈莫妮·索瑟姆,也不知道谁杀了她。但你却让佩特拉四处寻找证据,害怕那些证据毁了你,到头来遭殃的却是佩特拉。我们可以来评评理……你这是在保护佩特拉吗?"

他那满是胡茬的脸突然变得煞白。"别在这跟我胡搅蛮缠,你把她介绍给地痞,带她去贫民窟,首先让佩特拉陷入麻烦的人正是你。"

"不,根本不是这样。"我用双手遮住耳朵,不想和他在谁该为佩特拉的失踪负责任这件事上绕圈子。"她央求我带她去华沙斯基奶奶和你们兄弟住过的老房子看看。当时我觉得佩特拉表现得很奇怪,当她想知道你们每个人都把东西放在哪儿时,我的疑心更重了。我试图让她告诉我她这样做的原因,但她始终不肯告诉我。回想起来,她显然是想知道托尼把照片放在了哪儿。"

"你这样胡说八道分明是在摆脱自己的责任。"彼得叔叔说。

"彼得,有人认出了佩特拉,有人看到暴徒向南芝加哥的老房子扔燃烧弹,进而洗劫那间屋子的时候佩特拉在休斯敦街上出现过。你知道她当时在干什么吗?"

"人们常常会认错人,佩特拉肯定没去过那儿,那个证人也许是被你买通的吧——"

"买通人来陷害我的堂妹吗?我为什么要这样干?"我真想一把抓起他,把他的头朝头顶的石头桥墩撞上几下。

"你明不明白,我都快急疯了。只要佩特拉能不受伤害,让我做任何事、说任何话都可以。如果那意味着要得罪你——或是任何别的什么人——我也在所不惜。"

"他们那些人绝不会放过佩特拉,这点你很清楚,"我说,"他们找到她以后,肯定会杀死她,然后把她的尸体扔在某个毒蛇帮成员的住处附近。就像多尼克在斯特罗杰维尔的办公室里建议的那样,再找个斯蒂夫·索伊尔也没什么大不了的。他们已经为你制造过一起冤案,再制造一起冤案又有什么了不起的呢?"

"多尼克告诉我索伊尔是个杀人犯,索伊尔和默顿都是,"彼得咆哮道,"他不过是为另一起杀人案坐牢而已。"

"你见没见过警察把电极放在人的睾丸上,用电流刺激人的睾丸?"我问。

他不安地扭动着身躯,手不自觉地朝胯下伸去。

"过些时候——不需要很长时间——他就会哀求着让这场梦魇结束。托尼看见拉里·阿利托和乔治·多尼克对斯蒂夫·索伊尔这样干过。托尼试图阻止这种酷刑,但他们说是为你才这么干的。"

"该死的,我没杀那个女孩!"彼得的脸上冒出汗来,尽管可能是日光过烈而致,不过我想这多半还是因为恐惧而引起的吧。我的皮肤也被透过球帽照射过来的阳光晒得生疼。

"为什么你让佩特拉出去找照片呢?"

"我没有让她找照片。"他哑着嗓子说,"我根本不知道她在干些什么。蕾切尔很担心她,说她的声音很压抑,一点不像以前的她。而且佩特拉不再像以前那样天天打电话回家了。我琢磨着也许是因为竞选阵营里的工作太忙了,斯特罗杰维尔是个严厉的上司,佩特拉可是个不服管的主。"

"一九六六年暴乱时斯特罗杰维尔在马奎特公园和你在一起吗?"

他摇了摇头。"莱斯是哈维的朋友,他为哈维在公共关系方面出些主意,教他如何对付听证会之类的事。早在莱斯成为竞选主管之前,哈维就已经是他的客户了。布赖恩宣布参加竞选以后,莱斯自然成了他的座上宾。"

"动乱时多尼克和你在一起吗?"我追问道。

"多尼克是个警察。动乱时他确实在公园里,不过他的任务是保护金博士。我们纷纷朝他扔石块——"他突然意识到这样说有点不合时宜。

"我们是'谁'？"我继续追问着。

"住在马奎特公园附近的年轻人。"他嘀咕着。

"哈维·克鲁莫斯也包括在内吗？"

"我已经说过了，住在马奎特公园附近的年轻人都参加了当时的那场暴乱，其他的我不想多说了。"

"如果你没有杀害索瑟姆的话，托尼为什么要慑于多尼克和阿利托的威胁为你掩藏证据？"

"他们可以篡改证据，托尼对这点很清楚。"

"那个内利·福克斯的签名棒球……它能证明什么问题吗？"

"我不知道你在说什么。"他不自信地咕哝着。

"那个棒球是阿利托留给爸爸的吧？如果爸爸不把签名棒球收藏好的话，阿利托就会把你送进监狱里去，难道不是这样吗？"

"那个棒球什么事都证明不了。乔治以为自己很聪明——"当彼得意识到自己说得太多的时候，他突然住了口。接着他转换了话题。"我向托尼发誓我没有伤害那个黑人女孩，托尼相信了我。你为什么还要旧事重提呢？"

"亲爱的叔叔大人，你不会是想故伎重施，让乔治·多尼克杀我灭口来保护你自己吧。虽然你口口声声说愿意为佩特拉做任何事，但你却不准备到鲍比·马洛里那里，把你的种种过错告诉他，从而让佩特拉从藏身处走出来，告别暗无天日的恐惧生活。我非常想知道那些人给你灌了什么迷魂药，让你狠下心利用身边至亲的人来替你受过——爸爸和我也就算了，最让我不能接受的是，你竟然把自己的女儿也卷了进来。"

我等了一会儿，希望他能说些什么，希望能从他的言语里抓到些把柄,但他却一直保持着沉默。我走下楼梯,步入横贯密歇根大街的过街地道。这时彼得朝我嚷了两句。我在楼梯的底部停下脚步,看他如何反应。

"维克,暂时出去避一避。"他打开皮夹,塞给我几张二十美元钞票,"等到事情结束以后再回来吧。"

"彼得,事情才不会像你想象得那样轻易结束呢。鲍比·马洛里已经开始调查你女儿失踪的事了,你的那些朋友应该没有让他放弃调查的能量吧。"

他再次朝四周看了看。"如果国家安全局的人让他放弃调查,他铁定会放弃调查的。"

他的话使我想起了国家安全局的人在法兰基修女死后对我所做的问讯——他们希望知道修女在死前对我说了些什么——这是出于多尼克的命令吗?他或斯特罗杰维尔真的有能力中断芝加哥警察局的罪案调查吗?

"他们希望在杀死我之前让我把照片交出来,"我缓缓地说,"一旦他们得到了照片,我又不在人世了,他们才会感觉到安全,是不是这么回事?"

叔叔不安地移动着身体。也许从来没有人对他大声说过话,不过他们很显然是想拿佩特拉来交换我和四十年前与马奎特公园谋杀案有关的某些证据。"你准备去哪儿?你想要干什么?如果你要去找马洛里的话——"

"我才不会告诉你我准备去哪里呢,不然你的同伙乔治·多尼克一定能轻而易举地找到我。如果你有什么想告诉我的话,就直接给我发邮件吧,我会时不时地找个安全的地方上网的。"

他抓住我的胳膊,试图逼使我向他承诺放弃调查。我又生气又害怕，也没有时间和他继续纠缠下去。我把他推到一旁，冲过地道，跳上驶过街边的第一辆出租车，让司机向南把我送到千禧公园。

胳膊和头皮上还没完全长好的皮肤被阳光晒得发麻。花园里有两个大的喷水池，绿草在池塘中漂浮，孩子们在水池中尽情地嬉戏。我把烧伤的胳膊和头顶浸在水里，尽管这样会打湿我的衣服。我只是让后腿尽量离水远一点，避免让枪套里的手枪受潮。

我丝毫没有理会在我周围嬉戏的孩子们，在池水的抚慰下站了很久。最后，我拖着沉重的脚步朝停车场走去，有个卖报人正在停车场入口叫卖着街头小报。

"美人，别愁眉苦脸的，对我笑一个吧。至少你还有住的地方和爱你的家人呢。"

"这些东西我都没有。"我从他的身边走进停车场。

坐进车以后，我颓然倒在椅背上，湿漉漉的衣服和驾驶座的真皮座套摩擦，发出"咯吱咯吱"的响声。我完全能想象到莫雷尔的表情——看到我弄湿他的车，他一定会非常生气，但他很快就会把火压下来。因为他看见过我狂乱的样子，因为他知道我的本质和爸爸一样善良。莫雷尔是个善良公正的人——很少顾及自己，总把别人的需求放在第一位。

"这是为你兄弟干的。"据斯蒂夫·索伊尔——也就是蒂莫西所言，多尼克和阿利托曾经对托尼说过这样一句话。"我们是为了你兄弟才折磨他的。"托尼只能背过脸，对他们的暴行视而不见。

"别愁眉苦脸的，至少你还有住的地方和爱你的家人呢。"托尼给予我的是什么样的爱——那些看似理智而聪睿的教诲到底有什么意义呢？还有我的母亲——她对斯蒂夫·索伊尔、托尼以及托尼的弟弟又了解多少呢？

我想到了这些年在我生活中进进出出的那些男人——我前夫、莫里·莱森、康拉德。我前夫和莫里·莱森只是有点儿野心的普通男子而已，但莫雷尔和他们不一样，莫雷尔是个正派的好人，甚至还散发着一些个人英雄主义气息。我也许在评判中夹杂了些许本不愿面对的成见。这也难怪，女人嘛，总是有点感性的。但问题在于，以前我从来没把这样的成见施加在爸爸头上。

我不自觉地饮泣起来，极度的痛苦使我把头倚靠在方向盘上。我试图不让自己大声哭叫，仅存的那些理智提醒我别引起路人的过分关注。

第四十三章 一个不那么完美的人的死

回到莫雷尔家,我筋疲力尽,马上躺在床上睡着了。醒来已经是清晨六点了。我走进厨房,倒了杯茶,发现马克斯下班时从后门的门缝里塞进来一张纸条。

> 卡伦·列农整个下午都在找你,她说你的客户克劳迪亚小姐快不行了,一直都在叫着你的名字。马洛里警官下午拜访了洛蒂的诊所,他需要马上见你,但不肯把见你的原由告诉洛蒂。我替你向洛蒂和孔特雷拉斯先生报了平安,不过我没有把你的住址告诉他们,我觉得这样做会比较妥当。
>
> 马克斯

我慢慢喝下一杯茶。感觉自己像个大病初愈的患者,稍微一动便会马上发烧,重新被病痛所折磨。

鲍比想见我,他亲自前往洛蒂的诊所了解我的情况,而不是简单地派个手下去打听。他很清楚洛蒂的事,知道洛蒂对警察的徽章会有什么反应,更知道自己会遭到洛蒂的敌视。但尽管这样,他还是没有让泰利·芬克利到诊所打探消息。如此看来,他确实急着想见我。

不过克劳迪亚小姐那边也延缓不得。也许我在千禧公园哭泣的时候她已经死了。我喝完茶,轻手轻脚地擦洗着杯子。如果莫雷尔从阿富汗回来看到水槽脏了的话,他一定会很生气的。

我忧虑地看着电话机。在这个充满恐惧的年代里,你压根儿不知道自己的电话会不会被他人所窃听,不知道你能不能放心地和他人交谈。也许我和卡伦·列农的谈话不会被外人所窃听,但我终究还是不敢冒险在莫雷尔家给她打电话,因为一旦这通电话被外人听到,莫雷尔这里也就不再安全了。

这么晚很难指望在狮门养老院找到卡伦。我沿着霍华德街开过墨西哥、巴基斯坦、俄罗斯人出没的低级夜总会和静谧的伊万斯顿住宅区,在地铁车站旁边找到一部付费电话。没想到电话线和听筒都完好无损。当我拿起听筒时,听筒里传来让我投入一美元的指示声。我把电池放进手机,找到卡伦·列农的电话号码,接着马上把电池从手机里取了出来。完成这一系列操作以后,我在付费电话上拨了卡伦的手机号。

"谢天谢地,维克,你总算给我打电话了。我从昨天晚上开始一直在打你的手机,但始终联系不上你。今天早晨我只好打了马克斯的电话,他告诉我你必须隐藏一段时间,能听到你的声音简直是太好了。我对你堂妹的事感到很难过,但克劳迪亚小姐一直吵着要见你,我担心她会在你不能露面的这段时间里与世长辞。"

"现在去狮门养老院能见到她吗?"

"如果我跟你一起去,那就没问题。我现在在家,不过可以在二十五分钟之内赶到那儿。我们约在大厅入口处碰头可以吗?"

"恐怕不行。即便不能暗地里隐藏很长时间,我也不想在大庭广众面前出现。我们在克劳迪亚的房间门口见面,你看可以吗?"

卡伦想打听我准备如何进入那幢楼,晚上养老院门口通常有警卫值班。我让她别为这事担心,把房间号告诉我。她还想反对,但被我制止了。

"没有时间依常规行事了,我们不要把克劳迪亚生命中的最后几小时浪费在争吵上好吗?"

我沿着霍华德路把车开到一家出售制服的小店旁。混进公共场所的办法有好几种,在养老院这种护士众多的地方,把自己假扮成清洁员会比较好。如果穿上护士制服的话,其他护士都会觉得自己本该和你认识,走到近处仔细打量你。清洁员和养老院里的人关系没那么密切,不太会引起别人的注意。我找到一条灰色的连身裤,把它套在我的牛仔裤外面。然后又买了一顶平顶帽和一把大拖把。我把枪塞进连身裤的侧面口袋里——虽然不太安全,但至少在手边。

我把车停在狮门养老院侧面的小道,以便在必要的时候快速离开这里。我把帽檐压得很低,手持拖把走下养老院停车场里的斜坡,通过停车场里的货运电梯进入到大楼的一层大厅。我必须经过设在一楼的岗哨才能乘楼内的电梯进入养老院。戴着淡蓝色标志的养老院女警卫正在岗哨上看电视,不过当我经过岗哨时,她却抬起头朝我招呼了一声:"你是谁?你的工号牌呢?"

小时候我零星地从"波波"的妈妈那里学会了几段零星的波兰语。我没有停住脚步,侧过头用波兰语朝她嚷了两句,无非是饭已经好了、我马上要上去吃饭、不然饭马上就会变凉的话——玛丽婶婶成天都在唠叨这几句话。警卫用平时对待无知移民的态度无奈地对我摇了摇头,然后把注意力又集中在面前小柜台上的电视机上面了。

我和一个真正的清洁员一起乘电梯上了楼。她正在进行收集垃圾的工作,在八楼推着拖车下了电梯。当我到达克劳迪亚小姐的房间时,埃拉小姐正坐在房间里唯一的椅子上看护着自己的妹妹。卡伦站在门口等我,她快步走到我面前,轻声和我打了个招呼,然后拽着我的胳膊把我带到克劳迪亚小姐的床头。

旁边的床上躺着另一个女人,她的呼吸高亢而急促,床边的呼吸机不时发出"哔哔"的警报声。我拉上两个女人之间的帘子,营造出一块私密的空间。

埃拉小姐对我怒目而视。"你是不是觉得我们的事情对你来说并不重要?你拿了我们的钱,但你没能把雷蒙德给我们找回来。你似乎有一个月没出去找他了。"

"想见我的是你妹妹,"我柔声细气地对她说,"她的情况怎么样?"

"比刚才强一点,"卡伦说,"埃拉小姐说她吃过些冰激凌。"

克劳迪亚小姐也在睡觉,呼吸声浅显而不平稳。我没有理会埃拉小姐充满怒气的鼻息声,坐在床上抚摸着克劳迪亚尚能知觉的左手。

"克劳迪亚小姐,我是维多利亚·伊非革涅亚·华沙斯基。"我用低沉而清晰的声音说,"我是寻找雷蒙德的私人侦探。你让卡伦牧师叫我来看你。"

她的身体动了动,但没马上醒过来。我把刚才那些话重复了几遍,几分钟以后,她终于慢慢睁开了眼睛。

"……蒂夫吗?"她问。

"我找到了斯蒂夫。"我告诉她。

"她在问你是不是侦探。"埃拉小姐提示道。

"克劳迪亚小姐,我是私人侦探。我找到了斯蒂夫·索伊尔,他的情况很不好。他在监狱里坐了四十年牢。"

"可怜。辛苦。……蒙德呢?"

我紧抓住克劳迪亚小姐的手。"柯蒂斯……你还记得柯蒂斯·里弗斯吗？柯蒂斯说雷蒙德已经死了，但不知道雷蒙德葬在了哪儿，他说这事只有约翰尼知道。"

克劳迪亚小姐轻轻用手指碰了碰我。埃拉小姐说："那些毒蛇帮的人！我早就知道这事是他们干的。"

"我觉得雷蒙德不是约翰尼杀的，不过他应该知道雷蒙德到底遇上了什么事。我会尽力让他把发生的事告诉我。"我字斟句酌地对克劳迪亚小姐说，不知道我的话她究竟能理解多少。

埃拉哼了一声。"整个夏天你都在尝试着和他谈，结果不都是一无所获吗？"

我不想搭理她，甚至不准备看她一眼，我把全部注意力都集中在她妹妹身上。克劳迪亚小姐安静地躺了一会儿，深深地吸了几口气，积蓄精力以便继续和我谈话。"《圣经》。"她把这个词说得特别清晰，"雷蒙德的《圣经》……你拿着吧。"

她在枕头上转过头，让我知道她指的是什么东西。那本红皮《圣经》在她头边的床头几上。"替我找到……蒙德。如果他死了，请把这本《圣经》和他葬在一起。他还活着就直接交给他。"说着她又努力地对我做了个深呼吸，"能向我发誓吗？"

"克劳迪亚小姐，我向你发誓，这件事我一定办到。"

"这本《圣经》怎么变成雷蒙德的了？"埃拉突然狂怒起来，"克劳迪亚，那是咱们家祖传的《圣经》。你不能私自——"

"埃莉，你能不能消停一点，"克劳迪亚已经耗尽了体力，话音又变得断断续续，"白……女孩，白……侦探，照我……说的……做。"

克劳迪亚小姐看着我拿过《圣经》，在确信我没有把它交给埃拉小姐、而是放进外套侧面的大口袋以后，才慢慢闭上眼睛，大口呼吸着空气。埃拉小姐用刻薄的言语咒骂着我和她妹妹。她对克劳迪亚这个仰仗自己容貌的妹妹尤其恼恨,她说克劳迪亚从不顾及姐姐的感受,从来不考虑姐姐为这个家付出了多少,并不顾她的多次劝阻、对雷蒙德的行为听之任之,从而导致了目前的局面。我不知道克劳迪亚有没有听见姐姐的话,总之她并没有回答。她在刚才和我的对话中已经把力气用完了。我知道她并没睡着是因为她的眼皮不断地张张合合,目光不时从我的脸转到红皮《圣经》半露在外的那个口袋上。

我握着她的手,唱起小时候最喜欢的那首关于蝴蝶的摇篮曲。"飞到东,飞到西,最后落在花瓣上／飞到东,飞到西,落在爸爸的肩膀上。"①

埃拉小姐重重地吸了口气,然后和我一同吟唱着这首歌。不一会儿,克劳迪亚小姐就睡着了。我起身要走,埃拉小姐并没从椅子上站起来,她显然知道我的为人,知道我会遵从她妹妹的遗愿。卡伦牧师跟着我走进了走廊。

"我知道你承受了很大的压力,你现在最为担心的应该是你妹妹的事,所以我很感谢你今天能来这里探望克劳迪亚小姐。"她把手放在我的胳膊上,"你提到的那个柯蒂斯……你觉得那些关于雷蒙德的话能信吗?"

"我觉得能信。他不知道雷蒙德发生了什么事情,他只知道约翰尼·默顿和这件事有关,能让默顿害怕得不敢开口的一定是件天大的事……如果你了解默顿那个人,一定会知道能让默顿噤若寒蝉的事必定会让你我和可怜的斯蒂夫·索伊尔陷入疯狂。"

我轻轻推开列农的手。"我堂妹的事和雷蒙德、约翰尼、斯蒂夫·索伊尔甚至毒蛇帮都脱不了干系。佩特拉在克鲁莫斯的竞选阵营

---

①原文为意大利语。

里工作，而在竞选阵营负责安全事务的正是四十年前把索伊尔屈打成招的警察。"

卡伦喘了口气。"索伊尔是被人屈打成招的吗？这件事你确信吗？"

索伊尔·蒂莫西烧伤变形的身体浮现在我脑海中。"他们说我是只只会跳舞的猴子……他们笑得很开心。"我真的能把蒂莫西的悲惨遭遇完全抛之脑后吗？"是的，这件事是确信无疑的。我真的希望没有发生过这种事，但……但我很清楚这种事的的确确地发生过。我不理解为什么会发生这种事，完全不能理解。我只知道我叔叔和竞选人的父亲哈维·克鲁莫斯是一起长大的，他们都和多年以前发生在马奎特公园的谋杀案有着某种联系，这意味着——"

我不忍心继续往下说了，不忍心告诉她这意味着我叔叔很可能与法兰基修女的谋杀案有关，因为他的老朋友哈维派了一队装修工到修女的公寓把可能被我发现的所有线索扫荡得一干二净。我把双手按在太阳穴上，好像这样能把所知道的一切从脑子里驱散出去似的。

"维克，这真是太可怕了，为什么不把所有这一切都告诉警察呢？"

我的笑容凝固了。"因为多尼克以前是个警察，他在警界有许多关系，我不知道该相信谁。"

卡伦接着问我雷蒙德与多尼克有什么关系，但她刚才那个问题突然使我想起鲍比·马洛里正在四处找我。我打断卡伦的话，问她能否让我用她的办公室电话向外打几个电话。

我们在静默中坐电梯下到二楼。卡伦不住地摇着头，似乎对我告诉她的这些事感到唏嘘不已。我趁她开门的时候，打开手机，查到了鲍比在黄页上没有登记的住宅电话。

艾琳·马洛里接的电话。"维克,我对佩特拉的事感到非常担心。过去的一周真是可怕极了。我们不知道彼得现在过得怎样,不过请你替我们转告他和蕾切尔,只要有我们可以帮得上忙的事,哪怕再小的事——住的地方或是让鲍比出些人什么的——尽管告诉我们就行了。"

我笨拙地向她道了谢,然后告诉她鲍比一直在找我。但艾琳说鲍比还没回家,她把鲍比的手机号码给了我。艾琳毫无防备地把鲍比的私人信息告诉我,她的善意和大度顿时使我的眼眶湿润了。

鲍比的声音可比艾琳要粗鲁得多。"你在哪儿?"接到电话他劈头盖脸就来了这么一句。

"像个孤魂野鬼一样在城市里游荡,"我说,"听说你想找我谈谈。"

"我想马上见到你。"

我看着卡伦疤痕累累的桌面。"听着,鲍比,我不可能马上见你。我正躲着乔治·多尼克,希望在他之前找到佩特拉。"

"如果多尼克能把你挖出来,我会考虑给他发枚勋章的。"

"你可以在我的葬礼上把勋章颁给他。然后你们就可以为掩盖芝加哥警察局历史上的种种丑闻而弹冠相庆了。"

我不知道鲍比手下的技术人员需要多久可以确定我的方位。我想三分多钟应该没什么问题吧。

"维多利亚,这回你又越界了。你总觉得自己可以做警察的工作,你总觉得自己比一万三千多名勤勤恳恳的芝加哥警察更厉害。当我们对你严辞相向的时候,你总以为我们是一群愚蠢而腐败的家伙。但这次你走得实在是太远了。"

"指责乔治·多尼克有这么严重吗?"我问。

"你谋杀或让人谋杀了拉里·阿利托。"

卡伦·列农办公室墙上挂着只大钟,我一直紧盯着钟面上不断旋转的秒针，不过这个消息却着实让我吓了一大跳。

"阿利托死了吗？"我愚蠢地重复了一遍他的话。

"去你妈的，别跟我来这套。"鲍比以前从来没有对我说过粗话，可见这回他是真的发火了。尽管他的观点经常与我背道而驰，但总是在我面前保持着对女人和儿童应有的风度。"他的尸体在科特兰附近的河下游被人发现了。哈泽尔说今天上午你曾经打电话找过他，并在电话里向他说了些威胁性的言语。"

第四十四章 从肮脏的洗衣店逃脱

和鲍比通话的时候,卡伦一直站在窗前无所事事地拽着窗帘。挂上电话以后,卡伦突然转身看着我。"门口来了许多警车,我从来没有见过如此的阵势,他们该不会——"

"我不想被他们抓住。"我惊慌地四处张望,希望找到一个可以藏身的地方,但身边却只有带上楼的那只拖把。警察不可能被工作服和没用过的拖把骗过去,他们会检查每个清洁员的身份,甚至我刚才在电梯里见到的那位清洁员也不例外。

"收衣服的小车……清洁员通常会推着小车把脏衣服集中在某个地方。你知道那是哪儿吗?"

卡伦思考了一会儿,然后在电话上按下了一个快捷键。"我是卡伦牧师。我刚才和一个病得很重的患者在一起,弄脏了几块被单。你知道最近的垃圾箱在哪儿吗?……我傻乎乎地把它们带进了自己的办公室……用不着,我马上就走了,我想把这几块脏被单快点从办公室里扔出去,处理完它们以后我想赶紧洗个手……什么?十一号电梯吗?好吧,谢谢你。"

她抿紧嘴唇推开门,朝楼道四周看了看,然后回过头对我说:"我们乘十一号电梯走。"

我肌肉紧绷,跟着她穿过几道走廊走到大楼后方的货梯处。警用无线电刺耳的呼叫声清晰入耳，惊恐的养老院住客们急着想知道是不是有杀手在大楼里逃脱了，好在我们没有看见任何一个警察。卡伦按下了十一号电梯外面的按钮。电梯边有一道安全梯，楼梯间回荡着警察的脚步声。我们的电梯到了，我一时没反应过来，傻眼看着旁边的安全梯，待在那儿站着没动。卡伦迅速把我推进电梯，按下关门的电梯按钮。

我大大地喘了口气。"谢谢你，我简直快被他们吓傻了。"

她举起根手指封住我的嘴，把头朝电梯里的摄像探头努了努，开始兴高采烈地谈论起清洁工作对于艾滋病患者的重要意义。"我刚刚接触过带有病毒的被单和针管，必须找个地方马上洗一下。你们清洁组的人就不能多揽点活吗？"

"把清洁工作外包出去就常会发生这种事，"我操着沙哑的南区口音对她说，"外包的清洁公司是按面积收费的，不是按时间收费的，他们不会做这种家政服务才肯干的活。"

我们坐的是部液压式的电梯，它把我们从二楼带到了为所有十五层楼进行清洁服务的地下二层。我和卡伦一直在谈论着为艾滋病患者进行清洁服务的问题，没过多久就谈得口干舌噪了，好在电梯也哼吱一声停了下来。

电梯门朝手推车的集散平台打开了，平台上放着二十来辆堆满脏被单的手推车。卡伦轻声告诉我半夜洗衣店的人会把这些脏被单全取走。平台旁边有几间职工浴室，再过去是一间上锁的更衣室。卡伦从钥匙环上找到把钥匙，打开更衣室的门。更衣室里放着清洁员制服、防护服、套鞋以及各种劳防用品。她把帽子、手套和面罩扔给我，让我跳进车，用脏被单把自己盖严。我抓起手枪和克劳迪亚小姐给我的《圣经》，脱下灰色的清洁员制服，猫腰钻进了手推车。几分钟以后，卡伦从更衣室里出来了，我瞟了她一眼，她用帽子、手套、面罩把自己的面貌完全隐藏起来。她把一张标记着"危险！高度传染物"的红色卡片放在我眼前晃了晃，然后用脏被单把我盖起来，轻声告诉我她正把红色卡片系在手推车顶上。我们希望所做的努力不要白费，卡伦能带我顺利地离开养老院。

她把手推车推上电梯。我安静地躺在手推车里，电梯把我们带到了通向停车场出口的地下一层。警察在停车场入口处安排了一个警官。他拦住卡伦，询问卡伦的身份，问卡伦正在干什么。我躲在脏被单里吓得虚汗直流。

"我想尽快把被艾滋病人感染过的被单送到这里的清洗部。"

"我要检查所有人的员工卡，"警官说。短暂的沉默过后，他又对卡伦说，"你是牧师？牧师还要送脏被单吗？很难相信——"

"警官，我要为医院的所有死者做临终祷告；要检查死者的个人物品，并把这些物品列成清单交给死者的家属。病人离世以后，我要把布满血污的被单从死者的床上取走，让清洁员尽快把病房整理干净，不能让脏被单在病房里过夜。病房里还住着另一位老太太，我不能让她在醒来时被病友的死所吓倒。如果你能帮我把这些脏被单带出去的话，那可真是太好了。从早晨六点到现在我一直没歇过，我觉得非常累，希望能马上回家。"

我恨不得从被单里钻出来为卡伦喝彩欢呼。这些年来牧师也许一直在与骚扰养老院的警察做斗争，她的言辞简洁流畅又不乏犀利。警官道了声歉，然后告诉卡伦不会再打扰她的工作了。

卡伦推着我快速穿越停车场。我听见她打开车门，接着又掀开了后备厢。

"我马上要揭开被单了，电梯那儿的人不可能透过被单看到这里的情况。你快点钻进后备厢吧,在那儿你可以呼吸得顺畅点。后备厢里的空气在我们脱险之前肯定是够用的。"

现在她说了算,我只好温顺地听从她的命令。过了几十秒,后备厢重新关上了。我听见她把手推车推到离车不远的某个地方。停车场入口的警察显然已经跟守卫出口的警察通过气,卡伦没受任何阻拦,堂而皇之地把车开出了车库。汽车只在停车场出口短暂地停留了一会儿,然后就顺利地开上了大街。

如果从提琴手的琴盒与卡罗拉的后备厢里让我选,我会选卡罗拉的后备厢,但这仅仅是因为在后备厢里有被单垫着,还能把膝盖抬起来。琴盒与后备厢里的空气都很少。卡伦在觉得万无一失以后,才把车靠在路边停了下来。我很庆幸她终于打开了后备厢。她把车开到了临近伊利诺伊大学医学院校园的一条小道上。

我从后备厢里爬出来,在肮脏的被单里摸索着手枪和克劳迪亚小姐的《圣经》。一路上的颠簸把克劳迪亚小姐夹在《圣经》里的书签全给颠了出来,书脊受到了一定程度的损伤,一小部分书页卷了起来。我把卷曲的书页理平,尽可能地把散落在被单里的书签放回《圣经》里。

"你现在打算怎么办?"卡伦问。

"我想给你一个熊抱,然后好好洗个澡。一旦对牧师工作感到厌倦了,你完全可以去当私人侦探。"

牧师笑了起来。"我永远不想再干那种事了。推着手推车经过警察身边的时候,我还以为自己会血管爆裂,当场昏死过去呢……你现在想去哪儿?"

莫雷尔的车仍然停在狮门养老院附近的马路上,我们都认为今晚最好不要冒险回那去取车。我想做的只是打几个电话而已,我想和莫里·莱森以及佩特拉大学时代的室友谈一谈。

"你可以去我家打电话,"卡伦慷慨地提出邀请,"我明天一早有个会。在我那儿过夜比开车送你去伊万斯顿要方便得多。"

卡伦租下了西北郊区某个小别墅的二层。卡伦住的街道很安静,与芝加哥河只隔了几个街区,二层有个小阳台。每天早晨卡伦可以坐在阳台上喝咖啡。她把我带进浴室,把毛巾和肥皂递给我。我比卡伦足足高了四英寸,但可以穿得下她的T恤衫,她给了我一件当睡衣用。

洗完澡以后,我发现卡伦已经开了瓶葡萄酒,并在盘子里摆上了奶酪和饼干。一只被卡伦唤作伯纳多的橘黄色大猫不知从哪里冒了出来,蜷缩在卡伦的双腿之间。经过了一天的恐慌以后,我完全放松了戒备,坐在椅子上和卡伦谈天说地,精神一下子振奋起来。

喝完一杯葡萄酒以后,我感觉是时候给莫里打电话询问阿利托被杀的详细情况了。卡伦订购的电话服务中有一项可以使对方看不到你的电话号码,所以我不用担心莫里会追踪到我的所在。莫里接到我的电话以后理所当然会想知道我在哪儿,而且还会问我一大堆零星琐碎的问题。

"莫里,和我之前告诉你的一样,我现在正在外面四处奔波。如果你想把时间浪费在无谓的问题上,我们就很难打开心扉沟通下去了。听说有人在河岸边的荒地旁发现了阿利托的尸体。我还没看新闻,你能告诉我那是怎么回事吗?"

"华沙斯基,跟你打交道是肉包子打狗,有去无回。我给你买了衬衫,给你买了牛仔裤,还让赫切尔医生骂了我一顿,可我究竟得到了些什么?!"

"莫里,每次看到你坐在蓝色的梅塞德斯敞篷车招摇过市时,我都会想,我们的记者先生又出现了,他从来不考虑自己,只想把最新打听到的消息让大家知道。既然这样,我就把知道的消息全告诉他好了。"

"华沙斯基,你他妈的真会唬人!阿利托近距离遭人枪杀,凶手可能用胳膊亲密地搂住他,在不经意间扣下了扳机,然后把他扔到了桥的下面。从我听说的消息来看,凶手一定以为阿利托掉下桥以后会埋进浮在河面的垃圾里,没想到阿利托的尸体正好落入一堆待燃的废料,操作铲车的家伙吓得差点儿掉进了放满烧炭的传送带。"

莫里故意停顿了一下,然后对我说:"你上午打电话告诉我发现阿利托闯入了你的办公室,下午他的尸体就被人发现了,很多人觉得这不仅仅是个巧合。"

我喝了些葡萄酒。"莫里,《明星先驱报》现在还有人尊重事实吗?你们之所以有所收敛是因为不想被人以诽谤罪告上法庭。我告诉你,我已经找到了一个可以指认阿利托闯入我办公室的证人。我当时不在办公室,所以不能亲自指认他。阿利托破门而入的时候我在斯塔特维尔教养中心与'铁锤'在一起。"

莫里把我的话当成了耳旁风。"我和阿利托的妻子谈了谈……她应该是叫哈泽尔吧?哈泽尔说你在电话里威胁过阿利托。"

"没错,我已经听说过这种说法了。我在电话里对她说的话和对你说的话完全一样。我告诉她我找到个指认阿利托的证人。别的我什么都没说。"我快速旋转酒杯,观察着葡萄酒表面的颜色变化。阿利托的生命也如同杯子里的葡萄酒一样,被我的不期而至突然改变了。

"我的确威胁过他,"我毫不在乎地说,"我没有想到我的话会导致他被杀。我原本希望这样做会刺激他交代出事实真相或背后的操纵者。没想到我的这番话会使他坠入深渊。"

"如果受到马洛里或联邦调查局的追踪,阿利托一定不愿意独自承担罪责,所以他给……所以他给雇他的人打了电话。我们就摊开了说吧,雇他的人是阿利托当警察时的搭档乔治·多尼克以及多尼克的某位客户……你可以把他称为莱斯。阿利托是个酒徒,除了退休金和小艇之外一无所有。莱斯和乔治害怕他会在喝醉酒时把这事给漏出来。阿利托可以为他们干些脏活,但他们肯定不希望阿利托把鲍比·马洛里这样的警察给他们引过来。"

"莱斯?"莫里惊呆了,"你说的是莱斯·斯特罗杰维尔吗?"

"晚安,莫里。祝你睡个好觉。"

挂上电话以后,我朝卡伦做了个鬼脸。"把拉里·阿利托送上绝路的的确是我。也许……也许我今天真的做错了。"

"真有人看见他进入你的办公室吗?"

我摇了摇头。"这不过是我的直觉而已,不过我想事情应该就是这样。听到我的话以后,他一定找多尼克或斯特罗杰维尔求援去了。"

我对卡伦重复了一遍莫里对凶杀的描述。"这肯定是多尼克干的……我完全想象不出斯特罗杰维尔搂抱阿利托的样子……他的老搭档就完全不一样了。多尼克经常让阿利托干些杂活,让他有钱买艘小艇,日子也能过得不错。在阿利托看来,多尼克是完全可以信赖的。"

"也许你今天的行动的确导致了他的死亡,但你不该把过错完全揽在自己的头上。如果他没有侵入你的办公室,你的电话对他的生活造不成任何改变。"卡伦热切地看着我,年轻的圆脸涨得通红。

"'把过错揽在自己头上。'说得对极了。我就爱把过错往自己身上揽。"爸爸的那些陈年旧事使我被不安所笼罩,我不由得痛苦地闭上了眼睛。

我改变了话题,和卡伦谈论起上几代的事,在欢笑中把整瓶葡萄酒都喝干了。她告诉我她奶奶的父亲不让她奶奶学开车,她奶奶坐上驾驶座,把车开进泥塘,然后平静地回到家里,收拾好东西,踏上了前往芝加哥的行程。

当我和女主人合力打开沙发,铺好床的时候,已经是午夜时分了。七天来,我像个恬静的婴孩一样第一次睡够了八个小时。

第四十五章 好书……坏球

醒来的时候，卡伦已经去医院开晨会了。她烧了罐咖啡，在咖啡瓶边留了张纸条，让我在临出发前给她打个电话。"有人想知道你在哪儿。我是你的牧师，他们不会把你的隐身处泄露出去的。"

想到把卡伦作为自己的个人牧师，我禁不住咧嘴笑了笑。她没有拿早报，我只好带了杯咖啡回到沙发床上观看电视里的早新闻。新闻里照例播报了一些经济方面的坏消息，接着重点报道了阿利托遇害的新闻。

只有环球娱乐频道的贝丝·布莱克辛暗示谋杀的动机可能源自朋友之间的争吵。她没有提到任何名字，不过她说阿利托在为伊利诺伊某位政治家的竞选阵营做些幕后的安保工作。我给莫里来了个飞吻，他一定找贝丝谈过了，因为《明星先驱报》也是环球娱乐旗下的报纸。

贝丝的报道会把多尼克和斯特罗杰维尔的精力分散在危机处理上。与此相对应的是，投入在寻找我和佩特拉上的人手必定会减少。另一方面，两家网站提到了"有个芝加哥私人侦探不久前对死者发出了威胁，警察急于对她进行问话"，其中一家网站甚至把我的照片登在了它们的主页上，幸好是摘自报纸的一张老照片。那时我留着一头披散的卷发，现在则修着齐整的海军头。

"鲍比，我也有问题想问你，"我兀自嘟囔着。"你在掩护谁？

一九六七年的事情你到底了解多少?马奎特公园暴乱时你应该也在那里。"

我穿上自己的牛仔裤和卡伦的 T 恤衫。我昨天在她的浴室里把内衣冲洗了一遍,但没洗的袜子却散发出一股臭味。我决定从卡伦那里借一双袜子来穿,尽管翻她的抽屉会让我感到愧疚。她的内衣很正统,但袜子却透着一股小孩子气。我翻过几双印着凯蒂猫以及魔鬼和天使的袜子,最后选了双印有莉萨·辛普森[①]头像的卡通袜。

我怀着侥幸的心理拿起卡伦的电话,暗暗祈祷她的电话不要遭到窃听。她参与了"争取自由中心"的一些项目,很有可能像修女们那样受到联邦特工的监视。我把电话打到我的答录机上,答录机和上次一样充斥着媒体的电话,所有记者都想对警察急于询问的私人侦探进行采访。

我的客户们可没上次那么客气了。我几乎用了整整一个小时才说服两家法律事务所不要与我中断合作关系;第三家压根儿没给我回电话,我没有任何理由指责它们。在最终露面之前,我的确没办法开展正常的调查业务。

卡伦家那只橘黄色的大猫也许是觉得我可能过于寂寞了,悄然出现在我身旁。它跟着我在我的双腿之间穿来穿去,我调整着步伐,生怕一脚踩到它的身上,我从沙发床上扯下床单,合拢沙发床,用鼻子嗅着枪械的气味。伯纳多趁我不注意,突然跳到沙发边的桌子上。

我把注意力都集中在手枪上,伯纳多却对克劳迪亚小姐的《圣经》产生了兴趣。我检查着手枪的安全装置,然后把它收进枪套,压根儿没注意到伯纳多往桌子底下跳的时候把克劳迪亚小姐的《圣经》带到

---

①美国动画片《辛普森家族》中的人物。

了地上。

"伯纳多!"我对它狂喊着,"那本《圣经》昨天晚上已经受过一次伤害,你不能再把它到处乱扔了,那是别人寄放在我这的东西。"

在手推车里受到重创的书脊在下坠过程中完全裂开了。用胶带把书脊粘在一起会损伤脆弱的皮封套,我只能把散落的纸页用橡皮筋绑上放在卡伦家里,日后有空时再用胶水把它们粘合在一起。

书脊两边的装订线脱落,封面从皮套里剥离开来。我把硬壳封皮沿着皮套边缘往里塞,发现一张胶卷从扉页下显露出来。我吸了口气,慢慢地坐在椅子上,好像头上顶着一箱鸡蛋似的。

我小心翼翼地把扉页翻过来,在硬壳封皮和《圣经》正文之间折叠着的透明蜡纸里发现了两条胶卷。我冒着被人发现的风险,把手机电池装上,用手机的摄像头把发现胶卷时的原样拍了下来。两条胶卷上各有十二张底片。雷蒙德·加兹登在蜡纸表面用印刷字体写着"一九六六年八月六日拍摄于马奎特公园"。

我把底片放置在台灯下面,但很难看清这些底片到底拍到了什么。我必须找个摄影技艺炉火纯青的人以及一间真正的暗房,街上的照片成像店很难把年代如此久远的照片还原出来。在我的心目中,只有专业的法学工程实验室——切维厄特实验室有这个能力。切维厄特实验室在芝加哥西北郊,这意味着我必须去狮门养老院附近的街道取回我的车。我宁愿冒被人认出的风险亲自把胶卷送过去,也不愿把这宝贵的证据交到快递员手里。

我给卡伦打了个电话。她刚开完会,我告诉她我准备去狮门养老院取回莫雷尔的车。"我找到一件东西,想把它送到实验室鉴定一下。取车的时候,我希望先暂时把它放在你家,如果和它一起被人发现的话,那我就亏大了。我会给你留张纸条,如果短时间回不到你那里,你就按纸条上写的去做吧。"

"维克,这件事跟雷蒙德有关吗?如果和他有关的话,那这件事我也有责任,是我把你拖下水的,我会和你一起共渡难关。我十五分钟以后到家,在夹道里等着我。"

我没有和她争论。事实上,我很高兴我的个人牧师能参与这项调查。我把胶卷放回透明蜡纸,然后把蜡纸夹进一本合上的《哈珀杂志》里。

我透过厨房的窗户观察着街面上的情况。卡伦的乌龟壳卡罗拉一出现,我便急急忙忙地从后楼梯跑下了楼。趁着卡伦停车的当口,我把斯蒂夫·索伊尔——也就是蒂莫西四十年前在法庭上声称能为他洗清冤屈的那些照片的事告诉了她。

她点点头,脚底紧踩着油门。临近十一点时,我们到达了切维厄特实验室所在的工业园区。在车上,我用卡伦的手机给我在实验室里的熟人桑福德·里夫打了个电话。桑福德把实验室的摄影技师带到接待区,告诉我们他叫西奥,然后又匆忙开会去了。

西奥操着浓重的斯拉夫口音,穿着电影导演常穿的那种黑色西服。他的牙齿很不整齐,耳朵上套着个银环。但西奥工作起来却很仔细,他小心翼翼地把雷蒙德的胶卷从透明蜡纸转移到一个塑料封套里。

"这些照片很有可能是一起凶杀案的物证,"我说,"那起凶杀案发生在四十多年前,它们本该成为法庭上的呈堂证供,所以请尽量小心点。这些照片是那起案件仅有的证据,所以请你——"

"别把它们弄坏是吗?我完全理解你的意思。"西奥自信地对我笑了笑,"这些照片是用傻瓜相机拍的。我买的第一台相机就是这种傻瓜相机,我在奥德萨的黑市上淘了台旧货,我把它当宝贝一样看待。"

我看着他把胶卷的来历写入了实验室的数据库:胶卷编号,底片号码，我的姓名以及我把胶卷送进实验室的日期和时间。"没别的事了吧。我们这儿有咖啡店，有停车场，你们可以在里面好好转转。我也许要用一个小时，也许两个小时。"

我很不安，不愿意坐在餐室里干等着。卡伦和我一起走出大楼，在一条长凳前停下脚步，拿出手机忙着打电话。我则绕着湖边往前走。给美国北部地区带来灾害的加拿大黑额雁已经从湖区驱散了，却把湖边的泥土翻得乱七八糟。我踏着泥泞的小路往前走，进入了一片小树林。我尽量不去看手腕上的表，但不想走得离实验室太远。

一点过后不久，西奥走出大楼来找我们，他像个有了全新发现的小学生似的，脸上洋溢着欢快的笑容。"现在可以进来了。我洗出来很多底片，我对图像做了裁剪，调整了对比度，你们现在可以一览无余了。"

《圣经》里有二十四张黑白底片，西奥用它们复制出一百来张特写。每张底片从不同的角度进行翻拍，把单个人物的表情都栩栩如生地刻画出来。西奥把大多数照片放在会议桌旁的看片台上，并特别挑出几张放大后贴上了墙。

"那是雷蒙德，当时他正和约翰尼·默顿在一起，"我看着第一张底片翻拍出来的相片低声对卡伦说。相片上的三个黑人青年肩并肩站在一起，头上都戴着那个时代在领袖追随者中风靡一时的贝雷帽。"照片里可以清楚地看见约翰尼身上的文身，我想站在他们身边的第三个人应该就是斯蒂夫·索伊尔。之前我从来没见过索伊尔年轻时代的照片。"

他们沉静的表情里带着一丝喜悦，似乎随时准备投入到一场新的冒险中去。其他照片里都没有看见雷蒙德的身影，这是他的照相机，照片里没有照到他也是理所当然的事。他拍了几张游行开始时的照片，其中的一张甚至拍到了站在游行队伍前列的金博士，约翰尼站在金博士身旁守护着他。

"这些照片也许会成为收藏家的宝物,"我悄声对卡伦说,"这个案子结束以后,埃拉小姐可以把它们卖了小赚一笔。"

我们接着又看到了哈莫妮·索瑟姆热情洋溢的青春笑脸。她和一个目光严峻的修女手挽着手。

"法兰基。"卡伦嘟哝着。

雷蒙德也拍了些敌对者的照片。他拍下了公园中最恶毒的一条标语——把他们像犹太人那样烧死。他甚至还拍下了一罐汽水砸在警察脸上的照片,旁观者无一例外地露出了幸灾乐祸的表情。

冲突升级以后,雷蒙德拍的照片渐渐有些模糊了——在拥挤的人潮中,很难用小照相机拍出稳定的照片——不过所有照片几乎都能辨认清楚。有个男人正在朝人群扔什么东西,男人和投掷物都摄入了镜头。西奥从不同角度把它们放大到了极致。投掷物的图像很模糊,不过男人的脸却清晰可辨。

"我觉得那个人肯定是铁锤没错,"照片中的男人用手臂把金博士的头压得很低。"金那天被砖头砸了,约翰尼也许正在试图帮他摆脱人潮。"

下一张照片上出现了哈莫妮·索瑟姆的身影,她用手抓住头的一侧,手里抓着击中头部的一个又圆又白的东西。在接下来的照片里,她倒伏在地,刚刚拿着的东西已经从手里掉在了地上。西奥把镜头聚焦在圆圆的东西上,并对它放大了几倍,原来这是个扎着长钉的圆球。

在近景照片后面的那张照片上,有个穿着防暴服的警察伏下身子,正要去捡那只扎着长钉的圆球。再后面一张照片,警察已经站起身,正把圆球往裤兜里塞。这两张照片都不太清晰,但完全可以知道他意欲何为。

我移步走向下一张看片台,刚看到第一张照片,我就惊讶得尖叫了起来。彼得叔叔的脸清清楚楚地出现在我眼前,他向投掷圆球的人举起根手指——是祝贺还是警告?我从照片上完全看不出来。那个人把双手高举在头上,摆出一副胜利者的架势来。虽然西奥变换着角度拍了好几张特写,但我依然没能把这个人认出来。从方下巴和厚密的卷发来看,这个人很可能是年轻时的哈维·克鲁莫斯,但我无法确定。

我走回放着哈莫妮倒卧在地的照片的看片台。"我想尽可能清晰地看看那个球。除此之外,我还想好好看一眼照片里的那个警察。也许我们无法看见他的脸,但照相机拍到了他的警徽。你能帮我把警徽上的编号还原出来吗?"

西奥把底片和不同角度的特写照片都传上了电脑。"最好用原始的底片重新做一张特写照片,"他说,"但也许现在的这些照片已经可以把他的警徽号码告诉我们了。"

西奥在电脑上不停地调整着图片的位置,我和卡伦站在他身后紧盯着屏幕。圆球的钉孔下写着一个倾斜的大写"F",后面跟着一个不起眼的小写"o"。内利·福克斯。

我刹时屏住了呼吸。没看到照片的时候,我早就猜到了这一点,但证据近在眼前的时候,我却发现自己很难接受这个事实。我原以为爸爸和伯尼叔叔为了发泄愤怒,把这个球挂起来做击球练习,所以才弄出这些钉孔,却万万没想到棒球上真的扎过钉子。有人在球上穿了根长钉。有人把扎着钉子的球扔向游行人群,结果正中哈莫妮·索瑟姆的太阳穴。最后有人从案发现场拿走球,并从上面取下了钉子。

当西奥从照片里对准四位徽章号码时,我的心都提上嗓子眼了。等到西奥把这四个数字告诉我们以后,我才稍微放了点心。我不知道这是谁的徽章,但我至少可以确定这个人不是我爸爸。至少他没有在杀人现场把凶器隐藏起来。

第四十六章 新发现

我选出几张照片做了个情节串联图板——法兰基修女和哈莫妮·索瑟姆在一起；哈莫妮被圆球击中后在太阳穴上按住它；彼得与一个很可能是哈维·克鲁莫斯的人在一起；警察把球放入裤兜的瞬间；还有棒球和警徽的特写照。西奥让我用计算机把这些照片编上号寄给鲍比·马洛里。在信上，我客套地用用头衔称呼他，这倒不是因为我对他轻信哈泽尔·阿利托毫无根据的指责怀恨在心，而是因为不知道他在四十年前的马奎特公园事件中扮演着什么角色。他当时刚加入警队，跟着经验丰富的托尼·华沙斯基警官学习处理案件的技巧。

这些人在动乱时的马奎特公园都干了些什么呢？

敬爱的马洛里队长：

这些照片是雷蒙德·加兹登于一九六六年八月六日那天在马奎特公园拍下的。今天早晨我无意间发现了这些底片，现在我把它们存放在某个安全的地方。我确信上周闯入我家和我办公室的人是冲着这些底片来的。

你也许还记得，一九六七年一月斯蒂夫·索伊尔因为一九六六年哈莫妮·索瑟姆（第四号照片）遇刺案被捕并宣判有罪。当时没有找到凶器。乔治·多尼克和拉里·阿利托在审讯时对索伊尔百般折磨，索伊尔不堪酷刑屈打成招，最后才得以使审判草草收场。

索伊尔在审判中宣称雷蒙德·加兹登掌握着能证实他无辜的关键性照片。随信附上的这些照片恰好能对那场审判的严肃性质疑。

在让地方检查官办公室对我提起公诉之前，我建议你重温一下一九六六年的谋杀案以及一九六七年对斯蒂夫·索伊尔的审判。我特别希望你能发现8396号警员的真实身份。

为了保护自己，我已经把照片的副本寄给了我的律师。我通知了阿诺德·科尔曼以及斯蒂夫·索伊尔本人，阿诺德·科尔曼是当年审判时斯蒂夫·索伊尔的公设辩护律师。另外，我还把这事告诉了约翰尼·默顿现在的律师格雷格·约曼。

你可以把对六六年谋杀案以及对我捕风捉影的谋杀指控所采取的下一步行动知会我的律师。

趁西奥忙着复制我刚刚挑选出来的那几张照片的工夫，我给我的律师弗里曼·卡特尔去了电话。我在电话里告诉他我得到了必须妥善保管的关键性证据。

"华沙斯基，我一直在盘算你什么时候会给我打电话呢。警察已经来过我的办公室要人了，到法庭上为你辩护只是或早或晚的问题。"

"弗里曼，我希望最好别发展到那种局面。我先把目前的局势简单地告诉你吧。"

我把自己所知道的与雷蒙德、索伊尔、多尼克、克鲁莫斯以及我叔叔的事全告诉了弗里曼。甚至把箱子里发现的那个内利·福克斯的签名棒球也告诉了他。

"你想让我为你做些什么呢？"弗里曼问。

"别去管那些警察，保管好照片和棒球。我希望尽一己之力寻找佩特拉，在那之后再去担心别的事也来得及。"

我和弗里曼交谈的最后一点内容恰巧被西奥听到了，他说切维厄特实验室可以为我保存底片和冲出来的照片复印件，我告诉他政府有权以危害国家安全的名义让实验室把这些照片交出来。我的律师有权不听从政府的指令，可以把这些底片在律师事务所多保留几天。我让西奥用实验室专属的快递服务把情节串联板上的这些照片送给鲍比、科尔曼法官、格雷格·约曼。如果没人跟踪我的话，我会在修鞋店留下一套照片的副本，不过首先得确保弗里曼·卡特尔把原件和西奥制作的一百多张照片放在安全的地方。

回程的时候，我和卡伦正好遇到了芝加哥的下班高峰。龟爬时间，人们都这样叫它。我们在车流中慢慢前行的时候，卡伦把"争取自由中心"大楼法兰基修女公寓的整修情况告诉了我。

"那帮工人的水平可真够糟的。把公寓翻了个底朝天以后，他们又在楼里开始了管道和布线工程。直到修女们答应把收集的玻璃碎片交还给大楼的所有者以后，物业公司才恢复供电。"

"我早就觉得哈维·克鲁莫斯派来的那些家伙不是真正的建筑工人了，他们的任务是毁灭所有爆炸案的线索。"这也正是我一直对佩特拉牵肠挂肚的原因之所在。她有没有发短信给多尼克、阿利托或是哈维本人，让他们把我在爆炸现场找到的那包玻璃碎片取走呢？

接着卡伦告诉我一个振奋人心的消息——今天克劳迪亚小姐的精神好了点。卡伦让教会的实习医生去给克劳迪亚小姐和其他高危病人看诊，西奥洗照片的时候，实习医生向她报告了上午的看诊情况。

"把《圣经》交给你似乎搬开了压在克劳迪亚小姐心头的一块巨石，她终于有精力可以考虑自己的事了，"卡伦说，"现在看来，她也许早就知道《圣经》里藏着那些底片。"

"如果克劳迪亚小姐知道这些底片的事,她应该早就把它们印出来了。"我反驳道,"依我看,雷蒙德找约翰尼是想知道该把那些照片如何处理,他是不是应该冒险出庭为索伊尔做证。"

"也许雷蒙德把这些底片印了出来,不过他印的那些照片和他一起消失了。雷蒙德还算聪明,把底片留给了世界上唯一信赖自己的人——他的克劳迪亚阿姨。他不能指望罗斯·赫伯特,罗斯完全被她那个盛怒的父亲掌控了。他不能信任约翰尼,约翰尼很有可能为了自己的利益拿这些底片与他人做交易。克劳迪亚小姐信任他,而且永远和他站在一边。因此他才拉开《圣经》的环衬,塞入底片,把《圣经》交给克劳迪亚小姐。克劳迪亚一定注意到《圣经》的封面突然间变得臃肿起来,并在一定程度上对藏在里面的东西产生了怀疑。或许她害怕发现其中隐藏的真相,所以一直对这个秘密守口如瓶。"

"为什么她会害怕?"汽车朝德菲尔德收费站慢慢前行。我把手伸进皮夹,想从里面拿出些零钱。

"她对照片的事一无所知。埃拉总说雷蒙德在外面贩毒,克劳迪亚小姐也许以为《圣经》里藏的是海洛因、迷幻药之类的东西呢。"

汽车在安静中往前挪了几个车身,我发觉卡伦不时会抿起嘴唇看我两眼,最后她终于忍不住了。"有件事必须让你知道,但我不知道该怎么对你说。实习医生在和我通电话的时候告诉我,有几个男人今天一直在找我。他们从护士那里打听到我和你昨天晚上拜访过克劳迪亚小姐,他们认为也许我知道你在哪儿。"

"那些人是警察吗?"我询问道。

卡伦摇了摇头。"实习医生不知道那方面的事情。她觉得那些人多半是警察,但并没有让他们表明自己的身份。从昨天你说的情况来看,他们更可能是乔治·多尼克手下的人。"

我揉了揉自己的额头。"那意味着他们很可能已经到你家去过了。见过律师以后,你最好让我和你一起回家看看有没有盯梢的。假如他们真的是多尼克的手下,他们也许已经搞到了你的手机号码,正在追寻我们的行踪呢。"

我惨然一笑。"我周围的人都不会安生。多尼克是那方面的行家。在事情结束以前,你也许应该在狮门养老院找个空房间给自己和伯纳多安个家。"

"维克,我会没事的。我只要把自己装成一个轻信人的牧师,他们就会放过我的。"说着她噘起粉红色的嘴唇,摆出一个无辜的表情,我被她的模样逗笑了。

"这是标志性的天使脸蛋,"她添油加醋地说,"别人都以为我不了解这个世界所隐藏的罪恶,才不是这样呢。既然你陷入了困境,我就更不能袖手旁观了。"

路面开始变得畅通起来。我不断地透过遮阳板上的挡风玻璃看着右边的后视镜,借以观察周边的情况。车两边一直跟着相同的几辆车,我无法分辨哪辆车上的人给予了我们特别的关注。当我们从肯尼迪高速公路转向环形公路的时候,我对一辆灰色的宝马产生了怀疑。车上配备着几部显眼的天线,在高速公路的最后几英里处,它和一辆黑色巡游者一直在交换着位置。卡伦的龟壳卡罗拉在车流中非常容易辨认,两部车不用过分靠近也能在下高速公路之前跟住我们。宝马车突然超越两辆出租车和一辆大巴,开到卡罗拉的前面,巡游者也从一旁靠了过来。

"我们被人盯上了,"我说,"我争取在被它们包围之前跳车逃跑,我会争取派个警察到你家去的。"

在卡伦还来不及放慢车速，对我的话做出任何反应之前，我已经把底片和照片的复印件塞进牛仔裤的后袋，打开了副驾驶座一侧的车门。我紧抓住车门，把双脚和身体探出车外，跟着车并排跑了一阵。接着我关上车门，沿着拉萨尔街向弗里曼的办公室飞奔而去。耳边尽是尖叫声、谩骂声和轮胎的打滑声。人行道上有辆自行车绕着我玩起了前轮离地的特技，另一辆自行车从南面向我飞驰而来。

我挤过遇见的第一扇旋转门，沿着拱廊朝前飞奔。身后传来急促的脚步声，追踪者和路人发生碰撞引来的争执声，不过我并没有回头张望背后发生了什么事情。

在奔跑的过程中，信封从牛仔裤的后袋滑了下去，我意识到追踪者想要得到的照片还在自己身上，我应该把它们留在切维厄特实验室才对。"过一会儿再去懊恼吧"，我气喘吁吁地对自己说。我绕过一群闲荡的妇女，朝建筑物后面的旋转门奔了过去。

威尔斯街上到处是自行车。他们是路人还是追踪者呢？我分辨不出这些人之间有哪些差别。一辆自行车跳上人行道，朝我直冲过来，另一辆自行车从我身边靠了过来。冲过来的骑车人手里分明拿着一把银光闪闪的手枪。看到他举起手枪，我连忙脱下小熊队的棒球帽卧倒在地。他把车骑到我面前，拿枪指着我。说时迟那时快，我敏捷地把棒球帽塞进自行车轮轴，自行车晃了几下，翻倒在人行道上，枪从骑车人手中飞了出去。人群尖叫着朝四处散开，我跨上楼梯，向地铁站跑了过去。

有辆地铁正缓缓驶入站台。我挤过一队排队等待刷卡的通勤者，他们朝我怒吼着，站台管理员通过高音喇叭向我发出警告。我对旁人的告诫置之不理，跳过十字转门，踏上站台前的台阶，并在最后一刻登上了地铁。

车厢里都是人。我大口呼着气,浑身瘫软地靠在门上,任由人潮从四面八方朝我挤来。手枪戳着我的腰,屁股上的信封鼓鼓囊囊的,双腿由于奔跑而不住地颤抖着。我想到了卡伦回到梦露街所要面对的情况。我希望他们发觉我逃跑以后,可以放过卡伦。千万别让她成为下一个牺牲品才是。

一开始我根本不知道自己在哪儿。地铁进站时,我把身体从门边缩回来,门关上以后,我又连忙靠了上去。最后我终于意识到自己乘的是北行的布朗线。无论我在哪儿站下车,可能都会有盯梢者在等着我。多尼克会为我发起这么一场声势浩大的搜索行动吗?他能监视多少地铁车站?我是不是把他想得过于强大了呢?

我不可能永远待在地铁上不下车。我在恢复意识以后的下一站阿米特奇街下了车,这里是芝加哥小商品市场集中的区域,我可以混在人流中离开车站。

小商品市场里到处都是出售流行服饰的店铺。受伤以后,我总想买顶可以掩饰自己的发套,但我最终却选择了另一顶白色的高尔夫球帽。我上周提取的一千美元已经用得差不多了,但我还是用一件印着"妇女力量"[1]标语的衬衫换下了卡伦借我的淡蓝色T恤衫,也许这条标语真能赋予我特别的力量呢。这些天来我第一次没戴墨镜出门,阳光把我的眼睛刺得生疼,我走进一家小超市,选了副便宜墨镜,然后又买了支口红。采办完毕以后,我在咖啡店里买了杯超大号的花草茶,然后走进咖啡店的洗手间计划着下一步的行动。

梳洗完毕、补充水分以后,我感觉好受了些。但我根本不知道下一步该做什么。我不知道该如何从这里脱身,不知道该如何找到佩特

---

[1]美国女权组织。

拉，不知道如何把照片交到弗里曼·卡特尔手中。多尼克也许已经找到了莫雷尔的丰田车，我不能冒险回狮门养老院去取车。虽然我处于公寓和办公室之间的方位，但两个地方我哪儿都去不了。

咖啡店外面，有个无家可归者正在向路人兜售着街头小报。"至少你还有住的地方和爱你的家人呢"，千禧公园的那家伙昨天这样对我说过。住的地方回不去，曾经爱我的家人突然与我为敌，这就是我目前的处境。我给了这个人一美元，突然想起了埃尔顿·格兰杰的事。

他同样在附近某处的街上游荡着。虽然他没有给我直接的答复，也不敢直视我的脸，但我确信他目击了佩特拉从办公室逃离的一幕。几个月前，他告诉我该如何找到他的藏身处。我会找到那个地方的。找到他以后，我会赖在那个地方，直到他答应把我想知道的有关佩特拉的事告诉我才善罢甘休。

我从地铁站漫无目的地往西走，挑选着各种商品。最后，我在公交车站停下了脚步，跳上一辆西行的公车。我从钱包里拿出些零头付了车费，然后把目光投向公车的后侧玻璃，观察着车窗外的情况。车开得很慢，但我实在走不动了。至少在车上我可以看看有没有人在尾随我。

我在达曼大街下了车，重新开始步行。芝加哥的西北郊横贯着一条大河，所有的街道在这里都走到了尽头。我需要穿过肯尼迪高速公路下方的隧道，经过一条泥泞的羊肠小道才能走到河边。埃尔顿对我说过，他住在铁路路堤下的一个小茅棚里。

通勤时间过去了。路两边的餐馆里挤满了人。透过窗户我看到人们一边吃一边说笑着，心里充满了艳羡和对平凡生活的向往。埃尔顿一定会与我有同样的感受，那个越战老兵每天晚上拖着疲惫的步伐从我办公室对面的咖啡店走回自己的栖居地，口袋里却只有买酒和三明治的钱。

我拖着铅一样沉重的脚步穿过高速公路下面的隧道,朝东走了一段路以后,又接着向北走。高速公路的路基两侧被铁丝网包围着,不过我还是在高速公路的阴影下找到了一个缺口。我跨过缺口,小心翼翼地爬上路基。芝加哥人几十年来一直从车里往路基上乱扔东西,路基边缘的垃圾也已经高达腰际。我找到了埃尔顿在垃圾上开辟的小径,跨越车道走到了公路的另一面,路基在河边达到了尽头。

起先我没有看到埃尔顿的茅屋,我琢磨着是不是他的妄想误导了我。不过我马上在林木和垃圾中发现了一条不易觉察的小路,然后沿着它走到河边。这里的河水不太浑浊,河面上漂浮着塑料瓶和树枝,野鸭在河水中尽情嬉戏。水流不是很急,成群的蚊子从岸边的树丛里舞动出来。

我从岸边回头望去,总算在树丛和废弃轮胎之间发现了埃尔顿的茅屋。屋顶上蒸汽机车时代西北铁路公司的标记已经模糊不清了,我猜茅屋可能是铁路公司的一个储藏仓库。走到近处,我发现埃尔顿在房顶放了个水桶,水桶下连着个淋浴头。茅屋没有窗户,四周钉的隔板黏糊糊的,不过他用泡沫塑料和塑料布堵上了隔板上的漏洞。

我爬上路堤,绕到茅屋正门一侧,"埃尔顿,埃尔顿,你在家吗?我是维多利亚·伊非革涅亚·华沙斯基。我们需要谈谈。"

我轻轻地敲了几下门板,茅屋里传来一阵走动声,然后是几声惊叫。我打开摇晃的门,看见堂妹佩特拉正坐在凌乱的睡袋里朝我眨眼。

"维克,你怎么知道我在这儿?谁告诉你的?谁和你一起来的?"

我半晌说不出话来。看到佩特拉使我顿时松了口气,站在门边不住地摇着头。

第四十七章 延绵不绝的河流

我坐在地板上搂着佩特拉,她靠在我的肩头不住地哭泣。"维克,我怕死了。真是太可怕了。别冲我吼。我本不想……我不想——"

"我的小妹妹,我不会朝你吼的,"我抚摸着她肮脏的头发轻声细语地说,"我不想让我的坏脾气把你吓得不敢信任我了。"

"他们说如果我把这件事传出去,他们会杀死妈妈和妹妹们,让爸爸去坐牢。我真不知道该怎么办。他们说你希望看到爸爸去坐牢,你只是在利用我,如果我不站在他们那一边,如果我把自己的所作所为告诉你,你会惩罚我和我父母以及其他所有人。"

"他们是谁?是莱斯·斯特罗杰维尔和多尼克吗?"

她止住哭泣,对我点了点头。

蚊子拥进茅屋,隔着衣服叮我们。我不得不关上了门,但屋子太小,关上门会呼吸不畅。关上门以后,屋子里充满着湿泥和汗臭味。唯一的亮光来自屋顶,埃尔顿在房顶的木板上开了几个正方形的方孔,在里面填上了废弃的窗玻璃。太阳正渐渐升起,透过初露的晨曦,我只能看见堂妹那张惊魂未定、面如土色的脸。

"这件事是内利·福克斯的签名棒球引起的,我说得没错吧?"我问,"在箱子里找到它的那天,你就把棒球的事告诉办公室里的同伴了。"

"我的这张大嘴巴啊！棒球只是其中的一环。事情是从捐款晚会那天开始的，我在狡猾的科尔曼法官面前提到了约翰尼·默顿的事。他告诉哈维叔叔别让你调查哈莫妮的案子，起初我还觉得挺好玩儿的，这么久的案子有什么好调查的呢？我想他还提到了你小时候和你妈妈在一起时的某些事，他在言语中还提到了音乐。哈维叔叔说哈莫妮的案子已经推到了毒蛇帮的头上，他可不想被那些毒蛇反咬一口。捐款会后的某一天，斯特罗杰维尔先生让我去为他工作，他告诉这是竞选阵营的最高机密，因为你想扰乱布赖恩的竞选工作。"

"我明白了。他告诉你我掌握着某些足以破坏竞选的证据，你必须把这些证据尽快找出来对吗？"

一列火车从我们头顶经过，把茅屋震得发颤。我们必须等到列车离开以后才能继续交谈。当噪声消失以后，鸟儿的歌声、昆虫的鸣叫，初夏各种甜美的声音又重新回到我们耳边。

"什么证据？"看到佩特拉不肯开口，我忍不住追问道。

"一开始在我看来这就是场游戏，在爸爸和玩伴们小时候待过的地方探险简直有趣极了。接着事情突然变得可怕起来。在修女被杀、你被送进医院以后，他们告诉我修女的公寓里也许有些会损害竞选的东西，他们派了个可怕的男人把我送到那里。我开始觉得事情有些不太对劲，我本想把一切告诉你，但一想到他们曾经说的那些话，比如说你是默顿的老情人之类的，我就——"

"你说什么？"我一下子从地上坐了起来，"我的老天啊！佩特拉，你怎么能相信这种鬼话呢？我只是在审判时为他做过公办辩护人。在我认识斯特罗杰维尔之前，他是我所见过的最可怕的人了。你的客户再怎么吸引你，你也不能和他上床睡觉！请告诉我你不相信他们的这些鬼话！"

"维克,别对我发火好吗?我无法承受你的火气!"她的声音里带着一丝歇斯底里。佩特拉独自担惊受怕太久了。

"亲爱的,我没对你发火。但我对他们撒下的这个弥天大谎感到非常失望。我喜欢你,所以我希望你不要相信这种谎言。我只想表明这个意思。"

"好吧。"她咕哝了一句。

我等了一会儿,希望听到她说"我当然不会相信"诸如此类的话。等了半天,她什么也没说,我只好旁敲侧击地指引她把事情继续叙述下去。"所以你只好跟着那个可怕的男人去了法兰基修女的公寓……那个人是拉里·阿利托吗?……当你发现我在那里时,你打手势让他赶紧离开。后来你又发短信给他,让他取走了证据袋。"

"听到你大声把事实说出来,我觉得非常痛心,"佩特拉轻声说,"之后事情变得越来越糟了。他们告诉我你手里有些老照片,希望从你那儿取走那些照片,当然他们也想拿走那个棒球。每天早晨斯特罗杰维尔先生都会让我汇报你在干些什么、你又在找些什么。当我告诉他你想让我为你做些调查工作的时候,他变得很兴奋,他让我照你说的去做,并把所有事情都报告给他。当我查找那些承包商的信息时,我吃惊地发现承包商和哈维叔叔在芝加哥的公寓是一个地址,我觉得非常诡异。我询问了莱斯·斯特罗杰维尔,他说……他说……"一时间佩特拉再也说不下去了,不过她马上集中起精神,"斯特罗杰维尔说如果我不能照他说的做,妈妈和妹妹们都得死,爸爸也会被送进监狱。"

我一直抚慰着她,想让她确信事情都会过去的,没人会被杀,也没人会被送进监狱,尽管我对此并不确信。最后,佩特拉看上去稍微平静了些,我问她是如何在埃尔顿的茅屋里安家的。

"那是他们让我打开你的办公室之后的事了。"

"亲爱的,这个我知道,我在监控录像里看见你了。"

"他们说你这里有能把爸爸送进监狱的照片,"她的声音几乎无法听见,"我告诉他们我和你没能进入南芝加哥区的老房子,他们把我带到那儿,让我告诉他们那幢房子在哪儿。后来萨尔老爹把你的房间钥匙交给我,让我为你铺床,并给你带些酸奶过来——就是你在赫切尔医生家暂住的那几天——斯特罗杰维尔先生让我把钥匙交给他,他复制了一套钥匙。

"接着他们把你的公寓翻了个底朝天。我没有参加那次行动。被他们唤作'拉里'的那个人发现了托尼叔叔和他们那帮人年轻时打棒球的那张照片,斯特罗杰维尔对照片颇为不以为意,说只有酗酒的白痴才会觉得那种照片会危害到自己。所以他们觉得有必要对你的办公室做一番彻查。

"我必须和他们一起去。仅仅告诉他们房间密码还不够,斯特罗杰维尔说如果你在办公室——比如说你并没有像预计那样去见'铁锤'的话——你可以毫不疑心地放我进去。到了那儿以后,他们把你的办公室弄得一塌糊涂。我害怕他们会杀了我,因为我知道得太多了。多尼克多次给斯特罗杰维尔打电话,告诉他不能相信我这么个大嘴巴,我会把所有的事都告诉你的。我假装来了月经,要到卫生间处理一下,然后跑向了走廊。

"那个被他们叫作'拉里'的可怕男人拿着枪站在走廊里,我看见后门没上锁,发疯似的向后门跑去。那时埃尔顿正巧站在后门外的街上,我想到他曾经说过自己有个秘密的藏身处,我求他救我一命。我们面前恰巧来了辆公共汽车,我们马上跳了上去,然后他把我带到了这里。我非常害怕,一直不敢离开这里。"

我一边抱着她,一边思索到哪儿找个安全的地方可以在佩特拉睡觉的时候让警察听听我这边的说辞。佩特拉突然问起那些照片的事,我只好把这个念头暂时抛在一边。

"照片拍到了什么?"

"那些老照片拍到了一些很不好的事情。你爸爸在一九六六年动乱时恰巧在马奎特公园里——"

"你说的应该是那次种族骚乱吧,那时黑人们把附近的街区弄得鸡犬不宁。"

"这个我们以后再说。那是白人发起的骚乱。你爸爸、你的哈维叔叔以及大约八千名白人青年朝马丁·路德·金大叫大嚷。照片上你爸爸和哈维叔叔就站在被杀黑人女青年的旁边。照片还拍到了一位警官——这位警官无外乎是乔治·多尼克和拉里·阿利托之间的其中一个——把凶器放进口袋藏了起来。之后不久,在多尼克和阿利托的折磨下,一个黑人青年承认了杀人的罪名。"

"不,你在撒谎!爸爸不可能……哈维叔叔也不会——"

我打断了她的话。"我了解你的感受,因为我爸爸也牵涉其中。他看见多尼克和阿利托在折磨那个黑人。他试图终止这种酷刑,多尼克和阿利托则以把彼得送进监狱相威胁。所以我爸爸——我爸爸这个世界上最好的男人——为了让彼得摆脱罪责,对他们的施虐不闻不问。为了救你爸爸,他甚至取走了棒球——那个作为凶器的内利·福克斯签名棒球。"

"那不是真的!"佩特拉尖叫着站了起来,"这都是你编出来的!"

"我希望这些都不是真的。"我站起来,从衣服里拿出那本照相簿。光线昏暗,照片根本无法看清,佩特拉却装模做样地翻看着照相簿。

"法兰基修女游行时和被杀的女孩在一起。她之所以被人杀害是因为有人想堵住她的嘴。你以为他们把你派到法兰基修女的公寓收集证据是为了什么呢？这是为了防止像我这样的人把搜集到的证据交给警察。因为那些修女时常给移民提供帮助，所以那幢大楼时常在国家安全局的监控之下。但那天晚上他们没有拍下你和阿利托的照片，那是因为多尼克和国家安全局之间有着良好的关系。"

"我不能让你把这些事公布出去，"她嘟哝着，"你不能这样做，你可千万不能这样做啊。"

"佩特拉，我们已经知道了四十年前那起冤案的真相。我指的是我们两个。这起冤案是我们两人的父亲一手造成的。我猜不出多尼克和阿利托究竟折磨过多少人。我不能为袒护彼得甚至托尼而保持沉默。"

"真他妈的该死，"她忿忿地骂了一句，"正如萨尔老爹说的那样：你总是唯一正确的，其他人对你来说根本不值一提。"

"佩特拉·华沙斯基，你才真他妈该死。如果你一个月之前就把事情的真相说出来，法兰基修女也许不会死。为了保护彼得，究竟死多少人才够？"

我们怒视着彼此，在狭窄的空间里我们的鼻子几乎碰在了一起，两个人都愤怒地喘着粗气。这时我们听见铁道的路堤旁传来一阵脚步声，来了许多人，不知道埃尔顿在不在其中。手电筒的灯光在路堤两侧照来照去。天色已暗亮，天窗外出现了一道粉红色的霞光。我抓住佩特拉的手臂，用掌心堵住了她的嘴。

这些人一定是冲着信封里的那些照片来的……不管我发生了什么，这些照片必须保留下来。我狂野地看着四周，最后从地上的口袋和破布里抓起一个黑色的垃圾袋。我把信封塞进塑料袋，实在没时间把塑料袋和佩特拉弄出茅屋了。我把塑料袋塞进石缝，把堂妹推到门旁的墙壁上，然后站在她的身前。门被打开以后，我和佩特拉至少不会马上被人认出来。

我从腰间的枪套里拔出手枪,打开保险,贴着堂妹的耳边说:"我说跑,你马上弯下腰逃出这里,然后跳进河里,游到对岸去找萨尔老爹。"

这不是个完美的计划,但我现在只能想到这些了。即便是在微弱的晨曦中,我也能看到她害怕得瞪大了双眼。佩特拉喉头上的肌肉动了几动,不过她只是点了点头。

"是这个地方吗?"外面传来乔治·多尼克的声音。

"没错,先生,就是这个地方。"埃尔顿颤抖的声音几乎分辨不清。

"这种垃圾桶般的地方只有你这样的窝囊废才住得下去,你明白吗?"多尼克轻蔑地嘲讽道,"把门打开。我想亲眼见见那个女孩。"

"你说过你不会伤害她的,"埃尔顿热切地说,"你说你只是想和她谈谈。"

"杂碎,确实是这么回事,没有任何人想伤害她,我们只是想把她送回家而已。"说话的是除多尼克和埃尔顿以外的第三个人。他高声大笑的时候,外面传来一阵笑声,多尼克似乎带来了两三个帮手。

佩特拉紧贴着我的身体,我的肩胛骨能感受到她的心跳声。我把手伸到后面,紧抓住她的手。茅屋的门被推开了,一道手电在狭窄的茅屋里来回穿梭,很快便照到我的脚上。我躺下,滚到拿手电筒的人身旁,把他拽翻在地。

"快走!"我大喊一声,然后继续朝外滚,把另一只手电筒引了过来。我听见佩特拉跟在我身后跑出了屋子。我胡乱开枪,掩护她冲出门,跳下河。趁着多尼克和手下迟疑的片刻,堂妹已经迅速跳下河流游走了。真是个伶俐的姑娘!我在心里暗自赞叹着。我跟随着她往下坡滚,但手电筒的光线一直尾随着我,有人朝我这边开了几枪。我这时恰巧滚到树丛里,落到一块又大又尖的东西上。我定了定神,继续朝林木稀疏的地方滚,并不时朝光线投过来的地方开枪。

"妈的,那是华沙斯基,小东西在哪儿?"

"有人跳进河里去了。"

被我掀翻在地的家伙这时已经站了起来,我发现有束光正在对着河里照。河面上传来一声枪响,野鸭扑扇着翅膀咯吱乱叫。接着那家伙又往河里发射了一梭子弹,夜空中传来一阵射击的回响声。

我试图弯着腰往岸边走,不过被旧轮胎和树丛绊个正着。我把枪放在胸前,匍匐在地上往回爬了几米。树丛外传来几声枪响,多尼克和他的手下对树丛形成合围之势。多尼克一声令下,几发子弹依次从树丛两边飞了进来。

多尼克下令的时候,我往树丛深处退了一点。但包围我的人离树丛越来越近,手电筒的光线马上就要照到我隐藏的地方了。我成了瓮中之鳖,断无逃跑的可能。他们有手电筒,有热辐自导武器,另外,他们是一伙输红了眼的赌徒。看来我只能好好与他们周旋一番了。

"维克,那些底片在哪儿?"多尼克朝树丛里大声喊。

"乔治,那些底片在我律师那里。"

"你没有把底片交给你的律师,我们的人早就在那儿等着了。"

"我把它们快递送进城的……与此同时,我还快递给鲍比·马洛里一份复印件。"

鲍比的名字让多尼克安静了一会儿,不过他马上又开口说:"我们知道你想去卡特尔的办公室。我们一直在监听那个女孩的手机呢。"

"你把卡伦·列农牧师称为女孩?你真是太可笑了。乔吉,你真和小男孩一样幼稚。你大概只敢趴在体操垫下面偷看班里女生的裤头吧?长大以后,你也只能扮演欺软怕硬的角色。乔吉,读到这份报告以后,马洛里上尉再也不会跟在你的后面唯所是从了。"

"没有底片，没人会理睬你的狗屁报告，"多尼克说，"告诉我底片在哪儿，我就放这个醉鬼一条生路。"

"维克，别管我，"埃尔顿颤抖着声音说，"你不必为我做任何事。"

"埃尔顿，到底怎么回事？"我大声呼叫道，"他们怎么会知道你把佩特拉藏在这儿的？"

"我们问了你办公室对面咖啡馆里的一些人，"多尼克说，"他们说有个流浪汉把女孩带走了。我们询问了附近的一些醉汉，埃尔顿这种杂碎他们自然都认识。埃尔顿这种软蛋用不着上什么手段就全招认了，熊包，你说对吗？"

"维克，对不起。你救了我的命，而且帮了我不少忙。我真希望你没有对我这么好，我打心眼儿里谢谢你。如果你那时没有救活我的命，我那可爱的小妹妹就不会摊上这么多的麻烦。应该说你那可爱的小妹妹，这些天来，我都把她当自己的妹妹看了。维克，她真的很棒，你应该为她自豪。所以，你不用再为我考虑了，听见了吗？你不用再照顾我了，想着自己的事就好。"

多尼克没有理会埃尔顿带着颤音的抱歉声。"维克，把那些底片给我。"

多尼克命令手下钻进树丛找我。"给我抓活的！ 听见了没？我要她告诉我底片在哪儿……快去找吧。"

三个男人跟跟跄跄地从岸边钻进树丛。我朝四周开了几枪，但只击中了他们的其中一个。另外两个抓住我的肩膀，我又踢又打，但最终却逃不了被敌人生擒活捉的命运。他们架住我，多尼克把手伸进我的衣服，捏住了我的奶子。

我狠狠地朝他的脚面上踩了一下，然后猛蹬着后面的人的膝盖骨。两个人同时痛苦地呼叫起来。他们很少尝到痛苦的滋味。我趁机挣脱了他们的束缚，但没等我来得及跑远，多尼克又一次抓住了我。他夺过我手里的枪，把它扔在树丛里。他的另一个下属抓住我，多尼克恶狠狠地在我的两边脸颊上打了几巴掌。

"乔治，你纳粹电影看多了吧。"我说，"只有埃尔里希·冯·斯特罗海姆①才能设计出这样的镜头。"

他又打了我几巴掌。"看来你没有托尼所说得那么聪明。告诉我，底片在哪儿？"

"在弗里曼那里。"

"不在他那里。"他又给了我一个耳光。

"我把底片交给阿米特奇街的快递公司了。"我说。

"到叫花子住的棚子里给我好好找一找，"多尼克下令道，"她不会把复印件留在一个地方，除了快递公司，我们还得查查别的地方。"

多尼克架着埃尔顿。在他带来的三个手下中，一个人被我击中了，一个人看着我，另一个人肩负起拆卸茅屋的任务。埃尔顿眼见着多尼克的部下推倒墙体，乱翻塑料袋，把他的睡袋扯个稀巴烂，情不自禁地高声哀号起来。多尼克的手下在茅屋里鼓捣了二十多分钟，不过并没找到那个黑色的塑料袋。看来佩特拉打定主意要保护彼得，在临行之前把它带走了。

多尼克变得出奇愤怒起来。他拿枪指着我，激光枪发射的瞄准线在胸膛和头部等要害部位来回游移，他在寻找一个能致我于死地，而又不会伤害他的随从的最佳角度。

我身子一软，做了个深呼吸——闭上眼睛，全身放松，加布里埃拉希望让我用这种方式控制好自己的情绪："屏住呼吸，什么都别想。

---

①德国电影导演。

屏住呼吸，全身放松。"接着便会咏唱起她那标志性的咏叹调——"亲爱的，你可以对我说不。"①

多尼克的枪响了，我的身体畏缩了一下。我忘记了呼吸，全神贯注于莫扎特流畅的旋律中。多尼克没有打中我。

"你这个该死的浑蛋，你——"

抓我的人手一松，我从他的怀抱里挣脱出来。我狠狠地朝他的膝盖骨踢了一下，就势躺在地上，朝多尼克的方向滚了过去。多尼克狂躁地扭动着身体，想把枪口对准埃尔顿又不伤着自己。他比埃尔顿壮实了许多，但此时他和埃尔顿扭打在一起，多出的力气完全用不上。

我狂叫一声，把手插进他的前臂，一下子把枪抓在手里。没多久，河岸突然被一片蓝光照亮了。

---

① 摘自莫扎特的歌剧。

第四十八章 所有人……都给我靠墙站着

一艘警用巡逻艇悄无声息地出现在岸边，我们用了好些时候才意识到这一点。多尼克的两个手下试图在夜色的掩护下逃走，但这时巡逻艇的探照灯突然把河岸照得灯火通明。艇上的警察拿出枪，让他们赶紧停下脚步。多尼克被埃尔顿打翻在地，他却高声求助起来。

"快放下武器！快放下武器！"他呼喊着，"别让那娘们儿跑了，赶紧把她扣起来。她把我的枪抓住了。"

"他是个谎话精，"埃尔顿上气不接下气地说，"维克是来找她妹妹的。她们想避开站在我身边的这个男人。这个男人简直是个疯子。这种人我在越南见多了，发狂的时候，他们甚至会杀害自己的战友。要不是我及时出手，维克已经没命了。他还让人把我的屋子捣成碎片。这样做只是为了让我觉得难受。"

"你们好好查查这个女人吧，"多尼克说，"她已经杀害了一个退役的警察。她把警察视为自己的仇人。"

穿着凯夫拉尔防弹背心的水面巡逻警跳上岸来。他们拿枪对着我们几个，把我们押上船。我抖得很厉害，差点儿掉进河里。警察把我抱上小艇，派一个人看着我，其他人回岸上去找多尼克受伤的手下去了。

佩特拉裹着警察专用的灰色毛毯坐在船尾。我虽然筋疲力尽，脑子转得很慢，但还是打心眼儿里为她能安然无恙而感到高兴。不过我最想做的还是马上躺在甲板上好好睡一觉。

登上船以后，多尼克马上把自己伪装成受害者的样子——他说我强迫他和他的三个随从走到河边，然后像杀害拉里·阿利托那样把他们都干掉。

"多尼克先生，别再演戏了，"佩特拉在船尾大声嚷嚷着，"你想把我和维克都杀了。我甚至都不知道她是怎么逃过这一劫的，我想这多半是因为她比你更机灵一些吧。"

我被她的话逗笑了。警察不让我接近佩特拉，我只好给她来了个飞吻。

这时，水面巡逻警已经打听到我的底细，发现了鲍比开出的那张通缉令。他们给我上了手铐，告诉我有权保持沉默。但我并没有保持沉默，而是一再重复着鲍比的手机号码，让他们在释放多尼克之前征询一下鲍比的意见。佩特拉也一再坚持多尼克是恶人先告状，她的努力终于促使巡逻警拨通了鲍比的电话，鲍比让他们把在场的所有人都给押过去。

在河道管理分局，水面巡逻警把我们从巡逻艇转移到囚车上。这是那种没有栏杆的老式囚车，多尼克一被押上囚车，就大发了一通脾气。贵为山鹰公司总裁的他，有着二十年警龄的他，竟和普通囚犯一样被关在囚车里。

"多尼克先生，我才不是罪犯呢，"佩特拉说，"维克不是罪犯，埃尔顿也不会是，所以请你给我安分一点。"

夹在我们中间的埃尔顿显得非常难受。他牙齿打颤，满身是汗。每当囚车因为路面上的坑坑洼洼而左右摇晃的时候，他总会以为碰上了地雷。他试着想躺在地上，但手却被手铐铐住了。"天堂近了，行行好，把我收进去吧。"他不停地低声嘀咕着。

"埃尔顿,你还活着呢,这里是芝加哥,我是维克。你是我的救命恩人。"虽然我的手被铐在椅子上,但我还是竭尽全力往他那边靠。"没有你,我和佩特拉都很难活得下来。我们会帮你把房子修好的。坚持一会儿,咱们马上就能回家了。"

"没错,我们会帮你修好房子的。埃尔顿,你真是太棒了。我是佩特拉,我是你的佩特拉妹妹啊,你还记得我吗?"佩特拉插话道。

埃尔顿停止了自言自语。过了半晌,他若有所悟地对佩特拉说:"佩特拉,你是个好女孩。我们会活着出去的,你一定要相信这一点。"

多尼克不以为然地说:"你这个醉鬼,谁会相信你啊?快给我闭嘴,我一会儿再对付你们。"

"乔治,这回你再也逃不了了,你必将和那些偷鸡摸狗的东西关在一起。你知道关在斯塔特维尔教养中心的人知道你虐待过默顿的手下时,他们会怎么对付你吗?你应该马上立一下遗嘱了。"

多尼克想越过座位冲向我,但押送我们的警察及时阻止了他。

佩特拉缩在座位上倚靠着我。虽然盖了条警用毛毯,但身上还是湿漉漉的。我用铐着的手紧握住她的手。

"你是如何让这些巡警及时赶来的呢?"我问。

佩特拉说她游过了河,但却爬不上对岸那道滑腻腻的木头堤坝。"堤坝边有些铁环一样的东西,我抓住铁环扯着嗓子喊救命。岸边有几间农房,有人听见我的呼救声,从房子里跑了出来。之前她听到了河对面传来的枪声,正不知该如何是好呢。"

听到佩特拉呼救声的女人马上拨通了警察的电话。警车到达以后,佩特拉告诉警察河对岸有群劫匪想要了我的命。警车里的警察马上招来了巡逻艇。

"佩特拉,我的小乖乖,你一定吓坏了吧,不过你体现出了真正的勇气和智慧。这件事过去以后，你一定会经常想起刚才那一刻。把坏事全都抛到恼后，坦然无惧地面对今后的人生吧。"

佩特拉轻声叹了口气，蜷缩在我的身旁。警察并没有试图把我们分开。

夜色渐浓，囚车把我们放在了警察局门口。我们被警察带到密歇根街三十五分局的一个大审讯室。我们大眼瞪小眼地坐了一个多小时以后，鲍比才穿着件衬衫慢慢悠悠地走了进来。特里·芬克利穿着大衣，打着领带紧随其后，手里还拿着个塞满了文件夹的公文包。

"鲍比，见到你真是太好了。"多尼克一改刚才那种恶狠狠的语气，开始跟鲍比称兄道弟起来。"祝贺你又升了一级，你是当之无愧的。"

鲍比没看多尼克，但也没有转向我。他的话冷冰冰的，似乎努力想做到不偏不倚。"我正试图把哈维·克鲁莫斯请到这儿。彼得·华沙斯基已经从德雷克宾馆上路了。他们来了以后，我们再谈吧。"

芬克利放下了手里的公文包，公文包最上面那只文件夹上贴着的标签马上映入了我们的眼帘：哈莫妮·索瑟姆。见状不妙，多尼克马上嚷着要把自己的律师找过来。

鲍比仍然没理他，只是对芬克利点了点头。芬克利心领神会地把手机递给了多尼克。

多尼克要求找个没人的地方和律师谈，芬克利冷冷地对他笑了笑。"多尼克先生，当了一辈子警察，你还不知道这里的规矩吗？"

多尼克愤怒地盯着他。这次如果他能侥幸逃脱罪责，我们在场的人今后都别想安生地过日子。他给他的律师打了电话。他言简意赅，让律师马上过来。我从多尼克手里接过电话，拨通了弗里曼·卡特尔的手机。

弗里曼正在三叶草餐馆吃晚饭。他先是和鲍比谈了谈，然后又在电话里交代了我几句。"维克，好好给我待着。别说任何愚蠢的话，我十点钟过来。"

我看着墙上的钟，惊讶地发现已经快到晚上九点了，没想到和多尼克的争斗竟耗掉了我这么多时间。又过了二十来分钟，彼得在两个警察的押送下走了进来。

"佩特拉，你能安然无恙可真是太好了，佩特西……佩特西……"彼得叔叔走到佩特拉身边，抓着她的衣服失声痛哭，但佩特拉却把他推到一旁。

"别碰我，爸爸——别靠我太近……把事情说清楚了再说。"

"华沙斯基，你什么话都别说。"多尼克咆哮道。

"华沙斯基先生，你的确什么话都不用说，"鲍比突然冒出句话来，"你们都听我说吧，你只要找张空椅子坐下来就可以了。"

他把一份薄薄的文件夹扔在桌面上：里面放着下午我快递给他的那几张照片。"我们还是从头开始说吧，事情源于一九六六年的马奎特公园，那年我刚刚加入警队，在那个动乱的年代当警察可真是倒了大霉。拉里·阿利托也是那个时候当上警察的。他的运气不错，上面让托尼·华沙斯基做他的搭档……托尼是我见过的最称职的警察，能得到他的教诲真是幸运极了。"

说这话时鲍比第一次直视着我，我下意识地抿紧了嘴唇。

"阿利托的警徽号是8963。你可以在捡棒球的男人身上看到这个徽章。那个棒球是动乱当天黑人女孩被杀的凶器。走在修女旁边的哈莫妮·索瑟姆是家里的骄傲。众所周知，一个名叫斯蒂夫·索伊尔的黑人小伙承认了罪行。"

"我们把工作完成得很棒，"多尼克说，"案子结束了。"

"警察的工作简直是一团糟，"鲍比驳斥道，"案子重启了。审判中并没有拿得出手的证据。我们没有找到杀人凶器，但从尸身上的瘀伤来看，哈莫妮不是被近距离捅伤，而是被某种飞行物击中致死的。"

他把照相簿扔到我叔叔面前。"照片里拍到了你和另一个人。掷棒球的是你还是他？"

彼得显得非常紧张，但还是情不自禁地看了看照片。"棒球是哈维扔的。他告诉我多尼克说游行中有人拍下了照片。真他妈该死，我还一直不信呢！这些照片是不是一直在托尼那里？"

佩特拉神情紧张地看着自己的父亲，尽管脸上蒙着层煤灰，但脸色还是白得吓人。彼得注意到她的表情，连忙把目光转向了别处。

"你说的是哈维·克鲁莫斯吗？"鲍比问。

多尼克打断了彼得的话，警告他不要再说话了。"华沙斯基，别多嘴，他们会把你说的话一起记录下来的。"

"底片一直在雷蒙德·加兹登手里，"我平静地说，"他用傻瓜相机拍下了这些照片。在一九六七年的那场暴风雪过后，就再也没人见到过他的踪影了。三个月之前，他的姨妈雇我去找他。四十年以前，她曾经为了雷蒙德的失踪而报过案，但乔治、拉里和他们的那些警察同伴没把她当回事，根本不想去找雷蒙德·加兹登。他的姨妈快要死了，她想在临死前见外甥一面，至少能知道他被埋在了哪儿。"

多尼克烦躁不安地在椅子里挪动着自己的身体，他几次想打断我的话，但都被芬克利制止了。"维克，你找到他了吗？"

我摇了摇头。"我没找到雷蒙德本人，不过他把底片放在了《圣经》里，并在失踪的前夜把《圣经》交给了他的克劳迪亚姨妈。昨天晚上克劳迪亚小姐把《圣经》交给了我，她一直不知道里面藏着底片，只是希望我在找到她的外甥时把《圣经》交还给他。找到它们的过程完全是个巧合……乔治，这还真得谢谢你。如果你没有追得我太紧——诬告我杀害了阿利托——我才不会跑得那么急呢。如果我没有在情急之中把《圣经》摔在地上,《圣经》的书脊也不会开裂——这些底片也很难有重见天日的那一天。"

鲍比朝我的方向瞟了一眼。"找个时间我一定要好好问问你,你是如何趁人们不注意逃出养老院的。"

我惨然一笑。"真是太奇妙了,那些底片突然出现在我的眼前。逃出狮门养老院的过程也很惊险,在没有后援,乔治又武装到牙齿的情况下,我只能采取那种方式避开他的搜寻。"

"那些底片根本不存在,"多尼克轻蔑地说,"没什么奇妙的……这些底片都是你凭空捏造出来的。任何人都能从动乱留下的影像资料中捏造出这种东西。"

"你说够了没有?"鲍比不耐烦地说,"维克,那些底片在哪儿?"

维克,这么说他还把我当朋友。我看了看自己的双手。

"底片在我这儿,"佩特拉突然打破了沉默,"跳下河的时候我把它一起带走了。"说着她从毛毯下面拿出一个黑色的塑料袋。

第四十九章 群丑毕现

说时迟那时快,多尼克突然向塑料袋扑了过来。有个警察一把搭住了他的肩膀,另一个警察捡起塑料袋,把它交到鲍比·马洛里手里。

"请书记员记录下来,这些底片是在克劳迪亚·安德雷恩的《圣经》中找到的,昨天晚上她把这本《圣经》交给了我。这里有两卷共二十四张照片,是雷蒙德·加兹登于一九六六年八月六日那天在马奎特公园拍下的。"

鲍比让人找来了一个证据分析师。等待的时候,黑色塑料袋就放在他手边的桌子上。塑料袋旁有一汪发臭的污水。多尼克的目光一直定格在塑料袋和污水上面。

分析师到达以后,鲍比告诉她塑料袋里放着价值连城的证据。修复登记好以后他想好好看一眼这些底片。分析师把塑料袋放进一个更大的袋子,向鲍比敬了个礼,然后离开了。

走廊里传来一阵骚动声。几个律师尾随着哈维·克鲁莫斯走进审讯室,哈维像只展示着尾羽的孔雀一样不可一世。弗里曼几乎与他同时走进了审讯室,他和平常一样打着条黑领带,满头黑发梳理得一尘不染。莱斯·斯特罗杰维尔站在哈维的一侧。

弗里曼在我身边放了把椅子坐了下来。"维克,每回遇到危急的情况,你为什么都要自行其事?每回遇到危急的情况,你为什么不事先告诉我一声?"

"我不想在你面前表现出女性柔弱的一面,很多问题我想自己解决。这里有许多弱者需要人帮助……比如说坐在这里的埃尔顿·格兰杰——"我向他指点着把身体缩在椅子里的埃尔顿,"还有我堂妹佩特拉·华沙斯基。"

"佩特拉才不需要你们帮忙呢!"彼得说,"我可以罩着她。"

"彼得,你是杀人嫌疑犯。你的一意孤行会把她毁了的。你最好还是让弗里曼暂时做她的律师吧。"

"彼得,乔治,鲍比,"哈维打断了我们的争论,"这简直太耸人听闻了。把事情说清楚,我们赶紧回家上床睡觉。"哈维在不经意间表现出了统领大局的能力。

"克鲁莫斯先生,别那么着急,"鲍比说,"让我们看完这些照片再说,你一定可以把它们认出来的。"

鲍比向站在一旁的警察点点头,警察会意地把相片簿翻开到拍到哈维的那一页。照片上哈维跳起了胜利的舞步,彼得伸出根手指向他致意。

"克鲁莫斯先生,这张照片是一九六六年在马奎特公园拍下的,"我提示道,"在这之前你刚用扎着钉子的棒球砸死了哈莫妮·索瑟姆。"

克鲁莫斯脸色难看地瞪着照片。带来的律师紧紧用手按住了他的肩膀。

"你来之前,马洛里上尉已经向我们证实捡走棒球的警察就是拉里·阿利托,"我补充道,"他为什么要这样做?"

"乔治……"彼得嘶哑着嗓音说,"乔治让他这么干的。"

"彼得,你这个浑球,你再敢多说一句,我马上会以诽谤罪来起诉你。"多尼克说。

"你威胁了佩特拉,你威胁了我妻子和其他几个女儿,现在你又要我唯你马首是瞻了吗?"彼得说,"在那个动乱年代,我们都很年轻,我们只是太过热心罢了。我们去公园纯粹是想凑凑热闹,我们想看看传说中的金博士到底是什么样子。哈维带来了内利·福克斯的签名棒球,他得意扬扬地拿给我看,我发现上面插满了钉子。'如果能砸到黑人中的国王,那我就成大人物了。'这是他当时所说的原话。"

"华沙斯基,我们家为你做了这么多事,让你愤而反抗我们一定很不容易吧。"哈维与其说是愤怒,不如说是悲哀多了点。

"你爸爸给了我一份工作,帮我迈出了人生中最为重要的第一步。但这并不意味着你能拿我的女儿开刀啊!"

"彼得,别意气用事,"多尼克说,"没人要杀害你的女儿。我们只想让他为哈维儿子的竞选出点力而已。"

我瞪视着他,心里极度愤怒。弗里曼赶紧对我摇了摇头——别在这儿和他发生争执,我来对付他好了。

"这么说哈维一定尝试过用棒球砸金博士了,"我把话引回正题,"在杀害哈莫妮之前,他曾经拿球砸过金博士。但当时约翰尼·默顿正站在金博士的身边,他用手把金博士的头往下按,及时地躲开了棒球的袭击。"

我翻动着相片簿,找到了"铁锤"用胳膊护住金博士的那张照片。"克鲁莫斯先生,你的棒球击中了哈莫妮·索瑟姆,把她置于死地。乔治帮你蒙混过关……因为你们都是在五十六街一带长大的。"

"作为警察,乔治必须违背自己的意愿镇压暴乱,但他知道在冲突中该倾向于哪一边。你去过我们小时候住的那个地方吗?你知道那些人对我们的屋子干过些什么吗?妈妈拼了老命才——"

"华沙斯基,那的确是段艰难的日子,"芬克利警官平心静气地说,

"那时人人都很不容易。"

彼得先前没有意识到审讯室里还站着几位黑人警官——除了特里·芬克利以外,审讯室里的另三位警员也是黑人。叔叔的脸一阵红一阵白,佩特拉的脸色一片潮红,我突然也开始觉得不好意思起来。

"乔治的确知道自己该忠于谁,"我接话道,"不是他宣誓要守卫的这座城市,而是你们这群狐朋狗友。他要忠于爸爸是肉联厂老板的哈维·克鲁莫斯,他要忠于彼得你这个高中的老同学。哈维扔出棒球的时候,乔治与他相隔得并不是很远,他目击了发生的一切。"

鲍比若有所思地看着我头顶的某个地方,我看见他会意地点了点头,便沿着刚才的思路继续讲了下去。

"乔治让拉里·阿利托混入游行者中间捡走了那只球。阿利托愉快地接受了前辈警官交给他的任务,他对前辈的信任感到非常兴奋。前辈的话就是圣旨,那在当时的警察间是件很自然的事。新手只要乖乖执行任务就好,没什么可以多问的。新手还要靠前辈帮着往上爬呢。

"过后不久,市长办公室下令警察局务必要找到杀害哈莫妮·索瑟姆的凶手,乔治决定在毒蛇帮里找个人做哈维的替罪羊。拉里热衷于用各种酷刑折磨犯人,他喜欢把电线绑在犯人身上,让电流穿越犯人的身体。最后犯人总会屈服于这种酷刑,把警察希望他们承认的犯罪事实都一股脑包揽下来。"

佩特拉喘着粗气,回头怒视着彼得。彼得漠然地看着眼前的桌面。芬克利努力控制着自己的怒火,血管在左边的太阳穴下面颤动个不停。

"这都是你编出来的,"多尼克打破了沉默,"你拿不出证据。除了一个至少该为三起谋杀案负责的下三滥的翻供以外,你什么都拿不出来。他是'铁锤'的走卒,'铁锤'又是个比泥鳅还滑的家伙,不过我们最终还是设法让他承认了杀害哈莫妮·索瑟姆的罪行。"

鲍比看了看芬克利，芬克利会意地打开了面前那只鼓鼓囊囊的文件夹。"多尼克先生，华沙斯基警官对你们的不当审问提出了投诉。华沙斯基写的书面文件目前还保存在当时的审理档案里。他在文件中称办案警员对嫌疑人施加了难以想象的折磨，有理由认为嫌疑人的供认是不确实的。"

"案子结束以后，托尼被调到劳恩戴尔警察局，拉里得到了提升。"我轻声陈述着事实，"彼得在阿什兰肉联厂得到了一个不错的职位。在暴风雪来临的一个月之前，拉里·阿利托带棒球到我家去了一次。我不知道阿利托为什么不把棒球留在自己身上，非要把它交给托尼。他声称之所以让托尼拿着它，是因为想让托尼记住他和拉里使彼得免除了牢狱之灾。"

桌子四周一阵静默。过了好一会儿，鲍比似乎才回过味儿来。"维克，那个棒球在哪儿？"

"除非乔治洗劫过我的车，否则棒球应该还在我的后车厢里。"

多尼克做了个无奈的手势，他不敢相信自己竟然错过了近在眼前的线索，但他一句话也没说。

"但雷蒙德到底发生了什么？"我问，"雷蒙德·加兹登发生什么事了？拍下这些照片以后他就失踪了。"

"肯定是默顿杀了他，"多尼克说，"又是一个被父母看成天使的小流氓。哦，我说错了吧，把他看成天使的应该是他的姨妈是吗？"

"一月二十六日清晨，雷蒙德·加兹登走进了拉辛大道警察局，"芬克利念着眼前文件夹上记录下的文字，"值班警员记录了雷蒙德走进警察局的时间，备注上说他带来了索瑟姆一案的证据。警员通知了多尼克和阿利托，让两个人把他带走了。没有找到雷蒙德何时离开的记录。"

长夜无尽，但终有初露晨曦的一刻。笼罩了四十多年的黑幕终于要被打破。彼得、哈维和多尼克谁要为此事负责而争辩个不可开交，但我的心思已经不在这个上面了，他们中的一个马上会被迫低头认罪，这未尝不是一件好事。我很想知道埃尔顿所处的究竟是一个怎样的世界，也许和他在一起贫苦潦倒比继续和桌子旁边的这群恶人打交道要好得多吧。

快到凌晨两点的时候，弗里曼说他觉得我在那儿也不会有更大的帮助了，鲍比应该已经把我该为拉里·阿利托之死负责的念头抛之脑后了。

"卡伦·列农……"我突然起了个念头，"在我离开之前，我想知道她是否安然无恙。昨天傍晚乔治的手下把我们包围的时候，我把她一个人丢下了。"

芬克利露出了久违的笑容。"她真是个牧师吗？这可不是一般的女人啊。她没事，一整晚她都在给上尉打电话。"

我释然一笑，站起身来面对着多尼克。"你不可能杀了所有人。活下来的人总会把真相公之于众的。"

佩特拉站起来和我一起向门外走。尽管她个子很高，但此刻却显得娇小而脆弱。我们俩的举动使埃尔顿吃了一惊，他咕哝了几句只有自己才听得懂的话。弗里曼把我们三个送到我的公寓，孔特雷拉斯先生和两条狗欢天喜地迎接着我们的到来。

孔特雷拉斯先生在我们身旁唠叨了好一阵子。当我和佩特拉回房梳洗的时候，他甚至把自己的浴室和剃须刀都贡献出来让埃尔顿用。

我们下楼的时候，埃尔顿已经趁着夜色离开了这里。孔特雷拉斯先生说："他很感谢我为他准备的剃须刀和干净衣服，不过他说你们两个应该让他一个人待一会儿，他说你们会明白的。你们快进来吧，我为你们准备了煎鸡蛋和烤培根。皮维看上去只是累了点儿。维多利亚·华沙斯基,你的气色可大不如前了啊!"

我帮孔特雷拉斯先生收拾着他那张闲置的床,堂妹一挨着枕头就睡着了,米奇乖巧地蜷缩在她身旁。我把佩皮带上三楼,没锁门就上床休息了。

第五十章 群鼠的末日

克劳迪亚小姐以一种近乎完美的方式归回了天堂。女人们戴着那种你常会在东正教堂见到的饰有缎带和花朵的高檐帽,把肃杀的教堂变成了一个俗艳的花园。哀乐高奏,送葬的人群一直延续到教堂门外的六十二大街。主持丧礼的是卡伦牧师,这在坚持女人不得在教堂发声的会众之间引起了不大不小的争议。但罗斯修女在这一点上却表现得非常坚决,因为这是克劳迪亚小姐最后的遗愿。

柯蒂斯·里弗斯和下国际象棋的同伴出现在了葬礼现场。三人都穿着西装,起初我没能认出他们。卡洛琳修女和"争取自由中心"的姐妹们也来了,她们和教堂的会众一样激情四射地唱颂着赞美天父的圣歌。洛蒂和马克斯也到场表达了对我的支持。

发现藏在《圣经》里的底片以后,克劳迪亚小姐弥留了两个星期左右。大多数日子我会探访她的病房,坐在床边静静地跟她说话,告诉她寻找雷蒙德的进展情况,有时候只是坐在那儿关切地看着她。

哈莫妮·索瑟姆的案子又成了媒体关注的焦点,国人似乎都在为芝加哥公务人员的徇私舞弊而幸灾乐祸。在经济衰退和小熊队不出所料地退出历史舞台的新闻中,这样的爆炸性消息足以吊起人们的胃口。

鲍比·马洛里连续几周的心情一直很不好。他主导了芝加哥警察局清理门户的行动,从我得到的消息看,他在行动中采取了零容忍的态度。但局里多年来的腐败和长年共事的同伴们的堕落还是让他痛心疾首。

多尼克和阿利托绝不是唯一的罪人。如果没有高层的庇护和下属的帮衬，他们不可能如此野蛮地对待疑犯。拉辛大道警察局另有十六名警官因为残暴对待犯人而受到了联邦指控。令人发指的是，这种暴行竟然一直延续到了二十世纪九十年代。根据美国司法部近年来所做的调查，有些警察公然认为自己具有生杀予夺的绝对权力。

鲍比自然不会跟我谈到这些，但艾琳·马洛里某天下午来我家，在喝咖啡时告诉我，当鲍比听说在自己的眼皮子底下竟然发生了如此众多的暴行时，他有多么泄气。"警察是他一生的事业。我不知道该如何形容，总之他现在觉得自己好像入错了行一样。另外，他还总会拿自己和你父亲来做比较。在他看来，你父亲至少还写了封抗议施虐的投诉信，而他只是要求调职，避免与多尼克和阿利托那两个人渣在一起工作。你知道，那封投诉信毁了你父亲的事业。从那以后他再没得到过提升。"

"但托尼终究没有制止这种暴行，"我情不自禁地说，"他目睹了这一切！他走进审讯室，让他们别再继续下去了，那时阿利托对他说，'我们是为你的兄弟，为彼得才这样干的。'托尼只能灰溜溜地走出了审讯室。"

艾琳把手伸过桌面，用掌心按住我的膝盖。"亲爱的维克，你也许会冲进审讯室命令他们停止酷刑。你有勇气，又天不怕地不怕，和你妈妈完全一样。但是有时你必须得考虑到你的家庭，对你爸爸来说，家人的健康和安全才是第一位的。如果不当警察，他还找得到能养活你和加布里埃拉的工作吗？你妈妈也是一个非常顾家的人，愿上帝保佑她的灵魂，为了让你健康成长，她一直抱病为小女孩们上钢琴课。你不会连这些事都忘了吧？在当时的情况下，托尼已经尽了他的最大努力。他告发了同事们的残暴行径，你知道那得拿出多大的勇气吗？"

艾琳离开以后，我带两条狗走了一大段路。在路上，我一直回味着艾琳对我所说的话，努力把深爱的父亲和那个目睹酷刑而不发一言的警察形象区别开来。

我回忆起从芝加哥大学毕业以后父亲给我写的那封信。我本想给它做个镜框，但这几周我一直在忙着案子，没有时间到店里去做镜框。我从公文包里拿出信，重读着信上的内容。

> 我希望这辈子从来没有让我感到遗憾的事，但我也被迫做过几次错误的选择，我必须为我所犯下的错误付出代价。你即将踏上崭新的人生旅途，眼前的道路灿烂辉煌而没有任何污点，希望这一切永远伴随着你。

过了段时间，我把这封信送到阿米特奇街的一个装裱店，挑选了一只绿色的镜框，周边带有灰色的花纹，绿色是母亲生前最喜欢的颜色。我把镜框放在家里的台子上，这样我就能经常读到它，感受到父亲对我深深的爱意。同时我也会体会到父亲的懊悔，并因此而痛惜不已。我也渐渐明白任何人，包括你我在内的大多数人必须在矛盾中成长，必须宽容别人所犯下的错误。我也有我的缺点，爸爸在信里告诫我要好好控制一下我的坏脾气，我的坏脾气把佩特拉吓坏了，差点儿让她因此而丧了命。难道我还不能从中吸取点教训吗？

当然，我并不是唯一要宽容父亲错误的女儿。佩特拉面对的形势比我要艰难得多。好在佩特拉的母亲和妹妹们能帮她渡过这个难关。

在警察局过了整整一夜以后，佩特拉飞回堪萨斯城和家人待在一起，并在那里过了整整一个月。

蕾切尔婶婶感到非常困惑，不知该如何面对这种情况，和彼得一起共渡难关还是带着女儿们开始一段新的生活，她久久拿不定主意。彼得一直待在芝加哥，随时等待警察的聆讯，他在西北郊区租了间一室公寓房。佩特拉不愿意再和他说话，蕾切尔也不常和他通电话。

某个周末，佩特拉决定回到芝加哥开始一段新的生活。蕾切尔和她一起过来住了几天。蕾切尔婶婶让我带她们到柯蒂斯·里弗斯的修鞋店拜访蒂莫西，她想亲眼看看为哈维·克鲁莫斯顶罪的人，为此向他道歉。蒂莫西对我们的到来而感到痛苦不堪，不过最终里弗斯还是把他从后房带了出来。

"真是太抱歉了，"婶婶一个劲儿地嘟囔着，"真是太抱歉了。"

里弗斯扳着面孔点了点头，一句话都没有说。蕾切尔无助地看着他，不知该如何求得他的原谅。之后她向里弗斯询问蒂莫西需不需要金钱上的援助……蒂莫西需不需要一个好大夫或是租用一间设施完备的套房。

"我们会照顾他的，他不需要你们的帮忙。"

蕾切尔转身离开了店铺，她的脚步踉跄，心情显然差透了。我连忙起身，准备和她一起走。当我快要碰响火车汽笛的时候，里弗斯碰了碰我的胳膊，我吃惊地回头看着他。

"侦探小姐，这只皮包和你可真配啊！"

我不好意思地点了点头，从包里拿出支票本，开了张五百三十美元的支票。我把支票放在柜台上，看着里弗斯把蒂莫西搀回了后房。

"这钱是你的了，用它去帮助别的穷光蛋吧。"他把钱塞进皮包的外侧小口袋，在我没来得及抗议之前把我推出了挂着商品的绳索。

向北的路上婶婶一直保持着沉默，不过当我把车停在佩特拉的公寓门前时她终于发话了："太难了，我根本不知道该怎么做。你觉得你嫁给了一个好男人，结果却和电影里的戈尔迪·霍恩①一样，嫁给了一个你完全不了解的男人。我这辈子……我这辈子简直是太失败了，我雇了个侦探调查我和彼得是不是合法婚姻，彼得对我隐瞒了这么多事，我不得不怀疑他在外面是否还会有另外一个家。"

"接下去你准备怎么办？"我问。

她摇了摇头。"我不知道。人们说女人在丈夫落难时要帮他一把，纽约市长的夫人就是这么做的。可我并不想这么干，我对彼得失望透了。我不想用他赚来的那些钱。我们赚了不少钱，家里非常富有，但这些钱都是以另一个男人备受折磨的遭遇换来的。那个男人坐了一辈子牢，现在过着如此……如此凄惨的生活，彼得却为此得到了奖赏——"婶婶渐渐失声了，但她马上控制好情绪，振奋精神继续往下说，"佩特拉……她是这些孩子中和彼得最像的一个。彼得想要个男孩，所以打小就把佩特拉当男孩来养，因此彼得总会把她叫作佩特西，带她出去打猎什么的，玩那些男孩子才玩的游戏，所以佩特拉比她之后的四个妹妹都要坚强。最后我实在忍不住了，告诉彼得必须珍惜我们的其他几个女儿，不能让她们产生比男孩低一等的心理。现在佩特拉和我陷入了一样的麻烦，试图弄清自己是谁，试图知道该如何去看待自己的父亲。"

接着她对我惨然一笑。"你为佩特拉做了这么多事，还为她弄伤了自己。当然这只是肉体上的伤害而已，我知道你为你爸爸做过的事深深地受了伤。我知道彼得赚来的都是些脏钱，但我还是想为你付出的

---

① 奥斯卡影后。

时间和劳动付上笔钱。你为我们付出了这么多,至今还分文未得,我觉得很过意不去。既然我还没离婚,还和彼得共用一个账户,那你就有权从我这里取得一部分酬劳。"

她递给我一个信封。我打开一看,发现里面放了一张两万五千美元的支票,我差点儿当面把支票扔在了地上。我告诉婶婶,这脏钱我不能要,我不能接受这笔钱。

"维多利亚,钱都是脏的。"婶婶强挤出一个笑容,"我可不想欠你一笔人情债,用这笔钱把账单还上。你可以再去意大利玩一次,还可以用它为蒂莫西先生和自己做些事情。如果你到了申请破产的地步,你就什么事都不能为他做了。这笔钱里有我的一份,不用担心欠你叔叔的人情债。"

我取出这笔钱,把其中的一部分捐给了"争取自由中心",其余的付了自己的账单。蕾切尔和其他几个女儿回了堪萨斯城,不过佩特拉却留了下来。佩特拉没有回竞选阵营工作,这倒不是因为她不想和克鲁莫斯家走得过近,而是因为布赖恩·克鲁莫斯在所有的指控下达之前就及时退出了竞选。

布赖恩留着一头约翰·肯尼迪式的卷发站在镜头前,宣称因为有家人参与了杀害民权人士的案件,已经不适合为公众服务了。电视里的他仍然是那么英姿飒爽,政治评论员认为他很快就能从这次事件的阴影中走出来。我依然觉得他是个富有社会责任心的男人。

这些日子佩特拉一直处于无所事事的状态中。她成天只知道遛狗,偶尔会和孔特雷拉斯先生一起去看赛马。一天下午,她试着问我能不能在我的事务所里担任一份临时的工作,但我认为我们都没做好重新工作的准备。我需要休假来好好调整自己。后来,我把佩特拉推荐给了"争取自由中心"的卡洛琳修女。佩特拉答应给埃尔顿造一间新的棚屋，卡洛琳修女正巧可以从"博爱居家"组织招募来一些技工，教她如何在埃尔顿原来居住的河边修造一间棚屋。

卡洛琳修女本想等法兰基修女的公寓修缮一新以后，让埃尔顿过去居住。但埃尔顿一时表现出来的英雄主义并不能改变他离群索居的本性。他想一个人待着，夜里他不想和喧嚣的人声靠得过近。我们说服那些有良心的公务人员，在埃尔顿棚屋所在的芝加哥河下游沿岸拿到了一小块地，为埃尔顿建造新家。当佩特拉和"博爱居家"组织的人为埃尔顿建造好小屋以后，我们甚至帮埃尔顿连通了水管。

虽然彼得对州一级和联邦级的调查都非常配合，但佩特拉仍然不想和父亲谈话。这些调查有些涉及哈莫妮·索瑟姆的谋杀案，有些涉及拉辛大道警察局的施虐事件。当然，近期发生的拉里·阿利托谋杀案和弗朗西斯修女被杀一案是调查的重点。

那年深秋，彼得终于有机会把所有的真相对我和盘托出，他说事情是从多尼克发现我四处寻找斯蒂夫·索伊尔的下落开始的。当哈维意识到佩特拉在捐款会上所说的话和四十年前的案子有关时，他马上找来了莱斯·斯特罗杰维尔。虽然哈维害怕他在哈莫妮·索瑟姆被杀一案中所扮演的角色曝光，但斯特罗杰维尔考虑更多的还是竞选的事，希望在预选和决选结束之前把这件事压下来。那意味着在接下来的一年多时间里，他们得千方百计隐瞒住真相。我一整个夏天都在寻找雷蒙德和索伊尔的踪迹，斯特罗杰维尔和克鲁莫斯发现我接近索伊尔之后，马上找来了乔治·多尼克。

多尼克的保安公司配备了先进的武器设备和一班在美国各大军校受训过的准军事人员，他很高兴能再当一次哈维的保护神。

夏末，当他们胁迫佩特拉侵入我的公寓和办公室的时候，多尼克突然变得越发肆无忌惮。佩特拉失踪以后，彼得和蕾切尔赶到了芝加哥，多尼克对他们说，如果他们胆敢对哈莫妮·索瑟姆遇害、索伊尔受虐、弗朗西斯修女被杀以及佩特拉受到胁迫的事说一个字，他们的其他四个女儿也会有性命之忧。蕾切尔只得飞回堪萨斯城，和其他四个女儿躲了起来。

案情慢慢露出了端倪，特里·芬克利时常会向我通知案件的进展情况。入秋以后，事情终于发生了逆转——哈维和多尼克开始狗咬狗。哈维宣称在弗朗西斯修女向我说明事实之前杀人灭口是多尼克的主意。多尼克说他对此毫不知情，他说自己一向认为拉里·阿利托是个软蛋，雇用拉里·阿利托的是哈维和斯特罗杰维尔。但斯特罗杰维尔却说只要有脏活要干，多尼克总会第一个想到阿利托。

一阵吵闹过后，州检查官办公室对哈维·克鲁莫斯下达了二级谋杀的指控，认为他应该对哈莫妮·索瑟姆的死负责。克鲁莫斯的律师起初还想以过失杀人的理由进行抗辩，不过当全国媒体的目光聚焦在这件案子的判决上时，州检查官意识到自己这次只能公事公办，断没有为克鲁莫斯开脱的可能。

多尼克所面临的形势更为复杂。他没有参与杀害哈莫妮·索瑟姆，但包括鲍比在内的所有人都认为包庇哈维、寻找替罪羊是他一手操纵的。佩特拉一直坚持着这个论调。而后是法兰基修女的死，芬克利手下的人追查到扔炸弹的人把福特车开进了多尼克的一个私人停车库。芬克利倾向于认为阿利托是被多尼克亲手所杀，他害怕风声一旦紧了以后，他的这位老朋友会扛不住，把所有事实都给交代出来。

第五十一章 余音重现

在克劳迪亚小姐临死前的两周，我抓紧时间，希望尽快查明雷蒙德究竟发生了什么事。带婶婶去修鞋店的那天，柯蒂斯对我说他会想办法让约翰尼和我谈谈。

"他应该把这事说出来，而不是把它闷在心里。我告诉他这是他欠克劳迪亚小姐的。她爱雷蒙德，她有权知道真相。即便雷蒙德像高中物理老师说的那样获得教授的学位，埃拉小姐仍然会把他看成是个失败者。克劳迪亚小姐就完全不一样，她深深地爱着雷蒙德，她能包容他的一切。应该在死前把真相告诉她，我想约翰尼一定会这样告诉你。"

我很想知道柯蒂斯和默顿是如何取得联系的。他们之间必定有一条秘密的联系渠道，柯蒂斯毕竟是毒蛇帮的高级成员。但他的表情严峻，最终，我没敢贸然提这个问题。

我让约曼安排了一次紧急会面，在斯塔特维尔教养中心昏暗的律师接待室和约翰尼见了一面。我随身带了本相片簿，把它放在我们中间充满了疤痕的台面上。

"这是雷蒙德拍下的照片，"我说，"我想柯蒂斯已经把发现底片的事告诉你了吧？"

默顿点了点头。

"他失踪前的那个晚上,曾经给你看过这些照片,我说得对吗?"

默顿又一次点了点头,然后闭上眼睛深吸了一口气——看在雷蒙德和克劳迪亚小姐的分儿上,这次他真的准备把真相和盘托出了。

"如同罗斯·赫伯特告诉你的那样,我的人通常在华尔兹·莱特酒吧和我见面。雷蒙德印了一套照片,想用那套鬼玩意儿为斯蒂夫做证。他想告诉警察杀害哈莫妮的是白人男孩,凶器被某个警察藏起来了。我和他对这件事讨论了很久。我们知道拉辛大街警察局里乌烟瘴气,黑人根本说不上话,不过我们认为最好还是把这事向警察报告一下。我告诉他把照片带去,不要让警察得到底片。一旦被警察毁了底片,那我们就什么证据都没有了。

"暴风雪开始下的那天早晨,他起程去了警察局。那场暴风雪持续了好几天,当人们走出屋子以后,我在家里的后院发现了雷蒙德的尸体。他的两只耳朵都被割了下来,不过在那之前他已经死了。"

"割下耳朵是为了造成帮派内斗的假象吧!"我惊呼道,"这么说是多尼克、阿利托或警察局里的某个人杀了他,然后把尸体扔在你家。如果你报案的话,所有人都会认为这是毒蛇帮之间的内斗。多尼克会说雷蒙德向警察揭发了你,你为了报复把他杀害了。"

约翰尼对我刻薄一笑道:"白女孩,你可一点也不笨啊!"

"我可不会一直都被你耍得团团转,"我冷冷地说,"你对雷蒙德的尸体都干了些什么?"

"暴风雪的前夜,采石场附近有个仓库被风刮倒了。我琢磨着把尸体放到那儿藏起来。天黑以后,我把雷蒙德的尸体扛下楼。我踏上女儿的雪橇,把尸体包在毯子里放在雪上拖。三英里的路程对我来说格外漫长,每时每刻我都在担心警察会不会把我拦下来。"

"小白妞,别对外人说'铁锤'也有害怕的时候啊。"他伸出手臂,把胳膊上的毒蛇文身摆在我面前晃了晃，发出一阵阴森的冷笑声。

"最后我终于把雷蒙德的尸首拖过雪地，埋到了仓库的地基里。暴风雪过后就再也没人去过那儿。之后的几天，每到凌晨三点我就会爬起来到报摊去看有没有雷蒙德的消息，但一切都风平浪静，似乎没有人关心雷蒙德的死活。他们没有找到雷蒙德的下落——换句话说，也许他们压根儿没有派人去找。暴风雪后的第三天，阿利托装模作样地来到我家，像是把我当成了一个窝藏毒品的毒贩子。他们带来了搜查证，把我家翻了个底朝天。我把房间里里外外刷洗了好几遍——我让柯蒂斯一直守在我家，防止他们趁我不在的时候故意栽赃。看到他们发疯似的东翻西找、搜索尸体的行踪时，我心里快活极了。他们绝没有想到在我这儿会一无所获，但最后还是悻悻然地离开了。其后的几个月，阿利托经常会过来看看，多尼克有时也会来，但事情很快就风平浪静了。直到……直到你突然现身，四处打听雷蒙德的情况。"

"当我看到这张照片的时候，我想你也许救过金博士的命。"我将相片簿翻到约翰尼用手按住金博士的头的那一面。

默顿苦着脸对我说："我虽然救了金博士，但两年后他还是被那帮白人杂种枪杀了。你知道这一胳膊的代价有多大吗？哈莫妮小姐被杀了，当棒球打在她太阳穴上的时候，南区黑人的希望之光也因此而消失了。斯蒂夫——我们权且按他现在接受的叫法叫他蒂莫西吧——那伙浑蛋罗织罪名，让他替真凶顶了罪。最后他们还把我的得力干将雷蒙德给害了。最让人痛心的是，那一胳膊肘直接拆散了我的家庭。"

"也许你应该把事情的前后经过告诉你的女儿。"我尝试着建议道。

提到他的女儿，约翰尼眼中的怒气似乎退减了一些。"你尽管把这些事告诉达约吧，让她知道也好——你刚才是怎么说来着？你有你的做法，不是吗？"

我出其不意地探过身，用手按住他的文身上毒蛇吐信的地方。

回到芝加哥以后，我把雷蒙德的遭遇告诉了鲍比。但他却说他的事多了去了，没空去采石场挖一个死亡多年的黑帮成员。"即便雷蒙德·加兹登确实埋在那里，即便我们能够找他，我们又能为他做些什么呢？再说这毕竟是默顿的一面之辞，我当了四十年警察，你认为我会把黑帮老大的话看得比腐败警察的话还重吗？无论如何，我在州检查官面前是不会承认这一点的。多尼克的罪已经够他受的了，没必要再为四十年前的案子纠缠不清。维克，让那件事就这样过去吧。"

我没有纠缠在那件事上。但我还是在力所能及的范围内做了些小事。我没有争取为约翰尼减刑——他犯下的罪恶都是铁证如山，不容抗辩的——不过我想办法给他转移到了一个条件相对好一点的管教所。另外，我还把那套照片交给了达约，告诉她，约翰尼曾经在四十年前救过金博士的性命。

在克劳迪亚小姐过世之前，我把雷蒙德的遭遇告诉了她和埃拉小姐。埃拉小姐似乎对这个结果并不满意。因为这夺走了她的一部分乐趣，她再也不能埋怨我只知道拿钱不干事了。令我感到欣慰的是，克劳迪亚小姐坚定地站在了我这边。在她偶尔清醒的时候，告诉她姐姐要为自己的行为感到可耻。

"埃拉，别总是这样刻薄。雷蒙德已经去了天国，这一点我早就明白了。但我很高兴在死前终于得到了个准信，这样我们就能在天国相会了。白人女孩，你干得真棒！历经伤害、火烧、殴打却能坚持下去，你可真不容易啊！卡伦牧师把一切都告诉我了。你真是个好孩子。"说着她用尽全力按了一下我的手指，然后便把头埋在枕头里了。

起先我以为她睡着了。不过她只是在积蓄精力，睁开眼睛之后，她告诉我们她希望卡伦牧师在葬礼上为她做祷告。当埃拉小姐再一次扯起女人应该在教堂里闭嘴的陈词滥调时,克劳迪亚小姐说:"杀害雷蒙德的是男人,伤害世界的是男人,发动战争、毁灭世界的也是男人。我只要卡伦为我祷告。"

那是她最后的遗言。两天后她便在深度昏迷中与世长辞了。葬礼结束以后,我们在教堂大厅里吃了顿晚餐,菜单上有克劳迪亚小姐最喜欢吃的火腿和豇豆。饭后马克斯和洛蒂带我去乡下过了个长假。

回家后的一天,杰克·蒂鲍特敲了我的门。之前我们在上下楼梯时见过几次,不冷不热地闲聊过几句,他问我是不是还要到他的低音提琴盒子里待上一会儿试试,不过我们从来没有深谈过。

他手上拿着张CD。"这张CD是用你给我的那些磁带转录的——你妈妈唱得真好。她的嗓音无与伦比。很荣幸能听到如此天籁一般的声音。"

发生了这么多事情,我早就把给过他磁带的事抛之脑后了。当我把CD放进电唱机以后,加布里埃拉银铃般的声音马上响彻耳畔,我的心头被四十多年来积聚的忧伤所占据,很难听得清妈妈到底唱了些什么。

"有一天,我们或许能在天堂相聚／也许你会怜惜我。"①

我把这首曲子放了一遍又一遍,完全没有留意站在一旁的杰克。不知什么时候,他突然从我眼前消失,然后又带着他的提琴回来了。他合着钢琴的曲调拉起了提琴。一曲完毕以后,他又跟着我妈妈的歌声拉了一遍。接下来,我拿出妈妈的玻璃酒杯分享着我们的人生故事。最后,我们在妈妈的歌声中躺到了卧室的床上……

---

①摘自莫扎特的咏叹调。

HARDBALL
By SARA PARETSKY
Copyright © 2003 BY SARA & TWO C-DOGS, Inc.
This edition arranged with DOMINICK ABEL LITERARY AGENCY through BIG APPLE AGENCY, LABUAN, MALAYSIA.
Simplified Chinese edition copyright: 2018 by New Star Press Co., Ltd.
All rights reserved.
著作版权合同登记号：01-2018-5507

图书在版编目（CIP）数据

致命棒球／（美）莎拉·派瑞斯基著；陈杰译．——北京：新星出版社，2018.9
（守护天使：芝加哥首席女侦探精选集）
ISBN 978-7-5133-3165-4

Ⅰ.①致… Ⅱ.①莎… ②陈… Ⅲ.①长篇小说—美国—现代 Ⅳ.①I712.45

中国版本图书馆 CIP 数据核字（2018）第 156029 号

午夜文库
谢刚 主持

致命棒球

（美）莎拉·派瑞斯基 著；陈杰 译

责任编辑：曹晓雅
责任校对：刘 义
责任印制：李珊珊
封面插图：宣 和
装帧设计：周伟伟

出版发行：新星出版社
出 版 人：马汝军
社　　址：北京市西城区车公庄大街丙3号楼　100044
网　　址：www.newstarpress.com
电　　话：010-88310888
传　　真：010-65270449
法律顾问：北京市岳成律师事务所

读者服务：010-88310811　　service@newstarpress.com
邮购地址：北京市西城区车公庄大街丙 3 号楼　100044

印　　刷：三河市文通印刷包装有限公司
开　　本：910mm×1230mm　1/32
印　　张：14.125
字　　数：339千字
版　　次：2018年9月第一版　2018年9月第一次印刷
书　　号：ISBN 978-7-5133-3165-4
定　　价：258.00元（全五册）

版权专有，侵权必究．如有质量问题，请与印刷厂联系调换．